레 스

* 이 도서의 국립중앙도서관 출판예정도서목록(CIP)은 서지정보유통지원시스템
홈페이지(http://seoji.nl.go.kr)와 국가자료공동목록시스템(http://www.nl.go.kr/kolisnet)에서
이용하실 수 있습니다. (CIP제어번호: CIP2019008921)

레스
LESS

앤드루 숀 그리어 장편소설

강동혁 옮김

은행나무

대니얼 핸들러에게

차 례

처음의 레스

내가 앉아 있는 곳에서는 아서 레스의 이야기가 그리 나쁘지 않다.

레스를 보면, 호텔 로비의 둥근 플러시 천 소파에 앉아 파란색 정장에 흰 셔츠를 입고 윤이 나는 한쪽 구두가 발꿈치에서 떨어져 달랑거리도록 다리를 꼬고 있다. 청년의 자세. 사실 날씬한 그림자는 아직 젊은 시절과 같지만 거의 쉰 살이 된 그는 공원에 있는 청동상, 그러니까 운 좋게도 초등학생들이 반들반들하게 닦아놓은 한쪽 무릎을 빼면 나무 색깔에 필적할 만큼 아름답게 색이 바랜 그런 청동상 같다. 그렇듯 아서 레스는, 한때 젊음으로 분홍색 황금색이었던 그는 자신이 앉아 있는 소파처럼 색이 흐려져 한 손가락으로 무릎을 톡톡 두드리며 괘종시계만 빤히 보고 있다. 1년 내내 햇볕에 탄 길고 도도한 코(이곳은 뉴욕의 흐린 10월인데 말이다). 정수리 쪽은 너무 길고 양옆은 너무 짧은 빛바랜 금발—그의 할아버지 초상화. 그와 똑같은, 눈물을 머금은 푸른 눈. 귀를 기울이면 그가 문제의 괘종시계를 뚫어지게 바라보는 가운데 초조함이 째깍, 째깍, 째깍 흘러가는 소리가 들릴지도 모른다. 불행히도 문제의 시계는 째깍거리지 않고 있다. 15년 전에 멈췄다. 아서 레스는 그 사실을 모른다. 나이를 먹을 만큼 먹었는데도 그는 문학 관련 행사의 담당자들은 정시에 도착하고 벨 보이들은 로비의 시계태엽을 확실히 감아둔다고 믿는다. 손목시계도 차지 않는다. 그만큼 믿음이 굳다. 오늘 밤 행사로 안내받아 가게 되어 있는 바로 그 시간과 거의 비슷한 시각인 6시 반에 시계가 멈춰 있는 건 순전히 우연이다. 이 가엾은 남자는 모르지만 시간은 이미 7시 15분 전이다.

그가 기다리는 한편에서는 갈색 모직 드레스 차림의 젊은 여자가 로비를 빙빙 돌고 있다. 트위드 천을 걸친 벌새라도 되는지 이 관광객 무리 저 관광객 무리에게 꽃가루를 나르고 있다. 여자는 모여 있는 자리마다 얼굴을 담그고 특정한 질문을 던진 뒤 대답에 만족하지 못하고 다른 무리를 찾아 쏜살같이 떠난다. 레스는 그렇게 돌아다니는 여자를 알아보지 못한다. 망가진 시계에 너무 집중하고 있어서다. 젊은 여자는 로비 직원에게로 가더니 그다음에는 엘리베이터로 다가가 극장에 가겠다고 한껏 빼입은 숙녀들을 놀라게 한다. 레스의 헐렁한 신발이 위아래로 흔들린다. 주의를 기울였다면 아마 여자가 열렬히 던져대는 질문을, 로비의 모든 사람에게 던지면서도 레스에게는 묻지 않는 이유가 설명되는, 문제의 질문을 들었을 텐데.

"실례지만, 혹시 아서 양이신가요?"

문제─이 로비에서는 해결되지 않을 문제─는 이 담당자가 아서 레스를 여자라고 생각한다는 점이다.

변명을 해주자면, 담당자는 레스의 소설을 단 한 권만 저자 사진이 없는 전자책 형태로 읽었으며 여성 화자의 목소리가 너무도 강력하고 설득력 있다고 생각했기에 오직 여자만이 그런 소설을 쓸 수 있다고 확신하고 있었다. 아서라는 이름도 미국의 수수께끼 같은 젠더 문제일 거라고 추측했다(담당자는 일본인이다). 아서 레스에게는 흔치 않은 격찬이다. 원뿔 모양 중심부에서 기름칠한 야자수가 솟아난 둥근 소파에 앉아 있는 지금은 별로 도움이 되지 않지만. 이제는 7시 10분 전이니 말이다.

아서 레스는 이곳에 사흘째 머물고 있다. 뉴욕에 온 건 유명한 공상 과학 소설가인 H. H. H. 맨던과 함께 무대에 올라 H. H. H. 맨던의 신작 출간을 축하하는 의미로 인터뷰를 하기 위해서다. 문제의 신작에서 맨던은 대단히 인기 있는 셜록 홈스 로봇 피보디를 되살려낸다. 출판계에서는 이게 1면에 실릴 만한 뉴스라 막후에서 어마어마한 돈이 짤랑거리고 있다. 난데없이 레스를 불러내 H. H. H. 맨던의 작품을 잘 알고 있는지, 인터뷰를 해줄 수 있는지 묻는 목소리의 형태로 나타난 돈. H. H. H. 맨던에게 절대 던져서는 안 되는 질문들(맨던의 아내, 딸, 혹평을 받은 시집)을 알려준 출판사의 메시지 형태로 나타난 돈. 행사장 선택과 지역 전체에 나붙은 홍보물로 나타난 돈. 극장 밖에서 바람과 맞서 싸우는 풍선 인형 피보디로 나타난 돈. 돈은 아서가 배정받은 호텔에서까지 모습을 드러냈는데, 호텔에서 그에게 '무료' 사과를 한 더미 제공해주었던 것이다. 언제든 자유롭게, 낮이든 밤이든 드세요, 별말씀을요. 사람들이 대부분 1년에 책을 딱 한 권 읽는 세계에서는 이 책이 바로 그 책이기를, 오늘 밤이 바로 그 영광의 시작이기를 기대하는 돈이 엄청나게 많았다. 아서 레스에게 달린 문제였다.

그런데도 그는 멈춰버린 시계만 충실히 지켜보고 있다. 자기 옆에 비통하게 서 있는 담당자를 못 본다. 그녀가 스카프를 고쳐 매고 세탁기 속에라도 들어간 듯 회전문을 지나 로비를 빠져나가는 걸 못 보고 만다. 점점 머리숱이 없어져가는 레스의 정수리를, 빠르게 깜빡이는 두 눈을 보라. 그 소년 같은 믿음을 보라.

예전에, 레스가 이십대였던 어느 날에 그와 이야기를 나누던 어느 시인이 화분에 담배를 눌러 끄며 말했다. "넌 껍질이 없는 사람 같아." 시인이 그딴 소리를 했다. 대중 앞에서 자기 살가죽을 뒤집어 까는 게 직업인 사람이, 그가, 키가 크고 젊고 희망이 가득한 아서 레스가 껍질이 없다고 말했다. 하지만 사실이었다. "넌 에지를 키워야 돼." 예전에는 오랜 라이벌 카를로스가 계속해서 그 말을 해댔지만 레스는 무슨 말인지 알아듣지 못했다. 못되게 굴라는 건가? 아니, 그 말은 보호책을 갖추라는, 세상에 맞서는 갑옷을 입으라는 뜻이었다. 하지만 사람이 에지를 '키울' 수가 있나? 유머 감각을 '키우는' 데 한계가 있듯이 말이다. 아니면 그냥 유머 감각이라고는 전혀 없는 사업가가 농담을 잔뜩 외워 가서 '대박 개그맨' 대접을 받고 소재가 다 떨어지기 전에 파티에서 빠져나가듯 에지가 있는 척 꾸며내야 할까?

뭐든 간에 레스는 전혀 배우지 못했다. 그가 사십대쯤에 해낼 수 있었던 일은 껍질이 무른 게의 투명한 등딱지와 비슷한 자기 감각을 어느 정도 길러내는 것뿐이었다. 뜨뜻미지근한 평론이나 무심한 모욕은 더 이상 그에게 상처를 줄 수 없었지만 실연은, 진짜 진정한 실연은 그의 얇은 가죽을 뚫고 예전과 똑같은 색조의 피를 낼 수 있었다. 아주 많은 것들—철학, 급진주의, 기타 여러 패스트푸드—이 지겨워지는 중년에 실연만은 어쩌면 그다지도 계속 따끔할 수 있을까? 그건 아마 레스가 계속 실연의 새로운 원천을 발견하기 때문일 것이다. 사실, 바보 같은 어린 시절의 두려움도 그가 회피했을 뿐 사라진 건 아니었다. 전화(폭탄 암호를 해제하는 사람처럼 미친 듯이 다이얼 돌리기), 택시(팁을 찾아 뒤지다가 탈출하는 인질처럼 뛰어내리기), 파티에서 매력적인 남자나 유명 인사에게 말 걸기(머릿속으로 처음 한마디를 연습하다가 어느새 작별 인사 하기). 레스는 지금도 이런 공포증을 가지고 있지만 세월이 흐른 덕분에 이런 문제들은 해결됐다. 문자메시지와 이메일 덕분에 전화 통화는 영원히 피할 수 있게 됐고 택시에는 신용카드 기계가 설치됐다. 파티에서 놓친 상대가 온라인으로 연락해 올 수도 있었다. 하지만 실연은—사랑을 완전히 포기하지 않는 한 어떻게 실연을 피할 수 있을까? 결국 그게, 아서 레스가 발견한 유일한 해결책이었다.

아마 그게, 그가 9년을 어떤 청년에게 쏟은 이유일 것이다.

깜빡 잊고 말을 안 했는데 그의 무릎에는 러시아 우주 비행사 헬멧이 놓여 있다.

하지만 이때 약간 행운이 따라준다—로비 바깥 세상에서 종이 한 번, 두 번, 세 번, 네 번, 다섯 번, 여섯 번, 일곱 번 울리자 아서 레스가 벌떡 일어난다. 보라, 그는 자신을 배반한 시계를 쳐다보다가 프런트로 달려가—마침내—시간에 관한 아주 중요한 질문을 던진다.

"절 여자라고 생각하셨다니 이해가 안 가요."

"정말 재능 있는 작가시네요, 레스 씨. 레스 씨가 절 속이신 거예요!

들고 계시는 건 뭔가요?"

"이거요? 서점에서 저한테 부탁을······."

"전《암흑물질》이 정말 좋았어요. 가와바타가 생각나는 부분이 있더라고요."

"가와바타라면 제가 제일 좋아하는 작가예요!《고도(古都)》. 교토요."

"제가 교토 출신이에요, 레스 씨."

"정말요? 몇 달 후에 교토에 가는데······."

"레스 씨. 문제가 하나 있어요······."

이 대화는 갈색 모직 드레스를 입은 여자가 그를 이끌고 극장 복도를 따라가는 가운데 이루어진다. 복도는 인테리어용 나무 단 한 그루, 그러니까 코미디 영화의 주인공들이 뒤에 숨는 그런 나무로 장식되어 있을 뿐 나머지는 모두 광택이 있는 검은색 페인트로 칠한 벽돌로 이루어져 있다. 레스와 담당자는 호텔에서 행사장까지 달려온 참이고, 그는 빳빳한 흰색 셔츠가 벌써부터 흐르는 땀에 투명해지는 게 느껴진다.

왜 레스일까? 왜 아서 레스에게 부탁했을까? 유명해진 가장 큰 이유가 젊은 시절 작가들과 화가들로 이루어진 러시안리버파(派)와 관계를 맺고 있었던 것뿐인 군소 작가, 신선하다기에는 너무 늦었고 재발견되기에는 너무 젊으며 비행기에 탔을 때는 그가 쓴 책에 대해 들어봤다는 사람이 옆자리에 단 한 번도 앉지 않는 아서 레스에게 말이다. 글쎄, 레스는 안다. 수수께끼랄 것도 없다. 계산기를 두드려봤겠지. 공짜로 인터뷰 준비를 해줄 작가가 있을까? 끔찍하게 절박한 사람이어야 할 텐데. 레스가 아는 작가 중에서는 몇 명이나 "꿈 깨쇼"라고 대답했을까? 명단을 얼마나 내려가서야 누군가가 "아서 레스는 어때요?"라고 말했을까?

레스는 정말 절박하긴 했다.

벽 뒤에서 군중이 뭐라고 연호하는 소리가 들린다. 당연히 H. H. H. 맨던이라는 이름이다. 지난달에 레스는 남몰래 H. H. H. 맨던의 작품을, 그 스페이스오페라 소설들을 게걸스럽게 읽어치웠다. 처음에는 그 둔감한 언어도, 터무니없이 상투적인 인물들도 경악스러웠지만 나중에는 창의적 재능에, 확실히 자신보다는 뛰어난 맨던의 재능에 매료됐다. 인간의 영혼을 진지하게 탐구하는 레스의 새 소설은 이자가 발명해낸 은하계에 비하면 소행성 같았다. 그렇다곤 해도 무슨 질문을 던져야 할까? 작가에게 던질 만한 질문이 "어떻게 한 거예요?" 말고 있긴 한지? 그리고 그 대답은 레스도 잘 알다시피 뻔하다. "저도 몰라요!"

담당자는 극장의 수용 인원에 대해서, 선주문 물량에 대해서, 북투어와 돈, 돈, 돈에 대해서 수다를 떨어댄다. H. H. H. 맨던이 식중독에 걸린 것 같다는 얘기도 한다.

"보면 아실 거예요." 담당자가 그렇게 말한다. 검은색 문이 열리자 고기 요리가 접이식 식탁에 펼쳐 놓여 있는 밝고 깨끗한 방이 드러난다. 식탁 옆에는 숄을 두른 백발 여성이 서 있고 그녀의 아래쪽에서는 H. H. H. 맨던이 들통에 구토를 하고 있다.

숙녀가 아서에게 돌아서더니 그의 우주인 헬멧을 본다. "당신 대체 누구야?"

뉴욕. 세계 여행의 첫 정거장. 실은 이도 저도 못 할 상황에서 빠져나가려다가 레스가 친 사고다. 그는 이렇게 해낼 수 있었던 게 꽤 자랑스럽다. 문제의 상황이란 결혼식 초대였다.

아서 레스는 지난 15년간 독신이었다. 나이 든 시인 로버트 브라운
번과 함께 산 오랜 기간, 그러니까 스물한 살에 들어갔다가 햇빛에 눈
을 깜빡이며 삼십대가 되어 나온 그 사랑의 터널이 끝난 뒤에 말이다.
여기가 어디지? 문제의 터널 속 어딘가에서 청춘의 첫 단계를 로켓의
첫 단처럼 잃어버렸다. 그 시절은 고갈되어 떨어져 나갔다. 그리고 두
번째 단계가 찾아왔다. 그리고 마지막 단계가. 이 마지막 단계만큼은
누구에게도 주지 않을 작정이었다. 즐길 생각이었다. 혼자서. 그렇다고
는 하지만 혼자 살면서 혼자가 아니게 되는 방법은 뭘까? 대단히 놀랍
게도 이 문제는 한때의 라이벌 카를로스가 해결해줬다.

카를로스에 대한 질문을 받으면 레스는 항상 그를 "제일 오래된 친
구 중 한 명"이라고 말한다. 둘은 처음 만난 날짜를 정확하게 짚을 수
있다. 1987년 전몰장병기념일*. 레스는 둘이 각자 어떤 옷을 입고 있었
는지까지 기억한다. 그는 초록색 스피도**, 카를로스는 밝은 바나나색
스피도였다. 둘 다 손에는 화이트와인 스프리츠***를 권총처럼 들고서
덱 너머로 서로를 눈여겨보고 있었다. 틀어놓은 노래에서는 휘트니 휴
스턴이 누군가와 춤을 추고 싶어 하고 있었다. 세쿼이아 나무 그림자
가 둘 사이에 떨어졌다. 그녀를 사랑하는 누군가와 춤을 추고 싶다고.
아, 타임머신과 비디오카메라만 있었어도! 여윈 금빛 분홍 아서 레스
와 건장한 갈색 피부 카를로스 펠루의 젊은 시절 모습을, 본 화자가 겨

* 5월 마지막 주 월요일.
** 수영복 상표.
*** 화이트와인에 소다수를 혼합한 음료.

우 어린아이였을 때의 모습을 담을 수만 있다면 얼마나 좋을까! 하지만 카메라가 누구한테 필요하단 건가? 사실 서로의 이름이 나올 때마다 두 사람에게는 이 장면이 각자 재생된다. 전몰장병기념일, 스프리츠, 세쿼이아, 누군가. 둘은 각자 미소를 지으며 상대방이 "제일 오래된 친구 중 한 명"이라고 말한다. 물론 그들은 만난 그 순간부터 서로를 증오했다.

어쨌든 타임머신을 타보자. 단, 목적지는 대략 20년 후다. 2000년대 중반 샌프란시스코 새턴가(街) 언덕배기에 있는 집에 내려보는 것이다. 기둥 위에 세워진 그런 건물, 절대 연주하지 않는 그랜드피아노와, 그해에만 열두 번쯤 열린 40세 생일 파티에 초대된, 대부분 남자인 손님들이 유리벽 너머로 훤히 보이는 그런 건물이었다. 손님 중에는 몸이 굵어진 카를로스가 있었다. 그의 오랜 연인이 죽으면서 카를로스에게 부동산을 남겼는데 카를로스는 그중 몇 곳을 팔아 멀리 떨어진 베트남이며 태국의 땅과 레스가 듣기로는 인도에 있다는 웬 터무니없는 리조트까지 포함한 부동산 제국으로 바꿔놓았다. 품위는 여전하지만 카를로스에게는 바나나색 스피도를 입은 근육질 청년의 흔적이 전혀 남아 있지 않았다. 그 집은 당시 벌컨스텝스 위의 오두막에 혼자 살던 아서 레스가 쉽게 걸어올 수 있는 곳이었다. 파티라는데 안 갈 이유가 있을까? 그는 레스다운 복장—청바지와 카우보이 셔츠, 약간만 흐트러지게—을 고르고 언덕을 따라 남쪽으로, 그 집으로 향했다.

한편 피콕체어*에 왕처럼 앉아 자신만의 궁정을 열고 있는 카를로스

---

* 등받이가 펼쳐진 공작 날개처럼 둥글게 생긴 의자.

를 상상해보라. 그의 옆에는 검은 청바지에 티셔츠, 둥근 뿔테 안경을 쓴 짙은 색 곱슬머리의 스물다섯 살짜리가, 그의 아들이 있었다.

내 아들이야. 나는 그 소년이, 당시 겨우 십대가 된 그 아이가 처음 모습을 드러냈을 때 카를로스가 모두에게 그렇게 말했던 게 기억난다. 하지만 소년은 그의 아들이 아니었다—부모를 잃고 샌프란시스코에 사는 가장 가까운 친척에게 배달된 조카였다. 그를 어떻게 묘사해야 할까? 큰 눈에 갈색 햇빛 줄무늬가 들어간 머리카락, 당시에는 약간 반항적인 태도로 소년은 채소를 먹지 않겠다고, 또 카를로스를 카를로스가 아닌 다른 무엇으로도 부르지 않겠다고 했다. 소년의 이름은 페데리코였지만(어머니가 멕시코 사람이었다) 모두가 그를 프레디라고 불렀다.

파티에서 프레디는 창밖을 내다보았다. 시내 번화가가 안개 속에 지워지고 있었다. 그 시절 그는 채소는 먹었지만 법적 아버지를 아직 카를로스라고만 불렀다. 그는 정장을 입으면 극도로 깡말랐고 가슴이 움푹 꺼졌으며 청춘의 활기는 없었지만 그 열정만은 온전히 간직하고 있었다. 팝콘을 들고 편안히 앉으면 그의 머릿속 로맨스와 코미디가 얼굴에 그대로 투사되는 걸 지켜볼 수 있었다. 뿔테 안경 렌즈는 보는 각도에 따라 무지갯빛으로 변하는 비누 거품 막처럼 그의 생각으로 소용돌이쳤다.

프레디는 자기를 부르는 소리에 뒤를 돌아봤다. 흰색 실크 정장을 입고 호박색 구슬 장신구를 단 여자, 다이애나 로스식의 세련된 태도를 갖춘 여자였다. "애, 프레디, 다시 학교에 다닌다고 들었는데." 공부해서 뭐가 될 셈이냐고 그녀가 부드럽게 물었다. 자랑스러운 미소와

함께: "고등학교 영어 선생님요."

이 말에 그녀의 얼굴이 활짝 폈다. "세상에, 반가운 소리네! 선생이 되겠다는 젊은 사람은 한 번도 못 봤는데."

"솔직히 말하면 제일 큰 이유는 제가 제 또래 사람들을 싫어해서인 것 같아요."

그녀는 자기 마티니에서 올리브를 꺼냈다. "그럼 연애하기 고달플 걸."

"그렇겠죠. 하지만 사실 연애랄 것도 없어요." 프레디는 샴페인을 길게 꿀꺽 다 마셔버렸다.

"우리가 딱 맞는 사람만 찾아주면 되겠네. 내 아들 톰이……."

그들 옆에서 들려온 말: "내 아들은 진짜 시인이야!" 기우뚱거리는 화이트와인 잔을 가지고 나타난 카를로스.

여자는 (예의 때문에라도 소개를 해야겠다. 그녀는 소프트웨어 업계에 있는 캐럴라인 데니스였다. 프레디는 나중에 그녀와 매우 잘 아는 사이가 된다) 낑낑대는 소리를 냈다.

프레디는 조심스럽게 그녀를 살펴보고 수줍게 미소 지었다. "시인으로서는 형편없어요. 카를로스는 제 어린 시절 장래 희망이 시인이라는 걸 기억하고 있을 뿐이고요."

"작년 얘기지." 카를로스가 미소 지으며 말했다.

프레디는 조용히 서 있었다. 검은 곱슬머리가 마음속을 뒤흔드는 무언가로 함께 떨렸다.

데니스 부인은 스팽글로 반짝이는 듯한 웃음을 터뜨렸다. 그녀는 시를 아주 좋아한다고 말했다. 항상 부코스키와 "그리고 그 가방"에 빠져 있었다면서.

"부코스키를 좋아하세요?" 프레디가 물었다.

"아, 이런." 카를로스가 말했다.

"죄송한데요, 캐럴라인. 전 부코스키가 저보다도 못 쓴다고 생각해요."

데니스 부인의 가슴팍이 붉어졌고, 카를로스는 러시안리버파의 오랜 친구가 그린 그림으로 그녀의 관심을 돌렸으며, 잡담에서조차 채소처럼 밋밋한 건 삼키지 못하는 프레디는 샴페인이나 한 잔 더 마시려고 바에 다가갔다.

아서 레스가 현관에, 흰 문이 달린 낮은 벽에, 뒤쪽 언덕에 걸쳐 있는 집을 가린 벽에 서 있었다. 다들 뭐라고 할까? 아, 잘 지내나 보네. 너랑 로버트 얘긴 들었어. 집은 누가 가져?

그 문 뒤에 9년 세월이 가로놓여 있다는 걸 그가 어떻게 알았겠는가?

"왔네, 아서! 뭘 입고 있는 거야?"

"카를로스."

20년이 지난 그날, 그 방에서까지도 전투를 벌이는 해묵은 라이벌들. 그의 곁에는 곱슬머리에 안경을 쓰고 차렷 자세로 서 있는 청년.

"아서, 내 아들 프레디 기억나지……."

너무 쉬웠다. 프레디는 카를로스의 집을 못 견뎌 했다. 금요일 수업이 길어지고 대학 친구들과 즐거운 시간을 보내고 나면 침대로 바로 기어들어 주말을 보낼 태세로 약간 취한 채 레스의 집에 나타나는 일이 무척 잦아졌다. 다음 날엔, 월요일 아침이 되어 그를 쫓아낼 때까지 레스가 커피와 오래된 영화들로 프레디의 숙취를 간호해주곤 했다. 처음에 한 달에 한 번 정도 일어나던 이런 일은 점점 습관이 되어 어느 금요일 저녁 초인종이 울리지 않자 레스는 자기도 모르게 실망하고 말았다. 따뜻하고 하얀 시트에서, 능소화 너머로 햇빛이 비치는 가운데, 왠지 모를 상실감에 깨어나니 얼마나 이상하던지. 다음번에 프레디를 만났을 때 그는 그렇게 술을 많이 마시면 안 된다고 말했다. 그렇게 끔찍한 시를 읊어대서도 안 된다고. 그리고 집 열쇠는 여기 있다고. 프레디는 아무 말 없이 열쇠를 주머니에 집어넣고 언제든 마음 내키는 대로 사용했다(절대 그 열쇠를 돌려주지는 않았다).

제3자가 했을 법한 말은 이것이다. 다 좋은데, 비결은 사랑에 빠지지 않는 거야. 그런 말을 들으면 둘 다 웃었을 것이다. 프레디 펠루와 아서 레스라니? 프레디는 청년이라면 마땅히 그래야 하듯 로맨스에 별 관심이 없었다. 책과 가르치는 일, 친구들, 독신 남성으로서의 인생이 있었으니까. 나이 든 호구 아서는 아무것도 묻지 않았다. 프레디는 또 자기가 카를로스의 숙적과 같이 잔다면 그가 돌아버릴 거라고 생각했고 양아버지를 괴롭히는 데서 기쁨을 느낄 만큼 아직 어렸다. 카를로스가 꼬마 녀석에게서 손을 떼게 되어 안도감을 느낄지도 모른다는 생각은 한 번도 못 했다. 레스 입장에서는 프레디가 딱히 그의 스타일도 아니었다. 아서 레스는 항상 연상의 남성에게 끌렸으니, 진짜 위험한 건 그 사람들이었다. 비틀스가 누군지도 모르는 꼬마라? 일탈, 시간 때우기, 취미 생활이었다.

물론 레스에게는 프레디를 만나는 동안에도 더 진지한 다른 연인들이 있었다. UC데이비스의 역사학 교수가 두 시간씩 차를 몰고 와 레스를 극장에 데려가곤 했다. 대머리에 붉은 턱수염, 반짝이는 두 눈과 재치. 즐거웠다, 잠깐은. 어른 대 어른으로서 삶의 한 단계—사십대 초반—를 공유하며 쉰 살이 될 거라는 공통의 공포감을 웃어넘기는 그런 만남 말이다. 극장에서 레스는 무심코 눈을 들었다가 무대 조명이 비치는 하워드의 옆얼굴을 보고 생각에 잠겼다. 이 사람이라면 좋은 동반자가 될 거야. 좋은 선택이야. 레스가 하워드를 사랑한 것일 수도 있을까? 그럴 가능성은 아주 높았다. 하지만 섹스가 너무 어색했다, 너무 구체적이었다("거길 꼬집어, 좋아, 이제 거길 만져. 아니, 더 위에. 아니, 더 위에. 아니, **더 위에!**"). 마치 코러스 라인 오디션처럼 느껴졌다. 하지만 하워드는 좋은 사람이었고 요리도 할 줄 알았다. 그는 재료를 직접 가져와 소금에 절인 양배추 수프를 아주 맵게 만들었고 그 수프를 먹으면 레스는 기분이 약간 들떴다. 그는 레스의 손을 많이 잡아주었고 그에게 미소를 지어 보였다. 그래서 레스는 여섯 달 동안 섹스가 혹시 달라지는지 보려고 기다렸다. 하지만 달라지지 않았고 레스는 그 점에 대해 아무 말도 하지 않았으므로 난 어쨌든 그게 사랑이 아니었을 거라고 생각한다.

다른 사람들도 있었다. 아주, 아주 많이. 바이올린을 연주할 줄 알고 침대에서는 이상한 소리를 내면서 영화로만 배운 것처럼 키스를 하는 중국인 은행가도 있었다. 매력이 있다는 건 부정할 수 없지만 영어를 도저히 못 견뎌줄("난 당신 손 위와 발 위에서 기다리고 싶어") 콜롬비아인 바텐더도 있었는데 레스의 스페인어 실력은 그보다도 형편없었다. 무성영화에서처럼 플란넬 파자마를 입고 수면용 모자를 쓰고 자는 롱아일랜드 건축업자도 있었다. 야외 섹스만을 고집하다가 결국은 의사가 왕진을 오고 레스가 성병 검사와 옻독 치료를 함께 요구해야만 했던 플로리스트도 있었다. 레스가 첨단 기술 산업의 최신 아이템을 모두 쫓아다닐 거라고 생각하면서도 문학을 좇을 의무는 전혀 느끼지 못하던 컴퓨터만 아는 바보들도 있었다. 정장을 맞추듯 레스를 간 보던 정치인들도 있었다. 레드 카펫에 그를 세워보던 배우들도 있었다. 그에게 알맞은 조명을 비춰보던 사진가들도 있었다. 그들이, 그들 중 여러 명이 괜찮을지도 모르는 사람들이었다. 아주 많은 사람들이 실제로 괜찮았을 것이다. 하지만 정말 사랑에 빠져봤다면 '괜찮은' 사람과는 살 수 없다. 그건 혼자 사는 것보다 못하다.

레스가 공상에 잠겨 있는, 단순한, 성욕이 넘치는, 해로울 것 없는, 젊은 책벌레 프레디에게 계속 돌아온 것도 놀랄 일은 아니었다.

그들은 이런 식으로 9년을 만났다. 그러다가 어느 가을날에 끝났다. 물론 스물다섯 살 프레디는 삼십대 중반의 남자가 되어 있었다. 파란색 반팔 정장 셔츠에 검은색 넥타이를 맨 고등학교 선생님, 레스가 농담 삼아 (수업 시간에 이름 불리기를 바라는 학생처럼 종종 손을 들고) 펠루 선생님이라고 부르는 사람 말이다. 펠루 선생님은 곱슬머리는 그대로였으나 안경은 빨간 플라스틱 안경으로 바꿔 썼다. 더 이상은 예전의 호리호리한 옷을 입지 못했다. 그는 비쩍 마른 아이에서 성인 남자로, 어깨와 가슴과 배에 이제 막 말랑말랑 살이 차오르기 시작한 남자로 바뀌었다. 더 이상은 매주 술에 취한 채 레스 집 계단을 비틀비틀 올라와 형편없는 시를 읊어대지도 않았다. 하지만 어느 주말에 그렇게 했다. 친구의 결혼식 날이었는데 그가 술기운에 얼굴이 붉어져서 나타나더니 레스에게 기대어 웃으며 비틀비틀 머드룸*으로 들어갔다. 그가 레스에게 매달려 열기를 뿜어대던 밤. 그가 한숨을 쉬며 누군가를, 애인을 딱 한 명만 사귀길 바라는 누군가를 만나고 있다고 선언한 아침. 프레디는 이미 약 한 달 전에 그러기로 약속했다고 했다. 이젠 그 약속을 지킬 때가 왔다고 생각한다고.

프레디는 배를 깔고 엎드려 레스의 팔에 머리를 기대고 있었다. 짧은 수염의 까끌까끌함. 침대 옆 탁자에서는 그의 빨간 안경에 비친 커프스단추 여러 개가 크게 보였다. 레스가 물었다. "그 사람이 날 알아?"

프레디가 고개를 들었다. "형을 뭘 알아?"

"이거." 그는 두 사람의 벌거벗은 몸을 가리켰다.

프레디는 그의 시선을 정면으로 마주 보았다. "나 더는 여기 못 와."

"알아."

"오면 재미있긴 하겠지. 그동안도 재미있었고. 하지만 형도 그럴 수 없다는 건 알잖아."

"알아."

프레디는 뭔가 더 말하려는 것 같더니 말을 멈췄다. 그는 조용했지만 시선만큼은 사진을 외우려는 사람 같았다. 뭘 본 걸까? 그는 레스를 등지고 안경으로 손을 뻗었다. "작별 인사처럼 키스해줘야 해."

"펠루 선생님." 레스가 말했다. "진짜 작별 인사는 아니잖아요."

---

* 더러워지거나 젖은 신발 또는 옷을 벗어놓는 곳.

프레디는 빨간 안경을 썼다. 수조마다 작은 푸른색 물고기가 한 마리씩 헤엄쳤다.

"내가 형이랑 같이 여기에 영원히 있었으면 좋겠어?"

능소화 너머로 햇빛 조각이 들어왔다. 한쪽 맨다리에 체크무늬가 그려졌다.

레스는 연인을 바라봤다. 아마 여러 이미지가 머릿속을 연달아 빠르게 지나가는 듯했는데—턱시도 재킷, 파리의 호텔 방, 옥상에서의 파티—어쩌면 그냥 당혹감과 상실감으로 멀어버린 눈처럼 흰빛이었을지도 몰랐다. 그가 모른 척하기로 한, 머릿속에 이어지던 쩜쩜쩜 문자 메시지. 레스는 몸을 기울여 프레디에게 오랫동안 입을 맞췄다. 그런 다음 몸을 떼고 말했다. "내 향수 썼네."

청년의 결심을 확대해 보여주던 안경은 이제 이미 커진 동공을 확대하고 있었다. 그 동공이 레스의 얼굴을 마치 책을 읽을 때처럼 앞뒤로 빠르게 훑었다. 그는 미소를 지으려고 모든 힘을 끌어모으는 듯하다가 마침내 해냈다.

"그게 최선의 작별 키스였어?" 그가 말했다.

그러다가 몇 달 뒤 편지로 청첩장이 왔다. 페데리코 펠루와 토머스 데니스의 결혼식에 참석해주세요. 어찌나 난처하던지. 그가 프레디의 옛 애인이라는 걸 모두가 알고 있는 마당이니 어떤 상황에서도 이 초청을 받아들일 수는 없었다. 사람들이 낄낄거리며 눈썹을 치켜세울 테고 평소라면 레스도 신경 쓰지 않겠지만 카를로스의 얼굴에 떠오를 미소를 상상하니 이건 너무 심했다는 생각이 들었다. 불쌍하다는 미소. 레스는 이미 크리스마스 자선 행사에서 카를로스를 우연히 만난 적이 있었는데(소나무 가지가 얽혀 있어서 불이 난대도 도망칠 구멍이 없었다) 그가 레스를 한쪽으로 데려가더니 프레디를 놓아준 건 아주 너그러운 결정이라면서 고맙다고 인사했다. "아서, 너도 알겠지만 내 아들은 한 번도 너랑 어울렸던 적이 없어."

그렇다고 초청을 그냥 거절할 수도 없었다. 옛 친구들이 다들 소노마에 모여 카를로스의 돈을 마셔대는데 혼자만 집에 틀어박혀 있다니—뭐, 그 경우에도 사람들은 아서에 대해 똑같이 낄낄거릴 것이다. 슬픈 젊은이 아서 레스가 슬픈 늙은이 아서 레스가 됐다고. 좀약 냄새가 나는 이야기들까지 끌려나와 조롱당할 것이고 새로운 이야기들도 시험대에 오르게 된다. 생각만으로도 견딜 수 없었다. 레스는 결코 이 요청을 거절할 수 없었다. 까다롭다, 까다롭구나, 인생이여.

청첩장과 함께, 베를린의 무슨 무명 대학교에서 학생들을 가르쳐달라던 제안을 정중하게 다시 상기시켜주는 편지도 얼마 안 되는 돈과 얼마 안 되는 답장할 시간을 곁들여 도착했다. 레스는 책상에 앉아 그 제안서를 들여다봤다. 편지지 위쪽 로고의 뒷다리를 든 수말이 곤추 선 것처럼 보였다. 지붕 이는 사람들이 망치질하며 부르는 노랫소리와 녹은 타르 냄새가 열린 창문으로 들어왔다. 문득 그는 서랍을 열어 다른 편지들을, 답장하지 않고 남겨둔 다른 초대장들을 한 무더기 꺼냈다. 컴퓨터 깊은 곳에도 더 많은 초대장들이 숨겨져 있었다. 그보다도 많은 초대장들이 전화 메시지 더미 아래에 파묻혀 있었다. 레스는 인부들의 야단법석으로 창문이 덜컥거리는 가운데 가만히 앉아 초대장들에 대해 곰곰이 생각했다. 컨퍼런스, 강사 자리, 작가 휴양지, 여행기 쓰기 등등. 그렇게, 1년에 한 번씩 가족들이 올려다볼 수 있도록 커튼을 들추고 노래하며 나타나는 시칠리아의 수녀들이 그러듯 아서 레스의 작은 서재에서도, 그의 작은 집에서도 어떤 커튼이 들추어지고 특별한 아이디어가 모습을 드러냈다.

유감이지만, 그는 답장에 이렇게 썼다, 그때 외국에 있을 예정입니다. 프레디와 톰에게 사랑을 전하며.

그는 그 모든 초대를 받아들일 생각이었다.

짜고 보니 얼마나 위태위태한 여행 일정표던지!

첫 번째가 H. H. H. 맨던과의 이 인터뷰. 이걸로 뉴욕까지 갈 항공료가 생기고 행사 전까지 이틀 동안 가을로 불이 붙은 듯한 도시를 즐길 시간이 따라온다. 또 최소한 한 번은 공짜로 저녁 식사를 하게 된다(작가만 누릴 수 있는 기쁨이다). 출판사로부터 무슨 소식을 들었을 게 분명한 에이전트와의 저녁 식사. 출판사에서는 레스의 신작 소설 원고를 한 달 이상 묵히고 있었지만 그건 현대의 부부들이 결혼 전에 잠깐 같이 살아보는 것 같은 일이라 당장이라도 청혼이 들어올 게 틀림없다. 샴페인도 있을 것이고 돈도 있을 것이다.

두 번째는 멕시코시티에서의 컨퍼런스. 레스가 몇 년째 거절해온 종류의 행사, 그러니까 로버트의 작품에 대한 심포지엄이다. 그와 로버트는 15년 전에 헤어졌지만 로버트가 아파서 여행을 할 수 없게 되자 문학 축제 기획자들이 레스에게 연락하기 시작했다. 자기만의 입지를 다진 소설가로서가 아니라 일종의 목격자로서 말이다. 레스 생각에는 꼭 남북전쟁 때 남편을 잃은 과부를 부르는 것 같았다. 이런 문학 축제 기획자들은 러시안리버파의 유명한 작가들과 화가들을, 수평선 너머로 오래전 사라져버린 1970년대의 보헤미아 세계를 마지막으로 한번 엿보고 싶어 했고 회고하는 사람이 누구든 받아들일 태세였다. 하지만 레스는 늘 거절했다. 그런 행사로 그 자신의 명성이 퇴색될까 봐서가 아니라—그런 일은 불가능했다. 레스는 인지도 면에서 거의 지하에 있다고 느꼈으니까—사실은 로버트의 것이었던 세상을 가지고 돈을 번다는 생각이 기생충처럼 느껴졌기 때문이었다. 게다가 이번에는 돈도 충분하지 않다. 턱도 없다. 하지만 이 행사라면 뉴욕 행사와 토리노에서 열리는 시상식 사이에 뜨는 닷새의 시간을 깔끔하게 죽이게 된다.

세 번째는 토리노다. 레스는 의심이 든다. 그가 최근 이탈리아어로 번역된 책에 수여하는 프레스티조소 문학상 후보에 올랐다고 한다. 어떤 책이? 검색을 하고서야 그는 문제의 책이 《암흑물질》이라는 걸 알아낸다. 찌르듯 아파오는 사랑과 후회, 유람선 승객 명단에서 우연히 마주친 옛사랑의 이름. 네, 멕시코시티에서 토리노까지의 항공료를 기꺼이 제공하겠습니다. 자동차도 대기시키겠습니다—레스가 살면서 읽어본 문장 중 가장 매력 넘치는 문장이다. 이런 유럽 특유의 호사에는 누가 돈을 대는 건지 궁금해지고 아마 누군가가 불법으로 취득한 돈을 세탁하는 게 아닐까 하는 생각이 드는데 초대장 아랫부분에 인쇄된 이탈리아 비누 대기업 이름이 눈에 띈다. 진짜 돈세탁인가 봐. 하지만 그거면 유럽으로 갈 수 있다.

네 번째는 베를린자유대학의 빈터지충(겨울 학기)—"레스 선생님이 선택하신 주제"를 다루는 5주짜리 과정이다. 편지는 독일어로 되어 있다. 대학은 아서 레스가 독일어에 유창하다고 생각하고 있으며 그를 추천한 아서 레스의 출판사도 같은 생각을 하고 있다. 아서 레스도 그렇다. 그는 답장을 쓴다. 신의 행복을 담아 저는 권력의 발판을 받아들입니다. 그는 샘솟는 기쁨을 느끼며 이 편지를 보낸다.

다섯 번째는 모로코 횡단 여행이다. 이번 여행 계획에서 단 한 번 마음껏 누리는 즐거움. 한 번도 만나본 적은 없지만 그는 마라케시에서 사하라사막까지, 사하라사막에서 북쪽으로 페즈까지의 탐험을 계획한 조라라는 사람의 생일 파티에 끼어 같이 생일을 축하할 생각이었다. 친구 루이스가 제안했다. 여행단의 빈자리를 채울 사람을 찾고 있다고 했다—완벽 그 자체였다! 와인이 넘쳐흐를 것이고 대화는 재치로 번뜩일 것이며 편의 시설은 호화로울 것이다. 어떻게 거절할 수가 있지? 어떻게 거절하긴, 답은 언제나 그렇듯 돈, 돈, 돈이었다. 루이스는 모든 게 포함된 가격을 알려주었고 총액은 아찔할 정도였지만(레스는 가격이 모로코 디르함으로 적혀 있는 게 아닌지 두 번이나 확인했다) 레스는 언제나 그렇듯 너무 사랑에 빠져 있었다. 베두인 음악이 벌써부터 귓가에 들려왔고 낙타들이 어둠 속에서 이미 끙끙대고 있었다. 그는 벌써 수놓인 베개를 베고 잠에서 깨어나 사막의 밤 속으로, 손에는 샴페인 잔을 들고 머리 위로는 은하수가 그의 생일 촛불과 함께 빛나는 가운데 밖으로 걸어 나가 밀가루 같은 사하라 모래로 발가락을 따뜻하게 덥힐 생각에 젖어 있었다.

아서 레스가 쉰 살이 되는 건 사하라 어딘가에서이리라.

그는 절대 혼자 있지 않겠다고 다짐했다. 지금도 상태가 나쁠 때면 마흔 번째 생일이, 라스베이거스 대로를 헤매고 다니던 그때의 기억이 떠올랐다. 절대로 혼자 있지는 않을 것이다.

여섯 번째는 인도. 이 특이한 생각은 누구 때문에 떠올랐을까? 설마 아니겠지 싶은 사람들 중에서도 하필 카를로스였다. 오랜 라이벌이 처음에는 한 분야에서 레스를 낙담시켰다가("내 아들은 한 번도 너랑 어울렸던 적이 없어") 다른 분야에서는 그를 격려했던("그게 말이지, 내가 준비 중인 리조트랑 아주 가까운 곳에 휴양 시설이 있어. 내 친구들이 운영하는 곳인데 아라비아해를 내려다보는 언덕 위의 아주 아름다운 곳이야. 글을 쓰기엔 아주 멋질걸") 바로 그 크리스마스 파티에서 있었던 일이다. 인도라. 아마 그곳에서라면 레스도 마침내 쉴 수 있을 것이다. 소설의 최종 원고를, 에이전트가 뉴욕에서 샴페인을 들고 채택되었다며 축하하고 있을 게 분명한 그 소설을 윤문할 수 있겠지. 몬순 시즌*이 언제더라?

그리고 마지막이 일본이었다. 이 제안이 무릎으로 날아들었을 때 아서 레스는, 불가능해 보이긴 하지만, 샌프란시스코 작가들과 함께 포커 게임을 하고 있었다. 말할 필요도 없지만 그들은 이성애자 작가들이었다. 아서는 초록색 차양이 달린 모자를 쓰고서도 별로 설득력 있는 포커페이스를 짓지 못했다. 그는 첫 번째 게임에서 완패를 당했다. 하지만 그는 예의 바르게 끝까지 앉아 있을 수 있는 사람이었다. 한 남자가 눈을 들더니 이렇게 여행을 많이 다닌다고 아내가 화를 내는 바람에 기삿거리를 넘겨주고 집에 머물러야 한다며 자기 대신 교토에 갈 수 있는 사람이 있느냐고 물었던 건 세 번째 게임이 진행되고 있을 때—레스가 담배 연기와 툴툴대는 소리, 뜨뜻한 자메이카 맥주를 더는 1분도 버틸 수 없다고 생각하고 있을 때—였다. "저요!" 레스가 새

* 계절풍이 초래하는 우기.

되게 소리쳤다. 포커페이스들이 모두 눈을 들었고 레스는 교내 연극에 참여하겠다고 자원했던 중학교 때가 생각났다. 풋볼 선수들이 지었던 것과 똑같은 표정. 그는 목을 가다듬고 목소리를 깔았다. "저요." 기내 잡지에 가이세키 전통 요리에 관한 기사 한 편을 써주면 된다고 했다. 너무 일찍 가서 벚꽃 시즌을 놓치는 건 아니길.

일본에서 그는 다시 샌프란시스코로, 벌컨스텝스의 집으로 돌아갈 것이다. 비용은 거의 전부 문학 축제 위원회와 문학상 운영 위원회, 대학, 연수 프로그램 주최 측, 언론사에서 댄다. 나머지 비용은 알고 보니 수십 년간 방치한 끝에 마법사의 보물 상자에라도 넣어둔 것처럼 디지털 거대 자산 수준으로 증식해버린 무료 항공 마일리지로 감당할 수 있다. 모로코에서의 사치 비용을 미리 지불하고 어머니가 심어준 청교도적 검소함을 실천한다면 필요한 비용을 간신히 맞출 수 있을 만큼 저축액이 된다. 옷은 못 산다. 시내에서 밤을 보낼 수도 없다. 신의 가호가 따라야 할 일이지만 의학적인 비상 상황도 안 된다. 하지만 잘못될 게 뭐 있으려고?

아서 레스, 세계 일주를 떠나다! 그 자체로 우주 비행처럼 느껴진다. H. H. H. 맨던과의 행사 이틀 전, 샌프란시스코를 떠난 날 아침에 아서 레스는 평생 해왔던 것과는 달리 이번 여행이 끝나면 동쪽에서가 아니라 신비로운 서쪽에서 돌아오게 되리라는 데 경이감을 느꼈다. 그리고 모험으로 가득한 기나긴 여정을 거치는 동안 프레디 펠루는 조금도 생각나지 않으리라는 확신이 섰다.

뉴욕은 800만 명이 사는 도시다. 그중 대략 700만 명은 누군가 뉴욕에 들렀는데 자기들을 만나 비싼 저녁 식사를 함께하지 않았다는 소리를 들으면 격노할 테고 500만 명은 새로 태어난 자기 아기를 보러 오지 않았다며 격노할 것이며 300만 명은 자기들의 새 쇼를 보러 오지 않았다고 격노하겠고 100만 명은 섹스하자며 전화를 걸지 않았다고 격노하겠지만 실제로 사람 만날 시간을 낼 수 있는 사람은 딱 다섯 명뿐이다. 그러니까 그중 누구에게도 전화를 걸지 않는 건 전적으로 합리적인 일이다. 대신 끔찍할 만큼 달달하고 어디 가서 관람료로 200달러를 냈다는 얘기는 절대 할 수 없는 그런 브로드웨이 쇼를 보러 갈 수 있다. 이게 레스가 첫날 밤에 이런 낭비를 메꾸느라 저녁으로 핫도그를 먹으면서 벌인 일이었다. '찔리는 쾌락(guilty pleasure)'이라고는 할 수 없다. 조명이 꺼지고 커튼이 올라가자 청소년 시절의 심장이 오케스트라와 함께 뛰기 시작하고 찔리는 마음은 하나도 느껴지지 않으니까 말이다. 아서는 아무 죄책감을 느끼지 않는다. 주변에 이러니저러니 그를 평가해댈 사람이 없어서 기쁨에 몸이 떨려올 뿐이다. 형편없는 뮤지컬이지만 형편없는 섹스 파트너가 그렇듯 형편없는 뮤지컬도 완벽하게 소임을 완수할 수 있다. 끝날 때쯤 아서 레스는 눈물을 흘리며 자리에 앉아 흐느끼고 있다. 그는 자기가 조용히 흐느꼈다고 생각하지만 불이 들어오자 옆자리에 앉았던 여자가 돌아보며 "자기, 살면서 무슨 일을 겪었는지는 모르겠지만 내가 다 맘이 아프네요"라고 말하더니 라일락 향을 풍기며 그를 안아준다. 그는 그녀에게 말해주고 싶다. 아무 일도 안 일어났어요, 아무 일도 안 일어났어요. 난 그냥 브로드웨이 쇼를 보러 온 동성애자일 뿐이라고요.

다음 날 아침, 호텔 방의 커피메이커는 배고픈 작은 연체동물이 되어 입을 딱딱 벌려 열더니 파드*를 게걸스럽게 삼키고 커피를 머그잔에 분비한다. 돌보는 방법이나 먹이 주는 방법에 대한 설명서 내용은 명백하지만 어째선지 레스는 첫 번째 시도에서는 증기만을 만들어내는 데 성공하고 두 번째에는 파드 자체를 녹여버린다. 레스의 한숨.

때는 뉴욕의 가을 아침이다. 그러므로 화려하다. 기나긴 여행의 첫날이자 인터뷰 전날, 그의 옷은 아직 깨끗하고 깔끔하며 양말은 짝이 맞고 파란색 정장에는 주름 하나 없다. 치약도 아직 미국 것이지 무슨 이상한 외국 맛이 아니다. 밝은 레몬색 뉴욕 조명이 마천루에 번쩍거리며 푸드트럭의 누비이불 모양 알루미늄 옆면에 반사돼 아서 레스 자신을 비춘다. 엘리베이터를 잡아주지 않던 나이 든 여자의 심술궂고 고소해하는 표정도, 유머 감각이라고는 전혀 없는 커피숍 소녀도, 붐비는 5번가에서 꼼짝 않고 서 있는 관광객들도, 흥분해 말을 걸어오는 호객꾼들도("아저씨, 코미디 좋아하세요? 코미디 싫어하는 사람은 없죠!"), 콘크리트를 박아대는 착암용 드릴기의 치통 같은 느낌도—그 어떤 무엇도 이날을 망칠 수는 없다. 여기에는 지퍼만 파는 가게도 있다. 그런 가게가 스무 곳은 있다. 지퍼 구역이다. 이 얼마나 화려한 도시인가.

"뭘 입으실 거예요?" 레스가 인사하러 잠깐 들르자 서점 직원이 묻는다. 그는 이 서점에 오려고 아름다운 블록 스무 곳을 걸었다.

"뭘 입을 거냐고요? 아, 그냥 늘 입는 파란 정장요."

(펜슬스커트에 스웨터를 입고 안경을 낀, 도서관 사서를 풍자하는

---

* 천년 벌프 소재의 포상재에 한 잔 문망의 뭔누를 압축한 것.

듯한 차림새의) 직원은 웃고 또 웃는다. 그녀의 명랑함이 잦아들어 미소가 된다. "아뇨, 진짜로요." 그녀가 말한다. "뭘 입으실 거냐고요?"

"아주 좋은 정장인데요. 무슨 말씀이세요?"

"아니, H. H. H. 맨던이잖아요! 거의 핼러윈이기도 하고요! 저는 나사(NASA) 작업복을 찾았어요. 재니스는 화성 여왕 옷을 입고 온대요."

"저는 맨던이 진지한 인상을 주고 싶어 한다고 생각했는데……."

"하지만 H. H. H. 맨던이잖아요! 핼러윈이고! 차려입어야죠!"

그녀는 레스가 얼마나 신중하게 짐을 꾸렸는지 모른다. 그의 짐은 모순적인 소지품들이 담긴 서커스 자동차다. 캐시미어 스웨터와 가벼운 리넨 바지, 온열 속옷과 선탠로션, 넥타이와 스피도, 운동용 고무 밴드 세트 등등. 대학교에서도 신고 해변에서도 신을 신발로는 뭘 싸야 하나? 북유럽의 어둠과 남아시아의 태양에 모두 어울리는 선글라스는? 그는 핼러윈, 디아 데 로스 무에르토스*, 페스타 디 산 마르티노**, 니콜라우스타크***, 크리스마스, 새해 첫날, 이드 알마울리드****, 바산트 판차미*****, 히나마쓰리******를 지나게 될 것이다. 모자만으로도 쇼윈도를 가득 채울 지경이다. 그리고 정장도 있다.

---

* 멕시코 명절로 '죽은 자들의 날'이라는 뜻의 스페인어.
** '올드 핼러윈'으로 알려진 성 마틴 축일로 매년 11월 11일.
*** 산타클로스로 알려진 성 니콜라스를 기리는 크리스마스 관련 축일로 서부 기독교 국가들에서는 12월 5~6일, 동부 기독교 국가들에서는 12월 19일에 기념한다. 특히 독일과 폴란드에서 소년들이 주교로 변장하고 빈자들을 위한 자선 물품들을 수집하러 다닌다.
**** '예언자의 탄신일'이라는 뜻으로 이슬람 국가에서 기리는 무함마드의 생일.
***** 봄이 온 것을 축하하는 인도의 축일.
****** 일본에서 매년 3월 3일에 여자아이의 행복을 기원하며 히나 인형을 장식하는 민속 축제.

그 정장 없이는 아서 레스도 없다. 한때의 기분에 산 정장이었다, 3년 전 주의력(과 돈)을 바람에 날려 보내고 출장 간 친구를 만나겠다고 호치민으로 날아갔던 변덕스러운 시절, 모터 달린 자전거가 모기떼처럼 들끓던 그 습한 도시에서 에어컨을 찾다가 양복점에 들어가 정장을 주문하는 바람에. 자동차 배기가스와 사탕수수에 취해 있던 그는 연달아 성급한 결정을 내린 뒤 집 주소를 넘겨주었고 다음 날 아침에는 이 일을 모조리 잊어버렸다. 2주 후, 샌프란시스코에 소포가 도착했다. 어리둥절해진 아서는 소포를 풀고 미디엄블루 색깔에 자홍색 안감이 들어가 있으며 자기 이름 APL이 수놓여 있는 정장을 꺼냈다. 상자에서 나는 장미수 냄새를 맡으니 머리를 꼭꼭 쪽지고 위협적으로 질문을 던져대던 독재자 같은 여자가 즉시 떠올랐다. 재단, 단추, 주머니, 목깃. 하지만 가장 중요한 건 파란색이었다. 벽 전체에 걸려 있는 천에서 서둘러 골라낸 그 색깔은 그냥 평범한 파란색이 아니었다. 청록색? 라피스블루? 무엇과도 비슷하지 않았다. 미디엄이지만 생생하고 적당히 윤기가 돌며 확실히 대담한 색깔. 울트라마린과 청산염 사이, 비슈누와 아몬* 사이, 이스라엘과 그리스 사이, 펩시와 포드의 로고 사이 어딘가. 한마디로, 밝았다. 어떤 정신에서 선택한 건지는 모르겠지만 아서는 그 옷이 마음에 들었고 그 이후로 계속 그 정장을 입었다. 프레디조차 그 옷을 괜찮다고 생각했다. "형, 유명인 같아!" 정말 그랬다. 마침내, 늦은 나이에, 알맞은 음표를 누른 것이다. 그 정장을 입으면 보기도 좋고 그다워 보이기도 한다. 정장 없이는 왠지 그래 보이지 않는다. 그 정장이 없으면 아서 레스도 없다.

* 각각 힌두교와 이집트의 신.

하지만 물론 정장만으로는 충분하지 않다. 일정표가 점심과 저녁 약속으로 북적거리니 뭔가 찾아야 한다……. 뭘? 스타트렉 유니폼을? 그는 서점에서 나와 그가 대학을 졸업한 뒤 살았던 동네까지 헤매고 가는데, 덕분에 옛 시절 웨스트빌리지를 추억할 기회가 생긴다. 지금은 모든 게 사라졌다. 레스의 비상 열쇠를 코코넛케이크 아래에 보관해주곤 했던 솔푸드 레스토랑도, 젊은 레스에게는 두렵기만 하던 고무 입힌 장치들을 쇼윈도에 진열해둔, 줄지어 선 페티시 용품 가게들도, 거기 있는 남자들과는 좀 더 가망성이 있으리라는 가설을 바탕으로 자주 들르던 레즈비언 바들도, 한 친구가 코카인이라고 생각하고 뭔가 샀다가 화장실에서 나오며 방금 스마티스*를 흡입했다고 공표했던 지저분한 바도, 〈뉴욕포스트〉에서 부정확하게도 "가라오케 킬러"라고 부른 존재가 어느 여름 집요하게 드나들던 피아노 바들도. 모두가 사라져버렸다. 더 예쁜 것들로 대체됐다. 금으로 만든 것들을 파는 아름다운 가게들과 햄버거만 파는 사랑스럽고 조그마한 샹들리에 레스토랑들, 박물관처럼 진열해놓은 신발들. 이 동네가 얼마나 노골적으로 추잡했는지 기억하는 사람은 때로는 아서 레스뿐인 듯했다.

뒤쪽에서 들려오는 소리. "아서! 아서 레스?"

그는 뒤를 돌아본다.

"아서 레스! 믿을 수가 없네! 나야, 방금 네 얘기를 하고 있었는데!"

레스는 자기가 누구를 껴안고 있는지도 제대로 모른 채 남자를 껴안으며 어느새 플란넬에 파묻히고, 레게 머리를 한 서글프고 큰 눈의 젊

---

* 설탕을 입힌 초콜릿류 과자의 일종.

36

은이가 어깨 너머로 이 모습을 바라본다. 남자는 그를 놓아주고 이게 얼마나 놀라운 우연인지 이야기하기 시작하는데, 그러는 내내 레스는 생각한다. 대체 누구지? 회색 턱수염이 깔끔한, 유쾌하고 동글동글한 대머리 남자가 격자무늬 플란넬에 주황색 스카프를 걸치고서 옛날에는 은행이던 8번가 식료품점 앞에 씩 웃으며 서 있다. 크게 당황한 레스의 정신은 서둘러 이 남자를 여러 배경 앞에 연달아 놓아본다—푸른 하늘의 해변, 높은 나무가 있는 강변, 랍스터와 와인글라스, 미러볼과 마약, 동틀 녘의 침대 시트. 하지만 아무것도 떠오르지 않는다.

"믿을 수가 없네!" 남자는 레스의 어깨를 쥔 손아귀에서 전혀 힘을 풀지 않고 말한다. "알로가 방금 실연당한 얘기를 하고 있었어. 그래서 내가 그랬거든. 알로, 시간을 좀 가져. 지금은 불가능해 보이겠지만 시간을 좀 두란 말이야. 가끔은 몇 년씩 걸리기도 해. 그때 널 봤어, 아서! 그래서 내가 거리 저편을 가리키면서 말했지. 봐! 날 찬 사람이 저기 있네. 난 절대 회복하지 못할 거라고 생각했어. 절대 저 남자의 얼굴을 다시 보거나 그 이름을 다시 듣고 싶지 않았는데, 보라니까! 저기, 난데없이 나와 있잖아. 그런데도 난 아무 악감정이 들지 않아. 얼마나 오래됐지, 6년인가, 아서? 아무 악감정이 안 들어."

레스는 가만히 서서 남자를 찬찬히 살펴본다. 접었다가 펴서 당긴 종이접기 같은 얼굴 주름, 이마의 옅은 주근깨, 귀에서 정수리까지 이어지는 흰 솜털, 오직 악감정으로만 번뜩이는 구릿빛 두 눈. 이 할아버지는 대체 누굴까?

"봤지, 알로?" 남자가 젊은 남자에게 말한다. "전혀. 전혀 아무런 감정도 없다니까! 그냥 전부 극복하게 돼. 알로, 사진 찍어줄래?"

레스는 어느새 다시 이 남자를, 이 통통하고 낯선 이를 끌어안고, 사진을 찍으려고 이리저리 움직이는 젊은 알로에게 미소를 짓고 있다. 그러다 남자가 알로에게 지시하기 시작한다. "다시 찍어. 아니, 저쪽에서 찍어, 카메라를 더 위로 들어. 아니, 더 위에. 아니, **더 위에!**"

"하워드." 레스가 옛 연인에게 미소를 지으며 말한다. "잘 지내나 보네요."

"너도, 아서! 예전엔 우리가 얼마나 어린지 몰랐는데, 안 그래? 이제 우리 둘을 좀 보라니까, 할아버지들이야!"

레스는 깜짝 놀라 뒤로 물러선다.

"음, 만나서 반가웠어!" 하워드가 고개를 저으며 말하더니 반복한다. "멋지지 않아? 아서 레스가, 바로 여기 8번가에 있다니. 만나서 반가웠어, 아서! 잘 지내, 우린 가봐야 돼서!"

조준을 잘못해서 뺨에 맞추려던 입술이 역사 교수의 입에 닿는다. 그에게서는 호밀 빵 냄새가 난다. 6년 전이 짧게 번뜩인다. 극장에서 그의 실루엣을 보며, 이 사람이라면 좋은 동반자가 될 거야, 하고 생각하던 그때가. 그가 하마터면 함께할 뻔했던, 하마터면 사랑할 뻔했던 남자인데 이제는 길거리에서 알아보지도 못하다니. 레스가 개자식이거나 마음이라는 게 원래 변덕스러운 것이리라. 둘 다 사실일 가능성도 없진 않다. 가엾은 알로에게, 이 모든 일이 전혀 위안일 리 없는 알로에게 작별 인사를. 그 두 사람이 막 길을 건너려다 하워드가 멈춰서 뒤를 돌아보며 밝은 표정으로 말한다. "아! 너 카를로스 펠루랑 친구였지? 세상 정말 좁다! 결혼식에서 만나게 되려나?"

아서 레스는 삼십대가 되어서야 책을 냈다. 그때쯤 그는 유명한 시인 로버트 브라운번과 몇 년째 샌프란시스코의 가파른 주거용 계단을 반쯤 오른 곳에 있는 작은 집—그들은 항상 그 집을 오두막이라고 불렀다—에서 함께 살고 있었다. 꼭대기의 리밴트가(街)에서부터 완만한 곡선을 그리며 몬터레이의 소나무와 양치식물, 담쟁이덩굴, 브러시나무 사이로 이어져 동쪽으로 시내가 보이는 벽돌 층계참까지 내려오는 그 계단은 벌컨스텝스라고 불렸다. 현관에는 부겐빌레아가 버려진 졸업 무도회 드레스처럼 피어 있었다. '오두막'에는 방이 네 개뿐이었는데 그중 하나는 누가 뭐래도 로버트의 것이었다. 하지만 그들은 벽을 하얗게 칠하고 로버트가 친구들에게서 받은 그림을 여러 점 걸어두었고(그중 하나는 거의 신원 확인이 가능한 레스가 누드로 바위에 누워 있는 그림이었다) 침실 창문 밑에는 능소화 묘목을 심었다. 레스가 로버트의 조언을 받아들여 글을 쓰기까지는 5년이 걸렸다. 처음에는 그냥 단편소설들을 겨우겨우 써냈다. 그런 다음, 함께하는 인생이 거의 끝나갈 무렵에는 장편소설을 썼다. 《칼립소》는 《오디세이아》에 나오는 칼립소 신화를 개작한 것으로, 2차 세계대전을 겪은 군인이 남태평양 해안으로 쓸려 와 지역의 한 남자에게 구조되고, 그 남자는 군인을 도와 그가 원래 세계로 돌아갈 방법을, 고향에 있는 아내에게로 돌아갈 방법을 찾아줘야 한다는 이야기였다. "아서, 이 책 말인데,"—로버트가 효과를 더하려고 안경을 벗으며 말했다—"널 사랑한다는 건 영광이야."

책은 적당한 성공을 거두었다. 다름 아닌 리처드 챔피언이 온갖 생색을 내며 〈뉴욕타임스〉에 리뷰를 실어준 것이다. 로버트가 먼저 읽고 미소를 지으며, 시인의 두 번째 눈이라도 되는지 이마에 안경을 걸쳐놓고 레스에게 리뷰를 건네줬다. 좋은 리뷰라고 했다. 하지만 작가라면 누구나 다른 작가가 술잔에 슬쩍 타놓은 독약 맛을 알아차릴 수 있다. 챔피언은 《칼립소》의 작가를 "도도한 스타일의 바보 사랑꾼"이라고 지칭하며 글을 맺었다. 레스는 시험을 치르는 어린아이처럼 그 단어들을 빤히 바라보았다. 도도한 스타일이라는 말은 칭찬 같았다(아니었지만). 하지만 바보 사랑꾼이라니? 바보 사랑꾼이 대체 무슨 뜻이지?

"암호 같네요." 레스가 말했다. "적군에게 메시지를 보내는 건가?"

정답이었다. "아서." 로버트가 그의 손을 잡고 말했다. "그냥 네가 호모라는 거야."

하지만 사막에 내리는 비만 마시고도 모래언덕에서 몇 년씩이나 살아남는 그 있을 법하지 않은 딱정벌레들처럼 아서 레스의 소설은 어째서인지 몇 년씩 계속해서 팔려나갔다. 영국에서, 프랑스에서, 이탈리아에서 팔렸다. 레스는 두 번째 소설 《대일조(對日照)》를 써냈지만 별다른 주목을 받지 못했고, 세 번째 소설 《암흑물질》 때는 코모런트 출판사 사장이 어마어마한 홍보 예산을 들여 강력히 밀어준 덕분에 10여 곳의 도시를 여행하게 됐다. 시카고에서 출간 기념행사가 열렸을 때는 무대 뒤에 서서 그를 소개하는 말("《칼립소》로 호평받은 작가, 도도한 스타일의 바보 사랑꾼……")과 강당에 있던 열다섯, 스무 명쯤 되는 사람들의 흐느끼는 듯한 박수 소리―폭풍이 내리기 전 인도에서 보이는 어두운 빗자국 같은 그 끔찍한 조짐―를 듣고 고등학교 동창회를 다시 떠올렸다. 동창회 행사 기획자들은 그에게 메일로 초대장을 보내 '아서 레스와의 밤'이라고 홍보한 낭독회에 참석해달라고 했었다. 고등학교에서는 아무도 아서 레스와의 밤을 원한 적이 없지만 그는 그 말을 그대로 받아들였다. 그는 자신이 얼마나 많은 성취를 이루었는지 생각하며 (기억하는 것보다도) 낮고 땅딸막한 델마바 고등학교에 나타났다. 얼마나 많은 동창생들이 '아서 레스와의 밤'에 참석했는지는 여러분 상상에 맡긴다.

《암흑물질》이 출판됐을 때쯤 그와 로버트는 헤어진 상태였고 그 이후로 레스는 오직 사막의 비만 맞고 살아가야 했다. 로버트가 소노마로 서둘러 떠났을 때 '오두막'을 받기는 했지만(로버트가 퓰리처상을 탄 이후 대출금을 갚았다) 나머지는, 작가로서의 삶이라는 그 미친 조각보, 충분히 따뜻하긴 하지만 절대 발가락을 제대로 덮어주지는 않는 그런 조각보를 여기저기 때우고 기워야 했다.

하지만 이번 신작은! 이거야말로 바로 그 책이었다!《스위프트》('발이 빠르다고 달음박질에 우승하는 것도 아니고'*에서 발이 빠른 자라는 뜻으로)라는 편력 소설이었다. 샌프란시스코를, 자신의 과거를 걸어서 여행하는 남자가 몇 차례 충격적 사건과 실망을 연달아 경험하고 고향으로 돌아오는 소설("형이 하는 일은 게이《율리시스》를 쓰는 것뿐이야." 프레디가 말했다). 한 남자의 고달픈 인생을 안타까워하는 가슴 아픈 소설이었다. 파산한 중년 게이 인생에 대한 소설. 그리고 오늘 저녁 식사 시간에는 틀림없이 샴페인과 함께 레스에게 좋은 소식이 들려올 것이다.

호텔 방에서 그는 (새로 드라이한) 파란 정장을 입고 거울 앞에서 미소 짓는다.

---

* 성경 전도서 9장 11절에 나오는 구절.

아무도 '아서 레스와의 밤'에 오지 않았다.

　한번은 프레디가 레스의 에이전트야말로 그의 "위대한 로맨스"라
는 농담을 했었다. 맞는 말이었다, 피터 헌트는 레스를 속속들이 아니
까. 그는 다른 사람이 목격하지 못하는 노력과 욱하는 감정, 기쁨을 다
룬다. 하지만 레스는 피터 헌트에 대해 거의 아는 게 없다. 심지어 그가
어디 출신인지도 기억나지 않는다. 미네소타였나? 결혼은 했었나? 클
라이언트가 몇 명이더라? 레스는 전혀 모르고 있다. 하지만 그는 여학
생처럼, 아니 더 정확하게 말하자면 남자의 말 한마디만 기다리는 정
부(情婦)처럼 피터의 전화와 메시지를 먹고 산다.
　그리고 여기, 그가 레스토랑에 들어오고 있다. 피터 헌트. 대학 시절
에 농구 스타였던 그는 예전과 달리 스포츠머리 대신 만화영화 속 지
휘자처럼 길게 기른 흰머리를 하고 있지만 여전히 방에 들어갈 때마다
그곳을 키로 위압한다. 레스토랑을 가로질러 오며 피터는 그곳 사방에
있는 친구들과 텔레파시로 악수를 한 다음 가엾고 고통받는 레스에게
시선을 고정한다. 피터는 베이지색 코듀로이 정장을 입고 있는데 자
리에 앉자 그 옷이 가르랑거린다. 그의 뒤쪽에서는 브로드웨이 여배우
가 검은 레이스 차림으로 들어오고 그녀의 양옆에는 랍스터 테르미도
르 두 접시가 증기를 구름처럼 뿜어내며 모습을 드러낸다. 긴장된 협
상을 벌이는 외교관이라면 누구나 그러듯 피터는 절대 11시 전까지는
일 얘기를 꺼내지 않으므로 식사 시간 동안은 레스가 읽은 시늉을 해
야 한다는 의무감을 느끼는 작가들에 대한 문학적인 대화가 내내 이어
진다. 커피를 마실 때에야 피터가 말한다. "여행 가실 거란 얘기를 들었

어요." 레스는 그렇다고, 전 세계를 여행하는 중이라고 말한다. "잘됐네요." 피터가 청구서를 가져오라고 손짓하며 말한다. "그러면 머리를 좀 비우실 수 있겠어요. 코모런트에 너무 애착을 갖지는 마셨으면 좋겠습니다." 레스는 말을 더듬다가 조용해진다. 피터: "《스위프트》를 반려했거든요. 여행하시면서 원고를 좀 더 다듬으셔야 할 것 같아요. 새로운 시각으로 새로운 생각을 불러일으키시는 거죠."

"뭘 제안하던가요? 글을 바꿨으면 좋겠다고 하나요?"

"바꾸랄 건 없었어요. 제안도 없었고."

"피터, 지금 날 버리려는 거예요?"

"아서, 그렇게는 안 될 거예요. 코모런트를 넘어서 생각하자고요."

식탁 의자 밑에서 뚜껑 문이 열린 것만 같다. "책이 너무…… 바보 사랑꾼 같은가요?"

"너무 안타까워한달까요. 너무 슬픔에 젖어 있달까. 이런 식으로 동네를 걸어 다니는 책들, 일상의 하루를 다루는 이야기들 말입니다. 작가들이 이런 이야기를 사랑한다는 건 저도 알아요. 하지만 작가님의 이 스위프트라는 친구한테 공감하기는 어려운 것 같네요. 이 사람이 제가 아는 그 누구보다도 멋진 삶을 살고 있다는 말씀이에요."

"너무 게이 같다, 즐겁다는 거예요?"*

"이번 여행을 활용하세요, 아서. 작가님은 어느 장소를 포착하는 능력이 아주 뛰어나요. 돌아오면 저한테 연락하시고요." 피터가 그를 안

---

* 영어 단어 gay에는 '동성애자'라는 뜻 외에도 '명랑하다', '즐겁다'라는 뜻이 있다. 사실, '명랑하다', '즐겁다'는 뜻으로 쓰이던 단어를 차용해, 멸칭으로 쓰이던 '호모'를 대체한 단어가 '게이'이다.

아주며 말하자 레스는 그가 떠나려 한다는 걸 깨닫는다. 끝났다. 청구서가 도착하고 계산이 이루어지는 내내 레스는 이 나쁜 소식의 어두운, 바닥조차 없는, 벽이 미끄러운 구덩이 속에서 몸부림치고 있다. "그리고 내일 맨던 행사 잘되시길 바랍니다. 맨던의 에이전트는 참석하지 않았으면 좋겠네요. 괴물이거든요."

그는 긴 머리를 말 꼬리처럼 휙 날리며 성큼성큼 그곳을 가로지른다. 레스는 여배우가 손등에 피터의 키스를 받아들이는 걸 지켜본다. 그런 뒤 그는, 레스의 위대한 로맨스는 또 다른 고통받는 작가를 매료하러 사라진다.

방에 돌아온 레스는 소인국 같은 욕실에 놓인, 거인국에서 가져온 듯한 욕조를 보고 깜짝 놀란다. 그래서 비록 시간은 10시 정각이지만 목욕물을 튼다. 욕조가 차오르는 동안 도시를 내다본다. 판지로 만든 파스트라미 간판이 달린 엠파이어 식당은 스무 블록 아래쪽에 있는 엠파이어스테이트빌딩을 따라 한 것이다. 센트럴파크 쪽에 가까운 다른 창문에서는 호텔 뉴요커의 간판이 보인다. 이 사람들은 장난을 하자는 게 아니다, 절대로. '민병대' 혹은 '삼각모자단'이라는 이름의 뉴잉글랜드 여관이 식민지 시대의 단철 풍향계가 없힌 둥근 지붕을 올릴 때 장난으로 그러는 것이 아니듯, 입구에 내놓은 대포알 피라미드도 장난삼아 가져다 놓은 게 아니듯, '노이스터'라는 이름의 메인주 소재 랍스터 사육장이, 덫과 유리 부표들이 걸려 있는 그 사육장들이 장난을 하는 것이 아니듯, 사바나의 이끼로 장식한 레스토랑이나 '웨스턴 그리즐리 드라이 굿즈', '플로리다의 악어 어쩌구', 심지어 '캘리포니아 서핑보드

샌드위치', '케이블카 카페', '안개의 도시 여관'이 장난을 하는 게 아니 듯 말이다. 누구도 장난으로 그러는 게 아니다. 이 사람들은 완전 진지 하다. 사람들은 미국인들이 태평하다고 생각하지만 사실 그들 모두가 완전 진지하다. 특히 지역 문화에 대해서 그렇다. 이들은 동네 바를 '살 롱'이라고, 동네 가게를 '원조'라고 부른다. 이들은 지역 고등학교를 상 징하는 색깔로 옷을 맞춰 입는다. 다들 자기 동네는 파이로 유명하다 고 한다. 심지어 뉴욕조차도.

아마 장난질을 하는 건 레스 혼자뿐일 것이다. 그의 옷을 보고 있자 니―뉴욕에서 입을 검은 청바지, 멕시코에서 입을 카키 바지, 이탈리 아에서 입을 파란 정장, 독일에서 입을 패딩, 인도에서 입을 리넨―코 스튬에 코스튬이 이어진다. 그것 하나하나가 장난, 그에 대한 장난이 다. 신사 레스, 작가 레스, 관광객 레스, 힙스터 레스, 식민주의자 레스. 진짜 레스는 어디에 있을까? 사랑을 두려워하는 청년 레스는? 25년 전 의 완전 진지한 레스는? 글쎄, 그 사람은 하나도 챙겨 오지 않았다. 그 모든 세월이 지난 지금 레스는 그 사람이 어디에 보관되어 있는지조차 모르고 있다.

그는 물을 잠그고 욕조에 들어간다. 뜨 뜨 뜨 뜨 뜨거워! 그는 허리 까지 빨개져 밖으로 나온 뒤 찬 기운이 좀 머물도록 기다린다. 수증기 가 수면에, 또 단 한 줄 검은 줄무늬가 들어간 흰 타일이 반사된 모습 에 유령처럼 맴돈다. 다시 슬쩍 몸을 담근다. 물은 이제 약간만 너무 뜨 겁다. 그의 몸이 물그림자 아래에서 물결친다.

아서 레스는 늙어버린 첫 동성애자다. 최소한 이런 때에는 그런 기 분이 든다. 여기, 이 욕조 안에서 *그*는 스물다섯 살이나 서른 살이어야,

욕조에서 벌거벗고 있는 아름다운 청년이어야 했다. 삶의 기쁨을 즐기는. 오늘 누가 벌거벗은 레스를 우연히 본다면 얼마나 끔찍할까. 연필과 잉크를 모두 지울 수 있는 이중 지우개처럼 허리춤까지는 분홍색이고 두피까지는 회색인 그를 본다면. 로버트를 제외하면 그는 쉰 살이 넘은 다른 게이 남자를 본 적이 없다. 아서는 그들이 모두 사십몇 살일 때 만났지만 이후로 그들이 아주 오래 살아가는 건 본 적이 없다. 그들은, 그 세대는 에이즈로 죽었다. 레스 세대는 종종 쉰 살 이후의 땅을 탐험하는 첫 세대처럼 느껴진다. 어떤 식으로 해내야 하나? 영원히 소년으로 남아 머리를 염색하고 호리호리한 체격을 유지하기 위해 다이어트를 하며 꽉 끼는 셔츠와 청바지를 입고 나가 여든 살이 되어 쓰러져 죽을 때까지 춤을 춰야 할까? 아니면 그 반대로—그 모든 걸 버리고 머리카락이 회색으로 변하게 뇌둔 채 뱃살을 가려주는 우아한 스웨터를 입고 다시는 오지 않을 지나간 기쁨을 바라보며 미소를 지어야 할까? 결혼해서 아이를 입양할까? 부부라면 섹스가 완전히 사라지는 일은 없도록 침대 옆에 어울리는 탁자를 가져다 놓듯 각자 애인을 만들어야 할까? 아니면 이성애자들이 그러듯이 섹스가 완전히 사라지도록 뇌두어야 할까? 그 모든 허영과 불안, 욕망, 고통을 떠나보내면서 안도감을 느끼게 될까? 불교 신자가 될까? 한 가지 일만은 절대 하지 말아야 할 게 분명하다. 9년 동안 애인 한 명과 사귀며 그 관계가 편하고 일상적이라고 생각하다가 그가 떠나자마자 자취를 감추고 호텔 욕조에 홀로 틀어박혀 이제 어떻게 해야 하나 의구심을 품게 되는 것만은 해서는 안 될 일이다.

난데없이, 로버트의 목소리.

난 너한테 너무 늙은 사람이 되어가고 있어. 네가 서른다섯 살이면 난 예순 살이 돼. 네가 쉰 살이면 난 일흔다섯 살이 되고. 그다음엔 우리 뭘 할까?

초반의 일이었다. 그는 너무 젊었다. 아마 스물두 살이었을 것이다. 섹스 이후에 나누곤 하던 진지한 대화 중에 나온 얘기. 난 너한테 너무 늙은 사람이 되어가고 있어. 물론 레스는 그게 터무니없는 소리라고, 나이 차이는 그에게 아무 의미가 없다고 말했다. 멍청한 남자애들보다 로버트가 더 섹시하다고, 그건 확실히 알지 않느냐고 말이다. 사십대 남자들은 너무 섹시했다. 좋아하는 것과 좋아하지 않는 것, 한계를 설정할 곳과 아무 한계를 두지 않을 곳에 대한 침착한 확신, 경험과 모험심. 그 덕분에 섹스가 훨씬 나아졌다. 로버트는 담배에 다시 불을 붙이며 미소 지었다. 그다음엔 우리 뭘 할까?

그다음엔 프레디가 20년 후에 나타나 레스의 침실에 서 있었다. "난 형이 늙었다고 생각 안 해."

"하지만 늙었어." 레스는 침대에 누운 채 말했다. "늙게 될 거야." 우리의 주인공은 팔꿈치를 괴고 옆으로 누워 있다. 흐르는 세월 동안 능소화가 자라 창문에 드리운 격자무늬를 얼룩덜룩한 햇빛이 보여준다. 레스는 마흔넷이다. 스물아홉 프레디는 빨간 안경과 레스의 턱시도 재킷뿐 아무것도 걸치지 않고 있다. 그의 털투성이 가슴팍에는 예전에 텅 비어 있던 곳에 겨우 옴폭 들어간 자리만 남아 있다.

프레디는 거울에 자기 모습을 비춰 본다. "형 턱시도는 나한테 더 잘 어울리는 거 같아."

"한 가지 분명하게 해두고 싶은데," ─레스가 목소리를 낮추며 말한다─ "난 네가 다른 사람을 만나는 걸 막지 않을 거야."

프레디는 이서 레스와 거울 속에서 눈을 맞춘다. 청년의 얼굴이 치통이라도 있는 것처럼 살짝 당겨진다. 마침내 그가 말한다. "그건 걱정 안 해도 돼."

"네 나이는……."

"알아." 프레디는 한 마디 한 마디에 아주 깊은 주의를 기울이는 사람 같은 표정이다. "난 우리가 어디 와 있는지 알고 있어. 그건 걱정 안 해도 돼."

레스는 다시 침대에 눕고 그들은 잠시 말없이 서로를 바라본다. 바람이 덩굴을 창문에 톡톡 부딪치게 만들며 그림자를 휘젓는다. "난 그냥 얘기하고 싶었……." 그가 입을 연다.

프레디가 돌아본다. "길게 얘기할 필요는 없어, 이서. 그건 걱정하지 않아도 돼. 난 그냥 형이 이 턱시도를 나한테 줘야 한다고 생각할 뿐이야."

"절대 안 돼. 내 향수도 그만 써."

"부자 되면 그럴게." 프레디가 침대에 오른다. "〈페이퍼 월〉 다시 보자."

"펠루 선생님, 그냥 확실히 해두고 싶었을 뿐이에요." 요점을 전달했다는 확신이 들 때까지 뭘 내버려두지 못하는 레스는 계속 말을 잇는다. "저한테 애착을 갖지는 마시라고요." 레스는 언제부터 둘의 대화가 번역된 소설의 한 구절처럼 들리게 된 건지 궁금해진다.

프레디가 다시, 아주 진지하게 일어나 앉는다. 강한 아래턱. 화가가 스케치할 법한, 그가 이제 남자가 되었다는 걸 드러내주는 아래턱이다. 그의 아래턱과 가슴에 있는 짙은 색 털 독수리는―그것들은 남자의 것이다. 몇 가지 세부사항―작은 코와 다람쥐 같은 미소, 생각이 너무 쉽게 읽히는 파란 두 눈―만이 안개를 들여다보던 스물다섯 살짜리 흔적의 전부다. 그러다가 그가 미소 짓는다.

"형의 잘난 척이란 믿을 수 없을 정도야." 프레디가 말한다.

"그냥 내 주름이 섹시하다고 생각한다고 말해줘."

더 가까이 기어들며: "아서, 형은 섹시하지 않은 구석이 하나도 없어."

물은 차가워졌고 타일 덮인 창문 없는 방은 이제 이글루처럼 느껴진다. 그는 타일에 반사된 자기 모습을 본다. 반짝이는 흰 표면에서 흔들거리는 유령. 그는 여기에 머물 수 없다. 침대로 갈 수도 없다. 뭔가 슬프지 않은 일을 해야만 한다.

네가 쉰 살이면 난 일흔다섯 살이 되고 그다음엔 우리 뭘 할까?

웃는 것 말고는 아무것도 할 게 없다. 만사의 진리.

나는 젊은 시절의 아서 레스를 기억한다. 나는 열두 살쯤이었고 어른들의 파티에서 아주 지루해하고 있었다. 아파트는 온통 흰색이었고 초대된 사람도 전부 백인이었다. 그들은 내게 무슨 색깔 없는 소다수를 주면서 아무 데도 앉지 말라고 했다. 은백색 벽지에 반복적으로 그려진 재스민 덩굴무늬에 오랫동안 매료된 나는 90센티미터마다 그 작품 특유의 얼어붙은 속성에 따라 꽃에 내려앉지 못하는 작은 벌이 있다는 걸 알아챘다. 그러다가 나는 어깨에 와 닿는 손길을 느꼈다. "뭐 좀 그려볼래?" 뒤를 돌아보니 나를 내려다보며 미소 짓는 금발 청년이 있었다. 키가 크고 호리호리하며 정수리의 머리카락이 긴, 로마 조각상의 이상화된 얼굴을 가지고 있으며 나를 보고 씩 웃느라 약간 눈이 튀어나온 사람. 어린애들이 보면 좋아할 생기 있는 표정이었다. 나는 그를 십대라고 생각했던 게 틀림없다. 그는 연필과 종이가 있는 부엌으로 나를 데려가더니 눈에 보이는 풍경을 함께 그리면 되겠다고 말했다. 나는 그를 그려도 되겠느냐고 물었다. 그는 내 말을 듣고 웃었지만, 좋다고 말하고 다른 방에서 들려오는 음악 소리에 귀를 기울이며 스툴에 앉아 있었다. 내가 아는 밴드였다. 그가 파티를 피해 숨어 있다는 생각은 한 번도 들지 않았다.

어느 방에 있으면서 동시에 거기에서 탈출하는 능력으로 봤을 때 아서 레스에게 필적할 만한 사람은 아무도 없다. 그가 자리에 앉자 그의 정신은 즉시 나를 내버려두고 떠났다. 스키니 진에 커다란 점박이 무늬가 들어간 흰색 케이블 니트 스웨터를 걸친 호리호리한 체격, 음악에―"너무 외로워, 너무 외로워"―귀를 기울이느라 쭉 뻗고 있는 길고 발그레한 목과 체격에 비해 너무 큰, 어느 면에서는 너무 길고 직사각형인 머리, 너무 붉은 입술, 너무 장밋빛인 두 뺨, 옆쪽은 닿을락 말락 짧게 자르고 이마 위로는 물결치며 흘러내리게 한 숱 많고 윤기 나는 금발. 그는 두 손을 무릎에 두고 안개를 빤히 바라보며 입 모양으로 가사를 따라 부르고―"너무 외로워, 너무 외로워"―나는 내가 그랍시고 그린 뒤엉킨 선들을 생각하며 얼굴을 붉힌다. 나는 그의 **자족적인 모습**에, 그의 **자유**에 너무 큰 경외감을 느꼈다. 내가 그를 그리는 10분 혹은 15분 동안, 나로서는 연필을 들고 가만히 앉아 있기조차 힘들던 그 시간 동안 그는 자기 안으로 사라져버렸다. 잠시 후 그의 두 눈이 밝아지고 그가 나를 보며 말했다. "어떻게 그렸어?" 나는 그에게 보여주었다. 그는 미소를 지으며 고개를 끄덕이더니 내게 얼마간의 팁을 주고 소다를 더 마시고 싶으냐고 물었다.

"몇 살이야?" 내가 그에게 물었다.

그의 입이 말려 올라가며 미소를 그렸다. 그는 눈에서 머리카락을 쓸어냈다. "스물일곱 살이야."

어떤 이유에서인지 난 이걸 끔찍한 배신이라고 느꼈다. "애가 아니네!" 내가 그에게 말했다. "어른이잖아!"

상처받은 그 남자의 얼굴이 붉어지는 걸 본다는 건 상상조차 어려운 일이었다. 내가 한 말이 왜 그에게 상처를 주었는지 과연 누가 알겠는가. 나는 그가 아직도 자신을 소년이라고 생각하는 편을 더 좋아했다고 생각한다. 나는 그가, 사실은 걱정과 공포로 가득 차 있었던 것인데, 자신감 있다고 생각했다. 그때 그가 얼굴을 붉히며 눈을 내리깔았던 그때 이 모든 걸 알아챈 건 아니지만 말이다. 나는 불안이나 다른 의미 없는 인간적 고통에 대해서는 아무것도 몰랐다. 난 그저 내가 잘못된 말을 했다는 것만 알았다.

나이 든 남자가 문간에 나타났다. 내가 보기엔 늙어 보였다. 흰색 옥스퍼드 셔츠와 검은 안경, 무슨 약사 같았다. "아서, 나가자." 아서는 내게 미소를 짓더니 즐거운 오후를 보내게 해줘 고맙다고 말했다. 늙은 남자가 나를 힐끗 보더니 짧게 고개를 끄덕였다. 나는 뭐든 내가 저지른 잘못을 고쳐야 한다고 느꼈다. 그때, 그들은 함께 떠났다. 물론 나는 그 사람이 퓰리처상을 받은 시인 로버트 브라운번이라는 걸 몰랐다. 젊은 연인 아서 레스와 함께 있는 로버트 브라운번.

"맨해튼 한 잔 더 주세요."

같은 날 더 늦은 밤이다. 내일 맨던 인터뷰가 있으니 아서 레스는 취하지 않는 편이 낫다. 그리고 스페이스오페라적인 의상을 찾아야 한다.

그가 말하고 있다. "저는 세계 일주를 하는 중이에요."

이 대화는 호텔과 가까운 미드타운 바에서 일어나고 있다. 레스는 아주 젊었을 때 이곳에 자주 들르곤 했다. 이 가게는 바뀐 게 아무것도 없다. 들어오려는 모든 사람을 의심하는 문지기도, 액자 속 나이 든 찰리 채플린 사진도, 젊은이들에게는 빠르게, 나이 든 사람들에게는 느리게 술을 내오는 굽은 바가 있는 라운지도, 연주자가 (와일드 웨스트 살롱*에서처럼) 주문을 받은 대로 무엇이든 (대체로는 콜 포터를) 의무적으로 연주하는 그랜드피아노도, 줄무늬 벽지도, 조개껍질 모양 촛대도, 단골들도. 이곳은 나이 든 남자들이 나이 어린 남자들을 만나는 곳으로 알려져 있다. 엄청나게 늙은 두 사람이 반들반들한 머리카락의 소파 위 남자를 인터뷰하고 있다. 레스는 이 나이의 방정식에서 등호 반대편에 와 있다는 생각에 즐겁다. 그는, 오하이오 출신으로 머리가 벗어져가고 있으나 잘생긴, 무슨 이유에서인지 골똘히 귀를 기울이고 있는 청년과 이야기 중이다. 레스는 바 위쪽에 러시아 우주인 헬멧이 전시되어 있는 걸 아직 눈치채지 못했다.

"다음엔 어디로 가요?" 그 친구가 밝게 묻는다. 빨간 머리 특유의 흐릿한 속눈썹에 주근깨가 난 코를 가지고 있다.

"멕시코. 그다음에는 이탈리아 시상식에 가요." 레스가 말한다. 그는 맨해튼을 두 잔째 마시고 있는데 그 술이 제대로 역할을 해줬다. "상을

---

* 미국 개척 시대의 서부 술집.

받지는 못할 거예요. 하지만 집을 떠나야 해서요."

빨간 머리는 머리를 손으로 괸다. "집이 어딘데요, 형?"

"샌프란시스코요." 레스는 거의 30년 전 기억을 떠올리고 있다. 약에 취한 친구와 함께 이레이저 콘서트에서 걸어 나오다 민주당이 다시 상원을 차지했다는 사실을 알게 된 그는 이 바로 들어와 선언했었다. "우린 공화당 지지자랑 자고 싶어요! 공화당 지지하는 사람?" 그러자 그곳의 모든 남자가 손을 들었다.

"샌프란시스코면 그렇게 나쁘지 않은데." 젊은 남자가 미소 지으며 말한다. "그냥 사람들이 좀 잘난 척을 해서 그렇지. 왜 떠나요?"

레스는 바에 기대 새 친구를 똑바로 바라본다. 피아노에는 아직 콜 포터가, 레스의 맨해튼에는 아직 체리가 살아 있다. 그는 체리를 음료에서 따낸다. 찰리 채플린이 아래를 내려다본다(왜 찰리 채플린인지?). "같이 자는 남자를 뭐라고 불러야 할까요? — 예를 들어서, 9년 동안 같이 자고 아침을 만들어주고 생일 파티를 열어주고 말다툼을 하고 그 사람이 입으라는 옷을 입었는데, 그런 일을 9년 동안 했는데, 그 사람 친구들한테도 잘해주고 그 사람이 항상 내 집에 와 있었는데, 그러는 내내 이 관계가 어떤 식으로든 발전될 수 없다는 걸, 그 사람은 다른 누군가를 찾게 될 거고 그 사람이 나는 아닐 거라는 걸 알고 있다면, 그 점이 처음부터 합의되어 있다면, 그 사람이 누군가를 찾아가서 그와 결혼하게 될 거라면 — 그런 사람을 뭐라고 부를까요?"

피아노는 격렬한 톰톰* 박자에 맞춰 '나이트 앤드 데이'로 흘러간다.

---

* 아프리카 민족 악기에서 발달해 재즈의 드럼으로 쓰는 타악기.

술친구가 한쪽 눈썹을 치켜세운다. "모르겠는데, 뭐라고 불러요?"

"프레디요." 레스는 체리 꼭지를 입속에 넣고 몇 초 안에 매듭을 지어 꺼낸다. 그는 매듭을 앞에 놓인 바 냅킨에 놓는다. "프레디가 다른 누군가를 찾아서 그 사람하고 결혼한대요."

청년이 고개를 끄덕이며 묻는다. "뭐 마셔요, 형?"

"맨해튼, 근데 내가 살게요. 저기요, 바텐더." 그가 머리 위 우주 헬멧을 가리키며 말한다. "바 위에 저건 뭐예요?"

"저기, 미안. 오늘은 안 돼요." 빨간 머리 남자가 말하며 레스의 손에 자기 손을 얹는다. "내가 살게요. 그리고 우주인 헬멧은 내 거예요."

레스: "무슨 말이에요?"

"여기서 일하거든요."

우리의 주인공은 미소를 지으며 자기 손을 내려다보더니 눈을 들어 빨간 머리를 본다. "내가 진상이라고 생각하겠네요." 그가 말한다. "그런데 미친 부탁이 하나 있어요. 제가 내일 H. H. H. 맨던을 인터뷰하는데, 필요한 게……."

"전 이 근처에 살기도 해요. 형 이름이 뭐랬죠?"

"아서 레스?" 흰머리 여자가 극장의 초록색 방에서 묻는다. H. H. H. 맨던은 들통에 구토하고 있다. "대체 아서 레스가 누구야?"

레스는 겨드랑이에 우주 헬멧을 낀 채 문간에 서 있다. 얼굴에 미소가 새겨져 있다. 이 질문을 대체 얼마나 많이 받아봤던가? 확실히, 더이상 그게 상처가 되지 않을 만큼은 받아봤다. 아주 젊었던 시절, 카를로스 시절에 그 질문을 받았을 때는 누군가가 아서 레스는 초록색 스피도를 입은 델라웨어 출신 꼬마라고, 풀장 근처에 있는 깡마른 녀석이라고 하는 말을 엿들었고, 시간이 좀 흐르자 아서 레스라면 로버트 브라운번의 애인, 바 근처에 수줍게 서 있는 사람이라는 설명이 나왔으며, 시간이 더 지났을 때에는 누가 아서 레스는 로버트의 전 애인이며 이제 초대하면 안 될지도 모른다고 지적했고, 소설을 한 권, 그다음에는 두 권 쓴 작가라고 소개되었으며, 더 나중에는 누가 어딘가에서 오래전에 알았던 친구라고 소개되었다. 마지막으로는 프레디 펠루가 톰 데니스와 결혼하기 전까지 9년 동안 자던 남자라는 대답이 들려왔다. 아서 레스는 그를 모르는 모든 사람에게 그 모든 존재였다.

"이봐, 당신 대체 누구냐고?"

저 바깥 극장에 있는 사람들은 아무도 그를 모를 것이다. 식중독으로 고생하면서도 팬들을 실망시키지 않으려는 H. H. H. 맨던을 도와 무대로 올라갈 때에도 그는 그냥 "엄청난 팬"으로 소개될 것이다. 한 시간 반짜리 인터뷰를 진행하면서 작가 맨던이 제대로 해내지 못하는 게 보일 때마다 긴 설명으로 빈틈을 채우고 그가 지친 눈길로 쳐다볼 때마다 청중의 질문에 대신 답하더라도, 이 행사를, 이 불쌍한 남자의 커리어를 구원하더라도 아무도 그가 누군지 모를 것이다. 사람들은 H. H. H. 맨던 때문에 여기에 왔다. 맨던의 로봇 피보디 때문에 왔다. 한 작가가 자신들의 인생을 바꾸어놓았기에 로봇이나 우주 여신 혹은 외계인 옷을 차려입고 여기에 온 것이다. 다른 작가는, 우주 헬멧의 열린 바이저 사이로 얼굴 일부가 보이는, 맨던 옆의 다른 작가는 중요하지 않다. 그는 기억되지 않을 것이다. 아무도 그가 누구인지 알거나 심지어 궁금해하지도 않을 것이다. 그러다가 오늘 밤 늦게, 멕시코시티로

가는 비행기에 오를 때면 옆자리 일본인 관광객이 그가 작가라는 말을 듣고 흥분해 누구냐고 물을 테고, 레스는 그때까지 포기하지 못하던 마지막 희망이라는 무너진 다리에서 자유낙하하며 앞서 수없이 했던 것과 같은 답을 들려줄 것이다.

도도한 스타일의 바보 사랑꾼.

난 아무 악감정이 들지 않아. 아무 악감정이 안 들어.

아서, 내 아들은 한 번도 너랑 어울렸던 적이 없어.

"아무도 아니에요." 우리의 주인공은 뉴욕 시를 향해 말한다.

멕시코의 레스

프레디 펠루는 이륙 전에 누가 말해주지 않아도 다른 사람들을 돕기 전에 자기 산소마스크를 먼저 챙길 사람입니다.

친구들이 바에 오기를 기다리며 한 게임이었다. 게이 전용도, 이성애자 전용도 아닌 그냥 이상한 샌프란시스코의 한 바였고 프레디는 아직 학교에서 입던 파란 셔츠와 넥타이 차림이었으며 그들은 아스피린 맛에 목련 향이 나고 가격은 햄버거보다 비싼 신종 맥주를 마시고 있었다. 레스는 케이블 니트 스웨터를 입고 있었다. 그들은 단 한 문장으로 서로를 묘사하려는 중이었다. 레스가 먼저 위에 적힌 문장을 말했다.

프레디가 얼굴을 찌푸렸다. "아서." 그는 탁자를 내려다보았다.

레스는 앞에 놓인 그릇에서 설탕을 입힌 호두를 몇 개 가져갔다. 그는 대체 뭐가 문제냐고 물었다. 자기는 좋은 문장을 떠올렸다고 생각했다며.

프레디는 곱슬머리가 통통 튕기도록 고개를 젓더니 한숨을 쉬었다.

"그 말은 사실이 아닌 것 같아. 형이 날 처음 만났을 때는 그랬을지도 모르지. 하지만 오래전이잖아. 내가 뭐라고 하려 했는지 알아?"

레스는 모르겠다고 말했다.

청년은 연인을 빤히 바라보더니 이렇게 말하고 맥주를 한 모금 마셨다. "아서 레스는 내가 아는 가장 용감한 사람입니다."

아서는 비행기에 탈 때마다 이 일을 떠올린다. 이 생각이 언제나 모든 걸 망쳐놓는다. 이 생각은 뉴욕에서 멕시코시티로 가는 이번 비행도, 그 자체로도 충분히 망가져가던 이번 비행도 망쳐놓았다.

아서 레스는 라틴아메리카 국가들에서는 비행기가 안전하게 착륙하면 갈채를 보내는 게 전통이라고 들었다. 머릿속에서 그는 이런 관습을 과달루페의 성모* 기적과 연관 짓는다. 실제로 비행기가 좀 오랫동안 난기류로 고통받자 레스는 자기도 모르게 어느새 적절한 기도를 찾고 있다. 하지만 그는 어린 시절 유니테리언 교회 교육을 받았다. 그에게 기댈 곳이라고는 존 바에즈**밖에 없고 '다이아몬드 앤드 러스트'는 아무 위로가 되지 않는다. 달빛 속의 비행기는 늑대 인간으로 변신하려는 사람처럼 계속 요동친다. 그래도 아서 레스는 인생의 진부한 비유들을 감상할 줄 안다. 변신. 그렇다. 아서 레스는 마침내 미국을 떠나고 있다. 아마 국경을 넘어서면 기사에게 구조된 나이 든 노파처럼,

---

* 1531년 멕시코 과달루페에서 발현한 갈색 피부의 원주민 여성 모습을 한 성모마리아. '뱀을 물리친 여인'이라는 뜻의 '코아탈호페(과달루페)'라는 이름의 성당을 지으라 전하고 사라졌다고 한다.
** 미국 가수, 작사가, 인권운동가, 반전운동가.

그가 강을 건네주는 순간 공주로 변한 그녀처럼 변신할 것이다. 아무도 아닌 아서 레스가 아니라 이번 컨퍼런스의 특별하고 독특한 연사 아서 레스로. 아니, 공주가 노파가 된 거였던가? 레스 옆자리에 앉은 젊은 일본인 관광객은 형광 노란색 추리닝에 달 착륙 운동화를 신은, 불가능할 만큼 힙한 사람이다. 그는 땀을 흘리며 입으로 숨을 쉬고 있다. 한순간 그는 레스에게 고개를 돌려 이게 정상인지 묻고 레스는 "아뇨, 아뇨. 이건 정상이 아니에요"라고 말한다. 산통이 더 심하게 이어지자 청년은 레스의 손을 꼭 잡는다. 그들은 함께 폭풍을 헤쳐나간다. 그들은 아마 문자 그대로 기도를 하지 않고 있는 유일한 승객일 것이다. 마침내 비행기가 착륙하자—창문이 멕시코시티의 광활한 야간 회로를 드러내자—레스는 자기 혼자만이 이번 생존에 갈채를 보내고 있다는 걸 알게 된다.

"내가 아는 가장 용감한 사람"이라니, 프레디는 무슨 뜻이었을까? 레스에게는 수수께끼다. 아서 레스가 겁에 질리지 않았던 날을 하루, 아니 한 시간이라도 대보라지. 칵테일을 주문하고 택시를 잡고 학생들을 가르치고 책을 쓰는 일. 레스는 이 모든 일과 세상에서 벌어지는 거의 모든 일이 두려웠다. 하지만 이상한 건 모든 게 무서웠기에 다른 것보다 딱히 더 어려운 일은 없었다는 점이다. 세계 일주를 하는 것도 껌을 사는 것보다 두려운 일은 아니었다. 하루하루, 그날 분량의 용기.

그러니 세관을 통관한 뒤 누군가 이름을 부르는 소리가 들리자 얼마나 안심했겠는가. "세뇨르 레스!" 턱수염이 나 있고 서른 살쯤 되어 보이며 검은 청바지에 티셔츠, 록 가수 같은 가죽 재킷을 입은 남자가 서 있다.

"저는 아르투로입니다." 아르투로가 털투성이 손을 내밀며 말한다. 이 사람이 앞으로 사흘 동안 안내를 맡아줄 '지역 작가'다. "러시안리 버파를 알고 지낸 분을 만나다니 영광이네요."

"저도 아르투로예요."* 레스가 손을 맞잡아 흔들며 수다스럽게 말한다.

"네. 세관을 빨리 통과하셨네요."

"가방 좀 가져가달라고 어떤 사람한테 뇌물을 줬거든요." 그는 사파타 콧수염**에 파란 제복을 입고 팔짱을 낀 채 서 있는 왜소한 남자를 가리킨다.

"네, 하지만 뇌물을 주신 건 아니에요." 아르투로가 고개를 저으며 말한다. "프로피나죠. 팁요. 저 사람은 짐꾼이거든요."

"아." 레스가 말하자, 콧수염 남자가 미소를 건넨다.

"메히코(멕시코)는 처음 오신 건가요?"

"네." 레스가 재빨리 말한다. "네, 맞아요."

"메히코에 오신 걸 환영합니다." 아르투로는 그에게 컨퍼런스 서류 뭉치를 건네고 지친 듯 그를 올려다본다. 그의 두 눈 밑에는 연보랏빛 줄무늬가 곡선을 그리고 있고 아직 젊은 이마에는 주름이 구불구불 들어가 있다. 레스는 그제야 머리카락에서 반짝이는 포마드라고 생각했던 것이 줄무늬처럼 들어간 흰머리라는 걸 알아챈다. 아르투로가 말한다. "이런 말씀을 드리게 돼서 슬프지만 아주 느린 도로를 따라 아주

---

* '아서'의 스페인식 이름이 '아르투로'이다.
** 멕시코 혁명가 에밀리아노 사파타가 기르고 다니던 독특한 팔자수염.

오랫동안 차를 타게 되실 겁니다……. 마지막 쉴 곳으로 갈 때까지요."

아르투로가 한숨을 쉰다. 만인의 진실을 말했기 때문이다.

이제야 알겠군. 레스에게는 시인이 배정됐다.

러시안리버파에 대해서라면, 아서 레스는 모든 재미를 놓쳐버렸다. 그곳의 남녀 유명인들은 자신들의 신을 새긴 조각상에 나무망치를 가져갔다. 봉고드럼을 쳐대는 시인들과 액션페인팅 화가들. 그렇게 그들은 60년대로부터 70년대라는 빠른 사랑과 퀘일루드(quaalude)*의 시대 정상으로 허둥지둥 건너갔다(퀘일루드라니, 저 게으르고 불필요한 모음 a 없이 더 완벽한 철자를 써낼 방법은 없단 말인가?). 사람들의 인정을 일광욕처럼 즐기며 샌프란시스코 북쪽 러시안리버의 오두막에서 말다툼을 벌이고 술을 마시고 담배를 피우고 떡을 치다가 사십대가 됐다. 그중 몇몇은 동상의 모델이 되기도 했다. 하지만 레스는 너무 늦게 파티에 참석했다. 그가 만난 건 젊은 터키인들이 아니라 바다사자처럼 강에서 굴러다니는, 자존심 세고 배가 터질 듯한 중년 예술가들이었다. 아서에게는 한물간 것처럼 보였다. 그들이 정신의 전성기에 올라 있다니 이해할 수 없었다. 레너드 로스도, 오토 핸들러도, 심지어 문제의 레스 누드화를 그린 프랭클린 우드하우스까지도. 레스는 스텔라 배리가 낡아빠진 《이상한 나라의 앨리스》한 권을 사용해 생일선물로 만들어준, 액자에 넣은 발췌 시도 한 편 가지고 있다. 폭풍우가 휘몰아치는 가운데 낡은 피아노로 핸들러가 연주하는 '패티 허스트'를

* 수면제의 일종.

듣기도 했다. 로스의 《사랑의 수고, 이루어지다(Love's Labors Won)》* 초고를 보았고, 그가 한 장면을 단숨에 휘갈겨 써내는 걸 지켜보기도 했다. 그들은 언제나 레스에게 친절했다. 문제의 스캔들을 생각해보면 특히 그랬다(아니, 그 스캔들 때문이었을까?). 레스가 로버트 브라운 번을 그의 아내에게서 훔쳐냈던 스캔들 말이다.

하지만 어쩌면, 결국은 누군가가 그들을 찬양하며 묻어줄 때가 온 걸지도 몰랐다. 그들 대부분이 죽은 지금(로버트는 아직 살아 있지만 소노마의 요양원에서 간신히 숨을 쉬고 있다—그놈의 담배 때문이야, 자기. 그들은 한 달에 한 번씩 영상통화를 했다) 아서 레스라고 안될 건 뭐란 말인가? 그는 택시에서 서류 무게를 가늠해보며 미소를 짓는다. 서류는 노란색 애완용 강아지같이 빨간 목줄을 매고 있다. 동료들이 불가에서 함성을 지르는 가운데 귀염둥이 아서 레스가 부엌에서 아내들과 함께 앉아 진을 꼴깍꼴깍 삼킨다. 그리고 저만 살아서 이야기를 전하게 됐어요. 내일이면 대학 강단에 서게 되겠지. 미국의 유명 작가 아서 레스가 말이다.

호텔까지는 차로 한 시간 반이 걸린다. 빨간 후미등으로 이루어진 강이 고대 마을들을 파괴한 용암처럼 물결친다. 마침내 녹음 내음이 택시로 훅 끼쳐 들어온다. 한때는 찰스 린드버그가 비행기를 착륙시킬 정도로 탁 트여 있었다는 파르케 메히코, 즉 멕시코 공원에 들어왔다. 지금 이곳에서는 세련된 젊은 멕시코인 커플이 산책하고 있고 한쪽 잔

---

* 셰익스피어의 희곡 《사랑의 헛수고(Love's Labour's Lost)》를 패러디한 것으로 보인다.

디밭에서는 다양한 품종의 개 열 마리가 긴 빨간색 담요 위에 꼼짝 않고 누워 있는 훈련을 받는 중이다. 아르투로가 턱수염을 톡톡 두드리며 말한다. "네, 공원 중앙 경기장은 린드버그의 이름을 땄습니다. 물론 아버지도 파시스트로 유명한 사람이었죠. 도착했습니다."

레스를 재미있게 해주려는 건지 호텔 이름은 멍키 하우스이고 미술품과 음악으로 가득 차 있다. 앞쪽 복도에는 프리다 칼로가 두 손에 각기 심장을 쥐고 있는 거대한 초상화가 있다. 그 아래에서는 자동피아노가 스콧 조플린*의 악보를 연주하는 중이다. 아르투로가 빠른 스페인어로 땅딸막한 노인과 이야기를 나누는데, 머리카락이 매끄러운 은발인 그는 레스에게 돌아서서 말한다. "조그만 우리 집에 오신 걸 환영합니다! 유명한 시인이시라고요!"

"아니에요." 레스가 말했다. "하지만 유명한 시인을 알았죠. 요즘은 그것만으로 충분한 것 같네요."

"네, 이분은 로버트 브라운번을 알았습니다." 아르투로가 두 손을 꽉 쥐고 심각하게 설명한다.

"브라운번요!" 호텔 주인이 소리친다. "저한테는 브라운번이 로스보다 나아요! 언제 만나셨어요?"

"아, 한참 전이에요. 제가 스물한 살 때였어요."

"메히코에 오신 건 처음인가요?"

"네, 네, 맞아요."

"메히코에 오신 걸 환영합니다!"

* 19세기 말 미국에서 유행한 피아노 음악인 래그타임의 작곡가이자 피아니스트.

이 떠들썩한 파티에 초대받은 다른 절박한 사람들은 누구일까? 레스는 지인이 나타날까 봐 두렵다. 그가 견딜 수 있는 건 비공개 모욕뿐이다.

아르투로는 방금 상대방이 아끼는 뭔가를 망가뜨린 사람처럼 고통스러운 표정으로 레스를 돌아본다. "세뇨르 레스, 정말 죄송합니다." 그가 입을 연다. "스페인어를 할 줄 모르실 것 같은데, 제 생각이 맞나요?"

"맞습니다." 레스가 말한다. 너무 피곤하고 컨퍼런스 관련 서류는 너무 무겁다. "사연이 기네요. 저는 독일어를 선택했어요. 젊은 시절의 끔찍한 실수지만 부모님을 탓해야겠죠."

"네. 젊은 시절이라. 그런데 내일 축제는 완전히 스페인어로 진행됩니다. 네, 제가 아침에 페스티벌 센터로 데려다 드릴게요. 하지만 세 번째 날까지는 말씀하실 일이 없을 거예요."

"세 번째 날까지 무대에 오르지 않는다고요?" 그는 세 명이 참가한 경주에서 동메달을 딴 사람 같은 표정이 된다.

"혹시,"—여기서 아르투로가 심호흡을 한다—"제가 대신 우리 도시를 구경하실 수 있도록 시내로 데려다 드리면 어떨까요? 미국 동포랑 함께요."

레스는 한숨을 쉬며 미소 짓는다. "아르투로, 그거 멋진 제안이네요."

다음 날 아침 10시, 아서 레스는 호텔 바깥에 서 있다. 태양이 밝게 빛나고 머리 위에서는 자카란다 나무에 깃든, 꼬리가 부채꼴인 검은 새 세 마리가 특이하고 즐거운 소리를 내고 있다. 잠시 후에야 레스는 녀석들이 자동피아노 소리를 따라 하는 방법을 배웠다는 걸 깨닫는다.

레스는 카페를 찾고 있다. 호텔 커피는 놀랄 정도로 묽고 미국 맛이 난다. 게다가 간밤에는 (작별 키스의 기억을 고통스럽게 애무하느라) 잠을 제대로 자지 못했기 때문에 기진맥진했다.

"선생이 아서 레스인가요?"

북미 억양이, 육십대 사자처럼 생긴 덥수룩한 회색 갈기와 황금빛 눈길을 가진 남자에게서 나온다. 그는 자기를 축제 기획자라고 소개한다. "내가 책임자입니다." 그가 놀라울 정도로 앙증맞은 앞발 같은 손을 내밀어 악수를 청하며 말한다. 그는 자기가 교수로 있는 중서부 대학교 이름을 댄다. "해럴드 밴 더밴더입니다. 내가 우리 학장을 도와서 올해 컨퍼런스를 조직하고 패널들을 모았어요."

"멋진데요, 밴더…… 밴…… 교수님."

"밴 더밴더요. 네덜란드계 독일인입니다. 아주 호평받는 명단을 뽑았어요. 페어본과 게섭, 맥매너핸이 올라 있었죠. 오번과 타이슨, 플럼도 있었고."

레스는 이 정보를 덥석 삼킨다. "하지만 해럴드 플럼은 죽었는데요."

"명단이 변경됐어요." 책임자가 인정한다. "하지만 원래 명단은 그야말로 명품이었죠. 헤밍웨이도 있었어요. 포크너와 울프도 있었고."

"그러니까 플럼은 없다는 말씀이시죠." 레스가 대화에 기여한다. "아마 울프도 없을 테고요."

"아무도 데려오지는 못했어요." 책임자가 거대한 아래턱을 들어 올리며 말한다. "하지만 원래 명단을 인쇄시켰습니다. 서류에서 보셨을 텐데요."

"멋지네요." 레스는 어리둥절해 눈을 깜빡이며 말한다.

"서류에는 헤인스 장학금 기부용 봉투도 들어 있어요. 방금 도착하신 건 알지만, 그분이 사랑했던 이 나라에서 주말을 보내고 나면 마음이 움직이실 겁니다."

"저는 별로……." 아서가 말한다.

"그리고 저쪽에는 아후스코산 정상이 있네요." 책임자가 서쪽을 가리키며 말한다. "그분의 '익사하는 여인'이라는 시에 나왔던 게 기억나실 겁니다." 스모그가 낀 공기 속이기에 레스는 아무것도 보이지 않는다. 그는 이 시든 다른 시든 헤인스의 시를 한 편도 들어본 적이 없다. 책임자가 기억을 더듬어 인용하기 시작한다. "'어느 일요일 오후 석탄 슈트에서 떨어졌다면…….' 기억나시죠?"

"저는 잘……." 아서가 말한다.

"파르마시아(약국)는 보셨어요?"

"전 아직……."

"아, 꼭 가봐야 해요, 모퉁이를 돌면 바로 하나 있거든요. '파르마시아스 시밀라레스'라고. 일반 의약품. 내가 이 축제를 멕시코에서 여는 이유가 전부 그겁니다. 처방전은 가지고 오셨어요? 여기서는 훨씬 싸게 살 수 있는데." 책임자가 손가락질을 하자 레스는 이제 약국 간판이 보인다. 그는 흰 실험실 가운을 입은 작고 동글동글한 여자가 가게 대문을 끌어 여는 모습을 지켜본다. "클로노핀, 렉사프로, 아티반." 그가 정답게 속삭인다. "하지만 내가 정말 이리로 내려온 건 비아그라 때문이죠."

"저는 별로……."

책임자는 고양이처럼 빙긋 웃는다. "우리 나이가 되면 재고를 쌓아

놔야 돼요! 오늘 오후에 내가 한 팩 써보고 효과가 있는지 말해줄게 요." 그는 주먹을 사타구니 높이로 내리더니 곧추선 엄지손가락을 위로 탁 튕겨 올린다.

위쪽의 찌르레기들이 래그타임을 부르며 그들을 조롱한다.

"세뇨르 레스, 세뇨르 반더반더." 아르투로다. 그는 전날 밤 이후 옷도, 태도도 갈아입지 않은 것 같다. "갈 준비 되셨습니까?"

레스는 여전히 당황한 채로 책임자에게 돌아선다. "우리랑 같이 가세요? 패널들을 만나보셔야 하지 않아요?"

"난 정말 훌륭한 패널들을 소집했어요! 하지만 절대 직접 참가하진 않죠." 그는 두 손을 가슴팍에 펼쳐 보이며 설명한다. "내가 스페인어를 못하거든."

그가 멕시코에 온 건 이번이 처음이었을까? 아니다.

아서 레스는 거의 30년 전, 8트랙짜리 카세트 플레이어에 테이프는 딱 두 개만 들어 있는 낡아빠진 흰색 BMW를 타고 멕시코를 방문했다. 그 차에는 서둘러 싼 옷이 든 여행 가방 두 개와 마리화나 한 봉지, 스페어타이어 밑에 테이프로 붙여놓은 메스칼린*과 법망을 피해 도망치듯 캘리포니아 전체를 세로로 빠르게 달려 내려가던 운전기사도 있었다. 로버트는 그날 아침 일찍 전화를 걸어 젊은 아서 레스를 깨우더니 사흘치 짐을 싸라고 말하고는 한 시간 후에 나타나 차에 타라고 빠르게 손짓했다. 무슨 장난이었을까? 로버트의 몽상 이상도 이하도 아니었다.

* 용설란에서 추출하는 흥분제의 일종.

레스는 점점 이런 일에 익숙해졌지만 당시에는 로버트와 겨우 한 달 알고 지낸 상태였다. 그와 술 한잔하러 우연히 만나던 게 호텔 방을 빌리는 것으로 바뀌었고, 이제는 갑자기 이런 일, 휙 멕시코로 휩쓸려 가는 일로 변했다. 그에게는 젊은 시절의 짜릿함이었다. 로버트는 센트럴캘리포니아의 아몬드 덤불 사이로 속도를 내면서 엔진보다 시끄럽게 소리쳐댔고 그 뒤에는 테이프를 다시 뒤집어 갈 때를 제외하면 오랫동안 고요함이 이어졌으며 나머지는 로버트가 젊은 아서 레스를 오크 나무 뒤로 데려가 그의 눈에 눈물이 고일 때까지 입맞춤을 하며 끝이 났다. 이 모든 일은 레스를 놀라게 했다. 나중에 돌이켜 생각해보고서야 로버트가 분명 뭔가에 취해 있었다는 걸 깨달았다. 아마 그의 예술가 친구 한 명이 러시안리버에서 준 암페타민 종류였을 것이다. 로버트는 흥분해 있었으며 행복했고 웃겼다. 그는 단 한 번도 자기가 취해 있는 약을 레스에게 권하지 않았다. 그저 마리화나만 건넸다. 하지만 그는 거의 멈추지 않고 열두 시간 동안 계속 차를 몰았고 둘은 샌이시드로의 멕시코 국경에 이르렀다. 그리고 티후아나를 건너 또 두 시간을, 이어 로사리토를 향해 아래로 내려갔고, 거기에서야 마침내 노을로 불타는 바다를 따라 차를 몰았으며 노을이 한 줄의 형광 분홍색으로 식었을 때에야 마침내 엔세나다에, 로버트가 환영의 뜻으로 등짝을 맞으며 데킬라 두 잔을 받았던 해변 호텔에 도착했다. 그들은 주말 내내 담배를 피우고 사랑을 나누느라고, 식사를 하거나 해변에서 메스칼린을 곁들여 산책을 할 때가 아니면 더운 방에서 거의 탈출하지 않았다. 아래쪽에서는 마리아치* 밴드가 레스로

* 멕시코 전통음악을 연주하는 유랑 악사.

서는 오직 지속적인 반복을 통해서만 기억할 수 있었던 노래를 끝없이 연주했고, 그는 로버트가 담배를 피우며 웃는 가운데 '요라르'를 따라 불렀다.

요 세 비엔 케 에스토이 아푸에라
페로 엘 디아 케 요 메 무에라
세 케 텐드라스 케 요라르
(요라르 이 요라르, 요라르 이 요라르)

내가 네 삶에서 벗어났다는 건 알아
하지만 내가 죽는 그날엔
네가 울게 되리란 걸 알아
(울고 또 울겠지, 울고 또 울겠지)

일요일 아침, 그들은 호텔 직원들에게 작별 인사를 하고 집으로 향하는 또 한 번의 초고속 여행길에 올랐다. 이번에는 열한 시간 만에 주파했다. 지치고 얼떨떨해진 젊은 아서 레스는 자기 아파트에 내린 뒤 비틀비틀 들어가, 일하기 전까지 몇 시간 잠을 잤다. 그는 정신이 나갈 만큼 행복했고 사랑에 빠져 있었다. 여행 내내 그가 중차대한 질문—아내분은 어디 계세요?—을 한 번도 던진 적이 없다는 사실은 나중이 되어서야 떠올랐고, 그래서 그는 뭔가 흘리게 될까 봐 두려워 로버트의 친구들 주변에서는 주말 일을 절대 언급하지 않기로 작정했다. 레스는 이런 가증스러운 탈출을 은폐하는 데 너무 익숙해진 나머지 몇 년이 지나 더 이상 이런 일이 문제가 되는 것 자체가 불가능해졌을 때에도 멕시코에 간 적이 있느냐는 질문을 받으면 항상 이렇게 대답했다. 아뇨.

멕시코시티 투어는 지하철을 타는 것으로 시작된다. 레스는 왜 터널들이 아즈텍 모자이크로 가득 차 있을 거라고 예상한 걸까? 대신 그는 자신이 다녔던 델라웨어 초등학교의 복제품 속으로 의아해하며 내려간다. 알록달록한 난간과 타일이 깔린 바닥, 원색의 노란색과 파란색과 주황색, 역사를 통해 사기라는 게 밝혀졌지만 아직도 이곳에서는 '범생이' 아서 레스의 기억 속에서처럼 살아 있는 1960년대의 명랑함. 어느 교장이 은퇴한 후 이곳으로 불려 와 레스의 꿈에 따라 지하철을 디자인하게 된 걸까? 아르투로가 그에게 표를 받으라고 손짓하고, 레스는 빨간 베레모를 쓴 경찰관이 **푸트볼**(축구) 팀이라도 만들 수 있을 것처럼 규모가 큰 일행을 지켜보는 가운데 로봇에게 표를 먹이는 아르투로의 동작을 모방한다.

"세뇨르 레스, 여기 우리 열차네요." 주황색 레고 모노레일이 고무바퀴를 달고 달려오다가 멈춰 서자 그는 안으로 들어가 차가운 금속 막대를 잡는다. 어디로 가는 거냐고 묻자 아르투로는 "꽃에요"라고 대답하고, 레스는 실제로 꿈속에 살고 있는 것만 같은 느낌이 든다—그러다가 머리 위에서 지도를 발견한다. 역이 하나하나 그림문자로 표시되어 있다. 그들은 정말 '플라워'로 향하고 있다. 거기에서 그들은 열차를 갈아타고 '무덤', 그러니까 '툼'으로 향한다. 꽃에서 무덤이라니, 항상 그런 식이다. 도착하자 레스는 뒤쪽에 있던 여자가 살짝 미는 걸 느끼고 부드럽게 승강장으로 배출된다. 이번 역도 저번 역에 필적하는 초등학교다. 이번에는 밝은 파란색이다. 그는 아르투로와 책임자를 바싹 따라 타일이 깔린 통로와 사람들을 헤치고 나아간 끝에 에스컬레이터를 타고 청록색 정사각형 하늘을 향해 미끄러져 올라간다. 주변 사방에 석재를 깎아 만든 건물들이 고대의 진흙 속에서 약간씩 기울어져 있고 거대한 대성당이 있다. 왜 그는 항상 멕시코시티가 스모그 낀 날의 피닉스* 같을 거라고 생각했을까? 왜 아무도 이곳이 마드리드일 거라고는 말해주지 않은 걸까?

히비스커스 꽃무늬가 들어간 긴 검은색 드레스를 입은 여자, 그러니까 가이드가 그들을 맞아 멕시코시티의 시장 중 한 곳인 푸른 물결 모양의 강철로 이루어진 경기장으로 안내하고, 그곳에서 그들은 아르투로의 친구가 분명한 젊은 스페인 남자 네 명을 만난다. 가이드는 설탕에 절인 과일이 놓인 식탁 앞에 서서 알레르기가 있는 사람, 혹은 먹지 않는 음식이나 먹을 수 없는 음식이 있는 사람이 있느냐고 묻는다. 침묵. 레스는 벌레나 끈적끈적한 러브크래프트식 바다 괴물 같은 상상 속 음식들을 언급해야 하나 싶지만 가이드는 이미 그들을 데리고 가판대 사이를 지나고 있다. 종이에 싼 씁쓸한 초콜릿이 나무 곤봉처럼 생긴 아즈텍 거품기 바구니 옆에 지구라트**처럼 쌓여 있고 불교 승려들이 만다라를 그릴 때 사용할 법한 다채로운 색깔의 소금이 담긴 유리병들이 녹슨 쇠나 코코아 색깔 씨앗들이 담긴 플라스틱 통과 함께 놓

---

* 미국 남서부 애리조나주의 도시.
** 고대 바빌로니아, 아시리아 유적에서 발견되는 성탑(聖塔).

여 있다. 가이드는 이것들이 씨앗이 아니라 귀뚜라미라고 설명한다. 살아 있거나 튀긴 가재나 애벌레 같은 벌레들이, 고양이가 아니라는 걸 증명하려는 듯 검은색과 흰색의 털북숭이 '양말'을 아직도 신고 있는 토끼와 새끼 염소들의 도축장 구역을 따라 놓여 있고, 기다란 정육점의 유리 진열장이 있어 그걸 따라 걷는 아서 레스에게 마치 의지를 겨뤄보자는 듯 아서로서는 실패할 게 틀림없는 경쟁을 제안하며 점점 공포를 키운다. 하지만 다행스럽게도 그들은 수산물 통로 쪽으로 방향을 튼다. 알 수 없는 이유로 앰퍼샌드(&)에 몸을 말고 있는 회색 점박이 문어 몸뚱이들과 거대한 덩치에 노려보는 눈과 날카로운 이빨을 가진 이름 모를 주황색 생선들, 사람들이 해준 말로는 파란색 살에 랍스터 맛이 난다는(거짓말 냄새가 난다) 부리 달린 비늘돔 사이에 있자니 가슴이 선뜩해진다. 이 모든 것이 눈알이 담긴 유리병과, 뇌와 젤리화된 손가락들이 담긴 접시가 있던 어린 시절 유령의 집과, 그가 소년 시절에 느꼈던 그 소름 끼치는 기쁨과 얼마나 비슷하던지.

"아서." 가이드가 얼음 낀 생선들 사이로 길을 안내하는데 책임자가 말한다. "천재와 함께 산다는 건 어땠어요? 옛날 젊은 시절에 브라운번을 만난 걸로 아는데."

당사자가 아니면 절대 그 누구도 "옛날 젊은 시절"이라는 말을 써서는 안 된다. 그게 법칙 아닌가? 하지만 레스는 그냥 이렇게만 말한다. "네, 맞아요."

"놀라운 사람이었죠, 유쾌하고 즐겁고, 이리저리 비평가들을 가지고 노는. 동작도 아주 절묘했어요. 기쁨으로 가득 차 있었죠. 브라운번과 로스는 항상 서로를 앞지르려고 했죠, 그걸 일종의 놀이처럼 즐겼어요. 로스와 배리와 잭스가요. 장난꾸러기들이었죠. 그리고 장난꾸러기만큼 진지한 존재란 없어요."

"아는 사이셨어요?"

"지금도 알아요. 중미 시문학 강좌에서 그 사람들에 대해 하나하나 가르치거든요. 여기서 중미라는 건 왜소한 정신들과 아이스크림 가게들로 이루어진 미국 중산층이나 금세기 중반의 미국을 말하는 게 아니라 미국의 딱 한가운데, 그 혼돈, 그 진공을 말하는 겁니다."

"그 말은······."

"선생은 본인이 천재라고 생각하세요, 아서?"

"네? 저요?"

책임자는 그 말을 아니라는 뜻으로 받아들이는 듯하다. "선생이나 저나, 우리는 천재들을 만나봤죠. 그리고 우리가 그 사람들 같지 않다는 걸 알고 있잖습니까? 계속해나가는 것, 자기가 천재가 아니라는 걸, 그냥 평범한 사람이라는 걸 알고 계속 살아나간다는 건 어떤가요? 내생각엔 그게 최악의 지옥인 것 같아요."

"글쎄요." 레스가 말했다. "전 천재와 평범한 사람 사이에 뭔가 있다고 생각······."

"베르길리우스가 단테에게 절대 보여주지 않던 게 그거죠. 베르길리우스는 단테에게 이교도들의 천국에 있는 플라톤과 아리스토텔레스를 보여줬어요. 하지만 그보다 못한 정신들은? 우리는 불길에 내맡겨진 건가요?"

"아마 아니지 않을까요?" 레스가 말한다. "그냥 이런 컨퍼런스에 내맡겨진 것 같아요."

"브라운번을 만났을 때 몇 살이셨다고?"

레스는 소금에 절인 대구가 담긴 나무통을 내려다본다. "스물한 살이었어요."

"브라운번을 우연히 만났을 때 난 마흔 살이었어요. 아주 늦게 만난 거지. 하지만 그땐 내 첫 번째 결혼 생활이 끝난 뒤여서 갑자기 유머와 창의력이 생겨났단 말입니다. 그는 위대한 사람이었어요."

"브라운번은 아직 살아 있는데요."

"아, 그렇죠. 그분도 축제에 초대했습니다."

"하지만 소노마에서 침대 신세를 지고 있어요." 레스가 말한다. 결국 그의 목소리에 수산물 시장의 한기가 어린다.

"요전번 명단이었으니까요. 아서, 이 말은 해야겠는데 선생에게 아주 훌륭한 뜻밖의 선물을 준비했어요……."

가이드가 멈춰 서서 일행에게 말한다. "이 칠리가 멕시코 요리의 핵심이에요. 멕시코 요리는 유네스코에 의해서 세계 무형문화유산으로 지명됐죠." 그녀는 일렬로 늘어선, 다양한 형태의 건조된 칠리로 가득 찬 바구니들 옆에 선다. "멕시코는 고춧가루를 사용하는 라틴아메리카의 주요 국가랍니다. 선생님." 그녀가 레스에게 말한다. "선생님은 아마 칠레 사람보다도 칠리에 더 익숙하실 거예요." 그날 그들과 함께하기로 한 아르투로의 칠레인 친구 한 사람이 동의한다는 뜻으로 고개를 끄덕인다. 뭐가 가장 매우냐는 질문에 가이드가 상인에게 조언을 구하고 상인은 유리병에 담겨 있는 베라크루스산(産) 작은 분홍색 칠리라고 말한다. 그게 가장 비싼 것이기도 하다. "맛을 좀 보시겠어요?" 시!(네!) 하는 합창. 철자 말하기 대회에서처럼 점차 난이도가 높아지는 경쟁이 이어진다. 그들은 하나씩 하나씩 맛을, 점차로 매워지는 맛을 보며 누가 제일 먼저 실패하는지 살핀다. 레스는 한 입 먹을 때마다 얼굴이 붉어지는 것을 느끼지만 세 번째 경기에서는 이미 책임자를 이긴 뒤다. 다섯 종류의 칠리 맛을 본 후 그는 일행들에게 선언한다. "이건 꼭 우리 할머니가 만들어주신 차우차우 맛인데요."

그들은 모두 충격받은 표정으로 그를 본다.

칠레 사람: "뭐라고 하셨어요?"

"차우차우요. 밴 더밴더 교수님께 여쭤보세요. 미국 남부 요리입니다." 하지만 책임자는 아무 말도 하지 않는다. "우리 할머니 차우차우 맛이 나요."

천천히 칠레 사람이 손으로 입을 가리고 깔깔 웃기 시작한다. 다른 사람들은 뭔가 참는 듯한 눈치다.

레스는 사람들의 얼굴을 번갈아 바라보며 어깨를 으쓱한다. "물론, 할머니 차우차우는 그렇게 맵진 않았어요."

그 말에 댐이 터진다. 젊은이들은 모두 울부짖듯 웃어젖히며 칠리 통 옆에서 깔깔거리고 눈물을 훔친다. 상인이 눈썹을 치켜세우고 바라본다. 웃음이 잦아들기 시작했을 때조차 남자들은 할머니 차우차우를 얼마나 자주 맛보느냐고 레스에게 물으며 계속해서 웃음에 부채질을 한다. 크리스마스에는 혹시 차우차우에서 다른 맛이 나나요? 그런 식이다. 얼마 지나지 않아 레스도 책임자와 한심하다는 눈길을 힐끗 나누고는 입 뒤쪽에서 새롭게 시작되는 타는 듯한 감각을 느끼며 스페인어에 차우차우와 어원이 비슷한 다른 단어가, 또 하나의 외국어 동음이의어가 있다는 걸 깨닫는다……

천재와 같이 사는 게 어땠느냐고? 글쎄, 당시 레스는 해피 프로듀스*
의 버섯 통에 반지를 잃어버린 적이 있었다.

레스는 로버트가 다섯 번째 기념일에 준 반지를 끼고 다녔는데, 그
때는 동성 결혼의 시대가 오기 한참 전이었지만 둘은 그게 일종의 결
혼을 의미한다는 걸 알고 있었다. 로버트가 파리의 벼룩시장에서 발견
한 가느다란 까르띠에 금반지였다. 그래서 젊은 아서 레스는 언제나
그 반지를 끼고 다녔다. 로버트가 유레카밸리가 보이는 자기 방에 갇
혀서 글을 쓰는 동안 레스는 자주 장을 보러 갔다. 그날은 버섯을 살펴
보고 있었다. 비닐봉지를 꺼내 막 버섯을 고르기 시작했는데 손가락에
서 뭔가 튕겨 나가는 게 느껴졌다. 레스는 그게 뭔지 즉시 깨달았다.

그 시절의 아서 레스는 정절과는 거리가 멀었다. 그들이 아는 남자
들 사이에서는 그게 존재의 방식이었고, 그와 로버트가 절대 거론하
지 않는 문제이기도 했다. 잡일을 하다가 빈 아파트를 가진 잘생긴 남
자를 만나면, 레스는 집에 오기 전 30분 정도 기꺼이 빈둥거릴 수 있었
다. 그리고 한번은 진짜 애인을 만든 적도 있었다. 이야기를 하고 싶어
하는 사람, 뭔가 약속해달라고 요구하기 직전까지 가는 사람. 처음에
는 멋졌다. 집에서 그리 멀지 않은 곳에 편안한 인연이 있다니, 오후 시
간에나 로버트가 여행을 떠나고 없을 때 쉽게 붙잡을 수 있는 뭔가가
있다니. 창문 옆에 흰 침대가 있었다. 지저귀는 잉꼬가 있었다. 멋진 섹
스가 있었고, 재닛이 전화했는데 말해준다는 걸 잊었네라든가 주차증 차에
붙여놨어?라든가 기억하지, 나 내일 LA에 가 같은 뒷이야기는 없었다. 그

---

* 미국의 식료품 체인점.

냥 한 번의 섹스와 한 번의 미소: 원하는 걸 가질 수 있는데 돈은 내지 않는다니 멋지지 않아? 로버트와는 아주 다른 사람, 명랑하고 밝고 애정이 있는 사람, 어쩌면 끔찍할 정도로 머리가 좋지는 않은 사람. 그 관계가 슬퍼지기까지는 오랜 시간이 걸렸다. 싸움과 전화 통화와 별말 없이 걷는 몇 번의 산책이 있었다. 그리고 그 관계는 끝났다. 레스가 끝냈다. 그는 자기가 누군가에게 끔찍하게, 용서받을 수 없는 방식으로 상처를 입혔다는 걸 알고 있었다. 그 일이 있고 나서 얼마 지나지 않아 버섯 통 속에 반지를 잃어버렸다.

"아, 이런." 그가 말했다.

"괜찮아요?" 턱수염이 난 남자가 저쪽 채소 칸에서 물었다. 큰 키에 안경, 들고 있는 새끼 양배추.

"아, 이런. 방금 결혼반지를 잃어버렸어요."

"이런, 젠장." 남자가 그렇게 말하며 통을 건너다보았다. 크레미니 버섯은 약 60송이뿐이었지만—물론 반지는 어디로든 사라져버릴 수 있었다! 어린 버섯들 속에 있을지도 몰랐다! 표고버섯 속에도! 칠리페퍼 속으로 날아갔을지도 모른다! 칠리페퍼를 어떻게 손으로 헤칠 수 있단 말인가? 턱수염 남자가 다가왔다. "좋아요, 형씨. 해봅시다." 그는 마치 부러진 팔이라도 맞추는 것처럼 말했다. "하나씩 하나씩요."

천천히, 꼼꼼하게, 그들은 버섯을 하나하나 레스의 장바구니에 넣었다.

"나도 잃어버린 적 있어요." 남자가 장바구니를 들고서 말했다. "아내가 엄청 화를 냈죠. 사실은 두 번 잃어버렸거든요."

"제 아내도 엄청 열 받아 할 거 같네요." 아서가 말했다. 왜 로버트를 여자로 만들었을까? 왜 이렇게까지 장단을 맞춰주고 싶어 하는 걸까?

"잃어버리면 안 돼요, 아내가 파리 벼룩시장에서 구한 거라."

다른 남자가 끼어들었다. "밀랍을 써요. 안 빠지도록 꽉 끼게 하고 다니다가 사이즈를 조절해야지, 뭐." 쇼핑하면서 자전거 헬멧을 쓰고 다니는 그런 남자.

턱수염 남자가 물었다. "사이즈는 어디서 맞춰요?"

"보석상에서요." 자전거 남자가 말했다. "아무 데서나."

"아, 감사합니다." 아서가 말했다. "찾으면 그럴게요."

반지를 잃어버렸을 거라는 암울한 전망에 자전거 남자가 그들과 함께 버섯을 파헤치기 시작했다. 등 뒤에서 남자 목소리: "반지를 잃어버렸다고요?"

"네." 턱수염 남자가 말했다.

"찾으면 고칠 때까지 풍선껌을 쓰세요."

"난 밀랍을 쓰라고 했는데."

"밀랍도 좋죠."

이게 남자들이 느끼는 방식인가? 이성애자 남자들의 방식? 혼자 있는 경우가 아주 많지만 누군가 흔들리면─누군가 결혼반지를 잃어버리면!─형제단 전체가 달려와 문제를 고쳐준단 말인가? 그렇다면 인생은 어렵지 않았다. 신호만 보내면 도움이 있으리라는 걸 언제나 알고서 용감하게 삶을 헤쳐나가면 된다. 그런 클럽의 일원이 된다니 얼마나 멋진 일인가. 대여섯 명은 되는 남자들이 모여들어 이 임무에 참여했다. 그의 결혼과 자존심을 구원하기 위해서. 그러니까 어쨌든 그들에게도 마음이라는 것이 있었던 셈이다. 그들은 차갑고 잔혹한 지배자들이 아니었다. 복도에서 만나면 피해야 하는 고등학교 시절의 일진들이 아니었다. 좋은 사람들이었다. 착했다. 도와주러 왔다. 오늘은 레스도 그중 한 사람이었다.

그들은 버섯 통 바닥에 이르렀다. 아무것도 없었다.

"아아, 안됐네요, 형씨." 자전거 남자가 그렇게 말하며 인상을 썼다. 턱수염 남자: "수영하다가 잃어버렸다고 해요." 하나씩 하나씩 그들은 악수를 하고 고개를 젓더니 떠났다.

레스는 울고 싶었다.

대체 얼마나 우스꽝스러워지려고. 이런 식의 비유법에, 마치 이 일이 로버트에게 뭔가를 드러내기라도 할 것처럼, 그들의 사랑에 대한 무슨 의미라도 나타낼 것처럼 사로잡히다니, 난 대체 얼마나 형편없는 작가람? 그냥 통 속에 반지를 빠뜨려 잃어버렸을 뿐이잖아. 하지만 레스도 자신을 어쩔 수 없었다. 그는 이 모든 일에, 그가 가진 단 하나 좋은 것, 그러니까 로버트와의 삶, 그의 부주의함으로 취소되어버린 인생에 관한 터무니없는 시 한 편에 지나치게 이끌렸다. 이 일을 배신이 아닌 것처럼 설명할 방법은 전혀 없었다. 모든 게 목소리에서 드러날 것이다. 그러면 시인 로버트는 의자에서 눈을 들고 간파하겠지. 그들의 시간은 끝났다는 사실을.

레스는 비데일리아 양파에 기대 한숨을 쉬었다. 이젠 버섯을 비워버린 장바구니를 들었다. 구겨서 쓰레기통에 버릴 생각이었다. 반짝이는 금빛.

거기에 있었다. 내내 장바구니에 있었다. 아, 멋진 인생이여.

그는 웃었다. 가게 주인에게 보여주었다. 그는 남자들이 건드린 버섯 2킬로그램을 전부 사가지고 집으로 가 돼지갈비와 셔샷잎과 그 모든 버섯을 가지고 수프를 만든 다음, 로버트에게 일어났던 모든 일에 대해서, 반지에서부터 남자들, 그 발견에 이르는 모든 일에 대해서, 그 모든 일의 희극성에 대해서 이야기했다.

그리고 말하면서, 자기 자신을 비웃으면서, 그는 로버트가 의자에서 눈을 들고 모든 것을 간파하는 모습을 지켜보았다.

천재와 함께 산다는 건 그런 것이었다.

호텔로 돌아오는 지하철은 사람들도 두 배는 많아 가득 찬 데다 오후의 열기도 열기인 만큼 레스가 자기에게서 나는 생선과 땅콩 냄새를 의식하고 있기에 절반 정도만 매력적이다. 그들은 호텔로 가는 길에 파르마시아스 시밀라레스를 지나치고 책임자는 잠시 후 따라가겠다고 말한다. 그들은 계속 멍키 하우스로 나아간다(찌르레기들은 안 보인다). 레스는 빠르게 허리를 숙여 작별 인사를 하지만 아르투로는 그를 놓아주지 않으려 한다. 그는 미국인이 메스칼*을 반드시 맛봐야 한다고, 그러면 글쓰기에, 어쩌면 그의 인생에 변화가 생길지도 모른다고 고집을 피운다. 다른 작가들도 몇 명 기다리고 있다고 한다. 레스는 계속해서 두통이 있다고 말하지만 근처 공사장 소음에 그의 목소리가 묻히는 바람에 아르투로는 이해하지 못한다. 책임자가 늦은 오후의 빛 속에서 활짝 웃으며 돌아온다. 손에 흰 봉투를 들고 있다. 그렇게 아서 레스는 따라간다. 메스칼은 알고 보니 누군가가 담배를 집어넣고 끈 것 같은 맛이 나는 음료다. 사람들이 레스에게 알려주기로는 구운

* 멕시코의 화주.

애벌레로 겉을 씌운 오렌지 조각을 곁들여 마시는 것이라고 한다. "장난하시는 거죠." 레스가 말하지만 그들은 장난이 아니다. 이번에도 마찬가지다. 장난을 하는 사람은 아무도 없다. 그들은 여섯 잔을 마신다. 레스는 아르투로에게 이제 겨우 이틀밖에 남지 않은 축제 행사에 대해 묻는다. 아르투로는 메스칼로 목욕을 했는데도 시무룩한 기분이 바뀌지 않은 채로 말한다. "네. 유감이지만 내일 축제도 완전히 스페인어로 진행됩니다. 제가 테오티우아칸으로 데려다 드릴까요?" 레스는 그게 뭔지도 모르면서 동의하고 자기가 참석할 행사에 대해 다시 묻는다. 무대에는 혼자 오르게 되나요? 대담 형식인가요?

"대담이었으면 좋겠네요." 아르투로가 말한다. "친구분과 함께 무대에 오르시게 될 겁니다."

레스는 동료 패널이 교수인지 그와 같은 작가인지 묻는다.

"아뇨, 아뇨, 친구예요." 아르투로가 강하게 말한다. "메리언 브라운번이랑 이야기를 나누시게 될 겁니다."

"메리언? 브라운번의 아내요? 그분이 여기 와 계세요?!"

"시. 내일 밤에 도착하세요."

레스는 다스리기 힘든 그의 정신 속 의회를 소집하려고 노력한다. 메리언. 그녀가 레스에게 마지막으로 한 말은 우리 로버트 좀 잘 챙겨줘였다. 하지만 레스가 로버트를 그녀에게서 챙겨 갈 줄은 몰랐다. 로버트는 레스를 이혼 과정에서 멀리 떨어뜨려놓았고 벌컨스텝스의 오두막을 찾아냈으며 다시는 그녀를 만나지 않았다. 그녀는 일흔 살쯤 됐을까? 아서 레스에 대한 생각을 말할 무대를 마침내 갖게 된 걸까? "저기 저기 저기요, 우리 둘을 같이 무대에 올릴 수는 없어요. 거의 30년 동안 서로를 본 적이 없다고요."

"세뇨르 반더반더는 이 일이 선생님께 멋진 깜짝 선물이 될 거라던데요."

레스는 뭐라고 대답했는지 기억하지 못한다. 그가 아는 것이라고는 속아서 멕시코로, 범죄 현장으로 돌아와 그가 그르친 여인 옆에서, 온 세상 앞에서 패널이 되고 말리라는 것뿐이었다. 메리언 브라운번, 마이크를 잡은 메리언 브라운번. 물론 이것이야말로 게이 남성들이 지옥에서 심판받는 방법일 것이다. 호텔로 돌아올 때쯤 그는 취해 있고 담배와 애벌레 악취를 풍긴다.

다음 날 아침 레스는 6시에 계획대로 깨어 커피 한 잔을 받아 마신 뒤 창문이 그을린 검은 밴으로 안내된다. 아르투로가 새 친구 두 명과 함께 있는데 그들은 영어를 전혀 못하는 모양이다. 레스는 재앙을 미연에 방지하고자 책임자를 찾아보지만 책임자는 전혀 보이지 않는다. 이 모든 일이 새벽도 되기 전 멕시코시티의 어둠 속에서, 깨어나는 새들과 수레들의 소리와 함께 일어난다. 아르투로는 다른 가이드도 (아마 축제 기금으로) 고용해두었는데 회색 머리에 금속 테 안경을 쓴, 키가 작고 운동선수 같은 남자다. 그의 이름은 페르난도, 알고 보니 대학의 역사 교수다. 그는 아서에게 멕시코시티의 하이라이트에 대해서 이야기하고 레스가 테오티우아칸을 구경한 다음에 그것들을 보는 데 관심이 있는지 토의하고 싶어 한다(테오티우아칸이 무엇인지는 아직 설명되지 않았다). 예를 들면 가시 없는 선인장 울타리로 둘러싸인 디에고 리베라와 프리다 칼로의 쌍둥이 집이 있다. 아서 레스는 고개를 끄덕이며 오늘 아침 자기 기분이 꼭 가시 빠진 선인장 같았다고 말한다. "네?" 가이드가 묻는다. 네, 레스가 말한다. 네, 보고 싶네요.

"아쉽지만 새 전시회를 여느라고 문을 닫았습니다."

그리고 또 건축가 루이스 바라간의 집도 있어요. 신비로운 수도 생활 같은 라이프 스타일을 위해 고안된 곳인데 낮은 궁륭 천장이 있는 공간으로 이어지고 성모마리아가 손님 침대를 굽어보고 있는 데다 바라간의 개인 탈의실은 십자가 없이 십자가에 박힌 그리스도가 굽어살피죠. 레스는 외로운 얘기처럼 들리지만 그것도 보고 싶다고 말한다.

"네, 아, 그런데 거기도 문을 닫았어요."

"정말 지독하게 약을 올리시네요, 페르난도." 레스는 그렇게 말하지만 남자는 뜻을 모르는 듯 계속해서 국립인류학박물관이라는, 이 도시에서 가장 큰 박물관에 대해 설명한다. 다 구경하는 데에는 며칠, 심지어 몇 주가 걸리지만 자기 안내를 받으면 몇 시간 만에 둘러볼 수 있다고 한다. 이 시점에서 밴은 확실히 멕시코시티의 중심부를 벗어났다. 공원과 대저택들이 콘크리트 판자촌으로 대체된다. 모든 집이 레스도 알고 있듯 비참함을 가리는 태피 색깔로 칠해져 있다. 표지판이 **테오티우아칸 이 피라미데스**를 가리킨다. 페르난도는 인류학박물관을 놓치면 안 된다고 고집을 피운다.

"하지만 문을 닫았겠죠." 레스가 말한다.

"월요일에는, 아쉽지만 그렇습니다."

밴이 용설란 덤불 모퉁이를 돌자 거대한 건축물이 눈에 들어온다. 그 구조물 뒤로 태양이 맥동하며 녹색과 남색 그림자 줄무늬를 드리운다. 태양의 신전. "저건 태양의 신전이 아니에요." 페르난도가 알려준다. "그건 아즈텍 사람들 생각이고요. 아마 저건 비의 신전이었을 거예요. 하지만 우린 저걸 지은 사람들에 대해서 아는 게 거의 없어요. 아즈텍 사람들이 왔을 때쯤에는 이 부지가 오랫동안 버려져 있었거든요. 우리는 그 사람들이 자기 도시를 불태워 초토화했을 거라고 생각해요." 오래전 잃어버린 문명의 차갑고 푸른 실루엣. 그들은 거대한 피라미드 두 개를, 태양의 신전과 달의 신전을 기어오르고, 죽은 자들의 길을 걸으며("이건 사실 죽은 자들의 길이 아니에요." 페르난도가 그에게 알려준다. "그리고 이건 달의 신전이 아니에요"), 그 모든 게 그림이 그려진 회반죽으로 뒤덮인 채 수 킬로미터씩 펼쳐져 있는 모습을 상상하며, 한때 수백 수천 명의 사람들이, 문자 그대로 아무것도 알려진 게 없는 사람들이 살았던 고대 도시의 모든 벽과 바닥과 지붕을 상상하며 아침을 보낸다. 이름조차 알려지지 않았다니. 레스는 공작 깃털로 뒤덮인 사제가 MGM 뮤지컬이나 드래그 쇼에서처럼 두 팔을 활짝 펼치고 계단을 내려오는 장면을 떠올린다. 사방의 고둥이 음악을 울리고 메리언 브라운번이 꼭대기에 서서 아서 레스의 펄떡이는 심장을 들고 있다. "우리 생각에는, 그 사람들이 이 장소를 고른 건 고대에 마을을 파괴했던 화산에서 멀리 떨어져 있기 때문인 것 같아요. 저기 저 화산요." 페르난도가 아침 아지랑이 속에서 간신히 보이는 산봉우리를 가리키며 말했다.

"지금도 활동 중인가요, 저 화산은?"

"아뇨." 페르난도가 슬프게 고개를 저으며 말한다. "문을 닫았습니다."

천재와 같이 사는 건 어땠냐고?

혼자 사는 것 같았다.

혼자서 호랑이와 사는 것 같았다.

모든 것이 일에 희생되어야 한다. 계획은 취소되어야 하고 식사는 늦춰져야 한다. 술은 최대한 빨리 사든지, 전부 싱크대에 부어버려야 한다. 돈은 한 푼 두 푼 지급되거나 아낌없이 써야만 하는데 어느 쪽인 지는 매일 바뀐다. 잠자는 스케줄은 시인이 정하는데 이른 아침에 잠드는 경우만큼 늦은 밤에 잠드는 경우도 많다. 습관이란 이 집의 사악한 반려동물이다. 습관, 습관, 습관. 모닝커피와 책과 시, 정오까지 이어지는 침묵. 아침 산책으로 그를 꾀어낼 수 있을까? 그럴 수 있었다, 항상 그럴 수 있었다. 환자가 바람직한 것을 제외한 모든 것을 열망하는 상태에서는 산책만이 유일한 중독이었다. 하지만 아침 산책은 일을 못 한다는 것을, 괴로움과 괴로움과 괴로움을 의미했다. 습관을 유지하고 습관을 돕는다. 커피와 시를 내놓는다. 침묵을 지킨다. 그가 서재에서 시무룩하게 걸어 나와 욕조로 가면 미소를 짓는다. 그 어떤 일도 개인적 감정이 실린 것으로 받아들이지 않는다. 혹시 그의 정신으로 들어가는 열쇠가 될지 모른다는 생각에서 가끔은 미술책 한 권을 주변에 두기도 했나? 또 가끔은 의심과 두려움을 해제해줄지 모른다는 생각에 음악을 틀어보았나? 그게, 매일의 기우제가 마음에 들었나? 비가 올 때만 마음에 들었다.

천재는 어디에서 왔을까? 어디로 갔을까?

마치 다른 연인을, 나는 한 번도 만나본 적이 없지만 그가 나보다 더 사랑한다는 걸 확실히 알고 있는 어떤 사람을 집에 들여 함께 살겠다는데, 허락하는 것만 같다.

시는 매일. 소설은 몇 년에 한 번씩. 그의 방에서는 무슨 일이 터져도 뭔가 일어났다. 뭔가 아름다운 일이 일어났다. 그곳은 시간이 지나면 사태가 더 나아지는, 세상에서 유일한 장소였다.

의심과 함께하는 삶. 커피 잔의 구슬 선 장식에 딸려 나오는 아침의 의심. 그와 눈을 맞출 수 없었기에 드는, 오줌을 누는 쉬는 시간의 의심. 현관이 열리고 닫히는 소리—초조한 발걸음, 들려오지 않는 작별인사—와 귀환에 대한 의심. 타자기의 느린 소리에 대한 의심. 그가 점심 식사를 방에서 먹을 때의 의심. 안개처럼 오후면 사라지는 의심. 몰아내버린 의심. 잊어버린 의심. 새벽 4시, 그가 움찔하며 깨는 걸 느끼고 그가 어둠을, 의심을 응시하고 있다는 걸 아는 일.《의심과의 삶: 어느 회고록》.

왜 그런 일이 일어났을까? 왜 그런 일이 일어나지 않은 걸까?

치유법을 생각해보면 도시를 일주일 동안 떠나 있거나 다른 천재들과 저녁 식사를 하거나 새로운 깔개, 새로운 셔츠, 침대에서 그를 끌어안는 새로운 방식, 그런 시도들이 계속해서 실패하고 실패하다가 어째서인지 무작위로 성공한다.

그럴 가치가 있었을까?

황금빛 언어들이 끊임없던 시절의 행운. 메일을 확인할 때의 행운. 시상식이나 로마 여행이나 런던 여행에서의 행운. 턱시도를 입고 시장이나 주지사 옆에서, 한번은 대통령 옆에서 몰래 손을 잡았을 때의 행운.

그가 나가 있는 동안 방을 엿보기. 쓰레기통 뒤지기. 낮잠용 소파에, 곁에는 책들이 놓인 그곳에 쌓여 있는 이불 들여다보기. 끔찍한 공포감이 깃든, 타자기의 살짝 벌어진 입에 반쯤 쓰여 있는 그것. 처음에는 그가 뭘 쓰는지 절대 알 수 없으니까. 내 얘기일까?

거울 앞에서, 그의 뒤에서, 낭독회를 위해 그의 넥타이를 매주는 일. 그럴 때면 그는 미소를 짓는다. 어떻게 넥타이를 매야 할지 완벽히 잘 알고 있으니까.

메리언, 당신에게는 가치 있는 일이었나요?

축제는 대학 도시의 천장이 낮은 콘크리트 건물에서 열리는데, 국제 어문학부에서 쓰는 그 건물은 유명한 모자이크가 어떤 이유에서인지 복구 작업에 필요하다며 제거된 까닭에 이 빠진 노파처럼 척박해 보인다. 이번에도 책임자는 나타나지 않는다. 레스에게 심판의 날이 왔다. 그는 자기도 모르게 두려움에 떨고 있다. 서로 다른 색깔로 구분해둔 카펫이 다양한 학부로 이어지는데 어느 모퉁이를 돌아서든 메리언 브라운번이, 선탠을 하고 건장한 모습으로, 레스가 기억하는 해변에서의 모습 그대로 나타날지 모른다. 하지만 레스가 초록색 방으로 안내되었을 때(파스텔 톤의 녹색이 칠해져 있고 과일로 쌓은 탑이 놓여 있다) 그는 그저 얼룩무늬 넥타이를 맨 친절한 남자에게 소개될 뿐이다. "세뇨르 레스!" 남자가 두 차례 고개를 꾸벅하며 말한다. "축제에 와주시다니 정말 영광입니다!"

레스는 사적인 복수의 여신을 찾아 주위를 둘러본다. 방에는 자신과 이 남자와 아르투로를 제외하면 아무도 없다. "메리언 브라운번은 오셨나요?"

남자가 고개를 꾸벅한다. "스페인어로 너무 많은 부분이 진행돼서 죄송하네요."

레스는 문간에서 누가 자기 이름을 소리쳐 부르는 걸 듣고 움찔한다. 책임자다. 곱슬곱슬한 흰색 머리가 흐트러져 있고 얼굴은 기괴한 붉은색이다. 그가 레스에게 오라고 손짓한다. 레스는 재빨리 다가간다. "어제 같이 못 있어서 미안합니다." 책임자가 말한다. "다른 일이 있었어요. 하지만 세상 무슨 일이 있더라도 이번 패널은 놓칠 수가 없지."

"메리언은 오셨나요?" 레스가 조용히 묻는다.

"선생은 괜찮을 거요, 걱정 말아요."

"전 그냥, 행사 전에 그분을 뵙고 싶······."

"안 와요." 책임자가 묵직한 손을 레스의 어깨에 올려놓는다. "어젯밤에 전갈을 받았거든. 엉덩이뼈가 부러졌대요. 아시겠지만, 나이가 거의 여든 살이니까. 안타까운 일이죠. 두 분 모두에게 던질 질문이 아주 많았는데."

레스는 헬륨으로 가득 찬 안도감이 아니라 끔찍하게 바람 빠지는 슬픔을 경험한다. "괜찮으신 거예요?"

"선생 안부를 물으시던데요."

"괜찮으시냐고요?"

"당연하죠. 새로 계획을 세울 수밖에 없더라고요. 제가 선생이랑 같이 올라갈 겁니다! 아마 내 작업에 대해 20분가량 얘기할 거예요. 그런 다음 선생한테 스물한 살 때 브라운번을 만났던 일에 대해 여쭤보죠. 제 말이 맞나요? 그때 스물한 살이었죠?"

"전 스물다섯이에요." 레스가 해변의 여인에게 거짓말한다.

젊은 아서 레스는 비치 타월 위에, 다른 세 남자와 함께 만조선(滿潮線)에 걸터앉아 있다.

1987년 10월의 샌프란시스코다. 온도는 75도*이고 모두가 눈 내린 날을 맞은 어린이들처럼 축하하고 있다. 아무도 일하러 가지 않는다. 아무도 화분의 식물을 수확하지 않는다. 반쯤 빈 데다 이제는 너무 따뜻해진 싸구려 샴페인을 닮은 햇빛이 달콤한 노란색으로 젊은 아서 레스 옆 모래 속에 흘러든다. 더운 날씨를 초래한 기상이변은 남자들을 바위투성이의 게이 구역에서 베이커 비치의 이성애자 구역으로 허둥지둥 옮겨 가게 만드는 유달리 높은 파도의 원인이기도 한데, 그러면 모두가 옹송그리고 모래언덕 속에서 하나가 된다. 그들 앞에서는 은청색 바다가 자기 자신과 씨름한다. 아서 레스는 약간 취해 있고 약간 들떠 있다. 벌거벗고 있다. 그는 스물한 살이다.

옆에 있는, 오리나무 색깔이 될 때까지 선탠을 하고 웃옷을 입지 않은 여자가 막 말을 걸어온 참이었다. 그녀는 선글라스를 꼈다. 담배를 피우고 있다. 마흔몇 살이다. 그녀가 말한다. "글쎄, 젊음을 잘 쓰고 있는 거면 좋겠네."

레스는 타월 위에서 다리를 꼬고 삶은 새우처럼 발그레해져서: "잘 모르겠어요."

그녀가 고개를 끄덕인다. "젊음은 낭비해야 돼."

"네?"

"해변에 있어야 한다고, 오늘처럼. 마약에 취하고 술에 취하고 섹스를 엄청 많이 해야지." 그녀는 담배를 한 모금 더 빨아들인다. "난 세상에서 가장 슬픈 게 스물다섯 살짜리가 주식시장 얘기를 하는 거라고

---

* 섭씨 23도.

생각해. 아님 세금이나. 아님 빌어먹을, 부동산이나! 마흔 살이 되면 그것밖에 할 얘기가 없거든. 부동산이라니! 재금융이라는 단어를 입에 올리는 스물다섯 살짜리는 누구든지 끌어내서 총살해야 한다니까. 사랑과 음악과 시에 대해서 얘기해. 한때 중요하게 생각했다는 걸 모두가 잊어버리는 그런 것들에 대해서 말이야. 매일을 낭비하라, 내가 하고 싶은 말은 그거야."

그는 바보같이 웃으며 친구들을 건너다본다. "그건 꽤 잘하고 있는 것 같아요."

"너 퀴어니?"

"아." 그가 미소 지으며 말한다. "네."

그의 옆에 있던 남자, 가슴이 넓은 삼십대 이탈리아인 친구가 젊은 아서 레스에게 "등 좀 해"달라고 부탁한다. 숙녀는 즐거운 표정이고 레스는 돌아서서 남자의 등에 크림을 바르는데 등의 색을 보니 너무 늦은 것 같다. 어쨌든 그는 의무적으로 자기 일을 하고 엉덩이에 토닥토닥 손길을 받는다. 레스는 따뜻한 샴페인을 한 모금 마신다. 파도가 거세지고 있다. 사람들이 웃으며 기뻐서 소리를 지르고 펄쩍 뛰고 있다. 스물한 살의 아서 레스. 홀쭉하고 소년 같고 근육이라고는 하나 없이, 금발은 희게 탈색되고 발톱은 빨갛게 칠한 그가 1987년이라는 끔찍한 해에, 샌프란시스코의 어느 아름다운 날에 해변에 앉은 채 겁에 질리고 겁에 질리고 겁에 질린 채 앉아 있다. 에이즈를 막을 수가 없다.

돌아보니 숙녀는 계속 그를 바라보며 담배를 피우고 있다.

"저 사람이 네 남자야?" 그녀가 묻는다.

그는 이탈리아인을 건너다본 다음 고개를 돌려 끄덕인다.

"그 뒤의 잘생긴 남자는?"

"친구 카를로스예요." 근육질 알몸이 햇볕에 그을려 갈색이 된, 광택을 낸 울퉁불퉁한 세쿼이아 같은 그가, 젊은 카를로스가 자기 이름이 들리자 타월에서 고개를 든다.

"너희 남자애들은 모두 다 참 아름답구나. 널 낚아채다니 운이 좋은 사람이네. 얼이 빠지도록 너랑 자줬으면 좋겠어." 그녀가 웃는다. "내 남자는 그랬었거든."

"그건 잘 모르겠네요." 레스는 이탈리아인이 듣지 못하도록 작게 말한다.

"어쩌면 네 나이에 필요한 건 실연일지도 몰라."

그는 웃으며 탈색한 머리를 손으로 쓸어 넘긴다. "그것도 잘 모르겠네요!"

"실연당해본 적은 있고?"

"아뇨!" 그는 계속 웃으며 두 무릎을 가슴팍으로 끌어당기고 소리친다.

여자 뒤쪽에서 한 남자가 일어선다. 그녀의 자세 때문에 그동안 내내 남자가 가려져 있었다. 달리기 선수처럼 여윈 체격에 선글라스, 록 허드슨의 아래턱. 똑같이 벌거벗은 몸. 그는 처음에는 여자를 내려다보고 그다음에는 젊은 아서 레스를 보더니 큰 소리로 모두에게 자긴 들어갈 거라고 말한다.

"당신 머저리야!" 숙녀가 허리를 세워 앉으며 말한다. "저긴 지금 허리케인이 불고 있어."

그는 예전에도 허리케인 속에서 수영을 한 적이 있다고 말한다. 희미하게 영국 억양이 섞여 있다. 아니면 아마 뉴잉글랜드 출신일 것이다.

숙녀는 레스를 돌아보며 선글라스를 내린다. 그녀의 아이섀도는 허밍버드블루다. "젊은 친구, 내 이름은 메리언이야. 부탁 하나만 들어줄래? 우리 터무니없는 남편이랑 같이 물에 좀 들어가줘. 위대한 시인일지는 모르지만 수영 실력은 형편없는데 이 사람 죽는 걸 지켜보는 일은 내가 못 참거든. 같이 가줄래?"

젊은 아서 레스는 알겠다고 고개를 끄덕인 뒤 어른들을 위해 아껴둔 미소를 지으며 일어선다. 남자가 인사차 고개를 끄덕인다.

메리언 브라운번이 커다란 검은색 밀짚모자를 집어 머리에 쓰고 그들에게 손짓한다. "가세요, 소년들. 우리 로버트 좀 잘 챙겨줘!"

하늘은 그녀의 아이섀도만큼 푸르게 아른거리고 남자들은 파도로 다가가면서 불쏘시개 한 뭉치를 먹인 불처럼 격렬함을 배가한다. 그들은 함께 햇빛 속에, 그 끔찍한 파도 앞에, 그 끔찍한 한 해가 저물어가는 가운데 서 있다.

봄 즈음, 그들은 벌컨스텝스에서 함께 살게 된다.

"프로그램을 급히 바꿔야 했어요. 이제 새 제목이 붙은 게 보이시죠." 하지만 레스는 오직 독일어에만 정통해 있기에 방금 건네받은 종이에 적힌 단어들을 하나도 알아보지 못한다. 사람들이 드나들며 그의 옷깃에 마이크를 꽂아주고 물을 권한다. 하지만 아서 레스는 아직도 해변의 햇빛을 반쯤 받으며 반쯤은 1987년 금문교의 물속에 잠겨 있다. 우리 로버트 좀 잘 챙겨줘. 그런데 지금은 넘어져서 엉덩이뼈가 부러진 늙은 여자가 됐다니.

선생 안부를 물으시던데요. 아무 악감정도, 전혀 아무런 감정도 없다.

책임자가 동지처럼 윙크하며 몸을 앞으로 숙여 뭔가 속삭인다. "그건 그렇고, 알려주고 싶었는데, 그 알약 아주 잘 듣습니다!"

레스는 그 남자를 건너다본다. 그의 안색을 저토록 붉게, 기괴하게 만드는 게 그 알약일까? 여기선 중년 남자들에게 또 뭘 팔까? 능소화의 이미지가 머릿속에 떠오를 때에 대비한 알약도 있을까? 그 알약이면 지워질까? 작별 인사처럼 키스해줘야 해라고 말하는 목소리를 지워줄까? 턱시도 재킷이나 최소한 그 재킷 위의 얼굴을? 9년 전부를 지워줄까? 로버트라면 일을 하면 고쳐질 거야라고 말하겠지. 일, 습관, 언어가 고쳐줄 거라고. 다른 무엇도 의지할 수 없다고. 아닌 게 아니라 레스는 천재를, 천재들이 뭘 할 수 있는지를 보아왔다. 하지만 만일 천재가 아니라면? 그럼 일은 어떤 효과를 낼까?

"새 제목은 뭐예요?" 레스가 묻는다. 책임자는 프로그램을 아르투로에게 건넨다. 레스는 내일이면 이탈리아로 가는 비행기에 오른다는 사실을 위로로 삼는다. 이곳 언어가 익숙해지는 참이다. 메스칼의 뒷맛이 익숙해져간다. 살아 있다는 희비극적 사업에 익숙해지고 있다.

아르투로가 잠시 프로그램을 꼼꼼히 살펴보더니 심각하게 눈을 든다.

"우나 노체 콘 아서 레스."*

* '아서 레스와의 밤'이라는 뜻의 스페인어.

이탈리아의 레스

아서 레스는 멕시코시티 공항의 파르마시아에서 다른 약들과 함께 신종 수면제를 구했다. 그는 몇 년 전 프레디가 했던 조언을 떠올린다. "마약성이 아니라 최면성으로 먹어. 저녁 기내식이 나오고 나서 일곱 시간을 자면 아침 기내식이 나오고 도착해." 그렇게 무장한 레스는 루프트한자 비행기에 올라(그는 프랑크푸르트에서 상당히 빠듯한 시간 내에 비행기를 갈아탈 예정이었다) 창가 자리에 앉은 뒤 토스카나식 닭고기 요리를 선택하고(그 황홀한 이름은 온라인 연인들이 그렇듯 그냥 닭고기와 으깬 감자라는 정체를 드러낸다) 병에 든 섬벨리나 레드와인과 함께 흰색 알약을 한 개 삼킨다. '우나 노체 콘 아서 레스' 때의 긴장이 아직 남아서 기절할 것 같은 피로에 반대 작용을 하고 있다. 책임자의 목소리가 있는 대로 커져서 그의 뇌 속을 빙빙 돌며 우리는 무대 뒤에서 평범함에 대해 얘기하고 있었어요, 라는 말을 계속 해댄다. 그는 수면제가 자기 임무를 다해주기를 바란다. 바라는 대로 된다. 작은

삶은 달걀 컵에 담겨 있던 바바루아를 다 먹은 일도, 누가 저녁 식사를
치운 것도, 시계를 새로운 시간대에 맞춘 일도, 옆자리 사람, 그러니까
할리스코* 출신의 어떤 소녀와 졸면서 이야기하던 것도 기억나지 않는
다. 대신 눈을 떠보니 어느새 파란 죄수용 담요를 덮고 잠들어 있는 사
람들로 가득한 비행기를 타고 있다. 그는 꿈결처럼 행복해하며 시계를
봤다가 공황에 빠진다. 겨우 두 시간밖에 지나지 않았다! 아직도 아홉
시간을 더 가야 한다. 모니터에서는 최신 미국 경찰 코미디가 소리 없
이 재생된다. 모든 무성영화가 그렇듯 소리가 없어도 줄거리를 상상하
는 데에는 무리가 없다. 아마추어들의 강도질. 그는 재킷을 베개 삼아
다시 잠들려고 노력한다. 알약을 하나 더 찾아 입에 넣는다. 어린 시절
에 먹던 비타민이 떠오르는, 물 없이 약을 삼키는 무한한 과정. 그리고
그 과정이 끝난다. 레스는 다시 어둠 속으로 들어갈 준비를 하며 얇은
새틴 안대로 눈을 가리는데……

"손님, 아침 식사입니다. 커피랑 차가 있는데요."

"네? 어, 커피요."

햇빛 가리개가 열려 묵직한 구름 위 밝은 햇빛을 들여보내고 있다.
담요가 걷히는 중이다. 시간이 지나긴 한 건가? 잠을 잔 기억이 나지
않는다. 그는 시계를 본다―대체 웬 미친놈이 이 시계를 맞춘 걸까?
대체 어느 시간으로? 싱가포르? 아침 기내식이라니. 그들은 프랑크푸
르트로 하강하기 일보 직전이다. 그는 방금 최면성 수면제를 먹었다.
앞에 쟁반이 놓인다. 냉동 버터와 잼을 곁들인, 전자레인지에 데운 크

* 멕시코 서부에 위치한 주(州).

루아상. 커피 한 잔. 뭐, 쑤셔 넣어야겠지. 아마 커피가 진정제에 반작용을 일으킬 것이다. 진정제에는 각성제를 먹는 거, 맞지? 레스는 딸려온 얼음 덩어리인지 버터인지를 빵에 애써 바르며 혼자 생각한다. 이건 마약중독자들이 생각하는 방식인걸.

그는 토리노의 시상식에 참석하러 가는 중이다. 시상식까지 며칠 동안은 인터뷰 몇 번과 고등학생들과의 '대결'이라 불리는 무슨 행사, 수많은 오찬과 만찬이 있을 예정이었다. 그는 모르는 마을인 토리노 거리들로의 짧은 탈출을 고대하고 있다. 초대장 깊은 곳에 담겨 있는 정보에 따르면, 이것보다 더 큰 상이 유명한 영국 작가 레지널드 랜셋의 아들이자 이미 유명한 영국 작가인 포스터스 랜셋에게 수여되었다. 레스는 그 불쌍한 남자가 실제로 올 것인지 궁금하다. 시차 적응이 두려워서, 레스는 이 모든 행사가 열리기 전날 도착하게 해달라고 요청했고 웬일인지 그들은 레스의 요청을 받아들였다. 그가 듣기로는 자동차 한 대가 토리노에서 그를 기다릴 거라고 했다. 그가 토리노에 도착할 수만 있다면 말이다.

그는 꿈결 속에서 여권, 지갑, 핸드폰, 여권, 지갑, 핸드폰이라고 생각하며 프랑크푸르트 공항을 가로질러 둥실둥실 떠간다. 거대한 푸른 화면을 보니 토리노로 가는 그의 비행기 터미널이 바뀌었다. 왜 공항에는 시계가 없는 건지 의아해진다. 그는 수 킬로미터씩 이어지는 가죽 핸드백과 향수와 위스키를, 또다시 수 킬로미터 이어지는 아름다운 터키 출신 점원 아가씨들을 지나는데, 꿈속에서 그 아가씨들에게 향수 이야기를 하고 그 아가씨들이 키득거리며 가죽과 사향 향을 뿌리도록 놔둔다. 지갑들을 살펴보면서는 무슨 메시지가 점자로 적혀 있기라도 한 듯 타조 가죽을 손가락으로 더듬어본다. VIP 라운지 접수대에 서서 안내원, 그러니까 머리카락이 성게처럼 삐죽삐죽한 나이 든 여자와 델라웨어에서 보낸 어린 시절 이야기를 하는 모습을, 매력을 한껏 발휘해 온갖 국적의 사업가들이 비슷비슷한 정장을 입고 앉아 있는 라운지로 들어가는 모습을 상상하고, 크림색 가죽 의자에 앉아 샴페인을 마시고 굴을 먹고, 꿈이 흐릿해진다······.

그는 어딘가로 향하는 버스에서 눈을 뜬다. 근데 어디로 가는 거지? 왜 이렇게 많은 가방을 들고 있는 거야? 목에는 왜 샴페인 얼룩이 있는 거고? 레스는 손잡이를 잡고 선 사람들 사이에서 이탈리아어가 들리는지 귀를 기울여본다. 토리노행 비행기를 찾아야 한다. 주변에는 오직 스포츠 얘기를 하는 미국인 사업가들밖에 없다. 레스는 단어를 알아듣지만 이름은 알아듣지 못한다. 비(非)미국인이 된 것 같은 기분이다. 동성애자 기분. 레스는 버스에 자기보다 키 큰 남자가 최소 다섯 명 있다는 걸 눈치챘다. 인생 신기록이다. 그의 정신이, 필요라는 숲의 바닥을 천천히 헤쳐나가는 나무늘보가 여기는 아직 독일이라는 사실을 받아들인다. 레스는 겨우 일주일 후면 독일에 돌아와 베를린자유대학에서 5주짜리 과정을 가르치게 되어 있다. 결혼식이 열리는 것도 그가 독일에 있는 동안이다. 프레디가 소노마 어딘가에서 톰과 결혼한다. 셔틀은 포장도로를 가로질러 승객들을 비슷비슷한 터미널에 맡겨놓는다. 악몽 같은 여권 검사. 맞아, 그는 아직도 여권을 왼쪽 앞주머니에 가지고 있다. "게셰프틀리히(사업상)." 그는 (빨간 머리를 너무 바짝 깎아 페인트칠을 해놓은 것 같은) 근육질 요원에게 대답하며 속으로 생각한다. 내가 하는 일은 사업이라고 하기도 어렵지. 유흥이라고 하기도 그렇고. 다시, 보안검색대. 신발, 허리띠, 다시, 벗는다. 이 동네는 무슨 논리로 돌아가는 거지? 여권, 세관, 보안검색대가 또? 오늘날 젊은이들은 왜 결혼하겠다고 고집을 피우는 걸까? 우리 모두가 경찰에게 돌을 던졌던 게 이것 때문, 결혼식 때문이었나? 마침내 방광에 굴복한 레스는 흰 타일이 붙은 화장실에 들어가는데 거울 속에 나이 든, 대머리가 되어가는, 크기가 너무 큰 주름진 옷을 입은 **옹클**(아저씨)이 보인다. 알고 보니 거울은 없다. 그가 본 건 세면대 맞은편의 사업가다. 막스 형제*식 농담. 레스는 사업가가 아닌 자기 얼굴을 씻고 탑승구를 찾아 비행기에 오른다. **여권, 지갑, 핸드폰.** 그는 한숨을 쉬며 창가 자리에 털썩 앉지만 두 번째 아침 기내식은 영영 받지 못한다. 즉시 곯아떨어진다.

레스는 평화와 승리감을 느끼며 깨어난다. "스티아모 이니찬도 라디셰자 베르소 토리노. 우리 비행기는 토리노에 착륙하겠습니다." 옆자리 사람이 통로를 건너간 모양이다. 그는 안대를 벗고 아래쪽 알프스를 보며 미소를 짓는다. 착시 때문에 알프스산맥은 산맥이 아니라 분화구처럼 보인다. 그러다가 도시 자체가 보인다. 그들은 평온하게 착륙하고 뒤쪽의 여자가 박수를 보낸다—멕시코에서의 착륙이 떠오른다. 그는 어린 시절에 비행기에서 담배를 피웠던 걸 떠올리고 팔걸이를 확인한 뒤 아직도 재떨이가 있는 걸 본다. 멋진 일일까, 걱정스러운 일일까? 벨이 울리고 승객들이 일어선다. **여권, 지갑, 핸드폰.** 레스는 위기를 뚫고 나아간다. 더는 최면에 취한 느낌도, 둔해진 느낌도 들

* 미국의 코미디언 가족.

98

지 않는다. 그의 가방이 짐 가방 롤러코스터에서 제일 먼저 도착한다. 신이 나서 주인을 마중 나온 개 한 마리. 여권 검사는 없다. 그냥 출구. 여기서는 훌륭하게도 나이 든 남자처럼 콧수염을 기른 젊은이가 SR. ESS라는 글자가 적힌 팻말을 들고 있다. 레스가 손을 들자 남자는 그의 짐 가방을 받아 간다. 매끈한 검은 자동차 안에서 레스는 기사가 영어를 전혀 할 줄 모른다는 사실을 알게 된다. 그는 다시 눈을 감으며 판타스티코(환상적인데), 라고 생각한다.

레스는 예전에도 이탈리아에 가본 적이 있었을까? 있었다, 두 번. 한 번은 열두 살 때, 로마에서 시작해 런던을 빠르게 찍고 여러 나라를 중구난방으로 오간 끝에 마침내 이탈리아라는 슬롯에 멈추게 되었던, 파친코 게임 같았던 가족 여행에서였다. 로마에 대해 (어린 시절 기진맥진한 가운데) 기억나는 건 바다에서 끌어 올린 것처럼 얼룩진 석조 건물들과 심장이 멎을 듯한 교통 상황, (어머니의 신비로운 화장품 키트가 들어 있는) 구식 여행 가방을 끌고 자갈로 포장된 길을 건너가던 아버지, 로마의 바람과 새롱거리며 밤마다 찰칵-찰칵-찰칵거리던 노란색 블라인드뿐이었다. 말년의 어머니는 (침대맡에 앉아 있는) 레스에게서 다른 기억들을 구슬려 끌어내려고 종종 노력했다. "집주인이 계속 벗겨지는 가발을 쓰고 있던 거 생각 안 나? 라자냐를 대접하겠다면서 자기 어머니네 집으로 가자고 하던 잘생긴 웨이터는? 네 키가 너무 커서 너한테 어른 표 값을 받고 싶어 했던 바티칸 사람은?" 어머니는 하얀 조개 무늬가 들어간 스카프로 머리를 감싸고 있었다. "기억나." 그럴 때마다 레스는 한번 들어본 적도 없는 책을 읽어본 척하며 에이전트에게 대답할 때와 똑같이 말했다. 가발! 라자냐! 바티칸!

두 번째에는 로버트와 같이 갔다. 함께한 시간이 반쯤 흘렀을 때, 그러니까 레스도 마침내 여행에 도움이 될 정도로 세속적인 인물이 되고 로버트도 아직 방해가 될 만큼 비통함으로 가득 차지는 않았을 때, 모든 커플이 균형을 찾고 초반에 울부짖던 열정은 잦아들었지만 아직 감사하는 마음이 풍부하던 그때였다. 아무도 황금기라는 걸 깨닫지 못하는 그런 시절. 로버트는 드물게도 여행을 떠나고 싶은 기분이 들어 로마에서 열리는 문학 축제에서 낭독해달라는 초대를 수락했다. 로마 자체로도 충분했지만 레스에게 로마를 보여준다는 건 사랑하는 이모에게 누군가를 소개해줄 기회를 갖는 것과 마찬가지였다. 무슨 일이 일어나든 기억에 남을 터였다. 다만, 도착하기 전까지는 둘 다 그 행사가 고대의 포룸*에서, 부스러져가는 아치 앞에서 시인이 낭독하는 걸 듣겠다고 수천 명이나 되는 사람들이 여름 바람을 맞으며 모여드는 행사였다는 걸 몰랐다. 로버트는 분홍색 스포트라이트가 비치는 연단에 서게 될 테고 시와 시 사이에는 오케스트라가 필립 글래스를 연주할 터였다. "다시는 이런 데서 낭독하지 않을 거야." 거대한 화면에 관객들을 위한 짧은 전기(傳記) 영상—카우보이 의상을 입고 있는 소년 시절의 로버트, 동료인 로스와 함께 있는 진지한 하버드 학생 로버트, 이후에는 샌프란시스코의 카페에서 삼림을 배경으로 로스와 함께 있는 로버트—이 재생되고 있을 때 로버트가 무대 뒤에 서서 레스에게 속삭였다. 영상은 점점 더 많은 예술계 동료들을 끌어 올렸고 마침내 로버

---

* 로마 제국 시대 도시 중심에 위치한 광장.

트는 〈뉴스위크〉에 실린 사진으로 알아볼 수 있는 얼굴이 되었다. 희어진 머리카락이 사방으로 뻗친, 장난스러운 지성인 특유의 짓궂은 표정을 여전히 짓고 있는 로버트(그는 사진을 찍겠다고 인상을 쓰는 사람이 아니었다). 음악 소리가 점점 커지고 그의 이름이 불렸다. 4000명이 박수를 보냈고 회색 실크 정장을 입은 로버트는 수백 년 된 폐허 아래 분홍색으로 밝혀진 무대로 성큼성큼 올라갈 준비를 한 뒤 절벽에서 떨어지는 사람처럼 연인의 손을 놓았다…….

눈을 떠보니 가을 포도원이 보이는 시골 풍경이다. 십자가에 못 박힌 식물들이 끝없이 열을 지어 있고 포도원 가장자리에는 항상 분홍색 장미 덤불이 심어져 있다. 레스는 그 이유가 궁금하다. 언덕들이 지평선 끝까지 굽이치고 각 언덕 끝에는 작은 마을들이 교회 첨탑 하나씩을 실루엣으로 갖추고서 밧줄과 피크 없이는 다가갈 방법이 눈에 전혀 보이지 않는 채로 존재하고 있다. 레스는 태양의 움직임을 통해 최소한 한 시간이 지났다고 느낀다. 그렇다면 그는 토리노로 가고 있는 게 아니다. 그는 어딘가 다른 곳으로 실려 가고 있다. 스위스?

레스는 마침내 무슨 일이 일어나고 있는지 깨닫는다. 엉뚱한 차를 탄 것이다.

SR. ESS─그는 최면과 자만심이 남아 있는 상태에서 은연중에 이 단어를 시뇨르와 Less의 스펠링을 어린애처럼 잘못 쓴 어구로 바꿔버렸다. 스리라마탄 에스? 스로빈카 에스카타리나비치? SRESS─유럽 학생 성(性) 학회(Società di la Repubblica Europea per la Sexualité Studentesca)? 이런 고도에서는 거의 모든 게 말이 되는 것 같다. 하지만 한 가지는 분명하다. 여행이라는 문제를 해결하고 난 그는 경계 태세를 슬금슬금 풀고 자기 이름과 비슷한 첫 번째 팻말에 손짓을 한 끝에 알지도 못하는 장소로 휩쓸려 온 것이다. 그는 인생의 코메디아델라르테*를, 자기가 어떻게 내팽개쳐졌는지를 알고 있다. 그는 앉은자리에서 한숨을 내쉰다. 유난히 급한 커브에 설치된, 교통사고를 위한 제단이 보인다. 성모의 플라스틱 눈과 잠깐 눈이 마주친 것 같다.

이제는 무슨 마을의 무슨 호텔을 가리키는 표지판이 점점 더 자주 나온다. 몬돌체 골프 리조트라는 곳이다. 레스는 두려워 몸이 굳는다. 설명을 좋아하는 그의 정신이 가능성 있는 가설을 조금씩 추려나간다. 그는 아내와 함께 피에몬테주에 있는 골프 리조트로 떠나온, 휴가 중인 어떤 오스트리아 의사 루트비히 에스 박사의 차를 탄 것이다. 에스 박사: 갈색 머리통에 두 귀 위쪽으로는 흰 머리카락이 솜털처럼 돋아나 있고 작은 금속 테 안경을 썼으며 빨간 반바지에 멜빵을 매고 있다. 프라우 에스(에스 부인): 작은 키에 분홍색 블리치를 넣은 금발 머리, 거친 리넨 튜닉과 칠리페퍼 레깅스 차림이다. 마을로 산책을 나갈 때를 대비해 짐 가방에는 지팡이를 싸놓았다. 그녀는 이탈리아 요리 교실에 등록했고 그는 나인 홀과 모레티** 아홉 병을 꿈꾸고 있다. 그런 그들이 지금은 토리노의 무슨 호텔 로비에 서서, 벨 보이가 엘리베이터를 잡아놓고 기다리는 가운데 지배인에게 고함을 지르고 있다. 왜 레스는 하루 먼저 왔을까? 시상식 주최 측에서 나와 오해를 바로잡을 사람이

* 16~17세기에 이탈리아에서 유행한 가면 희극.
** 이탈리아의 맥주 브랜드.

아무도 없을 테니 불쌍한 에스 부부의 목소리는 로비 샹들리에까지 공허하게 메아리칠 것이다. **벤베누토**(환영합니다). 진입로로 접어드는 표지판에 그렇게 적혀 있다. **몬돌체 골프 리조트**. 언덕 위의 유리온실, 수영장, 사방의 골프 홀. "에코(여기입니다)." 정문으로 다가가면서 기사가 말한다. 최후의 햇살이 수영장에 번쩍인다. 아름다운 젊은 여자 두 명이 출입구의 거울 복도에서 손을 맞잡고 나온다. 레스는 무지막지한 굴욕에 대비한다.

하지만 교수대 계단에서 삶이 그를 사면해준다.

"어서 오세요." 해마 그림이 그려진 드레스를 입은 키 큰 여자가 말한다. "이탈리아에 와서, 호텔에 도착해서 환영해요! 레스 작가님, 우리는 운영 위원회에서 작가님을 맞이하러 나왔어요……."

다른 결선 진출 작가들은 다음 날 늦게까지 도착하지 않으므로 레스에겐 골프 리조트에서 혼자 보낼 시간이 거의 24시간 있다. 호기심 많은 어린이처럼 그는 수영장을, 그다음에는 사우나를, 냉탕을, 한증막을, 다시 냉탕을 경험해보다가 열병 환자처럼 벌게진다. 레스토랑의 메뉴를 해독할 수 없었기에(그는 희미하게 빛나는 온실에서 홀로 식사한다) 식사를 세 번 하는 동안 소설에서 봐서 기억나는 무언가를 주문한다, 지역 **파소나*** 스테이크 타르타르를. 식사를 세 번 하는 동안 그는 똑같은 네비올로 와인을 계속 주문한다. 그는 햇빛이 들어오는 유리방 안에서 지구상 마지막 남은 인간처럼 평생 마셔도 마실 수 있을

---

* 피에몬테주 소의 품종.

와인 저장고를 갖추고 앉아 있다. 개인 발코니에는 피튜니아 비슷한 꽃이 담긴, 낮이건 밤이건 작은 벌들에게 시달리는 그리스식 화병이 있다. 더 가까이서 살펴보니 그 벌들에게 침 대신 보라색 꽃들을 살필 긴 코가 달린 게 보인다. 벌이 아니다. 작은 박각시나방이다. 이 발견에 레스는 뼛속까지 기뻐진다. 그의 즐거움은 그날 오후 각양각색의 청소년들이 수영장 가장자리에 나타나 그가 왕복 수영을 하는 모습을 뚫어지게 바라볼 때조차 약간만 얼룩진다. 그는 방으로 돌아온다. 모두 스웨덴산 표백 목재로 되어 있고, 벽에는 강철 난로가 붙어 있다. "방 안에 나무가 있어요." 해마 여인이 말했다. "불 피우는 방법은 아시죠?" 레스는 고개를 끄덕인다. 그는 아버지와 같이 캠핑을 다니곤 했다. 그는 클럽 스카우트 티피* 안에 나무를 쌓고 아래쪽 공간을 〈코리에레 델라 세라〉**로 채운 뒤 불을 붙인다. 고무 밴드를 꺼낼 시간이다.

여러 해 동안 레스는 여행을 다닐 때 개인적으로 휴대용 헬스장이라고 생각하는 고무 밴드 세트를 가지고 다녔다. 색깔이 알록달록하고 손잡이를 바꿔 끼울 수 있게 된 이 밴드 세트를 짐 가방 안에 말아 넣을 때면 늘 여행에서 돌아올 때쯤 얼마나 몸매가 좋아지고 탄탄해질지 상상하곤 했다. 첫날 밤에는 사용설명서에서 추천한 수십 가지 특별한 기술을 동원해 이 야심찬 일과가 진지하게 시작된다(설명서는 오래전 로스앤젤레스에서 잃어버렸지만 부분적으로 기억에 남아 있다). 레스는 고무 밴드를 침대 다리나 기둥, 서까래에 매어두고 사용설명서에

* 원뿔형 천막집.
** 이탈리아의 대표적인 일간신문.

서 '럼버잭' '트로피' '액션 히어로'라고 지칭한 동작들을 한다. 그는 땀으로 몸이 반들반들해져 운동을 마치면서 시간의 공격을 또 하루 싸워 물리쳤다는 기분을 느낀다. 쉰 살이라니, 그 어느 때보다도 멀리까지 왔다. 두 번째 밤에 그는 근육에 회복될 시간을 주어야 한다고 스스로에게 충고한다. 세 번째 밤에는 고무 밴드 세트를 떠올리고 반쯤 식은 마음으로 운동을 시작하는데, 객실의 얇은 벽이 옆방의 텔레비전 소리에 떨릴지도 모르고, 나가버린 욕실 조명에 기분이 우울해질지도 모르며, 다 쓰지 못한 기사 생각이 날 수도 있기 때문이다. 레스는 이틀 후 더 제대로 운동하겠다고 스스로와 약속한다. 이 약속에 대한 보상으로 객실의 아담한 바에서 아담한 위스키 한 병을 마신다. 그런 다음 고무 밴드 세트는 호텔 침대 옆 탁자에 버려지고 잊힌다. 무참히 살해당한 용처럼.

레스는 운동선수 체질이 아니다. 단 한 번 실력을 발휘했던 순간은 열두 살 어느 봄날의 오후에 찾아왔다. 델라웨어 교외에서 봄이란 풋사랑과 축축한 꽃들이 아닌, 겨울과의 추잡한 이혼이자 풍만한 여름과의 재혼을 의미한다. 8월의 한증막 같은 배경이 5월이면 자동적으로 찾아왔고 벚꽃과 매화가 종이테이프 퍼레이드 속으로 아주 미미한 바람을 끌어들였으며 공기는 꽃가루로 가득 차 있었다. 소년들이 가슴팍에 땀방울을 빛내며 낄낄대는 소리가 교사들에게 들려왔다. 롤러스케이트를 탄 어린애들은 자기도 모르는 사이 물러져가는 아스팔트에 발목이 잡히곤 했다. 매미들이 돌아온 해였다. 녀석들이 흙 속에 스스로 파묻혔을 때 레스는 아직 태어나지도 않았다. 하지만 이제 녀석들이 돌아온 것이다. 수만 마리의 매미가 두렵지만 무해하게 음주 비행을 하며 머리와 귀에 부딪치고, 거의 이집트 느낌이 나는 그 섬세한 호박색 껍질로 전신주와 주차된 차의 외피를 덮었다. 소녀들은 그 껍질을 귀고리로 찼다. 소년들(톰 소여의 후예들)은 살아 있는 매미들을 종이 봉지에 가뒀다가 공부 시간에 놓아주었다. 밤이면 매미들은 어마어마한 합창을 흥얼거렸고 그 소리는 동네에 온통 맥동했다. 그리고 학교는 6월까지 절대 끝나지 않을 것만 같았다. 아니, 그때도 끝나긴 하려나.

당시의 어린 레스를 그려보라. 열두 살은 금테 안경을 처음 쓴 해였다. 30년 후 파리의 안경점 주인이 같은 안경을 권해주자 슬픈 깨달음과 굴욕의 전율이 함께 돌아왔던 그 안경 말이다―우측 외야의 안경 낀 작은 소년, 지금은 검은색-노란색 야구 모자를 썼지만 상아처럼 머리카락이 금백색인 소년이 눈에 꿈꾸는 표정을 담고 토끼풀 사이를 헤매고 있었다. 시즌 내내 우측 외야에서는 아무 일도 벌어지지 않았는데, 그게 바로 레스가 그 자리에 배치된 이유였다. 일종의 캐나다식 체육이랄까. (레스는 10년 넘게 몰랐지만) 야구 쪽 재능이 전혀 없고 경기장에서 아무 존재감이 없는 것도 분명하지만 그럼에도 리그에 참여할 수 있는 아들의 권리를 지켜내기 위해 그의 아버지가 공공 체육위원회에서 열린 회의에 참석했던 것이다. 아버지는 사실 (레스의 제명을 권한) 코치에게 이 리그는 **공공** 체육 리그이니 공공 도서관처럼 모두에게, 그야말로 백치처럼 몸짓이 서툰 사람에게도 열려 있다는 점을 상기시켜주어야만 했다. 또 한창 시절에 소프트볼 챔피언이었던 레스의 어머니는 이런 일이 전혀 중요하지 않다는 듯 연기를 해야만 했고, 아이에게 안도감을 주기보다는 자기 자신의 신념을 해체하는 의미에서 스포츠맨십에 관련된 연설을 늘어놓으며 레스를 경기마다 태워다 주었다. 레스의 모습을 그려보라, 가죽 장갑 무게로 왼손이 축 처진 채 봄날의 열기에 땀을 흘리며, 청소년기의 광기에 밀려나기 전 소년 시절의 광기로 몽상에 빠져 정신을 잃고 있는 모습을. 그때 어떤 물체가 하늘에 나타났다. 거의 종족으로서의 기억에 따라 그는 장갑을 내밀고 앞으로 달린다. 밝은 태양이 시야에 번쩍거리며 박혀 든다. 그리고—핵! 관중이 비명을 지르고 있다. 그가 장갑을 들여다보자 영광스럽게도 풀물이 멍처럼 들어 있고 빨간색 더블 스티치가 들어가 있는, 그가 살면서 평생 딱 한 번 잡은 공이 들어 있다.

관중석에: 무아지경에 빠진 어머니의 외침.

피에몬테주 레스의 가방에: 유명한 소년 영웅이 쓸 수 있도록 똬리를 푼 그 유명한 고무 밴드.

오두막 문간에: 레스가 불을 피우려다 망친 연기를 내보내려고 뛰어들어와 창문을 여는 해마 여인.

아서 레스가 수상 후보에 오른 건 단 한 번뿐이었다. '와일드 앤드 스타인* 문학 월계관'이라는 무슨 상이었다. 그는 에이전트인 피터 헌트에게서 이 알 수 없는 영예에 관한 소식을 전해 들었다. 레스는 "와일텐스타인"이라고 들었는지 자기는 유대인이 아니라고 대답했다. 피터가 기침하며 말했다. "제 생각에는 무슨 게이 문학상인 것 같아요." 사실이었지만, 레스는 놀랐다. 그와 반평생을 함께 산 작가는 성적 지

---

* 게이 소설가 오스카 와일드와 레즈비언 시인 거트루드 스타인을 말한다.

향이 언급되는 경우가 절대 없고 기혼 남성으로서의 반평생은 그보다 언급되는 경우가 더 적었다. 그런데 레스가 게이 작가라고 불리다니! 로버트는 그 생각을 비웃으며, 이건 마치 코네티컷주 웨스트체스터에서 보낸 어린 시절의 중요성을 억지로 끌어내리려는 것과 같다고 했다. "난 웨스트체스터 이야기는 쓰지 않아." 그는 그렇게 말하곤 했다. "웨스트체스터에 대해 생각하지도 않고. 나는 웨스트체스터 시인이 아니야." 웨스트체스터를 놀라게 했을 법한 말이긴 했다. 그곳 시의회에서는 로버트가 다녔던 중학교에 명패까지 걸었으니까. 게이, 흑인, 유대인. 로버트와 그의 친구들은 자기들이 이 모든 것을 넘어서 있다고 생각했다. 그래서 레스는 이런 상이 존재한다는 걸 알고 놀랐다. 피터에게 한 첫마디는 이런 질문이었다. "제가 게이라는 건 대체 어떻게 알았대요?" 그는 현관에서 기모노를 입은 채 이 질문을 던졌다. 하지만 피터는 참석하라고 설득했다. 레스는 당시 로버트와 헤어진 상태였고, 이 신비로운 게이 문학 세계에서 자기가 어떻게 보일지 불안했던 데다가 데이트 상대를 절박하게 찾고 있었기에 공황에 빠져 프레디 펠루에게 같이 가자고 부탁했다.

당시 겨우 스물여섯 살이던 프레디가 그토록 은혜로운 존재가 될 줄 누가 알았겠는가? 그들은 대학교 강당에 도착했다(사방의 현수막: 희망은 꿈으로 가는 사다리!). 강당 무대에는 나무 의자 여섯 개가 법정에서처럼 놓여 있었다. 레스와 프레디는 자리를 잡고 앉았다. ("와일드와 스타인이라." 프레디가 말했다. "듣기엔 꼭 보드빌 연극 같네.") 주위에서는 사람들이 소리쳐 알은체하고 포옹하며 맹렬하게 대화를 나누고 있었다. 레스는 그중 누구도 알아보지 못했다. 너무 이상해 보였다. 여기에 그의 동시대인들이, 동료들이 있는데 그들 모두가 낯선 사람들이었다. 하지만 책벌레 프레디에게는 그렇지 않았다. 그는 갑자기 문학계 사람들과 함께하게 되자 활기를 띠었다—"저기 봐, 메러디스 캐슬이야. 언어 시인이야. 아서, 저 사람은 알고 지내야 해. 그리고 저 사람은 해럴드 프리크스야." 그런 식으로 계속 이어나갔다. 프레디는 빨간 안경 너머로 이 괴짜들을 바라보며 만족스러운 듯 하나하나 이름을 짚어댔다. 마치 조류 관찰자와 함께 있는 것만 같았다. 조명이 어두워지고 남녀 여섯 사람이 무대에 올라와 의자에 앉았는데 그중 몇몇은 너무 늙어서 자동인형처럼 보였다. 색안경을 쓴 왜소한 대머리 남자가 마이크 앞으로 다가갔다. "핀리 드와이어야." 프레디가 속삭였다. 그게 대체 누군지는 모르겠지만.

남자는 그들 모두를 환영하며 입을 열더니 표정이 밝아졌다. "이 점만은 인정해야겠습니다. 오늘 밤 동화론자들이 상을 받게 된다면 전 실망하게 될 겁니다. 이성애자들이 쓰는 방식으로 글을 쓰는 사람들, 동성애자들을 전쟁 영웅처럼 추켜세우는 사람들, 게이 등장인물들을 고통받게 만드는 사람들, 우리가 현재 받고 있는 억압을 모른 체하고 등장인물들이 향수에 취해 과거 속을 표류하게 만드는 사람들 말입니다. 제 생각에, 우린 이런 사람들을 숙청해야 해요. 이런 사람들은 우리를 서점 속으로만 사라지도록 만들 겁니다. 동화론자들은 사실 마음속 깊은 곳에서 수치심을 느끼고 있습니다. 자기 자신의 존재에 대해서, 우리의 존재에 대해서, 여러분의 존재에 대해서요!" 관중들은 격하게 갈채를 보냈다. 전쟁 영웅, 고통받는 등장인물들, 향수에 취한 채 과거 속을 표류하는 것—레스는 마치 어머니가 경찰이 묘사하는 범죄살

인범의 특징을 듣고 알아차리듯 이런 요소들을 알아보았다. 《칼립소》잖아! 핀리 드와이어는 그에 대해서 얘기하는 것이었다. 그를, 아무 해도 끼치지 않는 조그만 아서 레스를, 원수로! 청중은 계속 함성을 질렀고 레스는 고개를 돌려 떨면서 속삭였다. "프레디, 나 여기서 나가야겠어." 프레디는 놀라서 그를 바라보았다. "희망은 꿈으로 가는 사다리야, 아서." 하지만 그때 그는 레스가 진심이라는 걸 알아차렸다. '올해의 책' 수상작이 발표됐을 때 레스는 듣지 못했다. 프레디가 걱정하지 말라고 위로해주는 가운데 침대에 누워 있었다. 그들의 사랑 나누기도 침실 책장 때문에 망가져버렸다. 거기에서 죽은 작가들이 침대 발치의 개들처럼 그를 빤히 바라보았던 것이다. 어쩌면 레스는 핀리 드와이어가 비난한 것처럼 정말로 수치스러워하는 건지도 몰랐다. 창밖의 새가 그를 조롱하는 것만 같았다. 어쨌든 그는 상을 타지 못했다.

레스는 (아름다운 여인이 유리온실 속으로 사라지기 전에 건네준 서류에서) 결선 진출자를 선정한 건 원로 위원회이지만 최종 심사위원은 고등학생 열두 명으로 이루어져 있다는 얘기를 읽었다. 둘째 날 밤, 그 학생들이 우아한 꽃무늬 드레스(소녀)나 아빠의 지나치게 큰 블레이저(소년)를 입고 로비에 나타난다. 이들이 바로 수영장 근처의 그 청소년들일 거라는 생각은 왜 못 한 걸까? 십대들은 투어 중인 관광객들처럼 무리 지어 온실로, 전에는 레스의 개인 식당이었지만 지금은 웨이터들과 정체 모를 사람들로 북적이는 그곳으로 들어간다. 아름다운 이탈리아 여성들이 다시 나타나 그를 동료 결선 진출 작가들에게 소개한다. 레스는 자신감이 떨어지는 걸 느낀다. 첫 번째 작가는 리카르도라는, 젊고 수염을 깎지 않은 이탈리아 남자로 믿을 수 없을 만큼 키가 크고 깡말랐으며 선글라스에 청바지, 티셔츠 차림으로 양팔에 일본식 잉어 문신이 드러나 있다. 다른 세 사람은 훨씬 더 나이가 많다. 매혹적인 백발에 흰색 면 튜닉을 입은 루이자는 비평가들을 처단해버릴 황금색 외계인 팔찌를 차고 있다. 만화에 나오는 악당 같은 모습의 알레산드로는 관자놀이에 블리치를 넣은 것처럼 흰머리가 나 있으며, 콧수염은 가느다랗고, 못마땅한 듯한 눈길을 더욱 가늘어보이게 만드는 검은색 플라스틱 안경을 끼고 있다. 책에 적힌 이름은 완전히 달랐지만 자기를 해리라고 불러달라는 핀란드 출신의 키 작은 로즈골드색 땅속 요정*도 있다. 레스는 그들의 작품이 시칠리아 역사소설, 현대 러시아를 배경으로 다시 쓴 라푼첼 이야기, 파리에서 임종 전 마지막 순간을 보낸 어느 남자에 대한 800쪽짜리 장편소설, 성(聖) 마고리의 삶을 상상해서 쓴 소설이라고 전해 듣는다. 누가 무슨 소설을 썼는지 연결할 수 없을 것만 같다. 젊은 작가는 임종 소설을 썼을까, 라푼첼을 썼을까? 둘 다 가능성이 있을 것 같다. 모두들 아주 지적으로 보인다. 레스는 자기한텐 아무 가망성이 없다는 걸 알아차린다.

"당신 책 읽어봤어요." 루이자가, 왼쪽 눈으로는 떨어진 마스카라 가루를 쳐내며 오른쪽 눈으로는 그의 가슴을 곧바로 바라보면서 말한다. "그 소설이 저를 새로운 장소들로 데려다줬죠. 우주에 나간 조이스의 작품이라는 생각이 들던데요." 핀란드 사람은 웃음이 흘러넘치기 일보직전인 표정이다.

* 옛이야기에 나오는, 뾰족한 모자를 쓴 작은 남자 모습의 요정.

만화 속 악당이 덧붙인다. "우주라면 오래 살지는 못하겠군요."

《우주인 예술가의 초상》이라!" 핀란드인이 마침내 말하더니 조용히 웃음을 삼키며 치아를 감춘다.

"전 읽어보진 않았지만……." 문신을 한 작가가 주머니에 두 손을 넣고 초조한 듯 움직이며 말한다. 다른 사람들은 무슨 말이 더 나올까 기다린다. 하지만 그게 전부다. 레스는 그들 뒤쪽에서 혼자 방으로 걸어 들어오는 포스터스 랜셋을 알아본다. 아주 키가 작고 머리가 묵직하며 당밀 푸딩이 럼주에 절어 있듯 비참함에 절어 있는 모습이다. 아마 럼주에도 절어 있을 것이다.

"전 상을 탈 가능성이 없을 것 같아요." 레스가 할 수 있는 말은 그게 전부다. 상은 상당히 큰 액수의 유로화와 토리노에서 제대로 맞춤 제작한 정장이다.

루이자는 허공으로 휙 손을 들어 올린다. "아, 뭐 누가 알겠어요? 학생들한테 달려 있는데요! 그 애들이 뭘 좋아할지 누가 알아요? 로맨스? 살인 사건? 살인 사건이라면 알레산드로가 우릴 발라버릴 텐데."

악당이 처음에는 한쪽 눈썹을, 그다음에는 다른 쪽 눈썹을 치켜세운다. "나야 어렸을 때 허세가 넘치는 작은 책들만 읽고 싶어 했는걸. 카뮈, 투르니에, 칼비노. 플롯이 있으면 싫어했다고."

"아직도 이런 식이네." 루이자가 꾸짖자 그는 어깨를 으쓱한다. 레스는 오래전의 연애 스캔들을 감지한다. 그 둘은 이탈리아어로 기어를 바꾸어 넣는다. 티격태격하는 것처럼 들리지만 사실은 무슨 얘기든 될 수 있는 소리가 시작된다.

"혹시 영어를 쓰시거나 담배 있으신 분?" 랜셋이다. 그는 눈썹 아래로 눈을 부라리고 있다. 젊은 작가가 즉시 청바지에서 담배 한 갑을 꺼내더니 약간 눌린 담배를 한 개비 꺼낸다. 랜셋은 전율하며 담배를 눈여겨보더니 받아 든다. "여러분이 결선 진출자예요?" 그가 묻는다.

"네." 레스가 말하자 랜셋이 미국 억양에 경계하며 고개를 돌린다.

그의 눈꺼풀은 역겨운지 닫힌 채로 파닥인다. "이런 일들은 멋대가리가 없어요."

"이런 데는 많이 와보셨겠죠." 레스에게 이런 무의미한 말을 하는 자기 목소리가 들린다.

"별로요. 그리고 한 번도 상을 탄 적은 없습니다. 자기 재능이 없는 사람들이 마련하는 슬픈 닭싸움이에요."

"상 타신 적 있잖아요. 여기서 큰 상을 타신 걸로 아는데요."

포스터스 랜셋은 레스를 잠시 뚫어지게 바라보더니 눈알을 굴리고 담배를 피우러 성큼성큼 가버린다.

다음 이틀 동안 사람들—청소년들, 결선 진출 작가들, 원로 위원회 사람들—은 강당과 식당에서 미소를 지어 보이고 뷔페에서 서로를 평화롭게 지나치되 절대 같은 자리에 앉거나 상호작용을 하지 않고 떼지어 움직인다. 오직 포스터스 랜셋만이 살금살금 다니는 외로운 늑대처럼 그들 사이를 자유롭게 돌아다닌다. 레스는 거의 벌거벗은 자기 모습을 십대들이 보았다는 게 새삼 수치스럽게 느껴져 그들이 있을 때면 수영장을 피한다. 중년이 된 끔찍한 몸이 머릿속에 그려지자 다른 사람들의 평가를 견딜 수가 없다(사실, 이런 불안 덕에 레스는 대학 시절 이래 날씬한 몸매를 거의 유지했지만 말이다). 스파도 피한다. 같은 이유에서 매일 아침 예의 그 고무 밴드를 다시 꺼내고 오래전에 잃어 버린 사용설명서(원래도 이탈리아어 설명서를 형편없이 번역한 것이지만)의 '트로피'와 '액션 히어로' 동작에 레스식 최선을 다한다. 매일 점점 더 적은 횟수로, 0에 접근하되 절대 0이 되지는 않게 말이다.

물론 낮에는 사람이 많다. 햇빛이 밝은 마을 광장에서 야외 점심 행사가 열리는데, 이때 레스는 다양한 이탈리아인들에게 한 번도, 두 번도 아니고 열 번씩이나 점점 분홍색으로 변해가는 얼굴에 선크림을 바르라는 경고를 받았다(당연히 그는 선크림을 발랐다. 아니, 대체 그 작자들이 뭘 안단 말인가? 그런 매혹적인 마호가니색 피부를 가진 자들이 말이다). 포스터스 랜셋의 에즈라 파운드 강연도 열린다. 연설이 한창일 때, 적의에 찬 그 늙은이는 전자 담배를 꺼내 뻐끔거리기 시작한다. 담배의 작은 초록색 불빛, 피에몬테와는 이질적인 그 빛 때문에 참석한 기자 몇 명은 그가 동네 마리화나를 피우고 있다고 추측한다. 당황스러운 인터뷰가 수없이 이어지는데―"죄송하지만 인테르프레테(통역사)가 필요합니다. 선생님의 미국 억양을 알아들을 수가 없어요"― 이 인터뷰에서 라벤더색 리넨 옷을 입은 단정치 못한 중년 여자들이 호메로스와 조이스, 양자물리학에 대해 대단히 지적인 질문을 던진다. 레스는 미국에서 언론의 레이더망에 걸리지 않는 아주 낮은 곳에 있고 심오한 질문에는 익숙하지 않으므로, 만년 어릿광대 페르소나를 철저하게 유지하며, 이해하지 못한다는 바로 그 이유 때문에 쓰기로 했던 그런 주제들에 철학이라는 왁스를 바르기를 거부한다. 여자들은 즐거워하지만 기사 한 단을 채울 만한 카피는 얻지 못하고 떠난다. 로비 저쪽에서는 알레산드로가 한 무슨 말에 기자들이 웃는 소리가 들린다. 이런 문제를 처리하는 방법을 제대로 알고 있는 게 분명하다. 두 시간 동안 버스를 타고 산을 오르는 행사도 있다. 그때 레스는 고개를 돌려 루이자에게 질문을 던지고, 그녀는 포도원 가장 바깥쪽 열의 장미들은 질병을 감지하기 위한 것이라고 설명한다. 그녀는 손가락을 저으며 말한다. "장미가 먼저 병에 걸리니까요. 그 새처럼…… 무슨 새더라?"

"광산의 카나리아요."

"시. 에사토(네. 정확해요)."

"아니면 라틴아메리카 국가의 시인처럼요." 레스가 던져본다. "새 정권은 항상 그 사람들을 가장 먼저 죽이거든요." 복잡한 표정 세 가지가 그녀의 얼굴에 깃든다. 첫째는 놀람, 둘째는 짓궂은 공모, 마지막은 죽은 시인들이나 그들 자신, 혹은 둘 모두에 대한 안타까움.

그 뒤에 시상식이 열린다.

지난 1992년, 로버트가 문제의 전화를 받았을 때 레스는 아파트에 있었다. "이런, 제기랄." 침실에서 고함 소리가 나기에 레스는 로버트가 어딘가 다쳤다고 생각하며 달려 들어갔다(로버트는 물리적 세계와 위험한 밀통을 계속했고, 의자와 탁자, 신발은 모두 전자석에 끌리듯 그가 가려는 길에 덤벼들었다). 하지만 로버트는 바셋하운드 같은 표정으로 무릎에 전화를 놓고 눈앞에 걸린, 우드하우스가 그린 레스를 바라보고 있었다. 티셔츠를 입고 이마에 거북이 껍질 안경을 걸친 채, 주변에는 신문을 펼쳐놓고 담배를 신문에 불이 붙을 정도로 위험하게 가까이 두고서, 로버트는 고개를 돌려 레스를 마주 보았다. "풀잇서 위원회였어." 그가 담담히 말했다. "알고 보니까, 그동안 내내 발음을 잘못한 거더라고."*

"상을 탔어요?"

"퓰-리-처가 아냐. 풀-잇-서래." 로버트의 두 눈이 방을 다시 한번 훑어보았다. "이런 제기랄, 아서, 내가 탔어."

당연하게도 파티가 열렸고, 옛 패거리들—레너드 로스, 오토 핸들러, 프랭클린 우드하우스, 스텔라 배리—이 모두 다시 벌컨스텝스의 오두막에 밀려들어 로버트의 등을 두드렸다. 레스는 한 번도 그가 동료들에게 그토록 쑥스러워하는 모습을, 그렇게 티 나게 기뻐하며 자랑스러워하는 모습을 본 적이 없었다. 로스는 곧장 그에게 다가갔고 로버트는 고개를 꾸벅이며 키가 크고 링컨처럼 생긴 그 작가에게 몸을 기댔으며 로스는 행운을 빌듯, 아니 더 개연성 높게는 젊은 시절에 했을 법한 방식으로 그의 머리를 문질러주었다. 그들은 웃으면서 그 이야기—그들이 젊은 시절에 어땠었는지—를 끊임없이 했다. 레스에게는 당혹스러운 일이었다. 레스한테는 그들이 처음 만났을 때와 똑같은 나이로 보였으니까. 당시에는 로버트를 포함해 많은 사람들이 술을 끊었기에 다들 낡아빠진 금속 단지에 담긴 커피를 마셨고 몇 사람은 마리화나를 돌렸다. 레스는 옛 역할로 돌아가 옆으로 비켜서서 그들을 감탄하며 바라보았다. 어느 순간 스텔라가 방 건너편에서 그를 보고 특유의 황새 같은 걸음걸이로 다가왔다. 그녀는 온통 뼈다귀와 뾰족한 모서리투성이였고 키가 너무 컸지만 자신감과 우아함으로 그런 단점을 오히려 기리기에, 레스에게는 아름답게만 느껴지는 여성이었다.

* 퓰리처상을 제정한 언론인 퓰리처의 미국식 발음이 [pulitsər]다.

"너도 글을 쓰기 시작했다면서, 아서." 그녀는 특유의 긁히는 듯한 목소리로 말했다. 그녀는 레스의 와인을 가져가 홀짝거리고 다시 건네주었다. 두 눈에 짓궂은 장난기가 가득했다. "내가 해줄 조언은 이것뿐이야. 이런 상은 타지 마." 물론, 그녀도 이런 상을 몇 개 탄 적이 있었다. 그녀는 《워턴 시선집》에 올라 있었는데, 그 말은 그녀가 영원불멸한 존재가 되었다는 뜻이었다. 아테나가 내려와 젊은 텔레마코스에게 조언하는 것 같았다. "상을 타면 다 끝나는 거야. 남은 평생 동안은 강의를 하게 돼. 절대 다시 글을 쓸 수는 없어." 그녀는 그의 가슴 한 지점을 못 박듯 톡톡 두드렸다. "타지 마." 그러더니 그의 뺨에 입을 맞추었다.

그들이, 러시안리버파가 함께 모인 것은 그때가 마지막이었다.

행사는 수도원에 틀어박힌 벌들에게서 꿀을 살 수 있는 그런 고대의 수도원 건물이 아니라 그 아래쪽 바위 속에 지어진 시민 회관에서 열린다. 기도를 위한 공간인 수도원에는 지하 감옥이 없어서 피에몬테주에서 지은 곳이다. 강당에서(뒤쪽 출입구는 날씨가 지금 같지 않을 때만 열려 있었다. 지금은 갑작스러운 폭풍이 일어나려는 참이었으니까) 십대들은 레스의 상상 속 은둔 수도사들일 법한 바로 그 모습으로 자리 잡고 있다. 독실한 표정, 침묵의 맹세. 원로 의장들이 왕이 앉을 법한 탁자에 앉는다. 그들도 입을 열지 않는다. 유일하게 말을 하는 사람은 잘생긴 이탈리아인인데(알고 보니 시장이다) 그가 강단에 오르는 순간 천둥이 쳐 그 사실을 선언한다. 마이크 소리가 꺼진다. 조명도 나간다. 청중이 "아아아!" 하고, 레스는 어둠 속 자기 옆에 앉아 있는 젊은 작가가 허리를 숙여 마침내 그에게 말을 거는 소리를 듣는다. "이럴 때 누가 살해를 당하는 거죠. 그게 누굴까요?" 레스는 유명한 영국인이 바로 뒷자리에 앉아 있다는 걸 미처 모르고 "포스터스 랜셋요"라고 속 삭인다.

조명이 다시 회관을 깨우지만 아무도 살해당하지는 않았다. 아래층 으로 헤매고 내려와서 다시 돌려보내 숨겨야 하는 미친 친척처럼 영화 스크린이 천장에서부터 시끄럽게 풀려 내려오기 시작한다. 행사가 다 시 시작되자 시장이 이탈리아어로 연설을, 그 감미롭고 높낮이가 강하 며 의미 없는 하프시코드 같은 단어들을 말하기 시작하자 레스는 우주 인이 기갑(氣閘)에서 표류해 나가듯 정신이 아득해지는 걸, 그 자신의 걱정거리라는 소행성대 쪽으로 떠가는 걸 느낀다. 그는 이곳과 어울리 지 않으니까. 초대장을 받았을 때도 이상해 보이긴 했지만 그땐 너무 추상적으로, 시간적으로나 공간적으로 너무 멀리 떨어진 곳에서만 보 았기에 이 시상식을 탈출 계획의 일환으로 받아들였다. 하지만 이곳에 서 특유의 정장을 입은 채, 벌써부터 땀이 흰 셔츠 앞섶에 점박이 무늬 를 만들고 숱이 없어져가는 헤어라인을 따라 송송이 맺히자, 이게 완 전히 잘못되었다는 확신이 든다. 그가 엉뚱한 차를 탄 게 아니었다. 엉 뚱한 차가 그를 데려온 것이다. 그는 이게 무슨 이상하고 우스꽝스러 운 이탈리아 시상식, 친구들에게 말해줄 농담 같은 일이 아니라는 걸 깨달았다. 이건 아주 현실적인 행사였다. 보석을 걸친 나이 든 원로 위 원회와 심사위원석에 앉아 있는 십대들, 기대감에 떨면서 분노하고 있 는 결선 진출자들. 심지어 이 먼 길을 온 데다 긴 연설문을 썼고 전자 담배는 물론, 점점 떨어져가던 수다 배터리에까지 충전을 해둔 포스 터스 랜셋까지―이 행사는 그들에게 아주 현실적이고 중요한 일이다.

장난으로 일축해버릴 수가 없다. 장난이 아니라, 엄청난 실수다.

레스는 (시장이 이탈리아어로 계속 편둥펀둥 시간을 보내는 가운데) 자기 작품이 잘못 번역되었거나—무슨 단어더라?—슈퍼번역되었다는 상상을 하기 시작한다. 그의 소설은 세간의 인정을 받지 못한 천재 시인(이름은 줄리아나 몬티)에게 보내졌고, 그녀가 그의 평범한 영어를 숨이 멎을 듯한 이탈리아어로 바꿔놓은 것이다. 그의 책은 미국에서 무시당했고 거의 리뷰도 받지 못했으며 기자가 인터뷰도 한 건요청한 적이 없었다(출판사에서는 "가을은 때가 안 좋으니까요"라고말했다). 하지만 이곳 이탈리아에서는 알고 보니 그가 진지하게 받아들여지고 있다. 그것도 가을에. 겨우 오늘 아침에야 누가 그에게 〈라레푸블리카〉, 〈코리에레 델라 세라〉, 지역 신문, 가톨릭 신문에 실린 기사들을 보여주었다. 파란 정장을 입고, 그때 그 해변에서 로버트에게보여주었던, 걱정에 사로잡힌 순진한 사파이어색 시선으로 카메라를올려다보는 그의 사진이 실린 기사들이었다. 하지만 그건 줄리아나 몬티의 사진이었어야 마땅하다. 그녀가 이 책을 쓴 것이니까. 다시 쓰고,더 잘 쓰고, 레스를 능가해서 썼다. 왜냐하면 그는 천재들을 아니까. 그는 한밤중에 천재 때문에, 천재가 복도를 어슬렁거리는 소리에 깬 적이 있다. 그는 천재에게 커피를 타주고 아침밥을 해주고 햄 샌드위치를 만들어주고 차를 타주었다. 그는 천재와 함께 벌거벗고 있었고 공황에 빠진 천재를 얼러주었으며 천재의 낭독회가 있을 때면 양복점에서 바지를 찾아다 주고 셔츠를 다려주었다. 그는 천재의 살갗 모든 부분을 만져보았다. 그는 천재의 냄새를 알았고 천재의 손길을 느낀 적이 있다. 그의 뒤에 앉아 있는, 이리저리 생각이 마구 옮겨 다니는, 한 시간 동안 에즈라 파운드에 대해 이야기하는 것도 간단한 문제인 포스터스 랜셋—그가 천재다. '오일 캔 해리'* 콧수염을 기른 알레산드로, 우아한 루이자, 변태 핀란드인, 문신을 한 리카르도—그들도 천재일 가능성이 있다. 어쩌다 이렇게 된 거지? 어떤 신이 이토록 아주 특별한 모욕을 마련할 만큼 시간이 남아돌아서 미천한 소설가를 세계 저편까지 날려 보내 자신의 눈곱만 한 가치를 어떤 일곱 번째 감각으로 실감하게 한단 말인가? 정말이지, 고등학생들이 결정한다니. 강당 서까래 높은 곳에 그의 밝은 파란색 정장에 떨어뜨리려고 대기시켜놓은, 피로 가득 찬 통이라도 매달려 있는 건 아닐까? 마침내 이곳은 지하 감옥이 되고 말 건가? 이건 실수거나 음모거나 둘 다. 하지만 이제는 탈출할 방법이 없다.

아서 레스는 그곳에 남아 있으면서도 그곳을 떠났다. 이제 그는 오두막 침실에 홀로, 거울 앞에 서서 보타이를 매고 있다. 그날은 와일드 앤드 스타인 시상식 날이고 그는 상을 타면 무슨 말을 할지 잠시 생각하고 있다. 잠깐은 그의 얼굴이 기쁨에 황금빛으로 달아오른다. 현관문을 세 번 두드리는 소리와 자물쇠에 열쇠를 넣는 소리. "아서!" 레스는 넥타이와 기대를 모두 조정하고 있다. "아서!" 프레디가 모퉁이를 돌아오더니 파리지앵 정장 주머니에서(너무 새것이라 아직도 일부분은 바늘로 꿰매져 있다) 납작한 작은 상자를 꺼낸다. 선물이다. 점박이 무늬가 들어간 보타이. 그러니까 이제는 넥타이를 풀고 이 새것을 매야 한다. 프레디는 그의 거울 속 모습을 보고 있다. "상 타면 뭐라고 말

---

* 미국 애니메이션 〈마이티 마우스〉에 등장하는 악당.

할 거야?"

더 거슬러 올라가: "사랑이라고 생각해, 아서? 이건 사랑이 아냐." 뉴욕에서 열린 퓰리처 시상식 오찬 전, 로버트가 호텔 방에서 호언장담하고 있다. 처음 만난 그날처럼 키가 크고 여윈 모습이다. 물론 머리가 희어지긴 했고 얼굴은 세월로 낡았지만("나는 책처럼 귀퉁이가 접혀 있어") 여전히 우아함과 지적 격노가 어린 모습이다. 여기, 은발을 하고 밝은 창 앞에 서서: "상은 사랑이 아니야. 만나본 적도 없는 사람들이 날 사랑할 수는 없지. 수상자를 위한 칸은 미리 정해져 있어, 지금부터 심판의 그날까지. 사람들은 어떤 시인이 상을 탈지 알고 있고, 어쩌다 그 칸에 맞으면 그 사람만 신세가 고달파지는 거라고! 이건 꼭 물려받은 정장을 입어보는 것 같거든. 행운이지 사랑은 아니야. 행운이 좋은 게 아니란 얘기는 아니지만. 어쩌면 여기에 대해서 생각하는 유일한 방법은 모든 아름다움의 한가운데에 있게 됐다는 것일지도 몰라. 그저 확률에 따라서 오늘은 우리가 모든 아름다움의 한가운데에 있게 됐지. 그런 걸 원치 않는다는 뜻은 아니지만—이건 목소리를 높이는 처절한 방법이니까—사실 난 이런 걸 원해. 나는 나르시시스트거든. 처절함이야말로 우리가 하는 일이지. 목소리를 높이는 거야말로 우리가 하는 일이야. 그 정장 입으니까 잘생겨 보이네. 왜 네가 오십대 남자랑 살림을 차리고 있는 건지 모르겠어. 아아, 알겠다. 넌 기성품을 좋아하는 거야. 진주는 더 달지 마. 가기 전에 샴페인 좀 마시자. 정오라는 건 알아. 네가 내 보타이를 매줘야 해. 네가 절대 잊지 않으리라는 걸 알고 있기 때문에 난 매는 방법을 잊어버렸거든. 상은 사랑이 아니지만, 이선 사랑이야. 프랭크가 쓴 그대로지. 여름날이다. 그리고 나는 세상

무엇보다도 사람들이 나를 더 원해주기를 원한다."

더 많은 천둥소리가 레스를 생각에서 뒤흔들어 깨운다. 하지만 그건
천둥이 아니다. 박수 소리다. 젊은 작가가 레스의 코트 소매를 끌어당
기고 있다. 아서 레스가 상을 받았기에.

독일의 레스

독일어에서 영어로 번역한 전화 통화.

"안녕하세요, 페가수스 출판사의 페트라입니다."

"안녕하세요. 여기에는 아서 레스 씨가 있습니다. 제 책에 울타리가 있습니다."

"레스 씨?"

"제 책에 울타리가 있습니다. 고치셔야만 합니다, 부탁입니다."

"저희 작가 아서 레스 씨요? 《칼립소》의 작가님요? 결국 통화하게 되다니 정말 멋지네요. 아무튼 어떻게 도와드릴까요?"

(키보드 타자 소리) "네, 안녕하세요. 입을 여니 멋집니다. 저는 울타리 때문에 전화합니다. 울타리가 아니고요." (더 많은 키보드 타자 소리) "오류요."

"책에 오류가 있단 말씀이세요?"

"네! 책의 오류 때문에 진화합니다."

"죄송해요. 어떤 오류를 말씀하시는 거죠?"

"제 탄생 연도가 1, 9, 섹스*, 4라고 적혀 있어요."

"다시 말씀해주시겠어요?"

"제 탄생 연도는 섹스, 5예요."

"1965년에 태어나셨다는 말씀이세요?"

"맞습니다. 기자들이 내가 50년이라고 씁니다. 하지만 나는 49년을 지냅니다!"

"아! 저희가 책날개에 작가님이 태어나신 해를 잘못 써서 기자들이 작가님을 쉰 살이라고 보도했다는 말씀이시군요. 작가님은 마흔아홉밖에 안 되셨는데요. 정말 죄송해요. 너무 답답하셨겠어요!"

(긴 침묵) "정확해요 정확해요 정확해요." (웃음) "나는 노인이 아닙니다!"

"당연히 아니시죠. 다음번 인쇄할 때 참고하도록 메모를 남겨놓겠습니다. 그리고 이런 말씀 드려도 될지 모르겠지만, 사진으로는 마흔 살도 안 되어 보이세요. 저희 사무실 여직원들 모두 작가님한테 빠졌다니까요."

(긴 침묵) "이해가 안 됩니다."

"사무실 여직원들이 전부 작가님을 사랑한다고 말씀드렸어요."

(웃음) "고맙습니다, 고맙습니다, 아주 아주 친절합니다." (또 한 번 침묵) "저는 사랑이 좋아요."

"네, 음, 다른 문제가 생기면 전화 주세요."

---

* 독일어 sechs(6)와 sex의 발음이 비슷해서 발생하는 상황이다.

"고맙고도 안녕히 계세요!"

"좋은 하루 보내세요, 레스 작가님."

마침내 말이 통하는 국가에 가게 되다니, 아서 레스에게는 얼마나 기쁜 일인가! 이탈리아에서의 기적과도 같은 행운의 반전, 얼떨떨해진 채로 일어나 묵직한 작은 황금 조각상(이제는 수하물 무게를 넘지 않으면서 조각상을 짐에 넣을 방법을 생각해내야 한다)을 받아 든 일을—오페라 피날레에서처럼 기자들이 비명을 질러대는 가운데—겪은 뒤, 레스는 성공의 바람을 타고 독일에 도착할 예정이다. 게다가 유창한 독일어 실력과 교수라는 존경받는 지위도 있으니, 게스턴(어제)의 걱정이란 모두 잊혔다! 승무원들과 수다를 떨고 여권 검사를 받을 때도 자유롭게 지껄여대자니 프레디의 결혼식이 겨우 몇 주 뒤라는 문제도 거의 잊어버릴 수 있을 것만 같다. 레스가 말하는 걸 지켜보는 건 얼마나 기운 나는 일인가. 동시에 그 말에 귀를 기울이기란 얼마나 당황스러운 일인가.

레스는 어렸을 때부터 독일어를 공부해왔다. 아홉 살 때의 첫 선생님은 프라우 페른호프라는 은퇴한 피아노 강사였는데 그녀는 매일 오후 수업을 시작할 때마다 모두가(레스, 영특한 조지아 출신 키다리 앤 개릿, 이상한 냄새가 나지만 상냥한 잔카를로 테일러가) 일어나서 "구텐 모르겐, 프라우 페른호프!"라고 소리치도록 시켰다. 그들은 과일과 채소의 이름(아름다운 비르네(배)와 키르셰(체리), 듣기에는 바나나 같은 아나나스(파인애플), '어니언'보다 공명음이 심하게 나는 츠비벨(양파))을 배웠고, 아직 사춘기가 되지 않은 그들 자신의 몸을 아우겐브라우엔(눈썹)부터 그로서 체엔(엄지발가락)까지 묘사했다. 보다 세련된 대화로 이어진("마인 아우토 부르데 게슈톨른!"*) 고등학교 수업은 쾌활한 성격의 프로일라인 처치라는, 뉴욕 시내의 독일인 구역에서 어린 시절을 보냈고 오스트리아에서 본 트랩**의 길을 따르겠다는 꿈을 자주 이야기하던, 랩 드레스에 스카프를 걸친 열정적인 선생이 지도했다. 그녀는 그들에게 말했었다. "새로운 언어를 말하는 열쇠는 완벽해지는 대신 대담해지는 거야." 레스가 몰랐던 것은 그 매력적인 프로일라인이 한 번도 독일에 가본 적이 없고, 요크빌 아닌 곳에서는 독일인들과 독일어로 말을 해본 적도 없다는 사실이었다. 그녀는 피상적으로만 독일어를 할 줄 알았다. 열일곱 살 레스가 피상적으로만 게이였던 것처럼 말이다. 둘 다 환상을 품고 있었지만 그 환상을 실현하지는 못했다.

완벽해지는 대신 대담해지기. 레스의 혀는 오류들로 멍들었다. 프로인덴(남자 친구들)은 오직 레스만의 복수형에 의해 프로인트(남자 친구)에서 프로인딘(여자 친구)이 되며 프로인디넨(여자 친구들)으로 바뀌는 경우가 종종 있었다. 운테름 슈트리히 대신 아우프 덴 슈트리히라고 말하는 바람에*** 흥미를 느낀 청취자들로 하여금 그가 매춘을 시작할 거라고 믿게 만들 가능성도 있었다. 하지만 마흔 하고도 아홉 살이 된 지금까지도 레스는 아직 화술을 바로잡기까지 갈 길이 멀었다. 아마 문제는, 레스의 가족과 함께 살며 그의 피상성을 앗아 가버렸지만 단 한 번도 그의 독일어를 교정해주지는 않은, 포크송을 부르는 독일인 교환학생 루

* '내 차를 도둑맞았어!'라는 뜻의 독일어.
** 영화 〈사운드 오브 뮤직〉의 원작인 《트랩 패밀리 싱어스 이야기》를 쓴 마리아 본 트랩을 말한다.
*** 영어 'bottom line'의 번역어로 '가장 중요한 건' 대신 '엉덩이에는'이라는 뜻의 독일어를 썼다.

트비히였을 것이다—하긴, 침대에서 하는 말을 누가 고쳐주겠는가? 어쩌면 레스가 로버트와 여행을 하다가 만난, 자신들의 모국어가 날씬한 미국인 청년의 입에서 흘러나오는 것만으로도 깜짝 놀라 **당크바렌**(고마워하는)하게 된 동베를린 사람들—파리에 사는 망명 시인들—때문일지도 몰랐다. 어쩌면 〈호간의 영웅들〉*을 너무 많이 봤기 때문일지도 몰랐다. 하지만 레스는 베를린에 도착해 빌메르스도르프에 있는 임시 아파트로 택시를 타고 가며 여기에 있는 동안 영어를 한 마디도 쓰지 않겠다고 맹세한다. 물론 제대로 된 맹세는 '독일어로 말하겠다'는 것이었어야겠지만.

이번에도 번역문이다.

"여섯 번 인사입니다, 학생들. 나는 아서 레스입니다."

자유대학에서 그가 가르치게 된 강의 시간에 벌어질 일이다. 나아가 그는 5주 후 대중을 상대로 공개 낭독회를 하도록 예정되어 있었다. 그의 독일어 실력이 유창하다는 걸 기쁘게 여기며 학과에서 원하는 과정은 무엇이든 가르칠 기회를 레스에게 주었다. 친절한 발크 박사는 이렇게 썼었다. "객원 교수님께는 학생들이 세 명 정도만 소수로 수강 신청을 하는 경우가 자주 있습니다. 그런 경우에는 친밀하고 멋진 수업이 되죠." 레스는 캘리포니아의 한 예수회 대학교에서 했던 글쓰기 강좌에서 먼지를 떨어내고 강의 요강 전체를 컴퓨터 번역기에 돌린 다음 준비를 마쳤다고 생각했다. 그는 이 수업을 "뱀파이어처럼 읽고 프랑켄슈타인처럼 쓰기"라고 불렀다. 작가들은 가장 좋은 부분을 취하기

---

* 2차 세계대전 중 포로수용소를 무대로 한 미국의 텔레비전 시트콤.

위해 다른 작품들을 읽는다는 그만의 개념에 기초한 제목이었다. 이 말은, 특히 독일어로 번역되었을 경우에는, 평범하지 않은 제목이었다. 조교인 한스가 첫날 아침 그를 강의실로 데려가자 레스는 세 명도, 열다섯 명도 아닌 백서른 명의 학생들이 그의 비범한 강의를 듣기 위해 기다리고 있는 걸 보고 깜짝 놀란다.

"나는 여러분의 교수님 씨입니다."

아니, 틀린 말이다. 독일어 프로페소어(교수)와 도첸트(강사) 사이에는 엄청난 차이가 나는데, 전자는 오직 학계라는 감옥에서 수십 년 인턴 생활을 해야만 얻을 수 있는 지위이고 후자는 단순한 가석방자에 불과하다. 그걸 모르고 있기에 레스는 자신을 승진시키고 만다.

"그리고 지금 미안하지만 여러분 거의 대부분을 죽여야 합니다."

이 놀라운 선언과 함께 그는 국제 어문학부에 등록되지 않은 학생들을 모두 솎아낸다. 그렇게 하자 안심되게도 서른 명만 남고 모두가 제거된다. 그렇게 그는 수업을 시작한다.

"우리는 프루스트의 한 문장에서 시작합니다. 오랫동안, 나는 일찍 잠자리에 들곤 했다."

하지만 아서 레스는 잠자리에 일찍 들지 않았다. 실은 그가 강의실에 가는 데 성공했다는 것만도 기적이다. 문제는 깜짝 초대와 독일 기술과의 싸움, 그리고 물론 프레디 펠루였다.

전날, 베를린 국제공항에 도착했을 때로 돌아가보자.

기갑처럼 자동으로 봉인되고 열리는 유리로 된 방들을 당황스러워하며 연달아 지나던 레스는 키가 크고 진지한 조교 겸 안내자 한스를 만난다. 데리다에 관한 박사 시험을 치를 예정이고, 따라서 레스의 생각에는 자신보다 지적으로 우월한 인물이지만, 곱슬머리 한스는 기꺼이 레스의 짐을 모두 받아 들고 그를 낡아빠진 자기 트윙고에 태워 향후 5주 동안 그가 집이라고 부르게 될 대학 아파트로 데려다준다. 그 집은 개방형 계단실과 통로가 싸늘한 베를린 공기에 노출되어 있는 80년대 건물의 고층에 자리 잡고 있다. 선황색과 유리로 이루어진 엄격함이 공항과 닮은 건물이다. 게다가 아파트 열쇠는 없고 대신 버튼이 달린 원형 회중시계가 있다—문은 대답 대신 교미하는 새처럼 찍찍거리더니 열린다. 한스는 빠르게 시범을 보여준다. 문이 찍찍거린다. 간단해 보인다. "통로까지 계단으로 올라가셔서 이 시계를 사용하시면 돼요. 아시겠죠?" 레스는 고개를 끄덕이고, 한스는 레스에게 가방을 전해준 뒤 19시에 돌아와 그를 저녁 식사 하는 곳으로 데려다주겠다고, 또 내일 13시에는 그를 대학으로 데려다주겠다고 설명한다. 곱슬머리를 까딱하며 작별 인사를 한 그는 개방형 계단실을 내려가 사라진다. 레스는 문득 저 대학원생이 한 번도 그와 눈을 맞추지 않았다는 생각이 든다. 게다가 이제는 군대식 시간을 배워야 할 판이다.

레스는 다음 날 아침 자기가 학생들 앞에서, 아파트 건물 밖 돌출부에, 교정에서 12미터 떨어진 그 높은 곳에 매달린 채, 열려 있는 단 하나의 창문을 향해 조금씩 나아가게 되리라고는 상상도 하지 못한다.

한스는 정확히 19시(레스는 계속해서 혼자 되뇐다. 오후 7시, 오후 7시, 오후 7시)에 도착한다. 아파트에서 다리미를 찾지 못한 레스는 셔츠를 욕실에 건 다음 증기로 주름을 펴려고 샤워기로 뜨거운 물을 틀었지만 수증기는 점점 부풀어 오르다가 어째서인지 화재경보기를 울리고, 이는 당연히 건장하고 쾌활하며 영어라고는 한 마디도 할 줄 모르는 저 아래층 남자가 올라와 그를 놀린 뒤("지 볼렌 볼 다스 하우스 미트 바서 아브파켈른!"*) 튼튼한 독일제 다리미를 가지고 다시 돌아오게 만든다. 창문은 열려 있다. 레스가 다림질을 하고 있는데 초인종에서 바흐의 음악 소리가 난다. 한스가 다시 고개를 까닥한다. 그는 후드 티를 데님 블레이저로 갈아입었다. 청년은 (담배의 증거는 있지만 실제 담배는 없는) 트윙고에 그를 태워 다른 신비스러운 구역으로 가더니 슬픈 터키인 남자가 키오스크에 앉아 카레가 들어간 핫도그를 팔고 있는 콘크리트 기찻길 아래에 차를 댄다. 오스트리아라는 이름으로 불리는 레스토랑은 사방이 커다란 맥주잔과 가지 뿔로 장식되어 있다. 어디서나 마찬가지다. 이들은 장난을 하자는 게 아니다.

그들은 남자 두 명과 젊은 여자 한 명이 기다리고 있는, 가죽 칸막이 자리로 안내된다. 이들이 한스의 친구들이기 때문에 레스는 대학원생이 비밀리에 학부 판공비를 우려내고 있는 거라는 의심이 들지만, 데리다 연구자가 아닌 누군가와 이야기할 수 있다는 건 마음 놓이는 일이다. 갈색 눈과 덥수룩한 턱수염 때문에 슈나우저같이 기민한 인상을 주는 울리히라는 작곡가와 포메라니언처럼 머리를 부풀려서 그와 비슷하게 개처럼 보이는, 울리히의 여자 친구 카타리나, 짙은 피부색의 잘생긴 외모와 풍성하고 곱슬곱슬한 머리 모양 때문에 레스는 아프리카 출신일 거라고 생각했지만 사실은 바이에른 출신인 경영학도 바스티안. 레스는 그들이 대략 서른 살 전후일 거라고 생각한다. 바스티안

---

* '물로 이 건물을 태워 없애려나 보네!'라는 뜻의 독일어.

은 계속 스포츠 얘기로 울리히에게 시비를 건다. 특정 어휘(페르타이디거(수비수), 슈튀르머(공격수), 쉰바인쉬처(정강이 보호대))나 잘 모르는 스포츠계의 인물들 때문이 아니라, 그냥 관심이 없기 때문에 레스로서는 따라가기 어려운 대화다. 바스티안은 스포츠에 위험이란 필수적이라고 주장하는 듯하다. 죽음의 전율! 데어 네르벤키첼 데스 토데스! 레스는 슈니첼(바삭바삭한 오스트리아 지도)을 빤히 바라본다. 그는 이곳 베를린에, 슈니첼하우스에 있는 게 아니다. 그는 소노마의 병실에 있다. 창문이 없고 누렇고 스트립 댄서가 등장하기 전처럼 사생활 보호를 위한 커튼이 쳐져 있다. 병상에는 로버트다. 팔에 튜브를 꽂고 있고 코에도 튜브를 꽂았으며 머리카락은 미친 사람 같다. "담배 때문은 아니야." 로버트가 말한다. 옛날과 똑같은 두꺼운 안경이 그의 두 눈에 격자를 드리우고 있다. "이 짓을 한 건 시라고. 지금이야 시가 사람을 죽이지. 하지만 나중에는,"—그는 손가락을 흔들며 말한다—"불멸이야!" 허스키한 웃음소리, 레스는 그의 손을 잡는다. 겨우 1년 전 일이다. 이제 레스는 델라웨어에, 어머니의 장례식에 와 있다. 쓰러지지 말라고 그의 등을 부드럽게 밀어주는 손길. 그는 그 손길이 너무 고맙다. 이어 레스는 샌프란시스코에, 해변에, 그 끔찍한 해[年]가 저무는 시간에 가 있다.

"너희 남자애들은 죽음에 대해 아무것도 몰라."

누군가가 이 말을 했다. 레스는 그 사람이 자기라는 걸 알게 된다. 이번 한 번만은 그의 독일어가 완벽하다. 모두가 탁자에 고요히 앉아 있고, 울리히와 한스는 시선을 돌린다. 바스티안은 그저 입을 벌린 채 레스를 바라보고 있다.

"미안해요." 레스가 맥주를 내려놓으며 말한다. "미안해요, 내가 왜 그런 말을 했는지 모르겠네요."

바스티안은 조용하다. 뒤쪽에 있는 돌출 촛대가 그의 곱슬머리 머리카락을 한 가닥 한 가닥 비춘다.

청구서가 오고 한스가 법인 카드로 돈을 낸다. 레스는 팁이 필요하지 않다는데도 말을 듣지 않는다. 그런 다음 그들은 거리로 나간다. 거리에서는 가로등이 검게 옻칠한 나무에 반사되고 있다. 레스는 살면서 이렇게 추웠던 적이 없다. 울리히가 주머니에 두 손을 넣고 서서 혼자만의 교향악에 맞춰 앞뒤로 몸을 흔들고 있고, 카타리나는 그를 붙들고 있으며, 한스는 지붕을 보고 레스를 아파트로 다시 데려다주겠다고 말한다. 하지만 바스티안은 아니라고, 오늘이 미국인에게는 첫날 밤이니 그를 데리고 술을 마시러 가야 한다고 말한다. 이 대화는 마치 레스가 그 자리에 없는 것처럼 이루어진다. 다들 뭔가 다른 것에 대해 말다툼을 하고 있는 것 같다. 마침내 바스티안이 레스를 자신이 가장 좋아하는 근처의 바에 데려가기로 결정 난다. 한스가 말한다. "레스 선생님, 집으로 돌아가는 길을 찾으실 수 있겠어요?" 그러자 바스티안은 택시를 타면 간단할 거라고 말한다. 이 모든 일이 아주 **빠르게** 벌어진다. 다른 사람들은 트윙고 안으로 사라진다. 레스가 돌아보자 바스티안이 해독할 수 없는 표정으로 인상을 찌푸리고 서서 그를 보고 있다. "저랑 가요." 청년이 말한다. 하지만 그는 레스를 바로 안내하지 않는다. 그는 레스를 노이쾰른에 있는 자기 아파트로 안내하고 레스는 거기에서— 레스 자신조차 놀랄 일이지만—밤을 보낸다.

문제는 다음 날 아침에 닥친다. 바스티안과의 밤 때문에 잠이 부족한 레스는 지난 열두 시간에 걸쳐 대접받았던 알코올을 전부 땀으로 흘려

보내며, 어제와 똑같은 검은 셔츠와 저녁을 먹을 때 생긴 기름 얼룩이 여진한 청바지 차림으로 건물 외부의 통로까지 계단을 올라가지만, 아파트로 들어가는 자물쇠를 작동하지 못한다. 그는 반복적으로 회중시계 버튼을 누르고 반복적으로 문이 쩍쩍거리는 소리를 들으려고 귀를 기울인다. 하지만 문은 벙어리다. 교미하려 들지 않는다. 미친 듯 안뜰을 둘러보던 그는 새들이 위층 임대 아파트 발코니에 모여드는 걸 본다. 그럼 그렇지, 이게 어젯밤의 대가다. 삶 속에 축조된 치욕이다. 어떻게 탈출할 수 있을 거라는 상상을 한 걸까? 레스는 한스가 학교에 데려다주려고 도착했을 때 문간에서 자고 있는 자기 모습을 그려본다. 보드카와 담배 연기 냄새를 풍기며 첫 강의를 하는 상상을 한다. 그러다가 그의 두 눈이 열린 창문에 닿는다.

열 살 때 우리는 어머니들이 두려워하는 것보다 더 높은 데까지 나무를 오른다. 스무 살에는 침대에 잠들어 있는 연인을 놀라게 해주려고 기숙사를 기어오른다. 서른 살에는 인어처럼 푸른 바다 속으로 뛰어든다. 마흔 살에는 바라보며 미소를 짓는다. 그럼 마흔아홉 살에는?

그는 닳고 닳은 윙팁*을 통로 난간 너머 장식된 콘크리트 돌출부에 올려놓는다. 겨우 1.5미터 떨어진 곳에 좁은 창문이 있다. 팔을 휙 뻗어 덧문을 잡으면 되는 문제다. 인접한 돌출부로 아주 조금만 뛰면 된다. 벽에 몸을 붙이자, 벌써부터 노란 페인트가 부스러져 셔츠로 떨어지고, 벌써부터 관중이 된 새들이 감탄하듯 구구구 우는 소리가 들린다. 베를린의 떠오르는 태양이 지붕 위를 비추며 빵과 자동차 배기가스의

---

* 코끝을 날개 모양으로 만든 구두.

냄새를 함께 날라 온다. 대체로 러시안리버파 예술가들, 특히 시인 로버트 브라운번과의 관계를 통해 알려진 미국의 군소 작가 아서 레스가 오늘 아침 베를린에서 스스로 목숨을 끊었다. 페가수스의 보도 자료에는 이렇게 적힐 것이다. 향년 50세였다.

자기 아파트 4층에 매달려 있는 교수님 씨를, 한 발을, 그다음에는 한 손을 내뻗어 부엌 창문으로 조금씩 나아가는 그를 봐줄 목격자는 어디에 있을까? 상체의 힘을 모조리 써서 보호용 난간 너머로 몸을 끌어 올리다가 먼지구름 속으로, 그 너머의 어둠 속으로 추락하는 모습을 보아줄 사람은? 여기서는 그저 초보 어머니가 이른 아침 자기 아파트 주변에서 아기를 산책시키고 있을 뿐이다. 그녀는 외국 코미디를 보듯 이 장면을 본다. 그녀는 그가 도둑이 아니라는 걸 알고 있다. 틀림없다, 그는 그냥 미국인일 뿐이다.

레스는 멜빌이 세관원으로 잘 알려져 있지 않은 것처럼, 선생으로 잘 알려져 있지는 않다. 하지만 둘 다 그 자리를 지켰다. 한때 로버트의 대학교에서 교직을 얻기도 했지만, 레스는 로버트의 친구들이 모여 소리를 지르고 악담을 퍼부으며 말장난을 해대던 젊은 시절의 술 취한, 담배로 가득한 저녁을 제외하면 공식 수련을 받은 적이 없었다. 그 결과 레스는 강의하는 걸 불편하게 느낀다. 대신 그는 잃어버린 그 시절을 학생들과 다시 만들어낸다. 그때의 중년 남자들이 위스키 한 병과 노턴 시집, 가위를 놓고 앉아 있던 걸 떠올리며 그는 《롤리타》의 한 문단을 잘라내 젊은 박사과정 학생들에게 그들이 원하는 대로 문장을 재조합하게 한다. 이런 콜라주를 통해 험버트 험버트는 악마적인 인물이 아니라 칵테일 재료들을 뒤섞는 혼란에 빠진 늙은이가 되고, 배신당한 샬럿 헤이즈와 정면으로 맞서는 대신 얼음을 좀 더 가지러 돌아가게 된다. 학생들에게 조이스 작품의 한 페이지와 수정액 한 개를 주면—몰리 블룸은 그저 "네"라고만 말한다. 그들이 한 번도 읽어본 적 없는 (어려운 일이다, 이 부지런한 학생들은 모든 걸 읽었으니까) 책의 첫 문장을 설득력 있게 써보는 게임은 울프의 《파도》에 나오는 나는 인명 구조원이 "상어다! 상어다!"라고 외치는 소리를 듣기에는 바다 너무 먼 곳까지 나와 있었다, 라는 간담 서늘한 첫 장면으로 이어진다.

이상하게도 이 강의에는 뱀파이어도, 프랑켄슈타인의 괴물도 나오지 않지만 학생들은 너무너무 좋아한다. 유치원 시절 이후로는 아무도 그들에게 가위와 딱풀을 준 적이 없었다. 아무도 그들에게 카슨 매컬러스의 문장(마을에는 벙어리 둘이 있었고, 그들은 언제나 함께였다)을 독일어로 번역한 다음(인 데어 슈타트 가브 에스 츠바이 슈툼, 운트 지 바렌 이머 추자멘) 교실에 돌리며 재번역하게 한 적 없었다. 그러다 보면 이 문장은 헛소리 놀이터가 되곤 했다. 바에는 감자 두 개가 함께 있었는데, 그 감자들은 골칫거리였다. 성실한 그들의 인생에서 얼마나 숨통이 트이는 시간이었을지. 학생들은 과연 문학에 관해 뭔가 배웠을까? 의심스러웠다. 하지만 그들은 다시 언어를, 오랜 결혼 생활 속에 빛이 바래버린 섹스 같은 무언가를 사랑하는 방법을 배웠다. 그래서 그들은 선생을 사랑하게 되었다.

레스가 턱수염을 기르기 시작한 건 베를린에서다. 어떤 결혼식 날짜가 다가온 탓일 수 있다. 그의 새 독일인 연인 바스티안 탓일 수도 있나.

그들은 연인이 될 법하지 않은 사람들이다. 레스는 확실히 그렇다. 다 떠나서, 그들은 별로 어울리지 않는다. 바스티안은 젊고 허영심이 강하며 오만하고 문학과 예술에 대해서는 호기심을 느끼지 않는다. 심지어 경멸한다. 대신 그는 욕심 사납게 스포츠를 쫓으며 독일이 패배하면 바이마르 시절 이래로 목격된 적이 없는 우울증에 빠진다. 이건, 그가 자신을 독일인으로 간주하지 않는다는 사실에도 불구하고 벌어지는 일이다. 그는 바이에른 사람이다. 물론 레스에게는, 이 나라를 베를린의 그라피티 천국보다는 뮌헨의 맥주 축제와 레더호젠*과 연관시키는 그에게는 아무 의미도 없는 사실이다. 하지만 바스티안에게는 엄청난 의미가 있다. 그는 자주 자신의 혈통을 선언하는 티셔츠를 입고 다닌다. 밝은 색깔 청바지나 패딩 점퍼와 함께 이 티셔츠들이 그의 전형적인 복장이다. 그가 쓰는 말은 지적이지도 친절하지도 않으며 그가 이런 말씨에 딱히 관심을 갖는 것도 아니다. 하지만 그는, 레스도 알게 됐듯, 놀랄 만큼 마음이 따뜻하다.

우연인지 바스티안은 며칠에 한 번씩 밤마다 레스를 찾아간다. 청바지와 네온 티셔츠, 패딩 점퍼를 입고 레스의 아파트 밖에서 기다린다. 교수님 씨에게 대체 뭘 원한 것일까? 그는 말하지 않는다. 그냥 아파트에 들어가는 순간 레스를 벽에 밀어붙이고, 체크포인트 찰리**의 표지판을, 미국인 구역에 진입하고 있습니다를 여러 가지 다른 표현으로 속삭인다……. 가끔 둘은 아파트에서 한 발짝도 나가지 않는다. 그럴 때면

---

* 무릎까지 오는 가죽 바지.
** 독일 통일 이전 1961년부터 1990년까지 연합군, 외국인, 외교관, 여행객 등이 동베를린과 서베를린 사이를 드나들 수 있었던 유일한 관문.

레스가 어쩔 수 없이 빈약한 냉장고에 든 것으로 저녁을 준비해야 한다. 베이컨, 달걀, 호두. 빈터지층이 시작되고 2주일이 지난 어느 날 밤, 그들은 바스티안이 가장 좋아하는 무슨 〈슈비게르토흐터 게주흐트〉* 라는, 시골 사람들이 자기 자녀에게 중매쟁이 역할을 해주는 TV 프로그램을 본다. 그러다 결국 청년은 레스의 몸에 자기 몸을 바싹 감고, 코를 레스의 귀에 꽂은 채 잠든다.

자정 즈음에는 열병이 시작된다.

영문 모를 경험이다, 낯선 사람이 병들었을 때 돌봐준다는 것은. 청년으로서 그토록 자신 있던 바스티안은 아픈 어린아이가 되더니 치솟았다가 곤두박질치는 체온에 따라 레스를 불러 이불을 벗겨달랬다가 덮어달랬다가 하고(아파트에는 온도계가 달려 있지만, 세상에, 낯선 섭씨온도다), 레스가 한 번도 들어본 적 없는 음식과 (아마 열 기운에 발명했을) 회반죽과 뜨거운 **로젠콜-자프트**(싹양배추 즙)를 섞은 아주 오래된 바이에른식 민간요법 약을 가져다 달라고 한다. 그리고 레스는 병간호 솜씨로 잘 알려진 인물은 아니지만 (로버트는 그가 약자를 내팽개친다고 비난한 적이 있었다) 가엾은 바이에른 사람 때문에 마음이 몹시 아파진다. 마미도, 파피도 없다. 레스는 다른 남자, 유럽의 다른 어느 침대에 아파 누워 있던 남자의 기억을 쫓아내보려 노력한다. 그게 얼마나 오래전이었더라? 그는 자전거에 올라 뭐라도 도움이 될 만한 걸 찾아 빌메르스도르프의 거리를 돌아다닌다. 그는 유럽 사람들이 보통 가지고 돌아오는 것을 가지고 돌아온다. 접은 종이 포장지 안에

* '며느리 찾기'라는 뜻의 독일어.

든 가루다. 그는 가루를 물에 넣는다. 극악무도한 냄새가 나고 바스티안은 마시지 않으려 든다. 그래서 레스는 〈슈비게르토흐터 게주흐트〉를 틀어놓고, 바스티안에게 저 잉꼬들이 안경을 벗고 입을 맞출 때마다 약을 마셔야 한다고 말한다. 바스티안은 약을 마신 뒤 레스의 눈을 들여다본다. 그의 눈은 도토리처럼 밝은 갈색이다. 다음 날, 바스티안은 회복된다.

"내 친구들이 형을 뭐라고 부르는지 알아?" 아침 빛을 받으며 바스티안이 레스의 담쟁이덩굴 무늬 이불에 얽힌 채 묻는다. 그는 예전 모습으로 돌아갔다. 두 뺨은 붉고 약간 미소를 띤 얼굴은 기민하다. 베개 위의 고양이처럼 아직 잠들어 있는 건 거친 머리카락뿐인 것 같다.

"교수님 씨." 레스가 샤워를 하고 나와 수건으로 물기를 닦으며 말한다.

"그건 내가 부르는 거고. 아냐, 친구들은 형을 피터 팬이라고 불러."

레스는 특유의 거꾸로 웃음을 짓는다. '하하하'가 아닌 **아,** 아하, 아하.

바스티안은 옆에 놓인 커피로 손을 뻗는다. 창문이 열려 싸구려 흰 커튼이 사방으로 날린다. 보리수나무 위 하늘은 누런 잿빛이다. "피터 팬은 잘 지내?' 이렇게 묻는다니까."

레스는 인상을 쓰더니 옷장으로 다가가 거울에 비친 자기 모습을 힐끗 본다. 붉어진 얼굴과 흰 몸뚱이. 마치 엉뚱한 머리를 붙여놓은 조각상 같다. "왜 내가 그렇게 불리는지 말해줘."

"알겠지만, 형 독일어는 꽤 형편없거든." 바스티안이 그에게 말한다.

"사실이 아니야. 완벽하지는 않지, 아마도." 레스가 그에게 말한다. "하지만 흥분돼."

청년은 마음껏 웃으며 침대에서 몸을 세워 앉는다. 일광욕실에서 보낸 시간 탓에 어깨와 두 뺨이 붉어진 갈색 피부. "지금도 봐. 형이 무슨 말을 하는 건지 모르겠다니까. 흥분된다고?"

"흥분돼." 레스는 속옷을 입으며 설명한다. "열정적이야."

"그래, 형은 어린애처럼 말해. 생긴 것도, 행동도 아주 어려." 그는 한 손을 뻗어 레스의 팔을 잡고 그를 침대로 끌어당긴다. "아마 영원히 자라지 않으려나 봐."

어쩌면 그는 한 번도 자라지 않은 건지도 몰랐다. 레스는 젊은 시절의 기쁨—위험, 흥분, 알약이나 주사, 낯선 이의 입술, 어두운 클럽에서의 혼절—을 너무 잘 알았고, 로버트나 친구들과는 나이 듦의 기쁨—안락함과 평온, 아름다움과 취향, 오래된 친구들과 오래된 이야기들과 와인, 위스키, 물가의 석양—을 너무 잘 알았다. 그는 평생 이 둘 사이를 오갔다. 머나먼 젊은 시절은, 딱 한 장밖에 없는 좋은 셔츠를 빨아 입고 딱 하나밖에 없는 미소를 짓던 매일의 굴욕이 매일 솟구치는 새로움과 함께 존재했다. 새로운 기쁨, 새로운 사람들, 자신에 대한 새로운 성찰. 그리고 파리의 가게에서 넥타이를 고를 때처럼 신중하게 악덕을 선택하던, 오후 햇볕을 받으며 낮잠을 자다가 의자에서 깨어나 죽음이 삐걱거리는 소리를 듣던 로버트의 장년 시절. 젊음의 도시, 세월의 시골. 하지만 그 중간 지대, 레스가 살고 있는 지역—그 준교외 지역에 존재한다는 건? 어째서 그는 단 한 번도 이곳에서 살아가는 방법을 배우지 못한 걸까?

"형은 턱수염을 길러야 할 것 같아." 청년이 나중에 웅얼거린다. "그럼 아주 잘생겼을 것 같아."

그래서 그는 턱수염을 기른다.

이제는 진실을 말해야 한다. 아서 레스는 침실의 챔피언이라고는 할 수 없다.

바스티안이 매일 밤 레스의 창문을 올려다보며 버저가 울려 들어갈 수 있게 되기를 기다리는 걸 본 사람이라면 누구든 그가 섹스에 끌려서 그런다고 생각했을 것이다. 하지만 그를 끌어들이는 건 정확히 말해 섹스가 아니다. 아서 레스가―엄밀히 말해서―솜씨 좋은 사랑꾼은 아니라는 화자의 보고는 틀림없이 믿을 만하다.

그는 일단 신체적인 요건을 전혀 갖추지 못하고 있다. 어느 면에서건 평균이다. 꾸밈없는 미국 남자인 그는 옅은 속눈썹으로 미소를 지으며 눈을 깜빡인다. 잘생긴 얼굴이지만 다른 면으로는 평범하다. 그는 또 아주 젊었을 때부터 가끔은 성적 행위에 지나친 열정을 보이게 만들고 가끔은 충분히 열정을 보이지 못하게 만드는 불안증으로 고통을 받아왔다. 엄밀히 말해, 침대에서는 꽝이었다. 그렇긴 하지만―날지 못하는 새가 생존을 위해 다른 전략을 발달시키듯 아서 레스는 다른 특징들을 개발했다. 그런 새들처럼, 그는 이 점을 의식하지 못한다.

그는 키스를―어떻게 설명해야 할까? 그는 마치 사랑에 빠진 사람처럼 키스한다. 잃어버릴 게 아무것도 없다는 식으로. 방금 외국어를 배워서 오직 현재 시제만, 오직 2인칭만 쓸 줄 아는 사람처럼. 오직 지금, 오직 당신. 남자들 중에는 그런 식의 입맞춤을 한 번도 받아보지 못한 사람도 있다. 아서 레스를 겪고 나면, 자기가 다시는 그런 식의 키스를 받지 못하리라는 걸 알게 되는 남자들도 있다.

그보다 더 신비한 것은 그의 손길이 거는 신비로운 주문이다. 이걸 표현할 다른 단어는 없다. 어쩌면 레스가 가끔씩 다른 사람을 건드려 자기 신경계의 불꽃을 그들의 신경계로 송출할 수 있는 까닭은 그가 "껍질이 없는 사람"이기 때문인지도 모른다. 로버트는 이 사실을 즉시 눈치챘다. 그는 이렇게 말했다. "넌 마녀야, 아서 레스." 감수성이 그렇게까지 민감하지 않은 사람들은 자신들의 정교한 욕구에 너무 골몰한 나머지 달리 주의를 기울이지 않았지만("더 위에, 아니, 더 위에, 아니, **더 위에!**") 프레디는 느꼈다. 작은 충격, 공기의 부족, 아마도 잠깐의 혼절, 그런 뒤에 정신을 차리고 위에 있는, 땀방울로 장식된 순진무구한 레스의 얼굴을 본다는 것. 어쩌면 그건 방사능이 아니었을까? 어떤 순진함, 어떤 가식 없음이 하얗게 달아올라 방출된 것 말이다. 바스티안은 면역력이 없다. 어느 날 밤, 복도에서 청소년처럼 더듬거리던 그들은 서로의 옷을 벗기려고 하지만 외국 옷의 단추와 잠그는 방법에 지는 바람에 결국 스스로 옷을 벗는다. 아서는 침대로, 바스티안이 선탠을 한 알몸으로 기다리고 있는 그곳으로 돌아가 배에 오른다. 레스는 그렇게 한 손을 바스티안의 가슴에 얹는다. 바스티안은 헛숨을 들이켠다. 그는 몸부림을 친다. 호흡이 가빠진다. 잠시 후에 그가 속삭인다. "바스 마흐스트 두 미트 미어(나한테 뭘 하는 거야)?" 레스는 자기가 뭘 하고 있는지 전혀 모른다.

네 번째 주가 되자 레스는 조교가 실연을 당했나 보다고 생각한다. 원래도 태도가 진지하긴 했지만 한스가 상당히 시무룩해진 채 청동처럼 무거워 보이는 머리를 두 손으로 받치고 수업 내내 앉아 있다. 분명 여자 문제, 빈티지 미국 옷을 입고 고데로 금발을 누르고 다니는, 아름답고 재치 넘치며 줄담배를 피워대는 독일 양성애자 여성들 문제일 거야. 아니, 어쩌면 부모님과 살면서 현대미술 갤러리의 큐레이터가 되겠다고 로마로 돌아간, 구리 팔찌를 찬 아름다운 이탈리아 사람 때문일지도 모르지. 가엾은, 마음에 상처를 입은 한스. 레스는 포드 매덕스 포드의 구조를 칠판에 도표로 그리다가 진실을 깨닫는다. 돌아보니 한스가 책상 위에 졸도해 있다. 그의 호흡과 창백한 얼굴을 통해 레스는 열병을 알아본다.

그는 학생들에게 그 가엾은 녀석을 게준트하이츠첸트룸(보건 센터)으로 데려다주라고 외치고, 매끈한 현대식 사무실에 있는 발크 박사를 만나러 간다. 레스가 세 차례 같은 이야기를 반복하고 나서야 발크 박사가 더듬거리는 독일어를 헤치고 나아간 끝에 "아하"라고 한숨을 쉬고 레스에게 새 조교가 필요하다는 걸 깨닫는다.

다음 날, 레스는 발크 박사가 수수께끼의 질병으로 쓰러졌다는 소식을 듣는다. 교실에서는 젊은 여자 두 명이 책상에서 조용히 기절한다. 그들이 쓰러지자 쌍둥이 같은 포니테일이 겁에 질린 사슴 꼬리처럼 휙 날아오른다. 레스에게 어떤 패턴이 보이기 시작한다.

"내 생각엔 내가 약간 퍼뜨림인 것 같아." 그는 키츠(동네)에서 저녁 식사를 하며 바스티안에게 말한다. 레스는 처음에 메뉴가―작은 친구들, 빵과 함께 먹는 친구들, 큰 친구들로 나뉘어 있었다―너무 당황스럽다고 생각했고, 밤이면 식초를 곁들인 감자 샐러드에 슈니첼을, 은은히 빛나는 긴 잔에 담긴 맥주와 함께 주문했다.

"아서, 무슨 말인지 모르겠어." 바스티안은 레스의 슈니첼을 조금 잘라 가며 말한다. "퍼뜨림?"

"내 생각엔 내가 약간 질병 퍼뜨림인 것 같아."

바스티안은 입안이 가득 찬 채로 고개를 젓는다. "내 생각엔 아닌 것 같은데. 형은 아프지 않았잖아."

"하지만 다른 사람들은 전부 아파!" 웨이트리스가 더 많은 빵과 슈말츠(돼지비계)를 가지고 온다.

"있잖아, 그거 좀 이상한 병이야." 바스티안이 말한다. "난 아무렇지 않았거든. 그런데 형이 나한테 말을 걸고 있을 때 머리가 붕 뜨는 것 같더니 열이 끓기 시작하더라고. 끔찍했어. 하지만 그런 건 하루뿐이야. 내 생각엔 싹양배추 즙이 도움이 됐던 것 같아."

레스는 검은 빵 한 조각에 버터를 바른다. "나는 싹양배추 즙을 주지 않았어."

"응, 하지만 내 꿈속에서는 형이 줬어. 그 꿈이 도움이 됐어."

우리의 작가가 짓는 어리둥절한 표정. 그는 화제를 바꾼다. "다음 주에 나는 행사를 가지고 있어."

"응, 말했어." 바스티안이 손을 뻗어 레스의 맥주를 한 모금 삼키며 말한다. 자기 맥주는 다 마셔버렸기에. "낭독을 한다면서. 난 갈 수 있을지 잘 모르겠어. 낭독회는 보통 지겨우니까."

"아니 아니 아니, 나는 절대 안 지루하지 않아. 그리고 다음 주에는 내 친구가 결혼해."

독일인의 눈은 텔레비전으로 돌아간다. 풋볼 경기가 진행 중이다. 그가 별생각 없이 묻는다. "좋은 친구야? 형이 안 가서 기분이 별로래?"

"응, 좋은 친구야. 하지만 남자야—나는 독일어 단어를 몰라. 친구 이상이지만 과거야." '빵과 함께 먹는 친구'?

바스티안은 놀란 듯 레스를 돌아보더니 몸을 앞으로 숙이고 레스의 손을 잡으며 즐거운 듯 미소 짓는다. "아서, 형 지금 나 질투하게 만들려는 거야?"

"아니, 아니. 이건 고대의 과거야." 레스는 바스티안의 손을 꽉 잡았다가 놓아준 다음 고개를 기울여 등불에 자기 얼굴을 비춘다. "내 턱수염 어떤 것 같아?"

"시간이 좀 더 필요할 것 같아." 바스티안이 잠시 살펴보더니 말한다. 그는 레스의 음식을 한 입 더 먹더니 다시 그를 본다. 그는 고개를 끄덕이고는 다시 텔레비전으로 고개를 돌리며 아주 진지하게 말한다. "있잖아, 아서. 형 말이 맞아. 형은 절대 지루하지 않아."

독일어에서 영어로 번역한 전화 통화.

"안녕하세요, 페가수스 출판사의 페트라입니다."

"안녕하세요. 여기는 아서 레스 씨입니다. 나는 오늘 밤에 대한 걱정이 있습니다."

"앗, 안녕하세요, 레스 작가님! 네, 전에도 통화했었죠. 다 잘될 거예요, 제가 보장할게요."

"하지만 두 번…… 세 번 시간을 확인……."

"네, 23시에 열리는 것 맞아요."

"좋습니다. 23시요. 정확하기 위해서, 이 시간은 밤 11시입니다."

"네, 맞아요. 저녁 행사거든요. 재미있을 거예요!"

"하지만 그것은 정신 질환입니다! 밤 11시에 누가 저한테 올까요?"

"아, 저희를 믿으세요, 레스 작가님. 여긴 미국이 아니에요. 베를린이죠."

페가수스 페를라크(출판사)가 미국 대사관은 물론 베를린자유대학과 미국문학협회와 함께 공동으로 준비한 다가오는 낭독회는 레스가 예상했던 것처럼 도서관에서 열리지도, 희망했던 것처럼 극장에서 열리지도 않는다. 나이트클럽에서 열린다. 이것 또한 레스에게는 '정신 질환'으로 보인다. 출입구는 크로이츠베르크의 U-반* 철로 아래에 있는데, 일종의 공학적 갱도이거나 동독 사람들을 위한 탈출로로 보인다. 문지기를 통과하자("내가, 작가가 이곳에 왔다." 레스는 이 모든 게 실수라고 확신하며 말한다) 반사된 불빛으로 반짝이는 흰색 타일로 뒤덮인, 거대한 궁륭 터널 안이다. 그 빛을 제외하면 실내는 어둑하고 담배 연기로 가득하다. 한쪽 끝에서는 거울을 붙여놓은 바가 유리그릇이며 병으로 반짝인다. 넥타이를 맨 남자 두 명이 그 뒤에서 일하고 있다. 한 사람은 어깨의 총집에 총을 차고 있는 듯하다. 다른 쪽 끝에서는 디제이가 커다란 털모자를 쓰고 있다. 미니멀 테크노 리듬이 시끄럽게 공기를 퉁겨대고 플로어의 사람들은 분홍색과 흰색 조명을 받으며 앞뒤로 흔들린다. 넥타이를 매고, 트렌치코트를 입고, 페도라를 쓰고. 어떤 사람은 손목에 서류 가방을 수갑으로 채워서 가지고 다닌다. 베를린은 베를린이라고, 레스는 생각한다. 중국식 드레스를 입고 빨간 머

---

* U-반은 지하철을, S-반은 국철(전차)을 의미한다.

리카락을 젓가락으로 틀어 올린 한 여자가 미소 지으며 다가온다. 그녀는 창백하고 뾰족한 분을 바른 얼굴에 애교점을 그려 넣었고 윤이 없는 빨간 입술을 가지고 있다. 그녀가 영어로 말을 건다. "아하, 당신이 틀림없이 아서 레스겠군요! '스파이 클럽'에 오신 걸 환영해요! 전 프리다예요."

레스는 그녀의 두 뺨에 한 쪽씩 입을 맞추지만 그녀는 세 번째 키스를 받겠다고 몸을 기울인다. 이탈리아에서는 두 번. 북부 프랑스에서는 네 번. 독일에서는 세 번인가? 영영 파악하지 못할 것만 같다. 레스가 독일어로 말한다. "저는 놀랐고 아마도 기쁩니다!"

알쏭달쏭한 표정에 따라오는 웃음. "독일어를 하시네요! 멋지군요!"

"친구는 내가 어린이처럼 말한다고 말합니다."

그녀가 다시 웃는다. "들어오세요. 스파이 클럽에 대해서는 아세요? 저희는 이 파티를 한 달에 한 번씩, 여기저기 비밀 장소에서 열어요. 사람들은 분장을 하고 오죠! CIA나 KGB로요. 테마 음악도 있고, 작가님 같은 테마 행사도 있어요." 그는 다시 춤추는 사람들을, 바 근처에 모여 있는 사람들을 바라본다. 털모자를 쓰고 망치와 낫이 그려진 배지를 찬 사람들. 페도라에 트렌치코트를 입은 사람들. 몇 명은 총을 가지고 있는 것 같다고, 그는 생각한다.

"보입니다. 네." 그가 말한다. "그쪽은 누구로 옷을 입은 건가요?"

"아, 저는 이중 스파이예요." 그녀는 레스가 자기 의상을 보고 감탄할 수 있도록 물러서더니 (장제스의 부인? 미얀마의 요부? 나치 추종자?) 애교 있게 미소 짓는다. "그리고 이건 작가님 때문에 가져온 거예요. 우리의 미국인을 위해서. 얼룩무늬 보타이면 완벽하죠." 그녀는 핸드백에서 배지를 꺼내 그의 옷깃에 꽂아준다. "같이 가요. 제가 마실 걸 가져다 드리고 소련 측 관계자랑 소개해드릴게요."

레스는 배지에 뭐라고 쓰여 있는지 읽어보려고 옷깃을 끌어당긴다.

당신은 미국인 구역에
진입하고 있습니다

레스는 그날 자정이면 음악이 조용해지고 스포트라이트가 켜져 그와 그의 "소련 측 관계자"가 기다리고 있는 무대를 비출 것이며(사실 상대방은 러시아 이민자로서 턱수염에 아치키(안경)를 끼고 꽉 끼는 정장에 스탈린 티셔츠를 유쾌하게 받쳐 입고 있다), 그때 각자가 자신의 작품을 스파이 클럽의 군중에게 선보이게 될 거라는 얘기를 듣는다. 그들은 15분씩 나누어, 국적을 바꿔가며 네 차례 낭독을 하게 될 것이다. 클러버들이 문학 얘기를 듣겠다고 가만히 서 있을 거라니, 레스에게는 불가능한 일로 보인다. 그들이 한 시간 동안 뭔가에 귀를 기울인다는 것 자체가 불가능해 보인다. 그가 여기에, 베를린에, 이 순간, 땀이 그의 가슴을 총 자국처럼 어둡게 물들이는 가운데 어둠 속에서 기다리고 있다는 것도 불가능한 일로 보인다. 사람들이 또 한 번 빌어먹을 굴욕을 주려고 그를 함정에 빠뜨리고 있다. 아서 레스처럼 미천한 예술가들의 골수를 빨아 먹겠다고 우주가 계획한, 그런 작가적 굴욕 말이다. 이번에도 '아서 레스와의 밤'이다.

어쨌든 그의 옛 프로인트가 결혼하는 건 오늘 밤, 세세 민대편에서다.

프레디 펠루는 샌프란시스코 북쪽 어딘가에서 오후 예식을 치르고 톰 데니스와 결혼한다. 그게 정확히 어디인지는 모른다. 초대장에는 그냥 11402 쇼라인 하이웨이라고만 적혀 있었는데, 그런 주소는 절벽 위의 대저택에서부터 길가의 저급한 카바레에 이르기까지 무엇이든 의미할 수 있었다. 아무튼 손님들은 2시 30분 예식에 모이게 되어 있고, 시차를 고려할 때, 레스 생각에는 그게 아마, 뭐, 지금일 듯하다.

여기, 우리의 베를린에서도 가장 추운 날 밤, 바람이 폴란드에서 불어 내려오고 광장마다 가판대가 세워져 털모자와 털장갑, 장화에 집어 넣을 울 안감을 팔며, 부모들이 모닥불 곁에서 글뤼바인(멀드 와인)을 마시는 동안 아이들이 자정이 지날 때까지 썰매를 탈 수 있는 포츠다머 플라츠(포츠담 광장)에 설산이 세워지는 그런 어둡고 얼어붙은 밤, 지금 즈음에, 레스는 프레디가 예식장 통로를 따라 걸어가는 모습을 상상한다. 샤를로텐부르크성에서 눈[雪]이 반짝이는 동안 프레디는 캘리포니아의 햇빛을 받으며 톰 데니스 곁에 서 있을 것이다. 물론 흰색 리넨 정장 차림으로 백장미 그늘이 드리워지고 근처에서 펠리컨들이 날아가며 누군가의 이해심 많은 대학 시절 전 여자 친구가 기타로 조니 미첼을 연주하는 그런 결혼식이겠지. 프레디는 톰의 눈을 들여다보면서 귀를 기울이고 희미하게 미소를 짓는다. 자정을 치기 직전인 시민 회관 시계의 숫자들처럼 터키인 남자들이 덜덜 떨며 버스 정류장 안에서 어슬렁어슬렁 움직이는 그 시각. 그래, 거의 자정이다. 전 여자 친구가 노래를 마치고 어느 유명한 친구가 유명한 시를 읽는 그 시간에 눈은 두껍게만 쌓여간다. 프레디가 청년의 손을 잡고 인덱스카드에 적어둔 맹세를 읽는 그 시간에 고드름은 길어진다. 그리고 프레디가 뒤로 물러서고 목사가 설교를 하는 그 시간에, 앞줄 손님들이 슬며시 미소를 짓고 그가 앞으로 몸을 숙여 신랑에게 입을 맞추는 그 시간에, 베를린의 얼음 아치에서 달이 빛나는 그 시간에—그 일은 틀림없이 일어나고 있다.

음악이 멈춘다. 스포트라이트가 켜진다. 레스는 눈을 깜빡인다(망막의 나방들을 흩어버리려니 고통스럽다). 객석의 누군가가 기침을 한다.

"칼립소." 레스는 입을 연다. "내게는 그의 이야기를 전할 권리가 없다……."

그러자 청중이 귀를 기울인다. 보이지는 않지만, 거의 한 시간 내내 어둠은 온통 침묵이다. 가끔씩 불 켜진 담배가 나타난다. 사랑할 준비를 마친 나이트클럽의 반딧불이들. 그들은 소리 한번 내지 않는다. 그는 자기 소설의 독일어 번역본을, 러시아인은 그의 소설을 읽는다. 아프가니스탄 여행 이야기인 것 같지만 귀를 기울이기가 어렵다. 그가 와 있는 이 낯선 세계 때문에, 작가가 정말로 중요한 이 세계 때문에 너무나 혼란스럽다. 그는 예식장의 프레디 생각에 너무 주의가 산만해진다. 헉하는 숨소리와 군중이 동요하는 소리를 들은 건 두 번째 낭독을 반쯤 진행했을 때였다. 그는 누군가가 졸도했다는 걸 깨닫고 읽기를 멈춘다.

그리고 또 한 사람.

세 사람이 쓰러지고 난 다음에야 클럽은 조명을 켠다. 레스는 냉전 시대 노스탈기(노스탤지어)가, 본드걸과 닥터 스트레인지러브의 멋을 걸친 청중들이 옛 동독 경찰의 기습이라도 받은 듯 밝은 조명 아래 포착

된 모습을 본다. 사람들이 손전등을 들고 달려온다. 갑자기 공기는 불안한 수런거림으로 가득해지고 흰 타일이 붙어 있는 그 공간은 황량해 보인다—지역 대중탕이나 경찰지서 같아 보이는데, 실은 맞다. "어떻게 해야 하죠?" 레스의 등 뒤에서 키릴 억양이 들린다. 러시아 소설가가 무성한 눈썹을 조립식 소파 부품처럼 한데 모은다. 레스는 프리다가 점잔 빼는 걸음으로 또각또각 다가오는 걸 바라본다.

"괜찮아요." 그녀가 러시아인을 보면서 레스의 소매에 손을 얹고 말한다. "틀림없이 탈수 현상 때문일 거예요. 자주 벌어지는 일이긴 하지만 보통은 훨씬 깊은 저녁에 벌어지죠. 하지만 작가님이 낭독을 시작하니까 갑자기……." 프리다는 아직 말을 하고 있지만 레스는 귀를 기울이지 않고 있다. 이때 '작가님'은 레스다. 청중은 형태를 잃고 바 근처에 정치적으로는 불가능한 일행을 이루어 엉긴다. 아직 새벽 1시도 되지 않았는데 타일에 비친 조명이 그 밤의 끝을 알리는 이상한 기분을 만들어낸다. 레스는 저릿하게 뭔가를 깨닫는다. '작가님'이 낭독하기 시작하니까…….

그는 사람들을 지루하게 만들어 죽이고 있다.

처음에는 바스티안, 그다음에는 한스, 발크 박사, 학생들, 낭독회에 온 청중들. 그의 장황한 대화를, 강의를, 글을 듣다가, 그의 **형편없는** 독일어를 듣다가, 단과 덴을, 퓌어와 포어를, 볼렌과 베르덴을 헷갈리는 그에게 귀를 기울이다가. 그가 문장을 말하는 동안 살인범을 발표하는 탐정에게 귀를 기울이듯 눈을 휘둥그렇게 뜨고 미소를 지으며 고개를 끄덕여주다니 다들 얼마나 친절한가? 그러다 결국은 레스가 엉뚱한 동사를 밟고 만다. 하나씩 하나씩, 그는 **트라우리히 자인**으로 오해한 블라우 자인('우울해'로 오해한 '나 취했어')으로, 다스 게셍크로 오해한 다스 기프트('신물'로 오해한 '독약')로 자은 살인들을 저지른다. 그의 단어, 그의 진부함, 그의 거꾸로 가는 웃음. 그는 취한 동시에 우울한 느낌이다. 그렇다, 그들에게 준 그의 선물은 다스 기프트다. 클로디어스가 햄릿의 아버지에게 그랬듯, 그는 베를린 사람들의 귀에 독을 넣어 그들을 죽이고 있다.

레스는 타일을 씌운 천장에서 메아리치는 소리를 듣고 그를 돌아보는 사람들의 얼굴을 보고 나서야 마이크에 대고 다 들리게 한숨을 쉬었다는 걸 깨닫는다. 그는 한 발 물러선다.

그곳에서, 클럽 뒤쪽에서, 특유의 희귀한 미소를 짓고 홀로 서 있는 게 혹시…… 프레디일 수 있을까? 결혼식에서 도망쳐 온 거야?

아니 아니 아니. 그냥 바스티안일 뿐이다.

미니멀 테크노가, 파이프 두드리는 소리와 심장 고동으로 예전에 살던 뉴욕 아파트를 떠올리게 만드는 그 소리가 다시 시작된 다음이었을까─아니면 기획자가 두 번째 "롱아일랜드"를 전해준 다음이었을까─바스티안이 알약 한 알을 들고 다가와 "삼켜"라고 말한다. 몸들이 흐릿하게 보인다. 바텐더들이 플라스틱 총을 허공에 흔들어대는 가운데 레스는 러시아인 작가와 프리다와 함께 춤을 추던 게 기억나고(바에는 감자 두 개가 함께 있었는데, 그 감자들은 골칫거리였다), 포츠담 다리에서 건넨 서류 가방처럼 봉투에 담긴 수표를 전달받던 게 기억나지만, 그다음에는 어떻게 그랬는지 택시에 타고 있고 그다음에는 다양한 수준의 춤꾼들이며 수다를 떨어대는 베를린 젊은이들이 담배 연기

구름 속에 앉아 있는 일종의 난파선에 올라와 있다. 바깥의 널빤지 갑판에서는 다른 사람들이 더러운 슈프레강 바깥으로 두 발을 대롱거리고 있다. 베를린이 사방에 있다. 베를린 텔레비전 송신탑이 타임스스퀘어의 신년 볼(ball)처럼 동쪽에 높이 솟아 있고, 샤를로텐부르크성의 조명이 서쪽으로 희미하게 빛나며, 주변은 온통 도시의 영광스러운 쓰레기장이다. 버려진 창고와 세련된 신식 복층 건물들과 보트들이 모두 요정의 빛을 뒤집어쓰고 있고, 콘크리트 호네커 주거지 블록은 옛 19세기 건물을 모방하고 있으며, 검은 공원들은 소련의 전쟁 기념물을 숨기고 있고, 유대인들이 자기 집에서 끌려 나가던 그 문 앞에서 매일 밤 누군가가 작은 촛불들을 켠다. 공산주의자로 살던 시대의 베이지색 옷을 아직까지도 입고 있는, 아직도 비밀을 얘기할 때는 평생 도청을 당하면서 습득한 귓속말로 말하는 나이 든 부부들이 춤추러 오던 옛 댄스홀에서는 이제 사람들이 은색 마일라 커튼으로 장식된 방에서 라이브 밴드의 음악에 맞춰 폴카를 춘다. 미국인 드래그 퀸이 프랑스인 디제이들의 음악을 들으라며 영국인 국외 거주자들에게 표를 파는 지하실에서, 벽을 따라 물이 자유롭게 흐르고 오래된 휘발유 통이 안에서 불이 밝혀진 채 천장에 매달려 있는 방에서. 터키인들이 튀긴 핫도그에 재채기 가루를 체로 걸러 뿌려대는 **커리부르스트** 가판대며 똑같은 핫도그를 구워 크루아상으로 만드는 지하의 베이커리, 티롤 사람들이 햄을 얹은 빵에 녹은 치즈를 발라 피클로 장식하는 라클레트 가판대. 동네 광장에는 이미 싸구려 양말과 훔친 자전거, 플라스틱 등불을 파는 시장이 장사 준비를 하고 있다. 어느 옷을 벗어야 하는지 신호하는 스톱라이트가 달린 섹스 소굴, 이름을 수놓은 검은 비닐 슈퍼히어로 의상을 입은 남자들의 지하 감옥, 가능한 모든 일이 일어나는 어두운 방들과 뒷골목들. 그리고 이제 막 오픈할 준비를 하고 있는 클럽이 사방에 있는데, 그곳에서는 심지어 기혼 중년들도 검은색 화장실 타일에서 케타민을 연달아 흡입해대고, 청소년들은 서로의 술에 약을 타고 있다. 클럽에서는, 레스가 나중에 떠올린 것이지만, 한 여자가 댄스플로어로 가 마돈나 노래가 나오는 동안 완전히 정신 줄을 놓고 온전히 플로어를 장악하고, 그러자 사람들이 손뼉을 치고 환성을 질러댄다. 그녀는 바로 그곳에서 정신을 잃고, 친구들이 그녀의 이름을 소리쳐 부른다. "피터 팬! 피터 팬!" 사실, 그 사람은 여자가 아니다. 아서 레스다. 그렇다, 심지어 나이 든 미국 작가들조차 아직 샌프란시스코의 80년대인 것처럼, 마치 성 혁명에서 승리를 거둔 것처럼, 전쟁이 끝나고 베를린이 해방된 것처럼, 그 자신의 자아도 해방된 것처럼 춤을 추고 있다. 그리고 바이에른 사람이 그의 품에서 속삭이는 말은 사실이다. 모두가, 모두가—심지어 아서 레스까지도—사랑받고 있다.

거의 60년 전, 자정을 막 지났을 때, 그들이 춤추던 강에서 몇 미터 떨어진 곳에 현대 공학의 기적이 발생했다. 하룻밤 만에 베를린장벽이 솟아난 것이다. 1961년 8월 15일 밤이었다. 베를린 사람들은 16일에 깨어나 이 놀라운 모습을 보았다. 처음에 그 장벽은 장벽이라기보다 울타리에, 꽃 대신 철조망으로 장식되어 거리에 꽂힌 울타리에 더 가까웠다. 무슨 문제가 발생할 거라는 생각은 들었지만 그것도 정도껏이었다. 인생이란 너무 갑작스럽게 뒤통수를 치는 경우가 너무 많다. 장벽 어느 쪽에 있게 될지 누가 알았겠는가?

바로 그런 방식으로, 레스는 체류 기간이 끝날 때 눈을 뜨고, 베를린에서 보낸 5주와 현실 사이에 장벽이 세워진 것을 발견한다.

"형 오늘 가네." 청년은 잠에 겨워 베개에 기대고 두 눈을 감은 채 말한다. 작별의 긴 밤을 거친 터라 두 뺨이 붉은데, 누군가의 립스틱 자국이 문대져 있지만 다른 면으로는 도를 지나쳤던 흔적이 없다. 오직 젊은 사람만이 할 수 있는 방식. 그의 가슴은 키위 새처럼 갈색이고 천천히 오르내린다. "작별 인사를 해야지."

"그래." 레스는 마음을 가라앉히며 말한다. 뇌가 페리보트를 타고 있는 것 같은 기분이다. "두 시간 후에. 난 짐에 옷들을 넣어야만 한다."

"독일어를 점점 못하네." 바스티안은 레스에게서 먼 쪽으로 굴러가며 말한다. 이른 아침이고 이불보에 비치는 태양은 밝다. 음악이 바깥거리에서 들려오고 있다. 멈추지 않는 베를린의 리듬.

"너는 계속 자야만 한다."

바스티안의 끙 하는 소리. 레스는 허리를 숙여 그의 어깨에 입을 맞추지만 청년은 이미 잠들어 있다.

다시 짐 싸기라는 임무를 마주하기 위해 일어서면서, 레스는 몸 안의 페리보트 진동을 견뎌낸다. 파리에서 배운 방법대로 셔츠를 모두 챙겨다가 페이스트리 반죽처럼 조심스럽게 한 겹씩 쌓고 나머지 옷을 그 안에 개켜 넣는 일은 간신히 할 수 있다. 욕실과 부엌에서 중년의 침대 옆 탁자에 놓인 온갖 것들을 모아 오는 것도 간신히 할 수 있다. 잃어버린 모든 물건을 추적하고 여권과 지갑, 핸드폰 위치를 정확히 짚어내는 것도 간신히 할 수 있다. 뭔가는 남겨지게 될 것이다. 그는 남을 물건이 비행기 표가 아닌 바늘이었으면 좋겠다고 생각한다. 하지만 그것도 간신히 할 수 있는 일이다.

왜 그렇다고 대답하지 않았을까? 과거에서 들려오는 프레디의 목소리. 내가 형이랑 같이 여기에 영원히 있었으면 좋겠어? 왜 그렇다고 말하지 않았을까?

그는 고개를 돌려, 배를 깔고 누운 채 두 팔을 동베를린 사람들에게 신호하던 암펠멘헨*처럼 쭉 펴고 있는 바스티안을 본다. 걷거나, 걷지 않거나. 그의 등이 그리는 곡선, 어깨를 가로질러 여드름이 나 있는 빛나는 피부. 이 마지막 몇 시간의 크고 검은 철제 침대에서. 레스는 부엌으로 가 커피 물을 끓이기 시작한다.

왜냐하면 불가능했을 테니까.

그는 비행기에서 채점할 학생들의 과제물을 챙겨 검은색 배낭에 있는 특별한 칸에 조심스럽게 미끄러뜨려 넣는다. 정장 외투와 셔츠도 챙긴다. 옛 시절의 여행객이라면 어깨에 막대기를 걸쳐 들고 다녔을 법한 작은 꾸러미로 만든다. 또 다른 특별한 공간에 알약을 넣는다(책임자가 맞았다. 약은 정말로 효과가 있었다). 여권, 지갑, 핸드폰. 꾸러미에 벨트들을 고리 모양으로 두른다. 벨트에 넥타이들을 고리 모양으로 두른다. 신발을 양말과 함께 쑤셔 박는다. 그 유명한 레스의 고무 밴드. 아직 사용하지 않은 물건들: 선크림, 손톱깎이, 바느질 키트. 아직 입지 않은 옷가지: 갈색 면바지, 파란 티셔츠, 밝은 색깔이 들어간 양말. 피처럼 붉은 여행 가방에 넣어 빵빵하게 지퍼를 채운다. 이 모든 것들은 아무 목적 없이, 수많은 여행객들이 그러듯 지구를 돌게 된다.

* 땅딸막한 남자가 그려진 베를린의 신호등.

부엌으로 돌아간 그는 마지막 커피(너무 많다)를 프렌치프레스*에 넣고 뜨거운 물로 채운다. 젓가락으로 혼합물을 저은 다음 플런저로 맞춘다. 그는 커피가 우러나기를 기다리고, 기다리면서는 얼굴을 만져 본다. 가면을 쓰고 있다는 걸 잊었던 사람처럼 턱수염을 만져보고 깜짝 놀란다.

왜냐하면 두려웠으니까.

이젠 끝났다. 프레디 펠루는 결혼했다.

레스는 만화에서 TNT를 터뜨릴 때처럼 플런저를 눌러 베를린 전체에 커피를 폭발시킨다.

독일어에서 영어로 번역한 전화 통화.

"여보세요?"

"안녕하세요, 레스 작가님. 페가수스의 페트라입니다!"

"안녕하세요, 페트라."

"그냥 잘 떠나셨는지 확인하고 싶어서요."

"저는 공항 위에 있습니다."

"멋지네요! 어젯밤이 얼마나 성공적이었는지, 또 작가님의 귀여운 수업에 학생들이 얼마나 고마워하는지 전해드리고 싶었어요."

"각각의 사람이 아픈 사람이 되었습니다."

"다들 회복됐어요, 작가님 조교분도 그렇고요. 작가님이 매우 멋진 분이라고 하던데요."

* 커피메이커 상표.

"각각의 사람이 아주 친절한 사람입니다."

"그리고 혹시 나중에 필요한 물건을 두고 가신 걸 알게 되면 저희한테 알려주세요. 저희가 보내드릴게요!"

"아뇨, 나는 후회가 없습니다. 후회가 없어요."

"후회요?"

(비행기 안내 방송) "나는 뒤에 아무것도 놔두지 않습니다."

"안녕히 가세요! 다음번 멋진 소설 기다릴게요, 레스 작가님!"

"이것은 우리가 모르겠네요. 안녕히 계세요. 저는 이제 모로코로 향합니다."

하지만 그는 지금 모로코로 향하는 것이 아니다.

프랑스의 레스

다가온다, 그가 두려워하는 여행이. 쉰 살이 되는 여행이. 평생의 다른 모든 여행은 장님이 행진하듯 이 여행으로 이어진 것만 같다. 로버트와 함께 있었던 이탈리아의 호텔. 프레디와 함께 프랑스를 횡단했던 짧은 여행. 대학 졸업 후 루이스라는 이름의 누군가와 지내겠다고 샌프란시스코로 떠났던, 산토끼처럼 쏘다닌 크로스컨트리 여행. 그리고 어린 시절의 여행—아버지가 보통은 남북전쟁의 전쟁터로 아주 여러 번 데려갔던 캠핑 여행. 캠프장에서 총알을 찾다가—기적 중에서도 이런 기적이!—화살촉을 찾았던 일이 얼마나 똑똑히 기억나는지(시간이 지나자 아버지가 그 지역에 약을 쳐놨을 가능성이 밝혀졌다). 서툴고 어린 레스가 스프링나이프를 받고서는 그 칼이 독사라도 되는 것처럼 두려운 마음에 던져버리고 한번은 **진짜 뱀**(가터 뱀, 이미 죽어 있었음)을 푹 찔러 죽일 수 있었던 잭나이프 던지기 놀이. 익으라고 불 속에 두었던 포일로 싼 감자. 황금 팔이 달린 유령 이야기. 불빛을 받아 깜빡이던 아버지의 기뻐하는 표정. 레스가 그 기억들을 얼마나 소중하게 여겼는가(그는 나중에《이성애자로 자라다》라는 책을 아버지의 서재에서 발견했는데, 이 책에는 계집애 같은 아들이 있다면 부모로서 유대를 맺으라는 조언이 담겨 있었고 그 책이 조언한 행동들―전쟁터, 잭나이프 던지기, 캠프파이어, 유령 이야기―은 모두 파란색 빅(Bic) 형광펜으로 밑줄이 그어져 있었다. 하지만 어째서인지 이후의 이런 발견도 어린 시절의 봉인된 행복을 꿰뚫지는 못했다)? 당시에는 이런 여행들이 하늘에 뜬 별만큼이나 모두 무작위인 것처럼 보였다. 지금에야 인생의 별자리가 바뀌는 것이 보인다. 이제, 전갈자리가 떠오르고 있다.

레스는 베를린에서 모로코로 향하게 될 거라고, 파리에서는 잠깐만 체류하게 될 거라고 믿는다. 그에게는 후회가 없다. 그는 아무것도 두고 가지 않는다. 그의 모래시계를 통과하는 마지막 모래는 사하라의 모래가 될 것이다.

하지만 그는 지금 모로코로 가는 게 아니다.

파리: 문제가 터진다. 아서 레스에게는 부가세 체계를 해독하는 것이 평생의 힘겨운 과제였다. 미국 시민으로서 그는 해외에서 구매한 몇몇 상품에 대해 세액을 환불받도록 되어 있었다. 사람들이 특별한 봉투를, 모든 내용이 다 채워져 있는 서류를 내밀 때에는 이게 아주 간단한 일처럼 보인다. 공항에서 관세 키오스크를 찾아 도장을 받고 환불을 받으면 된다. 하지만 레스는 속임수가 뭔지 알고 있다. 관세 사무실이 문을 닫거나 키오스크가 수리 중이거나 고집스러운 직원들이 이미 체크인한 짐에 싸둔 제품을 꺼내보라고 고집을 부린다. 차라리 미

얀마 비자를 얻고 말지. 샤를드골 공항의 안내 데스크에서 중년 여자가 세금 환불 사무실 위치를 가르쳐주지 않으려 들었던 게 몇 년 전이더라? 도장은 받았지만, 기만적인 이름이 붙은 재활용 쓰레기통에 서류를 넣어버린 건 또 언제고? 계속해서 그는 놈들의 계략에 넘어갔다. 하지만 이번만은 그렇게 안 될 것이다. 레스는 빌어먹을 세금 환불을 사명으로 삼는다. 토리노에서 상을 받은 이후 무모하게도 돈을 물 쓰듯 썼기에(폴라로이드 사진의 맨 아래 모서리처럼 널찍한 흰색 가로줄 무늬가 들어간, 밝은 파란색 샴브레이 셔츠를 샀다) 밀라노 공항에서 보낼 시간을 한 시간 더 쓰면서 셔츠를 손에 든 채 사무실을 찾아냈지만, 직원은 슬프게도 유럽연합 국가들을 떠날 때―그러니까 파리에서의 체류를 마무리하고 아프리카 대륙으로 향할 때까지 기다려야 한다고만 알려주었다. 레스는 기죽지 않았다. 베를린에서도 같은 전략을 써보았지만 같은 결과를 얻었다(이번의 상대는 빨간색 머리를 뾰족뾰족하게 세운, 심술궂은 베를린 스타일 여성이었다). 레스는 그래도 기죽지 않는다. 하지만 파리에서 체류할 때 그는 호적수를 만난다―웬 독일인이 깜짝 선물처럼, 빨간 뾰족 머리에 모래시계 같은 안경을 쓰고 있다. 베를린 사람의 쌍둥이거나 주말 교대 근무인 모양이다. "아일랜드 것은 받지 않습니다." 그녀가 얼음장 같은 영어로 알려준다. 레스의 부가세 봉투는 갑작스러운 사태 변환에 따라 아일랜드에서 온 것으로 되어 있다. 그러나 영수증은 이탈리아 것이다. "이탈리아 거예요!" 그가 그녀에게 말하지만 그녀는 고개를 젓는다. "이탈리아 거예요! 이탈리아 거라고!" 그의 말이 맞지만, 목소리를 키웠으니 그가 졌다. 마음속에서 익숙한 불안감이 끓어오르는 게 느껴진다. 당연히 그녀도 느긴다. "이젠 유럽 국가에서 우편으로 부치셔야 합니다." 그녀가 말한다. 그는 진정하려고 애쓰며 공항 내 우체국이 어디 있는지 묻는다. 그녀는 확대된 눈을 거의 들지도 않고, 얼굴에 미소를 띠며 맛깔나게 말한다. "공항에는 우체국이 없습니다."

레스는 비틀거리며 완전히 패배당한 채로 키오스크에서 멀어져가다가 정신이 멍해지는 당혹감 속에 탑승구로 향해 간다. 자신들만의 유리 동물원 안에서 웃고 있는 흡연 라운지의 주민들이 얼마나 부럽게 보이던지. 이 모든 일의 부당함이 묵직하게 내려앉는다. 불공평이 줄줄이 꿰인 실이, 그 쓸모없는 묵주가 예전 기억들을 손가락으로 헤아릴 수 있도록 머릿속에 끄집어내진다는 건 얼마나 끔찍한 일인가. 레스는 아무것도 받지 못했는데 여동생은 장난감 전화기를 받았던 일, 시험지에 글씨를 예쁘게 못 썼다고 화학에서 B를 맞았던 일, 그는 못 갔는데 멍청한 부자 꼬마는 예일대에 들어간 일, 순진무구한 레스를 놔두고 사기꾼들과 멍청이들을 선택했던 남자들. 최근 소설에 대한 출판사의 정중한 퇴짜와 30세, 40세, 50세 이하—그 이후로는 명단을 만들지 않으니까—모든 '최고의 작가' 명단에서 레스가 제외되는 데까지 이어지는 그 모든 일들. 로버트에 대한 후회. 프레디에 대한 고민. 레스의 뇌가 다시 계산대 앞에 앉아, 예전에는 값을 치른 적이 없다는 듯 또 한 번 옛 치욕이라는 요금을 받아 간다. 노력은 하지만 놓아버릴 수가 없다. 문제는 돈이 아니라 원칙이라고, 그는 혼잣말을 한다. 그는 모든 걸 제대로 했는데 그들이 이번에도 다시 한번 그에게 사기를 쳤다. 문제는 돈이 아니었다. 그러고 나서 루이비통, 프라다, 다양한 술과 담배에 기초한 의류 브랜드를 지난 뒤, 그는 마침내 스스로에게 인정한다. 문제는, 사실, 돈이다. 당연히 돈이다. 그리고 그의 두뇌는 갑자기, 다 떠나서, 자기는 쉰 살을 맞을 준비가 되지 않았다고 판단한다. 그렇게 초조하고 땀이 흐르며 삶에 지친 채로 사람들로 북적이는 탑승구에 도착했을 때, 레스의 한쪽 귀에 에이전트의 발표가 들려온다. "마라케시로 가는 승객님들께 알려드립니다. 이 비행기가 한도 이상으로 예약되어, 할인권을 받고 오늘 밤 늦게 출발하는 비행기에 탑승하실 자원자들을 찾고 있습니다……."

"저요!"

운명은, 그 글로켄슈필*은, 한 시간 후면 바뀔 것이다. 얼마 전만 해도 레스는 공항 라운지에서 파산한 상태로 돈을 뜯기고서 패배자가 되어 길을 잃고 있었는데—이제는 이곳에 와 있는 것이다! 주머니 가득 현금을 담고 로지에가(街)를 걸어가고 있다! 짐 가방은 공항에 두었고 도시에서 자유롭게 보낼 시간이 몇 시간 생겼다. 게다가 그는 이미 옛 친구에게 전화를 걸어두었다.

"아서! 우리 아서 레스 청년!"

전화 통화: 러시안리버파의 알렉산더 레이턴. 미국의 공공연한 인종차별주의를 등지고 프랑스의 '깔끔한 인종차별주의'를 찾아간 시인이자 극작가이자 학자인 흑인 게이. 레스는 고집불통이던 시절의, 풍성한 아프로 머리를 하고서 저녁 식사 시간에 자기 시를 큰 소리로 외쳐대던 알렉스를 기억한다. 지난번 만났을 때 알렉스는 맥아를 첨가한 밀크볼처럼 대머리였다.

---

* 조율된 금속 막대를 피아노 건반과 같은 방식으로 배열한 타악기로 실로폰과 유사하다.

"여행한다는 얘긴 들었어! 더 일찍 전화했어야지."

"그게, 원래 여기 올 예정이 아니었거든요." 레스는 생일 전 가석방 상태의 기쁨에 사로잡힌 채 자기 말이 거의 말도 되지 않는다는 걸 알면서 설명한다. 마레 지구 근처 어딘가의 '메트로'*에서 나온 그는 방향을 잡지 못한다. "독일에서 강의를 했고 그 전에는 이탈리아에 있었어요. 늦은 비행기를 타겠다고 자원했고요."

"나한텐 행운이었네."

"같이 뭘 간단히 먹거나 술을 한잔할 수 있겠다는 생각이 들더라고요."

"카를로스가 연락했나?"

"누구요? 카를로스요? 왜요?" 물론 이 대화에서도 그는 방향을 잡지 못한다.

"뭐, 연락할 거야. 내가 쓴 옛 편지며 메모, 주고받은 서신을 사고 싶어 하더라고. 무슨 일을 꾸미는 건지 모르겠어."

"카를로스가요?"

"내 건 이미 소르본에 팔렸거든. 그 친구가 자넬 찾을 거야."

레스는 자기 '서류'가 소르본에 있는 모습을 상상한다. 《아서 레스 서간집》. 그러면 '아서 레스와의……'와 똑같은 사람들이 끌리겠지.

알렉산더가 여전히 이야기하고 있다. "……자네가 인도에 갈 거라고 진심으로 말하더라니까!"

레스는 전 세계로 정보가 얼마나 빨리 퍼져나가는지 깜짝 놀란다. "네." 그가 말한다. "네, 카를로스가 제안한 거였어요. 저기……."

---

* 프랑스의 지하철.

"그건 그렇고, 생일 축하해."

"아뇨, 아뇨. 제 생일은 아직……."

"이봐, 난 가봐야 돼. 하지만 오늘 밤에는 디너파티가 있어. 귀족들인데, 그 사람들이 미국인들을 아주 좋아하거든. 예술가도 아주 좋아하고. 자네가 오면 아주 좋아할 거야. 나도 자네가 와주면 아주 좋겠어. 와줄 건가?"

"디너파티요? 갈 수 있을지 잘……." 이제는 레스가 언제나 풀지 못했던 언어 문제가 닥쳐온다. 만약 미천한 소설가가 자정에 비행기를 타야 하는데, 8시에 파리의 디너파티에 가고 싶다면…….

"파리의 보보족 파티야—조그만 깜짝 선물이라면 다들 좋아하지. 게다가 결혼식 얘기를 떠들어댈 거야. 아주 근사하잖아. 그리고 그 작은 스캔들 얘기도 그렇고!"

레스는 영문을 몰라 그냥 말을 더듬는다. "아, 그거요, 하하……."

"그럼 자네도 들은 거군. 할 얘기가 너무 많아. 곧 보세!" 그는 레스에게 바크가(街)에 있는, 문 번호가 두 종류인 어느 말도 안 되는 주소를 건네준 다음 서둘러 그에게 "오 르부아!"*라고 인사한다. 레스는 덩굴로 잔뜩 뒤덮인 오래된 집 밖에 숨이 찬 채로 남겨진다. 여학생들 한 무리가 직선으로 두 줄을 이루어 지나간다.

그는 꼭 파티에 갈 생각이었다. 참을 수가 없었다. 아주 근사한 결혼식이라고? 무슨 일이든 벌어졌을 거라는 밝은 전망은 마치 마술사가 뭔가를 없애버리기 전에 보여주는 카드, 우리의 귀 뒤에서 나타나는

* '또 만나!'라는 뜻의 작별 인사.

카드 같았다. 그래서 레스는 부가세는 우편으로 보내고 파티에 가서 최악의 소식을 들은 다음 자정 비행기를 타고 모로코로 가기로 했다. 그때까지는─파리를 떠돌아다녀야겠지.

주변에서 도시가 비둘기처럼 날개를 편다. 손질한 나무들이 여러 줄 늘어서서 가볍게 톡톡 떨어지는 비와 전원이 노란색 티셔츠를 맞춰 입고 80년대의 소프트 록 히트곡들을 연주하고 있는 유타 청년 합창단을 모두 가려주는 가운데, 그는 보주 광장을 가로지른다. 벤치에서는 젊은 시절 들었던 음악에 영감을 받았는지 중년 커플이 빗방울로 점박이가 된 트렌치코트 차림으로 모든 걸 잊고 열정적인 키스를 하고 있다. 레스는 '사랑 외의 모든 것(All Out of Love)'의 곡조에 맞춰 남자가 애인의 블라우스 안으로 손을 집어넣는 모습을 바라본다. 주변의 가로수길에는 싸구려 비닐 판초 우의를 입은 십대들이 '빅토르 위고의 집' 근처에 몰려들어 비를 내다보고 있다. 겉만 번지르르한 기념품 여러 봉지가 그들이 콰지모도를 만나고 왔다는 사실을 알려준다. 제과점에서는 레스의 알아들을 수 없는 프랑스어조차 성공을 가로막을 수 없다. 아몬드 크루아상이 곧 두 손에 들리고 그를 버터 바른 색종이로 뒤덮는다. 그는 카르나발레 박물관으로 가서 무너져버린 궁전 장식들이 복구된 방마다 감탄하며 구경하고 벤저민 프랭클린이 프랑스와의 합의서에 서명하는 이상한 **그루프 앙 비스퀴***를 잘 살펴본 뒤 어깨 높이까지 올라오는 과거의 침대들 너머를 신기한 듯 바라보고 경이감에 빠져 프루스트의 검은색과 금색으로 이루어진 침실 앞에 선다. 코르크 벽들은

---

* 유약을 입히지 않고 구운 조각상.

정신병원이라기보다는 여자의 내실처럼 보인다. 레스는 프루스트 시니어*의 초상화가 벽에 걸려 있는 걸 보고 감명을 받는다. 부티크 푸케의 아치 아래에 서자 1시 정각을 알리는 종소리가 건물 전체에 울린다. 뉴욕 호텔 로비에서와는 달리 그 오래된 시계들은 어떤 부지런한 직원이 잘 감아두었다. 하지만 레스는 서서 조용히 종소리를 헤아리다가 시계가 한 시간 늦다는 걸 깨닫는다. 나폴레옹 시대의 시간이다.

알렉산더가 준 주소에서의 모임이 시작되려면 아직도 몇 시간이 남아 있다. 아르쉬브가(街)를 따라 내려가 오래된 유대인 구역의 작은 입구를 지난다. 젊은 관광객들이 팔라펠**을 먹으려고 줄을 서 있고, 나이든 관광객들은 고민에 빠진 표정으로 거대한 메뉴판을 들고 실외 카페에 앉아 있다. 검은색과 회색 옷을 입은 우아한 파리지엔들이 다채로운 색깔이 야하게 들어간, 대학교 여학생 클럽 회원조차 주문하지 않을 법한 미국식 칵테일을 홀짝이고 있다. 그는 파리의 호텔에서 프레디를 만나 그와 함께 이곳에서 길고도 방종한 한 주를 보냈던 또 다른 여행을 떠올린다. 박물관과 반짝이는 레스토랑, 약간 취한 채 서로 팔짱을 끼고 마레 지구를 돌아다니던 밤, 호텔 침실에서 오락 겸 휴식 겸 보냈던 날들, 그러다가 둘 중 하나가 지역 정보에 빠삭한 사람을 만났다. 레스의 친구 루이스가 길 바로 아래에 있는 남성 전용 부티크 얘기를 해준 것이다. 검은 재킷을 입은 프레디는 학구적인 모습에서 화려하게 바뀐 자신을 거울에 비춰 보았다. "내가 정말 이렇게 생겼어?" 프

* 《잃어버린 시간을 찾아서》의 작가 마르셀 프루스트의 아버지 아드리앵 프루스트를 가리킨다.
** 병아리콩 또는 누에콩으로 만드는, 크로켓 같은 중동 음식.

레디의 얼굴에 떠오른 희망에 찬 표정. 그 옷에 여행 비용과 거의 똑같은 돈이 들어가기는 했지만 레스도 수긍할 수밖에 없었다. 나중에 레스는 루이스에게 당시의 신중하지 못했던 결정에 대해 고백하고 이런 대답을 들었다. "묘비명에 뭘 새기고 싶은 거야? 그는 파리에서조차 사치를 원하지 않았다, 라고?" 나중에 레스는 사치라는 게 그때의 재킷인지 프레디인지 궁금해졌다.

레스는 간판 없는 검은색 가게를 찾는다. 황금색 초인종이 딱 하나 달려 있다. 그는 그 꼭지를 만져본 뒤 초인종을 누른다. 안으로 들여보내진다.

두 시간 후: 아서 레스는 거울 앞에 서 있다. 왼쪽의 흰 가죽 소파: 고급 에스프레소 한 잔과 샴페인 잔 하나. 오른쪽: 레스를 환영하며 자기가 "특별한 것들"을 가져올 때까지 앉아 있으라며 자리를 권해준, 작은 덩치에 턱수염을 기른 남자 엔리코. 이탈리아에서 수상한 상의 상품—맞춤형 정장—을 제작하느라 아무 말 없이 치수를 재다가, 아서가 즐겁게도 그가 입은 것과 정확히 같은 톤의 파란색 천을 발견하자 "너무 어려요. 너무 밝아요. 작가님은 회색을 입어요"라고 말했던 (해달 콧수염을 기른) 피에몬테주의 재단사와는 그렇게 다를 수 없었다. 레스가 고집을 피우자 이탈리아 재단사는 어깨를 으쓱했다—어찌 되는지 봅시다. 레스는 앞으로 4개월간 머물게 될 교토의 호텔 주소를 건네주고 상품에 대해서는 속았다는 기분을 느끼며 베를린으로 향했었다.

하지만 여기는 파리, 보물로 가득 찬 의상실이다. 그리고 거울 속에는 있는 건 새로운 레스다.

엔리코: "나는…… 표현할 말이 없네요……."

해외에 나가서 옷 쇼핑을 해야겠다는 건 여행객들의 착각이다. 그리스에서는 그토록 우아해 보이던 흰색 리넨 튜닉도 옷장에서 꺼내보면 그저 히피 걸레 조각일 뿐이다. 로마에서 사 온 아름다운 줄무늬 티셔츠는 옷장에 갇혀 커밍아웃조차 하지 못한다. 발리에서 산 섬세한 천연 나염 옷들은 처음에는 뱃놀이 옷이다가 그다음에는 커튼, 그다음에는 광기가 임박했다는 징조가 된다. 아무리 그래도 여기는 파리니까.

레스는 발가락마다 초록색 페인트가 칠해져 있는 천연 가죽 윙팁을 신고 솔기에 나선무늬가 들어간, 가봉이 된 검은색 리넨 바지를 입고서 안팎이 바뀐 회색 티셔츠에 쓰고 남은 낡은 지우개의 부드러운 조각처럼 부드럽게 보풀이 일어난 가죽 후드 재킷을 걸친다. 그는 파이어섬의 슈퍼 악당 래퍼처럼 보인다. 거의 쉰 살, 거의 쉰 살이 다 됐다. 하지만 이 나라, 이 도시에서는, 이 구역, 이 방에서는—털과 가죽의 절묘한 도발과 감춰진 단추와 솔기의 미묘함, 필름누아르 고전 영화에 들어가지 않는 한 어두워질 일이 없을 색깔들, 위에는 비 얼룩이 진 천창(天窓)이 있고 아래에는 바닥을 덮고 있는 천연 전나무가 있는 이곳에서는, 엔리코가 이 매력적인 미국인과 약간 사랑에 빠져 있는 게 분명할 때는—레스도 변신한 것처럼 보인다. 더 잘생겼다. 더 자신감 있다. 젊은 시절의 미모가 어째서인지 겨울 저장고에서 꺼내져 중년의 그에게 되돌려졌다. 내가 정말 이렇게 생겼어?

디너파티는 바크가에서 열린다. 만찬이라기보다 수수께끼의 살인을 위해 만들어진 것처럼 보이는 낮은 천장과 내달리는 듯한 복도가 있는, 예전에는 하녀들의 방으로 쓰이던 곳. 그래서 레스는 미소를 짓는

귀족적인 얼굴들에게 연달아 소개되면서 자기도 모르게 그들을 펄프 픽션에 나오는 방식으로 생각한다. '아, 보헤미안 예술가 딸이구나.' 녹색 작업복에 두 눈이 코카인으로 밝아진, 서툴고 젊은 금발 여성이 그의 손을 잡자 이런 생각이 든다. 실크 튜닉을 입은 나이 든 여성이 그를 향해 고개를 끄덕이자 '카지노에서 보석을 전부 잃어버린 어머니가 여기 계시는군'이라고 생각한다. 암스테르담 출신으로 일이 잘 풀리는 경우가 한 번도 없는, 가는 세로줄 무늬 면 정장을 입은 사촌. 지금까지도 주말의 엑스터시 폭탄 투약 냄새를 풍기는 **아 라메리캥**(미국식) 남색 블레이저에 카키 바지를 입은 게이 아들. 산딸기색 재킷을 입은, 위스키를 들고 있는 지루하고 아주 나이가 많은 이탈리아 남자는 전직 **콜라보라퇴르***다. 빳빳한 흰 셔츠를 입고 구석에 서 있는 잘생긴 스페인 사람: 그들 모두에게 협박 편지를 보내고 있다. 로코코 머리 모양을 한, 입체파 턱을 가진 안주인: 마지막 남은 돈 한 푼을 무스**에 썼다. 그럼 누가 살해당할까? 물론 그가 살해당할 것이다! 아서 레스, 마지막 순간에 초대받은 그가, 아무것도 아닌 사람이자 완벽한 표적이 말이다! 레스는 독이 든 자기 샴페인을 들여다보고 (이게 최소한 두 번째 잔이다) 미소를 짓는다. 알렉산더 레이턴을 찾아 다시 주위를 둘러보지만 그는 어딘가에 숨어 있거나 늦는다. 그때 레스는 책장 옆에서 색안경을 쓴 날씬하고 키 작은 남자를 발견한다. 요동치는 당혹감이 빠져나갈 구멍을 찾아 방을 훑는 그를 뒤흔들지만 인생에는 출구

---

* 나치의 비밀 부역자.

** 영어의 mousse는 머리에 바르는 무스와 디저트 무스의 두 가지 뜻이 있다.

가 없다. 그래서 그는 술을 한 모금 더 마신 뒤 다가가 그의 이름을 부른다.

"아서." 핀리 드와이어가 미소 지으며 말한다. "또 파리에서 만나는군!"

어찌하여 옛 지인들은 절대 무엇도 잊지 않는단 말인가!

사실, 아서 레스와 핀리 드와이어는 와일드 앤드 스타인 문학 월계관 시상식 이후에도 만난 적이 있었다. 프레디와 합류하기 전, 레스가 프랑스 정부에서 마련한 유람 여행을 하고 있을 때의 일이었다. 미국 작가들이 한 달 동안 작은 마을의 도서관을 방문해 프랑스 전체에 문화를 전파한다는 게 이 여행의 발상이었으며 초청은 문화부를 통해 들어왔다. 하지만 초대받은 미국인들에게는 외국 작가를 수입한다는 게 도저히 불가능한 일로 보였다. 더욱더 불가능한 것은 문화부라는 개념 자체였다. 시차에 탈탈 털린 채로(당시에는 아직 프레디의 수면제 비법을 소개받지 못했다) 파리에 도착한 레스는 동료 대사들의 명단을 흐리멍덩한 눈으로 한번 보고 한숨을 쉬었다. 명단에 익숙한 이름이 있었다.

"안녕하세요, 핀리 드와이어입니다." 핀리 드와이어가 말했다. "만난 적은 없지만 그쪽 작품을 읽은 적이 있어요. 우리 도시에 오신 걸 환영합니다. 뭐, 내가 여기 살거든요." 레스는 모두 같이 여행을 한다니 기대가 된다고 말했고 핀리는 그가 뭔가 오해했다고 알려주었다. 그들은 함께 여행하지 않을 거였다. 둘씩 짝을 이루어 파견될 예정이었으니까. "모르몬교도처럼요." 그가 미소 지으며 말했다. 레스는 '좋았어, 핀리 드와이어와 짝이 되지는 않겠네!'라는 확신이 들기까지는 안도감을 억제했다. 사실, 그는 아무와도 짝을 이루지 않게 되었다. 늙은 작가 한 사람이 너무 아파서 비행기에 오르지 못했던 것이다. 그렇다고 레스의 기쁨이 줄어든 건 아니었다. 오히려 프랑스에서 한 달간 혼자 지내게 된 게 작은 기적인 것만 같았다. 글을 쓰고 메모를 남기고 이 나라를 즐길 시간. 황금색 옷을 입은 여자가 탁자 상석에 서서 모두가 어디로 가게 될지 발표했다. 마르세유, 코르시카, 파리, 니스. 아서 레스는…… 그녀는 노트를 보았다…… 뮐루즈로. "네?" 뮐루즈요.

알고 보니 스트라스부르에서 그리 멀지 않은 독일 국경 지대였다. 뮐루즈에서는 멋진 수확제가 열렸지만 이미 끝난 뒤였고, 끝내주는 크리스마스 마켓이 열렸지만 레스로서는 놓치게 될 터였다. 11월은 중간에 긴 시즌이었다. 전혀 설렐 것 없는 둘째 딸. 그는 밤에 기차를 타고 도착했다. 마을은 어둡고 웅크리고 있는 것처럼 보였으며 레스는 편리하게도 역 안에 위치한 호텔로 안내되었다. 방과 가구는 1970년대까지 거슬러 올라갔고 레스는 노란색 플라스틱 서랍과 씨름을 한 끝에 패배를 인정했다. 웬 눈먼 배관공이 샤워기에서 뜨거운 물과 차가운 물 꼭지를 바꿔놓은 모양이었다. 창밖으로 보이는 풍경은 페페로니 피자와 비슷한 원형 벽돌 광장이었는데, 바람이 휘파람을 불며 그 피자에 끊임없이 바싹 마른 낙엽을 양념처럼 뿌려댔다. 레스는 아무리 그래도 이 여행이 끝날 때쯤 파리에서 일주일을 더 보낼 때는 프레디가 함께할 거라고 자신을 다독였다.

안내원 아멜리는 알제리 혈통의 날씬하고 예쁜 소녀로서 영어를 거의 할 줄 몰랐다. 그는 대체 그녀가 어쩌다가 이 자리를 맡는 자격을 얻게 된 것인지 궁금했다. 하지만 그녀는 매일 아침 멋진 모직 옷을 입고 미소를 지으며 호텔로 마중을 나와 그를 지역 도서관 사서에게 넘겨주었고 투어를 하는 동안은 내내 자동차 뒷좌석에 앉아 있었으며 밤에는 그를 집으로 배달해주었다. 그녀가 어디에 사는지는 수수께끼였다. 어떤 목적으로 존재하는지 역시 수수께끼였다. 레스가 그녀와 자야 하는 걸까? 만일 그렇다면, 레스의 책들이 잘못 번역된 것이다. 지역 사서는 영어를 그나마 할 줄 알았지만 영문 모를 슬픔에 시달리는 것처럼 보였다. 늦가을의 부슬비 속에서 그의 창백한 대머리가 단조롭게 부식되어가는 듯했다. 그가 레스의 매일 일정을 책임지고 있었는데, 일정이란 보통 낮에는 학교를 방문하고 밤에는 도서관을 방문하는 것이었으며, 가끔은 그사이에 수도원을 방문하기도 했다. 프랑스 고등학교 급식으로 어떤 음식이 나오는지 궁금했던 적은 한 번도 없었다. 아스픽*과 피클이 나왔으니 놀랐어야 할까? 매력적인 학생들이 런던 사람처럼 '에이치' 발음이 빠진 끔찍한 영어로 훌륭한 질문을 던져댔다. 레스는 우아하게 대답했고 소녀들은 낄낄거렸다. 그들은 그가 유명 인사이기라도 한 것처럼 사인을 부탁했다. 저녁 식사는 보통 도서관에서, 종종 식탁과 의자가 여러 개 있는 유일한 공간인 어린이 코너에서 이루어졌다. 작디작은 의자에, 작디작은 식탁에 몸을 구겨 넣은 키 큰 아서 레스가 그를 위해 파테 조각에서 셀로판지를 벗겨내는 사서를 지켜보는 모습을 그려보라. 한번은 그들이 "미국 디저트"를 만들어줬는데 알고 보니 그건 쌀겨가 들어간 머핀이었다. 나중에: 그가 큰 소리로 탄광 광부들에게 글을 읽어주었고 광부들은 생각에 잠겨 귀를

* 고기, 생선, 토마토주스 등을 젤리로 뭉쳐 만든 프랑스식 냉요리.

기울였다. 대체 다들 무슨 생각을 하는 걸까? 그저 그런 동성애자 작가를 불러다가 프랑스 광부들에게 책을 읽어주게 하다니? 그는 핀리 드와이어가 벨벳이 드리워진 리비에라의 극장에서 즐기고 있는 모습을 상상했다. 여기: 우울한 하늘에 우울한 운수뿐이었다. 아서 레스가 우울해진 것도 이상한 일은 아니었다. 날은 점점 잿빛으로 변해갔고 광부들은 점점 더 우울해져갔으며 그의 기분은 더욱 침울해졌다. 밀루즈의 게이 바—제트 7—를 발견하고도 슬픔은 더욱 깊어지기만 했다. 슬픈 검은색 방으로 이루어진 그 바는 '압생트를 마시는 사람'*에 나오는 사람 몇 명과 엉터리 말장난이 있는 곳이었다. 의무적인 투어가 끝나고 프랑스에 있는 모든 광부들의 삶을 풍요롭게 만들어준 다음 그는 기차를 타고 파리로 돌아왔다. 호텔 침대에 프레디가 옷을 다 입은 채 잠들어 있었다. 방금 뉴욕에서 도착한 것이다. 레스는 그를 끌어안고 우스꽝스럽게도 눈물을 흘리기 시작했다. "어, 안녕." 졸음에 겨운 청년이 말했다. "무슨 일이 있었던 거야?"

핀리는 자두색 정장에 검은 넥타이를 매고 있다. "그게 얼마 전이었죠? 우리가 같이 여행을 했었던가?"

"음, 기억하실 텐데요. 같이 여행을 하지는 않았어요."

"최소한 2년은 됐지, 아마! 그리고 그때 레스 씨는…… 아주 잘생긴 청년을 데리고 있었던 것 같은데."

"아, 그게, 저는……." 웨이터가 샴페인 쟁반을 들고 오자 레스와 핀

---

* 에드가 드가의 그림.

리는 모두 잔을 하나씩 집어 든다. 핀리는 잔을 불안정하게 잡으며 웨이터에게 씩 웃는다. 레스는 이자가 술에 취해 있다는 생각이 든다.

"그 친구는 거의 보지도 못했지만. 지금 떠오르는 건……." 그리고 여기에서 핀리의 목소리는 옛 영화의 장식체를 띤다. "빨간 안경! 곱슬머리! 지금도 만나요?"

"아뇨. 그때도 사실 저랑 사귀던 건 아니에요. 그냥 늘 파리에 가고 싶어 했었던 거라서요."

핀리는 아무 말도 하지 않고 비뚤어진 작은 미소를 유지한다. 그러더니 그는 레스의 옷을 보고 인상을 찌푸리기 시작한다. "어디서……."

"선생님은 어디로 파견되셨어요? 기억이 안 나는데." 레스가 말한다. "마르세유였나요?"

"아니, 코르시카였어요! 아주 따뜻하고 햇볕이 쨍쨍했죠. 사람들도 반겨줬고, 당연히 내가 프랑스어를 할 줄 안다는 것도 도움이 됐고요. 해산물 말곤 아무것도 안 먹었다니까. 레스 씨는 어디로 파견됐어요?"

"저는 마지노선을 지켰습니다."

핀리는 자기 잔을 홀짝이더니 말한다. "지금은 왜 파리에 온 거고?"

왜 모두가 하찮은 아서 레스에 대해 궁금해하는 걸까? 예전에 누구 하나 그를 생각이나 해본 적이 있다는 건가? 그는 항상 이런 사람들에게 자기가 무의미한 존재인 것처럼, 퀘일루드의 하나 남는 a처럼 과하게 느껴졌다. "그냥 여행 중이에요. 전 세계를 돌아보고 있어요."

"르 투르 뒤 몽드 앙 카트르뱅 주르."* 핀리가 웅얼거리며 천장을 올

---

* '80일간의 세계 일주'라는 뜻의 프랑스어.

려다본다. "파스파르투*는 있고?"

레스가 대답한다. "아뇨. 전 혼자예요. 혼자 여행하고 있어요." 잔을 내려다보니 비어 있다. 레스는 그 자신도 취해 있을지 모른다는 생각이 든다.

하지만 핀리 드와이어가 취해 있다는 데에는 의문의 여지가 없다. 그는 책장에 몸을 기댄 채 레스를 뚫어지게 보면서 말한다. "최근에 레스 씨 책을 읽었어."

"아, 잘됐네요."

레스는 고개가 숙여진다. 이제는 핀리의 두 눈이 잔 너머로 보인다. "여기서 레스 씨를 우연히 만나다니 웬 행운이야! 아서, 하고 싶은 말이 있어요. 해도 될까?"

레스는 흉포한 파도에 대비하듯 자기 몸을 끌어안는다.

"왜 레스 씨가 한 번도 상을 못 타는 건지 궁금했던 적 있어요?" 핀리가 묻는다.

"시간과 기회의 문제였을까요?"

"왜 게이 언론이 레스 씨 책을 리뷰하지 않는지도?"

"리뷰를 안 해요?"

"안 해요, 아서. 몰랐던 척하지 말아요. 레스 씨는 정전이 돼 있지 않다고요."

레스는 장전된 기분이라면 아주 많이 든다고, 그러니까 인간 대포알이 되어 관객들에게 손을 흔들다가 보이지 않는 곳으로 떨어지는 자기

* 쥘 베른의 소설 《80일간의 세계 일주》의 주인공 필리어스 포그와 함께 다닌 하인의 이름.

모습이 그려진다고 말할 참이다. 곧 쉰 살이 될 군소 작가—그러다가 그는 이자가 한 말이 '장전'이 아니라 '정전'이라는 걸 깨닫는다. 정전에 올라 있지 않다는 얘기였다.

"무슨 정전요?" 그가 간신히 더듬거릴 수 있는 말은 그게 전부다.

"게이 정전. 대학에서 가르치는 정전 말이에요. 아서,"—핀리는 분명 분노하고 있다—"와일드와 스타인, 그리고 뭐, 솔직히 말하면, 나 같은 사람 말이죠."

"정전이 된다는 건 어떤 기분이에요?" 레스는 아직도 장전을 생각하고 있다. 그는 핀리의 화제를 돌리기로 작정한다. "어쩌면 전 형편없는 작가일지도요."

핀리는 손을 저어 아서의 말을 일축한다. 아니, 어쩌면 웨이터가 권한 연어 크로켓을 거절한 걸까. "아니. 레스 씨는 아주 훌륭한 작가예요. 《칼립소》는 대작이었어. 아주 아름다웠다고요, 아서. 난 그 작품에 아주 감탄했어요."

이제 레스는 당황한다. 그는 자신의 약점을 더듬어본다. 스타일이 너무 도도해서? 너무 심한 바보 사랑꾼이라서? "너무 늙었나요?" 그가 던져본다.

"우린 모두 쉰 살이 넘었어요, 아서. 레스 씨가 무슨……."

"잠깐만요, 전 아직……."

"……형편없는 작가라서가 아니야." 핀리는 효과를 주려고 잠시 말을 멈춘다. "그건 레스 씨가 형편없는 게이여서예요."

레스는 할 말이 떠오르지 않는다. 무방비로 트여 있던 옆구리를 공격당한 셈이다.

"우리 세계의 아름다운 점을 보여주는 게 우리 의무거든요. 게이 세상의 아름다움 말이에요. 하지만 레스 씨는 책의 등장인물들이 아무 보상 없이 고통받게 만들어요. 내가 뭘 잘 몰랐다면 레스 씨가 공화당 지지자인 줄 알았을걸요. 《칼립소》는 아름다웠어요. 아주 슬픔으로 가득했지. 하지만 너무도 믿을 수 없을 만큼 자기 증오에 차 있었어요. 한 남자가 어느 섬으로 휩쓸려 와서 몇 년 동안 게이 연애를 한다. 하지만 그다음에는 아내를 찾으러 돌아간다! 그것보다는 잘 쓸 수 있잖아요. 우리를 위해서. 우리에게 용기를 달라고요, 아서. 더 높은 목표를 잡아. 이런 식으로 말해서 미안하지만 누군가는 해야 할 말이어서 하는 거예요."

마침내 레스는 간신히 입을 연다. "형편없는 게이라고요?"

핀리는 책장에 놓인 책 한 권을 손으로 더듬는다. "이런 식으로 느끼는 사람이 나뿐만이 아니에요. 그게 토론 주제였다고."

"하지만…… 하지만…… 하지만 그 책은 《오디세이》예요." 레스가 말했다. "페넬로페에게 돌아가는 얘기라고요. 이야기가 그냥 그렇게 흘러가는 거예요."

"자기가 어디 출신인지 잊지 말아야 해요, 아서."

"델라웨어 캠던요."

핀리는 레스의 팔을 건드린다. 전기 충격처럼 느껴진다. "써야만 하는 강박이 느껴지는 걸 쓰세요. 우리 모두가 그러듯이."

"제가 게이 불매운동을 당하는 건가요?"

"레스 씨가 서 있는 게 보여서 이번 기회에 알려줄 수밖에 없었어요. 다른 사람 중에는 나만큼 충분히 친절한 사람이 한 명도 없었던 것 같으니까." 그는 미소를 지으며 되풀이한다. "레스 씨한테 뭔가 말해줄

만큼 친절한 사람 말이에요, 방금 내가 한 것처럼."

레스는 내면에서 그것이, 말하고 싶지는 않지만 어째서인지 대화의 잔인한 체크메이트 논리에 따라 말해야만 한다는 강박이 느껴지는 문구가 부풀어 오르는 것을 느낀다.

"감사합니다."

핀리는 책장에서 책을 꺼내더니 헌사 페이지를 펼치며 사람들이 있는 곳으로 빠져나간다. 아마 핀리에게 헌정된 책인지도 모른다. 파란색 아기 천사들로 이루어진 도자기 샹들리에가 모두의 머리 위에 걸려 빛보다는 그림자를 더 많이 드리운다. 그 아래에 서 있자니 핀리 드와이어 때문에 아주 작아진 듯한, 이상한 나라에 들어온 듯한 느낌이 든다. 이제는 세상에서 가장 작은 문도 지나갈 수 있을 것 같다. 하지만 그 문을 지나가면 어떤 정원이 나올까? 형편없는 게이들의 정원. 그런 게 있을지 누가 알기나 했을까? 여기까지, 지금까지 내내, 레스는 자기가 그냥 형편없는 작가라고만 생각했다. 형편없는 애인, 형편없는 친구, 형편없는 아들. 이제 보니 상태가 더 나빴다. 자기 자신이 되는 솜씨가 형편없다니. 최소한, 그는 핀리가 안주인을 즐겁게 해주고 있는 방 건너편을 바라보며 생각한다, 난 키가 작지는 않아.

되돌아보면 뮐루즈 이후의 여행도 나름대로 어려운 점이 있었다. 다른 사람의 여행 방식을 이해하기란 어려운 일이고, 프레디와 레스도 처음에는 다투었다. 우리의 모험담에서는 물방개 노릇을 하고 있지만 사실 일반적인 여행에서 레스는 항상 조개껍질을 빌려 온 소라게였다. 그는 거리와 카페, 레스토랑을 알아가는 걸 좋아했고, 웨이터와 주인,

휴대품 보관소의 여자에게 이름으로 불리는 걸 좋아했다. 떠날 때쯤에는 그곳을 또 하나의 집처럼 애정을 담아 생각할 수 있도록 말이다. 프레디는 정반대였다. 그는 모든 걸 보고 싶어 했다. 밤중의 재회 다음 날 아침—뮐루즈에서의 불쾌감과 프레디의 시차로 인한 피로가 잠에 겹지만 만족스러운 섹스에 도움이 되었을 때—프레디는 버스를 타고 파리의 모든 하이라이트를 보러 가자고 제안했다. 레스는 겁에 질려 몸을 떨었다. 프레디는 추리닝을 입고 침대에 앉아 있었다. 그는 절망적일 만큼 미국인처럼 보였다. "아니, 멋지잖아. 노트르담을, 에펠탑을, 루브르를, 퐁파두르를 보게 되는 거야. 그 아치도, 샹젤…… 젤……." 레스는 용납하지 않았다. 어떤 비이성적인 공포가 그에게, 거대한 황금색 깃발을 따라다니는 관광객 무리에 섞여 있는 모습을 친구들에게 들키고 말 거라고 말해주었다. "누가 상관이나 해?" 프레디가 물었다. 하지만 레스에게는 일고의 가치도 없는 문제였다. 레스 때문에 둘은 메트로를 타거나 걸어 다니며 모든 걸 구경했다. 레스토랑이 아닌 가판대에서 음식을 먹어야 했다. 레스의 어머니라면 이건 아버지에게서 물려받은 점이라고 말했을 것이다. 하루가 끝날 때마다 그들은 짜증났고 기진맥진했으며, 주머니마다 쓰고 남은 지하철 비예(표)가 가득했다. 침대를 같이 쓴다는 건 장군과 보병이라는 역할에서 벗어나려는 의지를 동원해야 생각이라도 해볼 수 있는 문제였다. 하지만 프레디에게는 행운이 따랐다. 레스가 감기에 걸린 것이다.

베를린에서의 그때, 바스티안을 보살펴주던 그때—레스가 떠올린 아픈 남자는 그 자신이었다.

그 모든 건 물론 아스라했다. 바닥에 비치는 햇빛의 황금빛 막대를,

닫힌 커튼에서 유일하게 탈출한 그 빛을 뚫어지게 바라보던 기나긴 프루스트적 나날들. 그의 두개골이라는 종탑 안에서 울려대는 메아리 같은 웃음소리에 귀를 기울이던 기나긴 위고적 밤들. 이 모든 것이 프레디의 걱정스러운 얼굴, 레스의 이마에, 뺨에 닿는 걱정스러운 손길과 뒤섞였다. 웬 의사인지가 프랑스어로 의사소통을 하려 했고 프레디는 성공하지 못하고 있었다. 서비스를 제공해줄 유일한 통역가가 죽을 자리에 누워 신음하고 있었으니까. 토스트와 차를 가져오던 프레디. 스카프와 블레이저 차림의, 갑자기 파리지앵이 되어 방을 나서며 손을 흔들어 슬픈 작별 인사를 하던 프레디. 프레디는 와인 냄새를 풍기며 그의 곁에서 정신을 잃었다. 레스 자신은 하늘이 움직이는 건지 땅이 움직이는 건지 궁금해하던 중세 사람처럼 천장 선풍기를 바라보며 정지된 선풍기 아래에서 방이 움직이고 있는 건지 그 반대인 건지 궁금해하고 있었다. 나무가 보였다―레스는 즐겁게도 그 나무를 어린 시절의 거대한 자귀나무와 동일시했다. 델라웨어에 있는 그 나무에 앉아서 뒤뜰을, 어머니의 주황색 스카프를 내다보던 일. 레스는 나뭇가지에, 나무의 분홍색 닥터 수스*적인 꽃들의 향기에 가만히 감싸여 있었다. 그는 서너 살짜리 남자아이치고는 나무 아주 높은 곳에 있었고 어머니가 그의 이름을 부르고 있었다. 그가 여기 올라와 있으리라는 생각은 어머니에게 떠오르지 않았으므로 그는 혼자였고 매우 자랑스러웠으며 약간은 겁이 났다. 낫처럼 생긴 나뭇잎들이 위에서 떨어졌다. 나뭇잎들이 그의 창백하고 작은 두 팔에 내려앉는 동안 어머니는 그의

* 미국의 작가, 만화가.

이름을, 그의 이름을, 그의 이름을 불렀다. 아서 레스는 나뭇가지를 따라 조금씩 나아가며 손에 닿는 매끈한 나무껍질을 만져보았다…….

"아서! 일어났네! 훨씬 좋아 보여!" 그를 내려다보고 있는 사람은 목욕 가운을 걸친 프레디였다. "기분 좀 어때?"

대체로는 죄책감이 들었다. 처음에는 장군이, 그다음에는 부상병이 된 것. 기쁘게도 오직 사흘만이 지나 있었다. 아직 시간이 있었다…….

"관광지는 거의 다 봤어."

"그래?"

"형이 원하면 루브르에는 즐겁게 다시 갈 생각이야."

"아냐, 아냐, 완벽한걸. 나는 루이스가 말해준 가게를 보고 싶어. 넌 선물을 받을 자격이 있다고 생각해……."

바크가에서 열린 파티는 상상할 수 있는 최악으로 치닫고 있다. 핀리 드와이어가 접근해 그의 문학적 범죄에 대해 알려준 데다가 알렉산더는 아직도 찾지 못했다. 게다가 무스가 잘못됐든, 그의 배 속이 잘못됐든 둘 중 하나는 잘못된 것 같았다. 이젠 확실히 떠날 시간이었다. 결혼식 얘기를 듣기에는 배가 너무 약해져 있었다. 어쨌든 비행기도 다섯 시간 뒤에 출발할 예정이었다. 레스는 안주인을 찾아 방을 둘러보기 시작하고—검은 드레스의 바다에서 그녀를 포착하기란 어려운 일이다—곁에 누군가가 와 있는 것을 알아챈다. 짙은 선탠을 하고 미소를 짓는 스페인 사람의 얼굴이다. 아까 그 협박범.

"알렉산더의 친구지요? 난 하비에르예요." 남자가 말한다. 그는 손에 연어와 쿠스쿠스 접시를 들고 있다. 녹색과 금색이 섞인 두 눈. 가운데 가르마를 탄, 귀 뒤까지 내려오는 길고 곧은 검은색 머리카락.

레스는 아무 말도 하지 않는다. 갑자기 더워지면서 자기가 밝은 분홍색으로 달아올랐다는 걸 알아차린다. 술 때문일지도 모른다.

"그런데 미국인이시네요!" 남자가 덧붙인다.

당황한 레스는 더욱 선명한 색조로 변한다. "어떻게…… 어떻게 아셨어요?"

남자의 두 눈은 그의 몸을 빠르게 위아래로 훑는다. "미국인처럼 옷을 입어서요."

레스는 리넨 바지와 털 달린 가죽 재킷을 내려다본다. 그는 앞서 수많은 미국인들이 그랬듯 가게 주인의 마법에 걸려들었다는 걸 깨닫는다. 그는 파리지앵들이 실제로 입는 옷보다는 입을지도 모르는 옷을 사느라 상당한 돈을 써버린 것이다. 그 파란 정장을 입었어야 했다. 그가 말한다. "전 아서예요. 아서 레스. 알렉산더의 친구고요. 그가 초대해줬어요. 하지만 알렉산더는 안 오나 보네요."

남자가 몸을 가까이 숙이지만 시선은 어쩔 수 없이 들어 올린다. 그는 레스보다 상당히 키가 작다. "알렉산더는 항상 초대를 해요, 아서. 절대 오지는 않죠."

"실은, 막 떠날 참이었어요. 여기 사람은 아무도 모르거든요."

"아니, 가지 마요!" 하비에르는 이 말을 너무 큰 소리로 했다는 걸 눈치챈 듯하다.

"오늘 밤 비행기를 타야 해서요."

"아서, 잠깐만 있다 가요. 나도 여기 사람은 아무도 몰라요. 저기 저

두 사람 보여요?" 그는 등이 파인 검은 드레스 차림에, 금발 시뇽*에 근처 등불 빛을 받고 있는 한 여자와 험프리 보가트처럼 생기고 머리가 지나치게 큰, 온통 회색 옷을 입고 있는 한 남자를 턱짓으로 가리킨다. 그들은 나란히 서서 그림을 살펴보고 있다. 하비에르는 공범이라도 된 듯 씩 웃는다. 머리카락 한 가닥이 풀려나와 그의 이마에서 대롱거린다. "난 저 사람들하고 얘기하고 있었어요. 우린 모두 방금 만났지만, 난 내가 필요하지 않다는 걸…… 아주 빠르게…… 느낄 수 있었죠. 그래서 이쪽으로 온 거예요." 하비에르가 빠져나온 머리카락을 다시 제자리로 돌려놓는다. "저 사람들은 같이 자겠죠."

레스는 웃으며 설마 저 사람들이 그런 말을 하지는 않았을 거라고 말한다.

"말은 안 했죠. 그래도요. 저 사람들 몸을 봐요. 팔이 서로 닿고 있잖아요. 남자는 여자한테 말을 걸겠다고 몸을 숙이고 있고요. 여기가 시끄러운 것도 아닌데. 그냥 저 여자한테 가까이 가려고 허리를 숙이는 거예요. 저 사람들은 내가 저기 있는 걸 바라지 않았어요." 그 순간, 험프리 보가트가 여자의 어깨에 손을 얹고 그림을 가리키며 입을 연다. 입술이 여자의 귀에 너무 가깝게 붙어 있어 그의 숨결이 그녀의 헐거워진 머리카락을 흩날린다. 이제는 명백하다. 그들은 같이 잘 것이다.

레스는 다시 하비에르를 돌아보고 하비에르는 으쓱한다―우리가 뭘 어쩌겠어요? 레스가 묻는다. "그래서 여기 오신 거군요."

하비에르의 두 눈이 레스에게 머문다. "다른 이유도 있고."

* 쪽 진 머리.

레스는 이 아부의 온기가 온몸을 휩쓸도록 놔둔다. 하비에르의 표정은 바뀌지 않는다. 잠시 그들은 조용하다. 깊은 숨을 들이쉬자 시간이 약간 부푼다. 레스는 진도를 더 나갈지 여부가 자기에게 달린 문제라는 걸 알고 있다. 그는 어린 시절, 친구가 뭔가 뜨거운 걸 만져보라고 그를 도발하던 때가 떠오른다. 침묵을 깨는 건 유리 소리뿐이다. 핀리드와이어가 석판 바닥에 떨어뜨려 유리가 깨졌다.

"그럼 미국으로 돌아가는 거예요?" 하비에르가 묻는다.

"아뇨. 모로코로요."

"아! 우리 엄마가 모로코 사람이에요. 마라케시로, 사하라로, 그다음에는 페즈로 가죠? 보통은 그렇게들 가는데." 방금 하비에르가 윙크를 한 건가?

"저도 보통 방문객이 맞나 보네요. 네. 나한텐 하비에르 씨가 온통 수수께끼인데 하비에르 씨는 내 정체를 밝히다니 불공평하네요."

또 한 번의 윙크. "수수께끼라니, 아네요."

"난 당신 어머니가 모로코 사람이라는 것밖에 몰라요."

섹시한 윙크 계속. "미안해요." 하비에르가 인상을 찌푸리며 말한다.

"수수께끼가 된다는 건 좋은 일이지만." 레스는 이 말을 최대한 관능적으로 하려고 애쓴다.

"정말 미안해요. 눈에 뭐가 들어가서." 하비에르의 오른눈이 이제 빠르게 깜빡이고 있다. 공황에 빠진 새처럼. 눈 바깥쪽에서 눈물이 이룬 시내가 흐르기 시작한다.

"괜찮아요?"

하비에르는 이를 악물고 눈을 깜빡이며 문지른다. "너무 당황스럽네요. 렌즈가 새건데 자극이 되나 봐요. 프랑스제인데."

레스는 결정적 한마디를 날리지 않는다. 그는 하비에르를 지켜보며 걱정한다. 그는 언젠가 다른 사람의 눈에서 먼지를 빼내는 기술을 다룬 소설을 읽은 적이 있었다. 혀끝을 사용하면 된다고 했다. 하지만 그건 너무 친밀하게, 입맞춤보다도 친밀하게 보여서 말조차 꺼낼 수 없다. 소설에서 나온 얘기이니까 그냥 지어낸 것일 가능성도 있고.

"빠졌다!" 하비에르가 마지막으로 눈꺼풀을 요동치더니 소리친다. "자유네요."

"아니면 프랑스제에 익숙해진 걸지도 모르고요."

하비에르의 얼굴은 여기저기 붉게 얼룩져 있고 오른쪽 뺨에서는 눈물이 번들거리며 눈꺼풀이 헝클어지고 두꺼워졌다. 그는 용감하게도 미소를 짓는다. 약간 숨이 차 있다. 그는, 레스가 보기에는, 이곳까지 오느라 긴 거리를 달려온 사람 같다.

"이걸로 수수께끼가 사라지네요!" 하비에르는 식탁에 손을 얹고 가짜로 웃음을 꾸며내며 말한다.

레스는 그에게 입을 맞추고 싶다. 그를 안고 지켜주고 싶다. 대신, 아무 생각도 하지 않은 채 하비에르의 손에 자기 손을 얹는다. 그 손은 아직도 눈물로 젖어 있다.

하비에르는 그 녹색과 황금색이 섞인 두 눈으로 그를 올려다본다. 너무 가까이 있어 그의 포마드에서 나는 오렌지 향이 느껴진다. 그들은 잠시 그곳에, 완벽히 가만히 서 있다. 그루프 앙 비스퀴. 하비에르의 손에 자기 손을 얹고 그의 시선에 자기 시선을 얹는다. 이 순간만큼은 기억이 영원히 끝나지 않는 것도 가능하게 느껴진다. 그런 뒤 그들은 서로 떨어져 선다. 아서 레스는 졸업 무도회에 달고 나가는 카네이션처럼 분홍색으로 얼굴이 달아오른다. 하비에르는 심호흡을 하더니 눈길을 뗀다.

"궁금한 게 있는데요." 레스는 거의 무슨 말이든 할 태세로 애써 입을 연다. "부가세에 대해서 힌트를 주실 수 있을까요⋯⋯."

눈먼 장님이 된 그들에게는 보이지 않지만, 방은 녹색 줄무늬가 들어간 천으로 도배되어 있고 위대한 예술 작품의 예비 스케치나 '카툰'이 사방에 걸려 있다. 어디엔 손이, 어디에는 펜을 든 손이, 어디에는 위를 보는 여자의 얼굴이. 벽난로 위에는 완성된 그림이 걸려 있다. 편지를 쓰다가 생각에 잠겨 잠시 멈춘 한 여인. 책장은 천장까지 이어지는데, 레스가 그 책장을 보았다면 H. H. H. 맨던의 피보디 소설 중 한 권 옆에 미국 단편소설집이 꽂혀 있는 것을 발견했을 것이다. 그 안에는─놀랄 노 자지만!─그의 소설 한 편이 들어가 있다. 안주인은 그 소설을 읽지 않았다. 그녀가 책을 눠둔 건 그 책에 실린 다른 작가와의 오래전 연애 때문이다. 그녀는 책장 두 칸 위에 있는 로버트의 시집 두 권을 읽었지만 손님 중에 그 시집과 연관이 있는 사람이 있다는 건 전혀 모른다. 어쨌든 연인들은 여기에서 다시 한번 만난다. 이제 해는 떨어졌고 레스는 유럽의 세금 제도를 돌파할 방법을 발견했다.

레스의 사랑스러운 거꾸로 웃음. **아**, 아하, 아하 아하!

"전 여기 오기 전에,"─레스가 이제는 그의 혀를 지배하기 시작한 샴페인을 느끼며 말한다─"오르세 미술관에 갔어요."

"멋지네요."

"고갱 조각에 아주 감동받았어요. 그런데 그때 갑자기 난데없이 반

고흐가 나오는 거예요. 자화상 세 점요. 그중 하나로 걸어갔죠. 유리로 보호되고 있더라고요. 제 모습이 비쳐 보였고요. 그래서 생각했어요. 오 마이 갓." 레스는 고개를 젓는다. 그 순간을 다시 사는 그의 두 눈이 휘둥그레진다. "나 반 고흐랑 똑같이 생겼잖아."

하비에르는 입에 손을 가져다 대고 미소 짓는다. "귀 사건 전의 자화상이었겠죠, 아마."

"저는 이렇게 생각했어요. 내가 미쳤구나." 레스는 말을 잇는다. "하지만…… 난 벌써 고흐보다 10년을 더 오래 살았는데!"

하비에르는 코커스페인 사람처럼* 고개를 기울인다. "아서, 몇 살이에요?"

심호흡. "마흔아홉요."

하비에르가 가까이 다가와 그를 살펴본다. 그에게서는 담배와 바닐라 향이 난다, 레스의 할머니처럼. "너무 이상하다. 나도 마흔아홉이거든요."

"그럴 리가요." 레스가 정말로 당황해 말한다. 하비에르의 얼굴에는 주름 하나 없다. "삼십대 중반인 줄 알았는데."

"거짓말. 그래도 착한 거짓말이네요. 당신도 쉰 살은 턱도 없어 보여요."

레스가 미소 짓는다. "일주일 뒤면 내 생일이에요."

"거의 쉰 살이 되다니 이상하지 않아요? 이제야 겨우 젊게 사는 방법을 안 것 같은 기분인데."

"맞아요! 외국에서 보내는 마지막 날 같다니까요. 커피를 마시려면,

---

* 개의 품종 중 하나인 코커스패니얼과의 낯을 유사성에 착안한 농담.

술을 마시려면, 맛있는 스테이크를 먹으려면 어디로 가야 하는지 이제야 알아냈는데. 근데 떠나야 하는 거죠. 그리고 다시는 돌아오지 않을 거고."

"아주 표현을 잘하네요."

"난 작가예요. 이것저것 아주 표현을 잘하죠. 근데 '바보 사랑꾼'이라는 얘길 들어요."

"네?"

"바보 같대요. 마음이 너무 여리다고."

하비에르는 기뻐하는 듯하다. "멋진 표현이네요, 마음이 여리다. 마음이 여리다." 그는 용기를 내려는 듯 심호흡을 한다. "나도, 내 생각이지만, 마찬가지예요."

이 말을 하는 하비에르에게 슬픈 표정이 어려 있다. 그는 술을 똑바로 들여다본다. 창밖의 하늘은 뒤쪽이 얇게 비치는 마지막 베일을 드리우며 찬란하게 벌거벗은 비너스를, 그러니까 금성을 드러낸다. 레스는 하비에르의 검은 머리카락 속 회색 가닥들을, 두드러지게 장밋빛인 콧등을, 흰 셔츠 위로 숙이고 있는 머리를, 단추 두 개가 풀려 무화과색 피부가, 털로 얼룩져 있고 그림자로 이어지는 그 피부가 드러나는 흰색 셔츠를 바라본다. 그는 하비에르의 벌거벗은 모습을 상상한다. 흰 침대에 누워 올려다보는 초록색-황금색 두 눈을. 그의 따뜻한 살갗을 만져보는 걸 상상한다. 오늘 저녁은 예상 밖이다. 이 남자는 예상 밖이다. 중고품 할인점에서 지갑을 샀는데 그 안에 100달러짜리가 들어 있던 게 생각난다.

"담배 한 대 피우고 싶네요." 하비에르가 어린이처럼 당황한 얼굴로 말한다.

"같이 가요." 레스가 말하고 그들은 함께 열린 창밖으로, 담배를 피우고 있는 다른 유럽인들이 비밀경찰이라도 보듯 미국인을 힐끗 돌아보는 좁다란 석재 발코니로 나간다. 발코니는 집 모퉁이에서 구부러지며 경사진 금속 지붕과 굴뚝이 보이는 경치를 제공한다. 그들은 이곳에 단둘이 나와 있고 하비에르는 담배 한 갑을 꺼내 흰색 엄니 두 개가 돋아나도록 내용물을 당긴다. 레스는 고개를 젓는다. "사실, 전 담배 안 피워요."

그들은 웃는다.

하비에르가 말한다. "나 좀 취한 것 같아요, 아서."

"나도요."

레스의 미소는 완전한 크기로 확장되었다. 여기, 하비에르와 단둘이서. 그가 다 들리는 한숨을 내쉰 건 샴페인 때문이었을까? 그들은 난간에 나란히 서 있다. 굴뚝은 모두 화분처럼 보인다.

풍경을 내다보며 하비에르가 말한다. "나이 드는 게 이상한 건 이런 거예요."

"어떤 거요?"

"새로운 친구를 만나면 그 사람들이 대머리이거나 흰머리인 거예요. 근데 그 사람들 머리 색깔이 예전에 뭐였는지 알 수가 없고."

"그 생각은 한 번도 안 해봤네요."

이제 하비에르는 고개를 돌려 레스를 본다. 아마 그는 운전을 하다가도 고개를 돌려 상대방을 바라보는 그런 사람일 것이다. "어떤 친구가 있어요. 5년 동안 알고 지냈죠, 아마 오십대 후반일 거예요. 한번은 내가 그 사람한테 물어봤어요. 원래 빨간 머리였다는 걸 알고 너무 놀랐다니까요!"

레스가 동의한다는 뜻으로 고개를 끄덕인다. "저도 전에 거리를 걷고 있었는데, 뉴욕에서요. 웬 노인이 저한테 다가와서 저를 끌어안는 거예요. 전 그 사람이 누군지 전혀 몰랐는데 알고 보니까 옛 애인이더라고요."

"디오스 미오(세상에)." 하비에르가 샴페인을 한 모금 삼키며 말한다. 레스는 하비에르에게 닿은 자기 팔이 느껴진다. 천이 여러 겹인데도 그의 피부가 생생하게 살아난다. 너무도 절박하게 이 남자를 만지고 싶다. 하비에르가 말한다. "저는요, 저녁 식사를 하러 갔는데 어떤 노인이 옆에 있었어요. 너무 지루했죠! 부동산 얘기나 하고. 이렇게 생각했어요. 제발요, 하느님, 늙어서 이 남자가 되지는 않게 해주세요. 나중에 알고 보니까 그 사람이 저보다 한 살 어리더라니까요."

레스는 잔을 내려놓고 용감하게도 손을 다시 하비에르의 손에 얹어놓는다. 하비에르는 고개를 돌려 그를 마주 본다.

"그리고,"—레스가 의미심장하게 말한다—"이 나이에 혼자만 독신으로 사는 것도 그렇고요."

하비에르는 아무 말도 하지 않고 그냥 슬픈 미소를 건넨다.

레스는 눈을 깜빡이며 손을 떼고 난간에서 반 발짝 물러선다. 이제는, 그와 스페인 사람 사이의 새로운 공간 속에서는 에펠탑이 이룬 이렉터 세트* 같은 기적이 보인다.

---

* 어린이용 조립 완구 상표명.

레스가 묻는다. "독신, 아니군요?"

하비에르가 부드럽게 고개를 가로젓자 입에서 연기가 새어 나온다. "18년 동안 함께해왔어요. 그 친군 마드리드에 있고, 전 여기 있고요."

"결혼했네요."

하비에르는 오래 기다린 끝에 대답한다. "네, 결혼했어요."

"그러니까 봐요, 내 말이 맞잖아요."

"혼자만 독신이라는 얘기요?"

레스가 눈을 감는다. "내가 바보라는 얘기요."

안에서 피아노 음악이 들려온다. 아까의 게이 아들 역에게 누가 연주를 맡겼다. 그가 무슨 숙취로 고생하는지는 모르지만 창밖으로, 발코니로 흘러나오는 밝은 음표의 화환에서는 드러나지 않는다. 다른 흡연자들이 모두 돌아서 다가가더니 그 모습을 보고 귀를 기울인다. 이제 하늘은 그저 밤일 뿐이다.

"아니, 아니에요. 당신은 바보가 아니에요." 하비에르는 레스의 우스꽝스러운 재킷 소매에 손을 얹는다. "나도 내가 독신이었으면 좋겠어요."

레스는 이 가정법 문장에 씁쓸하게 미소를 짓지만 팔을 치우지는 않는다. "장담하는데 그건 아닐걸요. 정말 원했다면 독신이 됐겠죠."

"그렇게 간단한 문제가 아니에요, 아서."

레스는 잠시 말이 없다가 입을 연다. "하지만 너무 유감이네요."

하비에르는 레스의 팔꿈치로 손을 들어 올린다. "정말 유감이에요. 언제 떠난다고요?"

그는 손목시계를 확인한다. "한 시간 후면 공항으로 가요."

"아." 그 황금색-초록색 두 눈에 어린 갑작스러운 고통의 표정. "다시는 못 만나겠죠?"

그는 젊었을 때 날씬했을 게 틀림없다. 길고 검은, 옛 만화책에서처럼 어떤 빛을 받으면 파랗게 변하는 머리카락. 그러면 주황색 스피도를 입고 바다에서 수영을 하다가 해변에서 미소를 짓는 남자와 사랑에 빠졌을 게 분명하다. 나쁜 남자들을 전전하다가 겨우 다섯 살 많은, 벌써 대머리가 되어가고 뱃살이 조금 나왔지만 실연으로부터의 탈출을 약속하는 편안한 태도를 가진 믿을 만한 남자를 미술관에서, 열기로 아른거리는 마드리드라는 궁전 같은 도시에서 그리 멀지 않은 곳에서 만났겠지. 당연히 그들은 10년 정도 함께하다 결혼했을 것이다. 햄과 절인 엔초비로 늦은 저녁을 먹은 게 몇 번일까? 서랍을 따로 쓰자고 마침내 결정하기까지 양말 서랍을 놓고—검은색과 남색이 섞였다며—말다툼을 한 건 또 몇 번일까? 독일 사람들처럼 이불도 따로 쓰자고 한 건? 다른 상표의 커피와 차를 마시자고 한 건? 휴가를 따로—남편은 그리스로(완전히 대머리가 됐지만 뱃살은 그럭저럭 관리 중인), 그는 멕시코로 가자고 한 건? 주황색 스피도를 입고 다시 혼자 해변에 나왔지만 그는 더 이상 날씬하지는 않은 모습이다. 유람선에서 보이는, 해변을 따라 모여드는 쓰레기와 쿠바의 춤추는 불빛들. 그는 아서레스 앞에 서서 그런 질문을 던지기까지 오랫동안 외로웠던 게 틀림없다. 파리의 옥상에서, 검은 정장에 흰 셔츠를 입고. 화자라면 누구든 이런 있을 법한 사랑에, 이런 있을 법한 밤에 질투를 느끼게 돼 있다.

레스는 털 달린 가죽 재킷을 입고 밤 시간의 도시에 기대서 있다. 특유의 슬픈 표정으로, 4분의 3쯤은 하비에르에게 돌아서 있는 그는 회색 셔츠와 줄무늬 스카프, 푸른 두 눈과 구릿빛 턱수염 때문에 그 자신 같아 보이지 않는다. 반 고흐처럼 보인다.

찌르레기 떼가 등 뒤로 날아가며 교회로 향한다.

"다시 만날 거라 생각하기엔 우리 둘 다 너무 나이가 많죠." 레스가 말한다.

하비에르는 레스의 허리에 손을 올려놓고 그에게 다가간다. 담배와 바닐라.

"마라케시로 가실 승객님들께⋯⋯."

아서 레스가 레스다운 자세로 앉자 ─ 무릎께에서 다리를 꼬고 자유로운 발은 안절부절못하며 ─ 긴 다리가 평소처럼 바퀴 달린, 지나치게 큰 여행 가방을 들고 있는 승객들을 연달아 가로막는다. 레스는 그들이 모로코로 뭘 가져가는 것인지 상상조차 되지 않는다. 사람들의 흐름이 너무 계속돼서 그는 꼰 다리를 풀고 물러나 앉아야 한다. 그는 아직도 새 파리지앵 옷을 입고 있다. 바지 리넨이 하루 지났다고 느슨해졌다. 코트는 숨 막힐 정도로 덥다. 그는 파티 때문에 지쳤고 술에 취해 있으며 얼굴이 알코올과 의구심, 흥분으로 번들거린다. 그는 면세 서류를 부치는 데 성공했고 그 때문에 (원수인 세금의 여인을 통과한 만큼) 최후의 강도질을 해낸 범죄자처럼 우쭐거리는 미소를 짓고 있다. 하비에르가 아침에 서류를 부쳐주겠다고 약속했다. 서류는 그 늘씬한 검은 재킷 안에, 단단한 이베리아인의 가슴에 쑤셔 넣어져 있다. 그러니까 아무짝에도 쓸모없던 만남은 아니었던 셈이다. ⋯⋯아닐까?

그는 눈을 감는다. "옛날 옛적 어린 시절에는" 불안한 생각이 들면 미래의 책 표지나 작가가 된 자기 사진, 신문 스크랩을 상상하며 마음을 달랜 경우가 많았다. 이제는 그런 것들이 너무 쉽게 떠오른다. 아무 위안이 되지 않는다. 그의 머릿속에 상주하는 사진가는 대신 비슷한 이미지들의 밀착 인화지를 내놓는다, 돌벽으로 그를 끌어당겨 입맞춤하는 하비에르를.

"이 비행기가 한도 이상으로 예약되어, 자원자들을 찾고 있습니다……."

또 한도 이상으로 예약됐다. 하지만 아서 레스는 그녀의 말을 듣지 못한다. 아니, 어쩌면 두 번째 집행유예를, 쉰 살이 되기 전 마지막 날의 가능성을 또 한 번 고려할 수는 없는 걸지도 모른다. 두 번은 너무 과할 것이다. 아니면 딱 적당하려나.

피아노곡이 끝나고 손님들은 갈채를 터뜨린다. 지붕 건너편에서는 갈채의 메아리 혹은 다른 파티의 갈채 소리가 들려온다. 삼각형을 이룬 호박색 불빛이 하비에르의 한쪽 눈을 붙들어 유리처럼 빛나게 만든다. 레스의 머릿속을 꿰뚫고 지나가는 것은 한 가지 생각뿐이다. **부탁해줘.** 유부남은 미소 띤 얼굴로 레스의 빨간 턱수염을 쓰다듬으며—**부탁해줘**—한 시간은 더 그에게 키스한다. 그러자 레스의 키스라는 마법에 사로잡힌 남자가 한 명 더 생긴다. 그는 레스를 벽에 밀어붙이고 재킷 지퍼를 열어 열정적으로 그를 어루만지고 아름다운 것들을 속삭이지만 모든 것을 바꾸어놓을, 아직 모든 걸 바꾸는 게 가능하니까, 문제의 단어를 말하지는 않는다. 레스는 결국 가봐야 할 시간이 됐다고 말한다. 하비에르는 고개를 끄덕이며 그를 녹색 줄무늬 방으로 다시 바래다주고 그가 안주인과 다른 살인 용의자들에게 형편없는 프랑스어로—부탁해줘—작별 인사를 건넬 때에도 그의 곁에 서 있더니 그를 현관으로 데려가고, 거리가, 모두가, 조각된 석재 포르티코*와 젖은 새틴 거리들이—부탁해줘—푸른 수채화로 그려진, 비안개로 흐려진 아래층에 바래다준다. 가엾은 스페인 사람은 자기 우산을 권한 뒤 (거절당하고) 슬프게 미소 짓고—"당신이 떠나는 걸 보니 아쉬워"—작별 인사로 손을 흔든다.

부탁해주면 남을게.

핸드폰에 전화가 걸려오지만 레스는 정신이 팔려 있다. 이미 비행기에 올라 언제나 그렇듯 승객도, 승무원도, 공항의 것도 아닌 비행기 자체의 언어로(즉 이탈리아어인 "부오나세라**") 자신을 맞아주는, 입이 튀어나온 금발 남자 승무원에게 고개를 까닥인 뒤, 여기저기 서툴게 부딪치며 통로를 따라가 아주 작은 여인이 거대한 짐 가방을 머리 위에 올리도록 도와주고 가장 좋아하는 자리, 그러니까 가장 오른쪽, 가장 뒤쪽 구석 자리를 찾는다. 뒤에서 걷어찰 어린이들이 없는 곳. 교도소용 베개, 교도소용 담요. 그는 꽉 끼는 프랑스 신발을 벗어 좌석 아래로 미끄러뜨려 넣는다. 창밖: 밤 시간의 샤를드골 공항과 윌 오 위스프***, 반짝이는 마법 봉을 흔들어대는 남자들. 그는 햇빛 가리개를 닫고 눈을 감는다. 이웃이 소란스럽게 자리에 앉으며 이탈리아어로 말하는 소리가 들린다. 거의 알아들을 수 있는 말이다. 골프 리조트에서 수영을 했던 짧은 기억. 에스 박사에 대한 짧은 가짜 기억. 옥상과 바닐라에 대한 짧

---

* 건물 입구에 기둥을 받쳐 만든 현관 지붕.
** '안녕하세요'라는 뜻의 저녁 인사.
*** 유럽에서 유령이 나타나기 전에 나타난다는 푸르스름한 도깨비불의 일종.

은 진짜 기억.

"……파리에서 마라케시로 가는 우리 비행기에 오신 것을 환영합니다……."

굴뚝이 모두 화분처럼 보였었다.

두 번째 전화가 걸려온다. 이번에는 모르는 번호다. 하지만 우리는 그 전화가 무슨 내용을 담고 있는지 절대 모를 것이다. 아무 메시지도 남겨지지 않은 데다 전화를 받았어야 할 사람은 이미 이륙 시의 졸음에 깊이 빠진 채 유럽 대륙 위 높은 곳에, 쉰 살까지 겨우 7일을 남겨두고, 이제야 비로소 모로코로 향하고 있으니 말이다.

모로코의 레스

낙타가 좋아하는 것은? 내 생각이지만 세상에 그런 건 없다. 낙타를 사포처럼 문질러대는 모래도, 구우려 드는 태양도, 술 끊는 사람처럼 아껴 마셔야 하는 물도, 장래가 촉망되는 젊은 여배우처럼 눈꺼풀을 깜빡이며 앉는 것도, 미숙한 팔다리를 간신히 놀릴 때의 격한 분노에 신음하며 일어서는 것도, 할 수 없이 일반석에 타고 비행을 해야 하는 상속녀처럼 경멸을 담아 바라보는 동료 낙타들도, 자기를 노예로 삼은 인간들도, 모래언덕들의 바다와도 같은 단조로움도, 소화라도 해보겠다며 시무룩하게 씹고 씹고 또 씹는 아무 맛도 나지 않는 풀도, 지옥 같은 날도, 천국 같은 밤도, 일몰도, 일출도, 해도 달도 별도. 무거운 미국인이야 물론 싫다. 몇 킬로그램쯤 과체중이지만 나이치고는 나쁘지 않고 대부분의 사람보다 키가 크고 일행 중 누구보다 무거운 이 인간은, 낙타가 아무 의미 없이 사하라 저편으로 건네 가는 동안 이쪽저쪽으로 몸을 기울여대는 미국인 아서 레스다.

낙타 앞에는 긴 흰색 젤라바*와 머리 주변에 두른 푸른 셰시** 차림의 한 남자가 밧줄로 낙타를 이끌어가고 있다. 낙타 뒤에는 이 낙타와 같은 캐러밴에 속한 다른 낙타 여덟 마리가 있다. 이번 캠프 여행을 가겠다고 등록한 사람이 아홉 명이기 때문이다. 하지만 그중 네 마리에만 승객이 타고 있다. 그들은 마라케시를 출발한 이래 일행 다섯 명을 잃었다. 머잖아 한 명을 더 잃게 될 것이다.

낙타 위에는 그만의 파란 셰시를 두른 아서 레스가 모래언덕을, 꼬마 바람 악마들이 언덕 꼭대기마다 춤추고 있는 터키옥색과 황금색 일몰 채색을 감탄하듯 바라보며 최소한 생일을 혼자 보내지는 않겠다고 생각하고 있다.

며칠 전, 파리발(發) 비행기에서 깨어난 그는 어느새 아프리카 대륙에 와 있었다. 흐려진 눈의 아서 레스. 샴페인과 하비에르의 애무, 불편한 창가 좌석 때문에 아직도 몸이 얼얼하던 그는 남색으로 물들인 듯한 밤하늘 아래로 포장도로를 가로질러 비틀비틀 걸어가다가 이성의 영역을 초월한 입국 줄에 들어선다. 고국에서 그토록 위풍당당하던 프랑스인들은 옛 식민지 영토에 들어서자 즉시 정신 줄을 놓은 듯하다. 자기 잘못으로 헤어진 애인을 우연히 봤을 때의 배가된 광기 같다. 프랑스인들은 줄을 무시하고 조심스럽게 배치된 분리대의 밧줄을 빼버리며 마라케시로 쳐들어가는 폭도가 된다. 칵테일 올리브처럼 초록

---

* 아랍 지역의 두건 달린 남성용 긴 상의.
** 머리에 두르는 남성용 스카프.

색-빨간색 옷을 입은 모로코 관리들은 냉정을 유지한다. 여권이 검사되고 도장이 찍힌다. 레스는 이 일이 하루 종일, 매일 일어난다고 상상한다. 어느 순간 그는 팔꿈치로 사람들을 치며 길을 뚫고 나가는 프랑스 여자에게 "마담! 마담!" 하고 소리치고 있다. 그녀는 뿌루퉁하게 어깨를 으쓱하더니 (세 라 비*) 계속 간다. 무슨 침공이 벌어졌는데 레스가 아직 듣지 못한 걸까? 이게 프랑스에서 나가는 마지막 비행기인가? 만일 그렇다면: 잉그리드 버그먼은 어디에 있으려나?

그런 고로 사람들과 함께 발을 질질 끌며 (유럽인들 사이에서도 레스는 여전히 키가 훌쩍 크다) 공황에 빠져들 시간은 아주 많다.

파리에 머물거나 최소한 또 하루의 일정 연기(와 600유로)를 받아들일 수도 있었다. 이 모든 바보 같은 모험을 팽개치는 대신 더 바보 같은 모험을 택할 수도 있었다. 아서 레스는 모로코에 가기로 했지만 파리에서 어떤 스페인 사람을 만났으며 그 이후로는 그의 소식을 들은 사람이 아무도 없다! 프레디가 듣게 될 소문. 하지만 아서 레스는 계획 빼면 시체였다. 그래서 여기에 왔다. 여기서라면 최소한 혼자는 아닐 것이다.

"아서! 턱수염을 길렀네!" 옛 친구 루이스. 세관 밖에서는 언제나 그렇듯 기쁨이 넘친다. 변색된 은발이 귀 위로 길게 늘어져 있고 턱에서는 흰색으로 뻣뻣하게 돋쳐 있다. 통통한 얼굴의 그는 잿빛 리넨과 면직물 옷을 잘 차려입었다. 그의 코를 가로질러 비옥한 삼각주를 그리며 모세혈관들이 뻗쳐 있다. 루이스 들라크루아가, 거의 예순 살이 된 그가 아서 레스보다 크게 한 걸음 앞서 있다는 징표다.

---

* '이게 인생이야!'라는 뜻의 프랑스어.

레스는 지친 듯 미소를 지으며 턱수염을 쓰다듬는다. "그게…… 변화가 필요하다고 생각했거든요."

루이스는 그를 멀찍이 붙들어두고 자세히 살펴본다. "섹시한데. 에어컨 나오는 데로 데려다줄게. 열파가 불어닥쳐서 여기 마라케시는 밤까지도 지옥이었어. 비행기가 늦어졌다니 아쉽네. 하루 종일을 기다리다니 얼마나 악몽이야! 파리에서의 열네 시간과 사랑에 빠지는 데에는 성공했나?"

레스는 깜짝 놀라 알렉산더에게 전화를 걸었다고 말한다. 파티 얘기와 알렉스가 나타나지 않은 이야기를 전한다. 하비에르 얘기는 하지 않는다.

루이스가 그를 돌아보며 묻는다. "프레디 얘기 하고 싶어? 아니면 프레디 얘기는 하고 싶지 않아?"

"안 하고 싶어요."

친구는 고개를 끄덕인다. 대학 졸업 이후 그 기나긴 자동차 여행에서 처음으로 만난 루이스, 발렌시아가(街)에 있는 자기 싸구려 아파트를, 공산주의자 서점 위에 있던 그 아파트를 권해준 루이스, 그에게 LSD와 일렉트로닉 음악을 소개해준 루이스. 잘생긴 루이스 들라크루아는 당시 무척 어른스럽고 아주 확신에 찬 사람처럼 보였다. 그는 서른 살이었다. 그 시절에 서른 살이면 한 세대를 앞서나가는 것이나 마찬가지였다. 하지만 지금 그들은 본질적으로 동시대인이다. 그런데도 루이스는 항상 훨씬 더 안정적으로 보인다. 같은 남자 친구와 20년을 함께한 그는 성공적인 사랑의 모범 그 자체였다. 화려하기도 했다. 예를 들어 이 여행은 루이스의 환상적인 이야기들을 가능하게 하는 바로 그런 사치였다. 이건 생일 축하 여행이었다. 아서 레스의 생일은 아니지만 조라라는 어떤 여자, 쉰 살이 되는 그녀를 위한 파티였다. 레스는 그녀를 한 번도 만나본 적이 없었다.

"내 생각엔 좀 자는 게 좋을 거야." 루이스는 택시를 잡으며 말한다. "하지만 호텔 사람들은 아무도 잠들어 있지 않아. 정오부터 술을 마시고 있어. 또 무슨 일이 있을지 누가 알겠나? 이게 다 조라 때문이야. 뭐, 너도 조라를 만나게 되겠지만."

처음으로 쓰러진 건 여배우다. 아마 저녁 식사 때 (장소는 학생이 번쩍 손을 든 것만 같은 쿠투비아 모스크 첨탑이 보이는 대여한 리야드* 옥상에서였다) 한 잔 두 잔 부었던 연한 모로코 와인 때문일 것이다. 아니면 아마 그녀가 저녁 식사 후 옷을 벗고 (리야드 직원은 둘 다 이름이 무스타파였는데 아무 말도 하지 않았다) 뜰의 수영장으로, 거북들이 그녀의 창백한 살결을 바라보며 자기들이 아직 공룡이었으면 좋겠다고 생각하던 그곳으로 미끄러지듯 들어갔을 때 달라고 했던 진 토닉 때문일지도 모른다. 다른 사람들이 계속해서 자기소개를 하는 가운데 그녀는 배영을 하며 물을 찰랑거렸다(레스는 이곳 어딘가에서 허벅지 사이에 와인병을 끼운 채 낑낑대고 있다). 아니, 어쩌면 그녀가 나중에 진이 다 떨어지고 나서 데킬라를 발견했을 때, 누군가가 기타를 발견하고 다른 누군가가 날카로운 소리가 나는 그 지역 피리를 발견했을 때, 그녀가 즉흥적으로 머리 위에 등불을 얹으며 춤을 추고 이후 누

* 모로코의 전통 주택.

군가가 그녀를 수영장 밖으로 이끌어 갔을 때였을지도 모른다. 아니, 나중에 돌아가며 마신 위스키 때문인지도. 아니면 하시시 때문인지도. 아니면 담배 때문인지도. 아니면 리야드 이웃 주민인 어떤 공주가 세 번 시끄럽게 손뼉을 쳤을 때인지도. 그 손뼉은 그들이 마라케시 기준으로 너무 늦게까지 깨 있다는 신호였다—하지만 정말 무엇 때문이었는지 대체 어떻게 알겠는가? 우리가 알 수 있는 건 아침이 되자 그녀가 침대에서 나오지 못한다는 것뿐이다. 그녀는 벌거벗은 채로 마실 것을 달라고 소리치더니 누군가가 물을 가져다주자 잔을 쳐버리고 말한다. "보드카 말이야!" 그녀는 도통 움직이려 하지 않고 사하라 여행은 정오에 출발하기로 되어 있으며 그녀가 최근에 봤다는 영화 두 편을 통해 드러난 취향이 의심스러웠으므로, 또 그녀를 조금이라도 아는 사람은 생일 주인공밖에 없으므로 일행은 무스타파 두 명에게 그녀를 부탁하고 떠난다.

"괜찮을까요?" 레스가 루이스에게 묻는다.

"술이 저렇게 약하다니 놀랍군." 루이스가 거대한 선글라스를 끼고 그를 돌아보며 말한다. 선글라스 때문에 그는 야행성 유인원처럼 보인다. 그들은 작은 버스에 함께 앉는다. 미친 듯한 열파 때문에 바깥세상이 웍*처럼 아른거린다. 나머지 승객들은 지친 듯 창문에 기댄다. "배우들은 강철로 만들어진 줄 알았지!"

"다들 주목해주세요!" 가이드가 마이크에 대고 말한다. 그는 모로코인 가이드 모하메드로 빨간 폴로셔츠와 청바지 차림이다. "여기서부터

---

* 중국 음식을 볶거나 요리할 때 쓰는 우묵하게 큰 냄비.

우리는 아틀라스산맥을 지나가게 됩니다. 우리들은 그 산맥이 뱀 같다고 말해요. 오늘 밤에는 [마이크 때문에 왜곡된 어떤 이름]에 도착해 밤을 보냅니다. 내일은 야자수 계곡이에요."

"내일은 사막에 가는 줄 알았는데요." 레스가 어젯밤에 들어서 아는, 마흔 살에 은퇴해 지금은 상하이에서 나이트클럽을 운영하는 IT 천재의 영국 억양이 들려온다.

"아, 맞아요. 사막을 약속합니다!" 모하메드는 키가 작고 긴 곱슬머리에 사십대로 보인다. 미소는 빠르지만 영어는 느리다. "열기라는 불쾌한 놀라움에 죄송합니다."

뒤쪽에서 여자 목소리가 들린다. 한국인 바이올리니스트다. "에어컨 좀 켜줄 수 있어요?"

아랍어로 몇 마디가 오가자 배출구에서 뜨거운 공기가 버스 안으로 훅 들어온다. "친구가 그게 최고라고 말했었습니다." 모하메드가 미소 짓는다. "하지만 그게 최고가 아니었다는 걸 알겠습니다." 에어컨은 그들을 전혀 식혀주지 않는다. 일행 옆쪽으로, 마라케시에서 나가는 도로변에는 초등학생들이 무리 지어 집으로 점심을 먹으러 가고 있다. 무자비한 태양에서 자신들을 지키기 위해 얼굴 위로 셔츠나 책을 들어올린 모습이다. 수 킬로미터나 빨간 벽돌 벽이 이어지는 가운데, 동네 남자들이 지나가는 일행의 버스를 빤히 바라보는 커피숍들이 오아시스처럼 때때로 나타난다. 피자 가게가 있다. 완공되지 않은 주유소도 있다. 이름은 **아프리쿠아***. 누군가가 뜬금없이 솟아 있는 전신주에 당

＊ 아프리카와 아쿠아의 합성어.

나귀를 묶어놓고 떠났다. 기사가 음악을 튼다. 어째서인지 마법을 거는 듯한 단조로운 그나와*다. 루이스는 잠든 것처럼 보인다. 선글라스를 쓰고 있으니 레스로서는 알 수 없지만.

타히티.

"난 옛날부터 타히티에 가고 싶었어." 한번은 프레디가 옥상에서 열린 젊은 친구들과의 오후 모임에서 레스에게 말했다. 레스 외에도 나이 든 남자들이 군데군데 몇 명씩 섞여서 같은 처지의 포식자들이라도 되는 것처럼 서로를 눈여겨보고 있었다. 레스는 이 가젤 무리에서 자기는 채식주의자라는 신호를 보낼 방법을 알 수가 없었다. 그는 이렇게 말하고 싶었다. 제가 가장 최근에 사귄 남자 친구는 지금 육십대예요. 그들 중에도 레스처럼 중년 남자를 더 좋아하는 사람이 있었을까? 영영 알 수 없는 일이었다. 중년 남자들은 자석의 반대 극이 서로 밀어내듯 그를 피했다. 결국 이런 파티에서는 프레디가 지친 표정을 짓고 둥실둥실 떠오곤 했고 그들은 마지막 몇 시간을 단둘이서 수다를 떨며 보냈다. 그리고 이번에는—데킬라와 석양 때문인지—프레디가 타히티 얘기를 꺼냈다.

"좋을 것 같네." 레스가 말했다. "하지만 나한텐 타히티가 너무 휴양지 느낌이야. 거기선 절대 현지인들을 못 만날 것 같아. 난 인도에 가고 싶어."

프레디가 어깨를 으쓱했다. "글쎄, 인도에 가면 확실히 현지인들을

---

* 모로코의 종교의식에 수반하는 음악.

만나게 되겠지. 거긴 현지인 빼면 아무것도 없다던데. 그렇지만 파리에 갔을 때 기억나? 오르세 박물관은? 아, 맞아, 형은 아팠었지. 뭐. 거기에 고갱 조각상들이 들어 있는 방이 있어. 그리고 어떤 조각에는 이렇게 적혀 있어. 신비로워져라. 그리고 다른 조각에는 이렇게 적혀 있어. **사랑에 빠져라, 행복해지리라.** 당연히 프랑스어로 말이야. 그게 정말 감동적이더라, 그림보다도 더. 고갱은 타히티에 있는 자기 집에도 같은 조각을 새겼대. 나도 내가 이상한 거 알아. 보통 사람이라면 바닷가 때문에 타히티에 가고 싶겠지. 하지만 난 고갱의 집을 보고 싶은 거야."

레스가 뭔가 말하려는 찰나 부에나비스타 뒤에 감추어져 있던 태양이 안개 긴 강둑을 찬미했고 프레디는 그 모습을 보러 곧장 난간으로 갔다. 이후 다시 타히티 얘기를 한 적은 없으므로 레스는 그 생각을 한번도 떠올리지 않았다. 하지만 프레디는 생각했던 게 분명했다.

지금 프레디가 틀림없이 가 있을 곳이 거기니까. 톰과의 신혼여행으로 말이다.

사랑에 빠져라, 행복해지리라.

타히티.

머잖아 일행은 다른 사람들도 잃고 만다. 버스는 에이트벤하두까지 가고(환각을 일으킬 듯한 타일로 덮인 가로변 여관에만 잠깐 들러 점심을 먹었다) 일행은 버스 밖으로 안내된다. 레스 앞에는 부부가 있는데 둘 다 종군기자다. 전날 밤, 그들은 80년대의 베이루트 이야기를 레스에게 들려주었다. 떨어지는 폭탄 소리를 흉내 낼 줄 아는 앵무새가 있던 바의 이야기라든지. 흰머리를 단발로 자르고 밝은색 면 슬랙스를 입은 도시적인 프랑스 여자와 사진기자티가 나는 재킷을 입은, 키가 크고 콧수염이 난 독일 남자인 그들 부부는 아프가니스탄에 있다가 웃고 줄담배를 피우고 새로운 아랍어 방언을 배우러 이곳에 왔다. 그들은 세상을 다 가진 것만 같았다. 아무것도 그들을 쓰러뜨릴 수 없었다. 생일 주인공인 조라가 다가와 레스 곁에서 걷는다. "아서, 이렇게 와주니 반갑네요." 키가 크지는 않지만 뽐내듯이 다리를 드러내는, 소매가 긴 노란 드레스를 입고 있으니 확실히 매혹적이다. 그녀에게는 독특한 아름다움이, 긴 코와 비잔틴 초상화에 나오는 마리아같이 지나치게 크고 반짝이는 두 눈이 있다. 그녀의 모든 동작에는—등받이를 건드릴 때나 얼굴에서 머리카락을 쓸어낼 때, 친구에게 미소를 지을 때—항상 목적이 있고 그녀의 눈길은 직접적이며 분별력이 있다. 억양은 어디 것인지 알아내기가 불가능하다—영국? 모리셔스? 바스크? 헝가리? 다만 레스는 루이스를 통해 그녀가 바로 이곳 모로코에 태어났으며 어린 시절 영국에서 자랐다는 걸 이미 알고 있다. 이번 여행은 그녀에게 10년 만의 귀향이다. 레스는 친구들과 함께 있는 그녀를 지켜봐왔다. 그녀는 언제나 웃고 있고 언제나 미소를 짓고 있었다. 하지만 멀리 걸어갈 때면 아서에게는 어떤 깊은 슬픔의 그림자가 보인다. 조라는 화려하고 지적이며 강하다. 긴장될 만큼 직선적이고 음란한 것에는 취약하다. 국제 스파이 조직을 운영할 것만 같은 여자다. 사실 레스가 아는 한 그게 바로 그녀의 직업이다.

무엇보다 그녀는 쉰 살 근처에도, 심지어 마흔 살 근처에도 못 가는 것처럼 보인다. 그녀가 선원처럼 욕을 하는 건 물론 선원처럼 술을 마시고 멘솔 담배를 연달아 피워댄다는 걸 사람들은 절대 모를 것이다.

그녀는 확실히 주름지고 지친, 늙고 돈도 없고 사랑도 잃은 아서 레스보다 젊어 보인다.

조라는 정신이 아찔해지는 눈길을 아서에게 고정한다. "그게 말이죠, 난 레스 씨 책 엄청 팬이에요."

"아!" 그가 말한다.

그들은 아주 오래된 낮은 벽돌 벽을 따라 걷고 있다. 발밑에서는 희게 회반죽을 펴 바른 집들이 강에서 연달아 솟아 나온다. "《칼립소》정말 좋던데요. 정말, 정말, 좋았어. 레스 당신 정말 개자식이더라, 결말에 가서는 당신 때문에 울었어요."

"듣고 기분 좋아야 하는 말 맞죠?"

"너무 슬펐다니까, 아서. 씨발, 슬프더라고. 다음 작품은 뭐야?" 그녀가 어깨 너머로 휙 넘기자 머리카락이 길고 유연한 곡선을 그리며 움직인다.

레스는 자기도 모르게 이를 악문다. 아래쪽에서는 말을 탄 소년 두 명이 천천히 강의 얕은 곳을 따라 올라오고 있다.

조라가 인상을 쓴다. "나 때문에 겁먹었나 보네. 물어보면 안 되는 거였는데. 씨발, 하긴 내가 신경 쓸 일은 아니지."

"아니, 아니에요." 아서가 말한다. "괜찮아요. 새 소설을 썼는데 출판사에서 싫어하더라고요."

"무슨 말이야?"

"그게, 그쪽에서 거절했어요. 출판하지 않겠대요. 첫 책을 팔 때 출판사 사장이 저를 자기 사무실에 앉혀놨던 게 기억나네요. 그때는 자기들이 별로 돈을 많이 주는 건 아니지만, 출판사는 가족이고, 이젠 나도 그 가족의 일원이라고 했어요. 이 책이 아니라 제 작가 생활 전체에 투자하는 거라면서 일장 연설을 늘어놨죠. 그게 겨우 15년 전이에요. 그런데 쾅…… 제명된 거죠. 거참 대단한 가족이에요."

"우리 가족 같네. 새 소설은 무슨 얘기였는데?" 그의 표정을 포착하고 그녀가 재빨리 덧붙인다. "아서, 나한테 꺼지라고 말해도 된다는 거, 알고 있었으면 좋겠어요."

레스에게는 한 가지 규칙이 있는데 출판되기 전까지는 책 얘기를 절대 자세히 하지 않는 것이다. 사람들은 반응을 보일 때 너무 부주의하다. 그들이 회의적인 표정만 지어도 꼭 새 애인에 대해 누가 설마 걔랑 사귄다는 건 아니지?라고 말하는 것과 비슷하게 느껴진다. 하지만 어떤 이유에서인지 레스는 그녀를 믿는다.

"무슨 소설이었냐면……." 그는 입을 열었다가 가는 길에 있던 돌부리에 걸려 비틀거리고 다시 입을 연다. "샌프란시스코를 돌아다니는 중년 게이 남자 얘기였어요. 뭐 있잖아요, 그 사람의…… 그 사람의 슬픔이라든지……." 그녀의 얼굴은 안쪽으로 구겨지며 의심스럽다는 표정을 짓기 시작한다. 레스는 어느새 말을 흐린다. 일행 앞쪽에서 기자들이 아랍어로 소리를 지르고 있다.

조라가 묻는다. "백인 중년 남자예요?"

"네."

"백인 중년 미국 남자가 백인 중년 미국인의 슬픔을 품고 걸어 다닌다?"

"세상에, 그런 것 같네요."

"아서. 이런 말 해서 미안한데, 그런 사람은 공감하기가 약간 어려워."

"게이라도?"

"게이라도."

"꺼져." 그는 자기가 이 말을 하게 될지 몰랐다.

그녀는 걷기를 멈추고 그의 가슴을 가리키며 씩 웃는다. "잘했어." 그녀가 말한다.

그때 그는 눈앞 언덕 위에 솟은, 총안이 있는 성을 발견한다. 햇볕에 구운 진흙으로 만들어져 있는 것 같다. 불가능해 보인다. 왜 생각 못 했을까? 왜 여리고를 예상하지 못했나?

"여기는 하두족(族)의 고대 성채 도시예요." 모하메드가 큰 소리로 말한다. "에이트란 건 베르베르족이라는 뜻이고, 벤은 '어디에서 왔다'는 뜻이고, 하두는 가족이라는 뜻이에요. 그래서 에이트벤하두죠. 아직도 도시 성벽 안에 여덟 가족이 살고 있어요."

왜 니느웨를, 시돈을, 티르를 예상하지 못했나?

"죄송한데, 에이트, 그러니까 여덟 가족이라는 건가요?" IT 천재 나이트클럽 주인이 말한다. "아니면 베르베르족이라는 뜻으로 에이트 가족이 산다는 건가요?"

"에이트 가족요."

"숫자 에이트요?"

"한때는 마을이었지만 지금은 겨우 몇 가족만 남아 있어요. 여덟 가족요."

바빌론을? 우르를?

"다시 물을게요. 숫자 에이트라고요? 아니면 에이트라는 이름을 말하는 거예요?"

"네, 에이트 가족요. 에이트벤하두요."

여자 종군기자가 고대 성벽 너머로 몸을 숙이더니 구토하기 시작한 게 이때다. 눈앞의 기적은 잊힌다. 남편이 곁으로 달려가 아름다운 머리카락을 뒤로 잡아준다. 지는 해가 빨간 벽돌로 이루어진 장면에 푸른 그림자를 드리우자 레스는 왠지 어린 시절, 어머니가 남서부 스타일에 미쳐 있을 때 칠했던 집과 똑같은 배색에 깜짝 놀란다. 강 건너편에서는 공습경보처럼 고함 소리가 올라온다. 저녁 기도를 알리는 소리다. 크사르*라고도 불리는 성채, 에이트벤하두가 무정하게 눈앞에 솟아오른다. 남편은 처음에는 가이드와 격하게 독일어로 말을 주고받더니 그다음에는 기사와 아랍어로, 이어 프랑스어로, 그러다가 오직 신들만 알아들을 수 있는 불가해한 장광설로 말을 마친다. 영어 욕설에 대한 그의 지배력은 검증되지 않는다. 아내가 머리를 꽉 끌어안고 일어서려다가 기사의 품에 쓰러지자 일행은 모두 빠르게 버스로 다시 안내된다. "편두통이야." 루이스가 레스에게 속삭인다. "술에, 고도(高度)에. 장담하는데 아주 가버렸을걸." 레스는 비가 벽을 부식하면서 매년 혹은 특정 주기마다 다시 만들어지는 패턴만 남아 있을 뿐, 옛 크사르의 흔적은 전혀 남지 않도록 회반죽이 칠해지고 또 덧칠해진 진흙과 지푸라기로 이루어진 고대의 성을 마지막으로 한 번 본다. 어느 세포도 원래대로 유지되지 않는 살아 있는 생물 같다. 아서 레스 같다. 앞으로의 계획은 뭘까? 그냥 계속해서 영원히 다시 짓는 건가? 아니면 어느 날,

* 흙을 높이 쌓아 올려 지은 건물들이 모여 있는 전통 주거지. 집들은 네 귀퉁이마다 망루를 세워 보강한 방어벽 안에 밀집해 있다.

누군가 야, 이게 다 뭐냐? 그냥 무너지게 둬, 꺼져라고 말할 것인가? 그럼 그게 에이트벤하두의 종말이 될 것이다. 레스는 삶과 죽음과 시간의 경과를 이해하기 직전인 것만 같다. 아주 오래되고 완벽하게 명료한 이해. 그때 영국인의 목소리가 끼어든다.

"네, 방해해서 죄송한데 그냥 확인하고 싶어서요. 한 번만 더 말해주세요. 이게 이름이 에이트라는 건지⋯⋯."

"기도가 잠보다 낫다." 모스크에서는 그렇게 아침 고함 소리가 들려오지만 기도보다 나은 건 여행이다. 무에진*이 구호를 외치는 동안에도 일행은 이미 버스에 틀어박혀 가이드가 종군기자들과 함께 돌아오기를 기다리고 있으니 말이다. 밤에 돌로 된 어두운 미로이던 호텔은 동틀 녘이 되자 풍성한 야자수 계곡의 궁전 같은 모습을 드러낸다. 정문 근처의 두 소년이 손을 맞잡아 병아리 한 마리를 들고서 낄낄거린다. 밝은 주황색으로 칠해진 (인위적으로든 초자연적으로든) 그 병아리는 끊임없이, 격렬하게, 분노에 차서 짹짹거리지만 소년들은 그저 웃으며 짐을 잔뜩 지고 있는 아서 레스를 녀석에게 보여줄 뿐이다. 버스에 오른 레스는 한국 바이올리니스트와 모델 남자 친구 옆에 앉는다. 젊은 남자는 멍하니 푸른 눈으로 레스를 바라본다. 남성 모델은 뭘 좋아할까? 루이스와 조라는 함께 앉아 웃고 있다. 가이드가 돌아온다. 그는 종군기자들이 회복 중이라며 나중에 다른 낙타를 타고 합류할 거라고 알린다. 그래서 버스는 껄껄 웃는 소리를 내며 살아난다. 나중에

---

* 하루에 다섯 번 이슬람 사원에서 예배 시간을 알리는 사람.

다른 낙타가 언제든 올 수 있다니 좋은 일이다.

나머지는 드라마민*에 찌든 악몽이다. 산을 오르는 취객의 행로에서는 지그재그 산길마다 팔려고 내놓은 정동석이 기적처럼 번쩍이고 버스가 다가오는 걸 본 꼬마들이 재빨리 길가로 뛰어들어 보라색으로 염색한 정동석을 내민다. 하지만 꼬마들은 그저 일행이 떠나며 남긴 먼지구름에 뒤덮일 뿐이다. 내화 점토 벽과 거대한 초록색 나무 문(모하메드는 그게 당나귀 문이라고 설명한다), 안쪽에 설치된 작은 문(사람 문)이 있지만 당나귀든 사람이든 그 무엇의 흔적도 없는 카스바**가 여기저기 있다. 그저 건조한 아카시아 산등성이뿐. 승객들은 자거나 창밖을 내다보거나 조용히 수다를 떨고 있다. 바이올리니스트와 남성 모델은 열심히 속삭이고 있다. 그래서 레스는 다시 고개를 돌리는데, 돌아보니 조라가 창밖을 내다보고 있다. 그녀의 손짓에 레스는 그녀 곁에 앉는다.

"내가 어떤 결정을 내렸는지 알아?" 그녀는 마치 모여 있는 사람들에게 정숙하라고 소리치듯 고집스럽게 말한다. "쉰 살이 되는 것에 대해서. 두 가지야. 첫 번째는, 사랑은 엿이나 먹어라."

"무슨 뜻인지 모르겠는데."

"포기하라는 거야. 씨발 거, 담배도 끊었는데 사랑을 못 끊나." 레스는 그녀의 핸드백에 들어 있는 멘솔 담뱃갑을 눈여겨본다. "어째서? 몇 번이나 끊었다니까! 우리 나이에 로맨스는 안전하지 않아."

* 멀미약 상표.
** '요새'라는 뜻. 이슬람 도시의 방어를 위한 시가지의 일부 또는 그 외곽에 세워지는 성.

"그래서 루이스가 나도 쉰 살이 된다고 말해준 거야?"

"응! 생일 축하해, 자기! 우린 이 똥구덩이로 같이 들어가는 거야." 그녀는 자기 생일이 그의 생일 하루 전이라는 걸 알고 기쁨을 감추지 않는다.

"알았어, 우리 나이에 로맨스는 안 된다. 솔직히 아주 안심이 되는걸. 글을 더 쓸 수 있을지도 모르겠네. 두 번째는?"

"첫 번째랑 관련된 거야."

"그래?"

"뚱뚱해져라."

"흠."

"사랑은 개나 주고 그냥 뚱뚱해져라. 루이스처럼."

루이스가 고개를 돌린다. "누구, 나?"

"맞아!" 조라가 말한다. "씨발, 얼마나 뚱뚱해졌는지 좀 봐라!"

"조라!" 레스가 말한다.

하지만 루이스는 그냥 킬킬거린다. 그는 두 손으로 두둑한 뱃살을 두드린다. "그게 말이지, 난 이게 아주 웃긴 것 같다니까. 매일 아침 거울을 볼 때마다 웃고 웃고 또 웃어. 이게 나라니! 깡마른 꼬마 루이스 들라크루아라니!"

"저게 내 계획이야, 아서. 같이할래?" 조라가 묻는다.

"난 뚱뚱해지고 싶지 않은데." 레스가 말한다. "멍청하고 허영심 가득한 말처럼 들리겠지만, 그러기 싫어."

루이스가 가까이 몸을 숙인다. "아서, 하나 생각해봐야 할 게 있어. 쉰 살 넘고도 그런 사람들 알지, 콧수염을 기른 깡마른 남자들 말이야.

서른 살 때 입던 정장에 몸을 쑤셔 넣겠다고 온갖 다이어트며 운동을 한다고 생각해봐! 그럼 어떻게 될까? 그래봐야 비쩍 마른 늙은이일 뿐이야. 집어치우라고 해. 클라크는 항상 날씬해지거나 행복해지거나 둘 중 하나라고 했어, 아서. 난 날씬한 건 이미 해봤고.”

루이스의 남편, 클라크. 그래, 그들은 루이스와 클라크*였다. 둘은 아직도 그걸 아주 우스운 일이라고 생각한다. 웃겨죽겠다고!

조라는 앞으로 몸을 숙이고 레스의 팔에 한 손을 올려놓는다. “얼른, 아서. 하자. 우리랑 같이 뚱뚱해지자니까. 아직 최고의 순간은 오지 않은 거야.”

버스 앞쪽에서 소음이 난다. 바이올리니스트가 목소리를 죽이고 모하메드와 이야기를 나누고 있다. 창가 좌석 한 곳에서 이제는 남자 모델의 신음 소리가 들린다.

“아, 이런, 또 누가 쓰러지는 건 아니겠지.” 조라가 말한다.

“있잖아.” 루이스가 말한다. “난 솔직히 저 사람은 더 일찍 쓰러질 거라고 생각했어.”

그래서 사하라를 건너가는, 등에 누군가를 태운 낙타는 네 마리뿐이다. 손쓸 수 없이 아파진 남자 모델은 사막이 나오기 전 마지막 마을인 므하미드에서 버스를 타고 떠났으며 바이올리니스트도 그와 함께 갔다. “나중에 다른 낙타를 타고 합류할 거예요.” 그들이 낙타에 올라타고 낙타들이 낑낑거리며 일어서면서 찻주전자처럼 기울어지자 모하

---

* 1804~1806년 미국 제퍼슨 대통령의 명령에 따라 실시된 탐험을 책임졌던 대장들이 M. 루이스와 W. 클라크다.

메드가 일행을 안심시킨다. 네 마리는 사람을 태우고 다섯 마리는 태우지 않은 채 낙타들은 모두 한 줄로 서서 모래밭에 그림자를 새긴다. 그 처참한 짐승들을, 꼭두각시 인형처럼 생긴 머리와 압축 건초 같은 몸통, 말라빠진 작은 다리들을 보면서 레스는 저 녀석들을 좀 봐! 누가 신을 믿을 수가 있겠어?라고 생각한다. 생일까지 사흘이 남았다, 조라의 생일까지는 이틀.

"이건 생일이 아니에요." 까딱까딱 석양을 향해 가며 레스가 루이스에게 소리친다. "애거사 크리스티 소설이지!"

"다음엔 누가 쓰러질지 내기하자. 난 나한테 걸겠어. 지금 당장. 이 낙타 위에서."

"저는 조시한테 걸죠." 조시는 영국 IT 천재다.

루이스가 묻는다. "지금은 프레디 얘기 하고 싶어?"

"별로요. 결혼식이 아주 예뻤다고 들었어요."

"내가 듣기로는 그 전날 밤에 프레디가……."

조라가 탄 낙타에서 그녀의 목소리가 크게 들려온다. "씨발 닥쳐! 씨발 낙타에 앉았으면 저 엿 같은 석양이나 즐기란 말이야. 세상에!"

하긴, 그들이 여기에 와 있다는 건 거의 기적이다. 술과 하시시, 편두통에서 살아남았기 때문이 아니다. 그건 전혀 아니다. 중요한 건 그들이 삶의 모든 것을 겪고도, 굴욕과 실망과 상심과 놓쳐버린 기회, 형편없는 아빠와 형편없는 직업과 형편없는 섹스와 형편없는 마약, 인생의 모든 여행과 실수와 실족을 겪고도 살아남아 쉰 살이 되었고, 여기까지 왔다는 것이다. 서리를 얹은 케이크 같은 풍경 속으로, 이 황금의 산맥으로, 이제야 눈에 들어온 모래언덕 위의 식탁으로, 올리브와 피타와 유리잔과 얼음에 담가둔 와인이 놓인 그 작은 식탁으로, 태양이 일행의 도착을 그 어떤 낙타보다 인내심 있게 기다리고 있는 가운데. 그러니까, 맞다. 거의 모든 석양이 그렇지만 이번 석양은 특히 그렇다. 씨발 닥쳐.

침묵은 낙타 한 마리가 모래언덕 꼭대기에 올라설 때까지 이어진다. 루이스는 오늘이 자신의 스무 번째 결혼기념일이라고 큰 소리로 알린다. 하지만 물론 이곳에서는 핸드폰이 작동하지 않으므로 클라크에게는 페즈에 도착한 뒤에야 전화를 걸 수 있을 것이다.

모하메드가 돌아보며 말한다. "아, 하지만 사막에도 와이파이가 있어요."

"그래요?" 루이스가 묻는다.

"아, 물론이죠. 어디든지 있어요." 모하메드가 고개를 끄덕이며 말한다.

"아, 잘됐네요."

모하메드가 손가락을 하나 들어 올린다. "문제는 암호죠."

줄지어 선 베두인들이 낄낄거린다.

"저 얘기에 속아 넘어간 게 이번이 두 번째야." 루이스는 그렇게 말하더니 레스를 돌아보며 손가락질을 한다.

모래언덕 위, 식탁 옆에 낙타치기 소년 한 명이 다른 소년에게 팔을 두르고 있다. 일행이 태양을 지켜보는 동안 그들은 거기 그렇게 앉아 있다. 모래언덕이 마라케시의 건물들과 똑같은 빨간 벽돌과 아쿠아 색조로 변한다. 두 소년은 서로에게 팔을 두르고 있다. 레스에게는 너무 낯설어 보인다. 그걸 보고 있으니 슬퍼진다. 그의 세계에서는 한 번도 이성애자 남성들이 이렇게 하는 모습을 보지 못했다. 마라케시의 거리에서 게이 커플이 손을 잡고 걸어갈 수 없는 것과 마찬가지로 시카고의 거리에서는 아무리 친한 친구라 한들 남자 둘이 손을 잡고 걸어갈 수 없다는 생각이 든다. 그들은 지금 이 청소년들처럼 모래언덕에 앉아 서로의 품에 안긴 채 해가 지는 것을 볼 수 없다. 허클베리 핀에 대한 톰 소여의 사랑.

야영은 꿈이다. 중간부터 시작된다. 울퉁불퉁한 아카시아 가지를 넣어둔 불구덩이가 베개로 둘러싸여 있고 그 베개로부터 카펫이 깔린 여덟 갈래 길이 민무늬 캔버스 텐트 여덟 군데로 각기 이어지는데, 그 텐트들은―겉으로 보기에는 좀 작은 간이 천막 이상도 이하도 아니다―열리면 환상의 나라를 드러낸다. 침대보에 아주 작은 거울들이 꿰매져 있는 황동 침대, 닳아빠진 금속으로 된 침실용 탁자와 침대 옆 램프, 조각을 새긴 칸막이 뒤의 세면대와 수줍은 작은 화장실, 전면 화장대 거울. 레스는 안으로 들어가며 의아해진다. 저 거울은 누가 닦아 놨을까? 누가 저 대야를 채우고 변기를 청소했을까? 하긴 그렇게 따지면, 레스처럼 호강에 겨운 사람들을 위해 이런 황동 침대를 내다 놓은 건 누구고, 베개와 카펫을 가져다 놓은 건 또 누구며, "아마 작은 거울들이 달린 침대보를 좋아할 거야"라고 말한 사람은 또 누굴까? 침실 탁자 위에는 피보디 소설과 극도로 기분 나쁜 미국인 작가 세 명의 소설을 포함한 영어책 열두 권이 레스를 돌아보고 있다. 세상에서 제일 뻔한 지인과 운명처럼 마주치게 되는 비공개 파티장에서처럼, 파티가 우아하다는 생각뿐 아니라 참석자 자신이 우아하다는 꿈까지도 깨뜨

려버리는 그런 파티장에서처럼 레스에게 "아, 너도 들여보내줬어?"라고 말하는 듯하다. 그중에는 핀리 드와이어의 최근작도 있다. 여기 사하라에, 그의 커다란 황동 침대 옆에. 고맙다, 인생아!

북쪽: 낙타 한 마리가 황혼을 방해하려는지 큰 소리로 울고 있다.

남쪽: 루이스가 자기 침대에 전갈이 있다고 비명을 지르고 있다.

서쪽: 베두인족이 저녁을 차리느라 접시들이 달칵거리는 소리가 들린다.

다시 남쪽: 루이스가 걱정하지 말라고, 그냥 클립이었다고 소리 지른다.

동쪽: 나이트클럽 주인이 된 영국인 IT 천재가 말한다. "저기요? 저 컨디션이 별로 안 좋아요."

누가 남았느냐고? 저녁 식사에 참여한 건 넷뿐이다. 레스, 루이스, 조라, 모하메드. 그들은 불가에서 화이트와인을 마저 마시고 불길 너머로 서로를 빤히 바라본다. 모하메드는 조용히 담배를 피운다. 저게 담배인가? 조라가 일어나며 생일에 아름다운 모습으로 있을 수 있도록 자러 갈 테니 다들 잘 자라고, 그리고 저 많은 별들 좀 보라고! 말한다. 모하메드가 어둠 속으로 사라지자 남은 사람은 루이스와 레스뿐이다.

"아서." 루이스가 타닥타닥 침묵 속에서 베개에 기대며 말한다. "와 줘서 기뻐."

레스는 한숨을 내쉬고 밤을 들이쉰다. 머리 위에서 은하수가 연기 깃털처럼 떠오른다. 그는 불빛 속으로 친구를 돌아본다. "결혼기념일 축하해요, 루이스."

"고마워. 클라크랑 나는 이혼할 거야."

레스는 쿠션에서 몸을 세워 앉는다. "뭐라고요?"

루이스는 어깨를 으쓱한다. "몇 달 전에 결정했어. 너한테 말해줄 때를 기다리고 있었지."

"잠깐 잠깐 잠깐, 뭐라고요? 무슨 일이에요?"

"쉿, 그러다 조라가 깨겠어. 이름이 뭔지 모를 그 사람도." 그는 레스에게 가까이 다가오며 와인 잔을 든다. "그게, 내가 클라크를 언제 만났는지는 알지? 예전에 뉴욕에서, 미술관에서였어. 장거리 연애를 좀 하다가 결국 내가 클라크한테 샌프란시스코로 이사 오라고 부탁했지. 우리는 '아트 바'의 뒷방에, 소파 위에 있었어—너도 기억하겠지만, 예전에 코카인을 살 수 있었던 곳 말이야. 클라크가 그러더라. '알았어, 샌프란시스코로 갈게. 너랑 같이 살게. 하지만 딱 10년 만이야. 10년이 지나면 널 떠날 거야.'"

레스는 주위를 돌아보지만, 물론 이 믿을 수 없는 마음을 공유할 사람은 아무도 없다. "그런 얘기는 안 해줬잖아요!"

"그래. 클라크는 '10년이 지나면, 널 떠날 거야'라고 말했어. 그래서 내가 말했지. '아, 10년이라. 충분할 것 같네!' 우리가 그 얘기를 나눈 건 그때가 전부였어. 클라크는 직장을 그만둬야 하는 것에 대해서도, 임대료를 그럭저럭 낼 만한 곳을 두고 떠나는 것에 대해서도 전혀 걱정하지 않았고, 누구 냄비를 가지고 있어야 하고 누구 냄비를 버려야 하는지에 대해서도 한 번도 나한테 잔소리하지 않았어. 그냥 내 집으로 이사해 들어오더니 자기 삶을 시작했지. 그냥 그렇게 말이야."

"이런 얘긴 하나도 몰랐어요. 그냥 형들이 함께 영원히 있을 줄 알았다고요."

"당연히 그랬겠지. 내 말은, 솔직히 나도 그랬거든."

"미안해요, 그냥 너무 놀라서."

"뭐, 10년이 지나니까 클라크가 그러더라. '뉴욕으로 여행 가자.' 그래서 우리는 뉴욕에 갔어. 난 사실 그때의 거래는 전부 잊고 있었어. 여행은 아주 잘 풀려갔지. 뭐랄까, 함께 있으니까 아주아주 행복했어. 우리는 소호에 중국식 램프 가게 위에 있는 호텔을 잡았어. 그때 클라크가 그러는 거야. '아트 바에 가자.' 그래서 우리는 택시를 탔고, 뒷방으로 갔고, 술을 마셨고, 클라크가 말했어. '음, 10년이 끝났어, 루이스.'"

"클라크가 그런 사람이었어요? 유통기한이나 확인하는?"

"내 말이. 가망 없는 녀석이라니까. 오래된 우유는 마실 거면서. 하지만 그게 사실이야. 클라크는 10년이 끝났다고 말했어. 그래서 내가 말했지. '빌어먹을, 진심이야? 날 떠나겠다고, 클라크?' 그랬더니 아니래. 머물고 싶대."

"그건 다행이네."

"10년 더 말이야."

"미쳤네요, 루이스. 타이머도 아니고. 다 됐는지 확인하겠다는 거야, 뭐야? 아주 얼굴을 후려쳐줬어야죠. 아니, 그냥 장난친 거 아니에요? 둘 다 취해 있었어요?"

"아니, 아냐. 아마 클라크의 이런 면은 한 번도 본 적이 없겠지? 나도 알아, 클라크는 아주 덤벙거리는 편이지. 욕실에서도 벗어놓은 곳에 속옷을 그대로 놔두고. 하지만 그게 말이야, 클라크한테는 아주 실용적인 다른 면도 있어. 클라크는 태양열발전기도 설치했다고."

"전 클라크가 아주 태평한 사람이라고 생각했는데. 이건…… 이건 너무 비현실적이잖아요."

"클라크라면 실용적이라고 말했을 것 같아. 아니면 미래지향적 사고라고. 아무튼 우리는 아트 바에 있었고 내가 말했어. '뭐, 좋아. 나도 널 사랑하니까 샴페인이나 마시자.' 그리고 이번에도 그 생각은 하지 않았어."

"그리고 10년이 지난 뒤에……."

"몇 달 전이야. 우리는 뉴욕에 있었고 클라크가 말했어. '아트 바에 가자.' 너도 거기가 바뀐 건 알지? 더 이상 허름하지도, 뭐 아무렇지도 않아. 오래된 '최후의 만찬' 벽화도 치워버렸고, 코카인도 살 수 없어. 뭐 잘된 거, 맞지? 우리는 뒷자리에 앉았어. 샴페인을 주문했지. 그때 클라크가 말했어. '루이스.' 나는 뭔가 오고 있다는 걸 알았어. 내가 말했어. '10년이 됐네.' 그러니까 클라크가 말했어. '어떻게 생각해?' 우리는 거기에 오랫동안 앉아서 술을 마셨어. 그리고 내가 말했지. '자기야, 이제 때가 된 거 같아.'"

"루이스. 루이스."

"그랬더니 클라크가 그러더라. '나도 그런 것 같아.' 우린 서로를 안아줬어, 아트 바 뒷방의 쿠션에서 말이야."

"뭐가 잘 안 풀리고 있었어요? 나한텐 한 번도 얘기 안 했잖아요."

"아니, 모든 게 아주 잘 돌아가고 있었어."

"뭐 그럼, 왜 '때가 됐다'고 한 거예요? 왜 포기하느냐고요?"

"왜냐하면 몇 년 전에 말이야, 내가 텍사스에 일자리가 생겼던 거 기억나지? 텍사스라니, 아서! 하지만 보수가 괜찮았어. 클라크는 '난 응

원해. 이건 중요한 일이니까 같이 차를 타고 내려가자. 텍사스는 한 번도 못 봤어'라고 말했지. 우리는 차를 타고 내려갔는데—나흘이 족히 걸리더라—자동차 여행에 대해서는 각자 한 가지씩 규칙을 정하기로 했어. 내 규칙은 네온 간판이 있는 곳에서만 자야 한다는 거였어. 클라크의 규칙은 어디를 가든 특식을 먹어야 한다는 거였고. 특식이 없다면 다른 곳을 찾아야 했어. 세상에, 아서. 그때 먹은 음식이라니! 한번은 특식이 게 캐서롤이었어. 텍사스에서 말이야."

"알아요, 알아요. 그 얘기는 했어요. 그 여행은 아주 멋진 것 같았는데."

"아마 우리가 했던 최고의 자동차 여행이었을 거야. 우리는 가는 내내 그냥 웃고 또 웃었어. 네온 간판을 찾으면서 말이지. 그러다 텍사스에 도착했고 클라크가 나한테 작별 키스를 하더니 비행기에 올라 집으로 돌아갔지. 나는 거기에서 4개월을 지냈어. 그러면서 생각한 거야. 뭐, 괜찮았네."

"이해가 안 가요. 듣기엔 형들이 행복했던 것 같은데."

"맞아. 난 텍사스의 작은 집에 있을 때도, 직장에 다니면서도 행복했어. 그래서 생각했지. 뭐, 괜찮았네. 괜찮은 결혼이었어."

"그런데 클라크랑 헤어졌다뇨. 뭔가 잘못됐어요. 뭔가 실패했다고요."

"아냐! 아냐, 아서, 아니야. 그 반대야! 난 결혼 생활이 성공이었다고 말하는 거야. 20년 동안의 기쁨과 응원과 우정이라면 그건 성공이지. 뭐든 다른 사람과 20년을 해낸다면 성공이야. 밴드가 20년 동안 해체하지 않는다면 기적이지. 코미디 듀오가 20년 동안 함께한다면 그건 승리야. 한 시간 뒤면 끝난다고 이 밤이 실패인가? 10억 년이 지나면 끝나버릴 거라고 해서 태양이 실패작이야? 아니, 어쨌든 씨발 태양이 잖아. 왜 결혼은 그렇게 치면 안 되는 건데? 그런 건 우리 안에 없는 거야, 인간 안에는 없다고. 영원히 한 사람에게 매이는 것 말이야. 샴쌍둥이는 비극이야. 20년과, 단 한 번의 행복한 마지막 자동차 여행. 그렇게 난 생각했어. 뭐, 괜찮았네. 성공리에 끝내자."

"이럴 수는 없어요, 루이스. 루이스랑 클라크잖아요. 빌어먹을, 루이스랑 클라크라고요, 루이스. 형들은 게이들도 오래갈 수 있다는 내 유일한 희망이란 말이에요."

"이런, 아서. 이게 오래가는 거야. 20년이면 오래가는 거지! 그리고 이건 너랑은 아무 상관도 없는 일이야."

"전 그냥 이게 실수라고 생각해요. 혼자서 밖에 나가보면 형도 클라크만큼 좋은 사람은 없다는 걸 알게 되겠죠. 클라크도 같은 걸 알게 될 거고요."

"클라크는 6월에 결혼해."

"아, 무슨 씨발."

"내가 사실을 말해줄게. 우리가 텍사스에서 멋진 청년을 만난 건 그 자동차 여행을 할 때였어. 마파에 사는 화가였지. 우리는 함께 그 사람을 만났고, 둘은 계속 연락을 했고, 이제는 클라크가 그 친구와 결혼할 거야. 사랑스러운 사람이야. 멋진 사람 말이야."

"결혼식에라도 가시겠네."

"결혼식에서 축시를 읽을 거야."

"정신 나갔네요. 클라크랑 잘되지 않았다니 유감이에요. 가슴이 아파요. 이게 내 문제가 아니라는 건 알지만요. 난 형이 행복하길 바라요. 근데 형은 망상에 빠져 있다고요! 클라크의 결혼식에 갈 수는 없죠! 이 모든 게 괜찮다고, 모든 게 멋지다고 생각할 수는 없어요! 그냥 형은 부정하는 단계인 거예요. 20년 동안 함께한 동반자와 이혼하는 거잖아요. 이건 슬픈 일이라고요. 슬퍼해도 괜찮아요, 루이스."

"죽을 때까지 관계를 이어갈 수 있다는 것도 사실은 사실이지. 사람들은 옛날부터 쓰던 식탁이 박살 나고 있어도, 고치고 또 고쳤어도 계속 써. 그냥 할머니 것이었다는 이유만으로 말이야. 그렇게 마을은 유령 마을이 되고 말아. 그렇게 집이 쓰레기 창고가 되는 거야. 그리고 내 생각엔, 사람들도 그렇게 늙는 거지."

"형은 만나는 사람 있어요?"

"나? 난 아마 혼자 지낼 것 같아. 어쩌면 나는 그 편이 나은지도 몰라. 어쩌면 나는 항상 그 편이 더 나은 사람이었고, 젊었을 때에는 그냥 너무 겁먹었던 건지도 몰라. 하지만 이제는 겁나지 않아. 내게는 계속 클라크가 있을 테니까. 나는 지금도 언제든 클라크한테 전화를 걸어서 조언을 구할 수 있어."

"그 모든 일이 일어났는데도요?"

"그래, 아서."

그들은 좀 더 이야기를 나누고 머리 위에서는 하늘이 움직인다. 마침내 시간이 꽤 늦어진다. "아서." 루이스가 어느 시점에 말한다. "프레디가 결혼식 전날 밤에 화장실에 들어가서 문을 잠그고 나오지 않았다는 얘기 들었어?" 하지만 레스는 귀를 기울이지 않고 있다. 그는 지난 세월 동안 루이스와 클라크의 집에 들렀던 일을, 디너파티와 핼러윈과 집에 가기에는 너무 취해 그들의 침대에서 잠들었던 일들을 생각하고 있었다. "잘 자, 아서." 루이스가 오랜 친구에게 경례를 해 보이고 어둠 속으로 향하자 레스는 꺼져가는 불 옆에 혼자 남겨진다. 밝은 빛 하나가 눈길을 사로잡는다. 이 텐트에서 저 텐트로 움직이는 모하메드의 담배다. 그는 밤이 되어 잠든 아이들을 침대에 넣어두는 것처럼 늘어진 자락에 단추를 채우고 있다. 가장 먼 텐트에서는 IT 천재가 침대에서 신음한다. 어딘가에서 낙타가 불평하고 녀석을 달래는 청년의 목소리가 들린다—저 동물들 곁에서 자는 걸까? 그들은 이 엄청나게 훌륭한 캐노피, 장엄한 지붕, 이 놀라운 거울 침대보, 별 아래에서 자는 것일까? 이것 좀 봐: 오늘 밤에는 모두에게 줄 별이 충분히 있단다. 하지만 그중에는 위성이, 위조 동전들이 있어. 그는 손을 뻗지만 떨어지는 별을 잡지는 못한다. 레스는 마침내 침대에 든다. 하지만 루이스가 해준 말에 대한 생각을 멈출 수가 없다. 10년에 관한 이야기 말고 혼자가 된다는 생각 말이다. 레스는 로버트를 겪고 난 뒤에도 한 번도 자기 자신에게 혼자 있는 시간을 허락해준 적이 없다는 생각이 든다. 여기에서, 이 여행에서조차. 처음에는 바스티안, 그다음에는 하비에르. 사람을 거울로 쓰겠다는 이 끝없는 욕구, 그 거울에 비친 아서 레스를 봐야겠다는 욕구는 왜 있는 걸까? 그는 물론 슬퍼하고 있다—연인을, 커리어를, 소설을, 젊음을 잃은 것에 대해. 그럼 그만 거울을 덮고 가슴팍의 천을 찢어발기고 그냥 애도하도록 나 자신을 내버려둘 수는 없는 걸까? 어쩌면 혼자 지내기를 시도해봐야 할지도 모른다.

그는 잠들기 전의 짧은 순간 혼자 키득거린다. 혼자라니—상상조차 불가능하다. 그런 인생은 두렵게, 레스답지 않게, 사막의 섬에 버려진 사람처럼 느껴진다.

새벽이 올 때까지 모래 폭풍은 시작되지 않는다.

레스가 잠들어 침대에 누워 있을 때 머릿속에 소설이 나타난다.《스위프트》. 제목 하고는. 엉망진창이야.《스위프트》. 편집자들은 꼭 필요할 땐 없다니까. 그가 모시는 편집의 신은, 그가 항상 불러오던 대로, 리오나 플라워스다. 출판이라는 카드 게임에서는 다른 출판사와 거래하게 됐지만, 레스는 그녀가 자신의 첫 소설들을, 도도한 스타일을 덥수룩하게 걸치고 있던 그 산문을 받아들여 책으로 만들어주었다는 사실을 기억하고 있었다. 그녀는 무척 영리하고 교묘했으며 어느 부분을 잘라내야 할지 설득하는 실력이 훌륭했다. "이 문단은 너무 아름다워요, 너무 특별해요." 그녀는 프렌치 매니큐어를 바른 손을 가슴에 대고 누르며 이렇게 말하곤 했다. "그래서 이건 저 혼자만 간직해야겠어요!" 지금 리오나는 어디에 있을까? 그녀가 아끼는 어떤 새 작가와 함께 무슨 높은 타워에 올라가 예전에 쓰던 그 대사들을 써보고 있을까? "이 장을 없앤다면, 그 부재감이 소설 전체에 메아리칠 거라고 생각해요." 그녀라면 뭐라고 말해줄까? 더 호감이 가게, 스위프트를 더 호감 가게 만드세요. 모두가 하는 말이 그것이다. 아무도 이 등장인물이 무엇에 괴로워하는지는 관심이 없다. 하지만 어떻게 그렇게 하지? 이런 일은 자기 자신을 호감 가는 인물로 만드는 것이나 마찬가지였다. 그리고 쉰 살이 된 사람이라면 지금 모습이 최대한 호감 가는 모습이라고 졸음에 겨워 생각하기 마련이다.

모래 폭풍. 그토록 여러 달을 계획해왔는데, 그 많은 여행, 그 많은 여행 경비를 들였는데, 그들은 여기에 와 있다. 바람이 노새 몰이처럼 텐트를 채찍으로 후려갈기는 가운데 안에 갇혀 있는 것이다. 그들은, 그들 세 사람(조라, 루이스, 레스)은 커다란 응접실 텐트에 모여 있다. 낙타를 타고 갈 때처럼 덥기도 하고 냄새가 나기도 한다. 빨아놓지 않은, 말 털로 만든 묵직한 모래막이 문과 마찬가지로 씻지 않은 손님 세 명 때문이다. 오직 모하메드만이 상쾌하고 명랑해 보인다. 레스에게 한 얘기로는 모래 폭풍 때문에 새벽에 깨서 은신처를 찾아 뛰어야 했다지만 말이다(그는 실제로 실외에서 잤던 것이다). "뭐,"—루이스가 커피에 꿀 바른 둥근 빵을 곁들여 먹으며 선언한다—"우린 기대하던 것과 다른 경험을 할 기회를 얻은 거야." 조라는 버터 칼을 치켜들며 이 말을 환영한다. 내일은 그녀의 생일이다. 하지만 그들은 모래에 굴복해야만 한다. 그들은 남은 날을 맥주를 마시고 카드 게임을 하며 보내고, 조라는 두 사람 모두를 탈탈 털어 간다.

　"복수할 거야." 루이스가 위협한다. 그들은 침대로 돌아갔다가 아침에는 고약한 유숙객 같은 이 모래 폭풍에게 떠날 의도라고는 눈곱만큼도 없음을, 더 나아가 루이스의 예언이 증명되었음을 알게 됐다. 그도 괴로워하고 있었던 것이다. 그는 거울 달린 침대에 누워 땀을 흘리며, 바람이 그의 텐트를 뒤흔드는 가운데 "죽여줘, 죽여줘"라고 신음한다. 모하메드가 남색과 연보라색 옷으로 몸을 감싸고 유감이 가득한 표정으로 나타난다. "모래 폭풍은 이 모래언덕들에서만 불고 있어요. 사막으로 차를 타고 나가면 없어져요." 그는 루이스와 조시를 지프에 싣고 므하미드로 돌아가자고 제안한다. 거기에는 최소한 호텔과 텔레비전이 있는 바가 있고, 다른 사람들이, 종군기자들과 바이올리니스트, 남성 모델이 기다리고 있으니 말이다. 밝은 초록색 셰시 주름 사이로 오직 눈만 보이는 조라가 조용히 눈을 깜빡인다. "아뇨." 그녀가 마침내 말하더니 베일을 찢어발기며 레스를 돌아본다. "안 돼요, 내 생일이라고, 빌어먹을! 다른 사람들은 프하미드에 버려요. 하지만 우리는 어딘가에 가야지, 아서! 모하메드? 우리가 보고도 못 믿을 만한 데로 데려다줄 수 있어요?"

모로코에 스위스식 스키 마을이 있다면 믿겠는가? 모하메드가 데려간 곳, 차를 타고 모래 폭풍을 벗어나 바위 속에 새겨진 호텔들과, 호텔들을 못 본 체하며 강가에 낡아빠진 베스트팔리아*를 세워놓고 야영을 하는 독일인들이 있는 깊은 계곡들을 지나 데려다준 곳이 거기여서 하는 말이다. 그들은 민담에서처럼 오직 양 떼만 사는 것 같은 마을들을 지나고 폭포와 둑, 마드라사**와 모스크, 카스바와 크사르, (점심 먹으러 들른) 어느 작은 마을, 그러니까 온몸에 청록색 옷을 걸친 여자가 이웃 목수에게 들러 톱밥을 빌려다가 자기 고양이가 오줌을 갈겨둔 것처럼 보이는 현관에 뿌리던 그 마을, 소년들이 잔뜩 모여 있던, 처음에는 야외 학교가 열린 줄 알았지만 (환성이 시작되고 나서 보니) 텔레비전 축구 경기 앞에 모여 있었던 그 마을을 지났으며, 석회암 고원을 통과해 식물들이 양치류에서 침엽수로 바뀌는 곳까지 미들아틀라스의

* 폭스바겐의 캠핑용 밴.
** 이슬람 교육 기관, 학교.

나선형 지구라트 도로들을 올라 서늘한 소나무 숲을, 모하메드가 "짐승 조심하세요"라고 말했던 곳을, 처음에는 아무것도 없었지만 조라가 비명을 지르며 뭔가를 손가락질하기에 보니 포커페이스를 한 바르바리 마카크* 혹은 그녀의 표현대로라면 "원숭이!" 무리가 차를 마시다가 (또는 데죄네 쉬르 레르브**를 하다가) 방해를 받기라도 한 듯 나무 단상에 앉아 있던 곳을 지났다. 레스 무리는 지금 저 멀리 므하미드에 있고, 레스와 조라는 단둘이서 고산지대 리조트의 향기 나는 어두운 바에서 지역 마크***가 담긴 잔을 들고 크리스털 샹들리에 아래 크리스털 파노라마 앞 가죽 클럽 의자에 앉아 있다. 그들은 비둘기 파이를 먹었다. 모하메드는 바에 앉아 에너지 드링크를 마시고 있다. 그는 사막 의상을 벗어버리고 다시 폴로셔츠와 청바지로 갈아입었다. 오늘은 조라의 생일이다. 자정이면, 약 두 시간 후면 레스의 생일이 된다. 정말로 만족감이 찾아왔다. 나중에, 다른 낙타를 타고서 말이다.

"그러니까 이 모든……" 조라가 머리카락을 얼굴에서 쓸어 넘기며 말하고 있다. "이 모든 여행이, 아서, 그냥 남자 친구 결혼식에 못 가기 위해서라는 거야?"

"남자 친구 아니야. 그리고 못 간다기보다는 혼란을 피하려는 거지." 레스는 얼굴이 붉어지는 걸 느끼며 대답한다. 그들은 바의 유일한 손님이다. 바텐더들은—줄무늬 보드빌 조끼를 입은 남자 두 명—코미디극에 나오는 것처럼 미친 듯 빠르게 속삭이고 있다. 담배를 피울 짧은 쉬

---

* 북아프리카 원숭이의 일종.
** '풀밭 위의 점심 식사'라는 뜻의 프랑스어.
*** 포도주를 만들고 남은 포도 찌꺼기로 만든 독주.

는 시간을 정하는 중인 듯하다. 레스는 조라에게 여행에 대해 말하는 중이었는데 어쩐 일인지 샴페인 때문에 혀가 멋대로 움직여버렸다.

조라는 황금색 팬트수트*에 다이아몬드 귀고리를 차고 있다. 그들은 호텔에 체크인하고 샤워를 하고 옷을 갈아입었으며, 그녀에게서는 향수 냄새가 난다. 확실히, 생일 여행용 짐을 쌀 당시만 해도 그녀는 레스가 아닌 다른 누군가를 위해 이것들을 골랐을 것이다. 하지만 그녀에게 있는 건 레스다. 그는 물론 레스다운 파란 정장 차림이다.

"그거 알아?" 조라가 유리잔을 내밀고 바라보며 말한다. "이 술을 보고 있으니까 조지아에 있는 우리 할머니가 생각나. 미국 조지아주 말고, 그루지야 공화국. 할머니가 딱 이런 걸 만들곤 했는데."

"그냥 그 편이 나아 보였어." 레스는 계속 프레디 얘기를 한다. "그냥 빠져나가는 게. 그리고 이 소설을 되살려내는 게."

조라는 마크를 홀짝이며 풍경을, 이 시간의 풍경 그대로를 바라본다. "내 애인도 날 떠났어." 그녀가 말한다.

레스는 잠시 조용히 앉아 있다가 문득 말한다. "아! 아니, 아니야. 프레디는 날 떠난 게 아니라……."

"재닛이 원래 여기 오기로 했었거든." 조라는 눈을 감는다. "아서, 네가 여기 온 건 빈자리가 났는데 루이스가 자기한테 친구가 있다고 말했기 때문이야. 그래서 네가 여기 온 거라고. 물론 네가 여기 있는 건 아주 멋진 일이야. 내 말은, 남은 게 너밖에 없잖아. 다른 사람들은 다 씨발 약해빠져가지고. 다들 무슨 일이 일어난 거야? 네가 여기 있어서

* 여성용 바지 정장.

좋아. 하지만 솔직하게 말할게. 그녀가 있었으면 더 좋았을 거야."

어떤 이유에서인지, 레스는 한 번도 그녀가 레즈비언이라고는 생각해보지 않았다. 어쨌거나 그는 형편없는 게이인지도 모른다.

"무슨 일인데?" 그가 묻는다.

"무슨 일이겠어?" 조라가 작은 잔을 홀짝이며 말한다. "사랑에 빠진 거지. 정신이 나간 거야."

레스는 공감의 뜻으로 웅얼거리지만 조라는 혼자만의 세상에 빠져든다. 바에서는 키가 더 큰 남자가 이긴 듯 성큼성큼 발코니로 나간다. 키가 작은 남자는 정수리 부분에 단 하나 오아시스가 남아 있을 뿐 대머리인데, 열망을 감추지 않고 친구의 뒷모습을 바라본다. 밖에는 아마 크슈타드나 장크트모리츠*의 풍경이 있겠지. 어둡게 펼쳐진, 잠든 마카크 원숭이들의 숲과 스케이트장의 로마네스크 양식 뾰족탑, 차갑고 검은 하늘.

"나더러 평생의 사랑을 만났다고 하더라." 조라가 마침내 입을 연다. 눈길은 여전히 창밖에 두고 있다. "그런 얘기를 다룬 시를 읽기도 하고 그런 얘기를 듣기도 하고 시칠리아 사람들이 하는 번개에 맞았다는 얘기도 듣긴 했어. 하지만 평생의 사랑 같은 건 없다는 걸 다들 알잖아. 사랑은 그렇게 두려운 게 아니란 말이야. 사랑은 씨발, 다른 사람이 편히 잘 수 있도록 개를 산책시키는 거고 세금을 내는 거고 악감정 없이 화장실을 청소하는 거야. 삶에 동맹을 두는 거라고. 사랑은 불이 아니고 벼락도 아냐. 사랑은 그녀와 내가 늘 해왔던 그런 거 아냐? 하지만

---

* 스위스의 휴양지들로, 대규모 스키 리조트가 있다.

그녀가 맞는 거라면, 아서? 만약에 시칠리아 사람들이 맞다면? 그녀가 느낀 게 이 땅을 모두 박살 내는 어떤 거였다면? 나는 한 번도 느껴본 적 없는 그런 거. 넌 느껴봤어?"

레스는 숨이 고르지 않게 쉬어진다.

그녀가 그를 돌아본다. "어느 날 누군가를 만났는데, 아서, 절대 다른 사람일 수는 없을 것 같다는 느낌이 들면? 다른 사람들이 덜 매력적이라거나 술을 너무 많이 마신다거나 침실에서 무슨 문제가 있다거나 씨발 책을 전부 알파벳 순서로 정리해야 하는 사람이라거나 그냥 같이 살 수 없는 방식으로 식기세척기를 정리해야 하는 사람이라서가 아닌 거야. 그냥 이 사람이 아니라서 그런 거야. 재닛이 만났다는 이 여자 말이야. 어쩌면 누군가는 평생을 살면서도 그런 사람을 만날 수 없을지도 몰라. 그래서 사랑은 이 모든 다른 것들이라고 생각하는 거지. 하지만 정말 그 사람을 만나게 된다면 신의 가호를 빌 수밖에 없지 않겠어? 왜냐하면 그때는, 짜잔! 신세 조진 거니까. 재닛처럼. 재닛은 그것 때문에 인생을 망쳤다고! 하지만 그게 진짜라면?" 그녀는 이제 의자를 꽉 잡고 있다.

"조라, 정말 유감이야."

"넌 그 프레디라는 사람하고 그랬어?"

"난…… 나는……."

"뇌라는 건 너무 틀려, 항상." 그녀는 다시 어두운 풍경을 돌아보며 말한다. "지금이 몇 시인지, 저 사람은 어떤 사람인지, 집이 어디인지. 틀리고 틀리고 틀리고. 거짓말쟁이 뇌."

정신이상이, 조라의 연인이 겪은 정신이상이 그녀를 당황하게 만들고 상처를 주고 눈부시게 빛나게 만들었다. 그런데도 그녀가 했던 말은─거짓말하는 뇌는─이건 익숙하다. 그에게도 일어난 적이 있는 일이다. 정확히 이런 방식은 아니었지만, 완전히 공포스러운 광기는 아니었지만, 레스는 자기 뇌가 전 세계를 여행해서라도 뭔가를 잊으라는 말을 했다는 걸 알고 있다. 마음을 믿을 수 없다는 건 확실한 일이다.

"사랑이 뭐야, 아서? 뭘까?" 그녀가 묻는다. "내가 재닛하고 8년 동안 나눴던 좋은, 소중한 그건가? 사랑이 좋고 소중한 거야? 아니면 벼락일까? 내 여자를 후려친 그 파괴적인 광기일까?"

"행복하게 들리지는 않네." 그가 할 수 있는 말은 그게 전부다.

그녀가 고개를 젓는다. "아서, 행복은 개소리야. 쉰 살이 되고 나서 22시간을 보낸 내가 가르쳐주는 지혜야. 내 연애 생활의 지혜. 자정이면 너도 알게 될걸." 그녀가 취했다는 건 분명하다. 밖에서는 바텐더가 덜덜 떨면서도 결연히 담배를 피우고 있다. 그녀는 마크 잔을 쿵쿵거리더니 말한다. "그루지야의 우리 할머니가 딱 이런 술을 만들곤 했는데."

아서의 귀에 계속 울리는 소리: 좋은, 소중한 그건가? 사랑이 좋고 소중한 거야?

"맞아." 그녀는 기억에 미소를 지으며 유리잔을 쿵쿵댄다. "딱 우리 할머니 차차 냄새가 나!"

차차는 생일 주인공에게 너무 과했던 것으로 밝혀진다. 11시 30분쯤 레스와 모하메드가 그녀를 방으로 데려가는 가운데 그녀는 미소를 지으며 감사 인사를 한다. 그들은 행복하게 취해 있는 그녀를 침내에 내려놓는다. 그녀는 모하메드에게 프랑스어로 말을 걸고, 모하메드도 같은 언어로 그녀를 달래더니 다시 영어로 달랜다. 레스가 이불을 덮어주자 그녀가 말한다. "음, 터무니없는 소리였어, 아서. 미안해." 방문을 닫으면서 레스는 자기가 쉰 번째 생일을 혼자 보내게 되리라는 걸 깨닫는다.

그는 돌아본다. 아니, 혼자는 아니다.

"모하메드, 할 줄 아는 언어가 몇 가지예요?"

"일곱 가지요!" 그가 밝게 말하며 엘리베이터로 성큼성큼 걸어온다. "나는 학교에서 배워요. 내가 도시에 왔을 때 내 아랍어를 가지고 놀렸어요, 구식이에요. 나는 베르베르 학교에서 배우고 더 열심히 공부해요. 그리고 관광객들한테도 배워요! 미안, 영어는 아직 배우고 있어요. 당신은요, 아서?"

"일곱 가지라고요! 세상에!" 엘리베이터는 완전히 거울로 덮여 있다. 문이 닫히자 레스는 어떤 환영을 맞닥뜨린다. 빨간 폴로셔츠를 입은 무한한 모하메드들이 무한한 쉰 살 시절 그의 아버지, 그러니까 그 자신의 옆에 서 있다. "저는…… 저는 영어랑 독일어를……."

"이히 아우흐!"* 모하메드가 말한다. 다음은 독일어에서 번역한 것이다. "전 베를린에서 2년 살았어요. 음악이 엄청 지루하죠!"

"나도 거기에서 오고 있었습니다! 훌륭합니다, 당신의 독일어가!"

"당신 독일어도 괜찮은데요. 다 왔어요, 먼저 가세요, 아서. 생일 맞을 준비는 됐어요?"

---

* '저도요!'라는 뜻의 독일어.

"나는 나이에 대한 두려움입니다."

"겁먹지 말아요. 쉰 살은 아무것도 아니에요. 당신은 잘생겼고 건강하고 돈도 많잖아요."

그는 돈이 많지는 않다고 말하고 싶지만 자제한다. "당신은 몇 년을 살아왔습니까?"

"난 쉰셋이에요. 봐요, 아무것도 아니라니까. 전혀 아무것도 아니에요. 샴페인 한 잔 갖다 드리죠."

"나는 노인들에 대한 두려움입니다. 나는 외로운 사람들에 대한 두려움입니다."

"두려워할 건 아무것도 없어요." 그는 바를 맡아보고 있는, 머리를 포니테일로 묶어 자기와 키가 거의 같은 여자에게 돌아서더니 모로코 쪽 아랍어 방언으로 말을 건다. 아마 미국인에게, 방금 쉰 살이 된 미국인에게 샴페인을 달라고 부탁하는 중일 것이다. 바텐더는 레스를 보며 활짝 웃고 눈썹을 치켜세우더니 뭐라고 말한다. 모하메드가 웃는다. 레스는 그냥 멍청이처럼 웃으며 서 있다. "생일 축하드려요." 그녀가 영어로 말하며 프랑스 샴페인을 한 잔 따라 내놓는다. "이건 제가 사죠."

레스는 모하메드에게 술을 사겠다고 제안하지만 그는 오직 에너지 드링크만 마시겠다고 한다. 이슬람교라서가 아니라고 설명한다. 그는 불가지론자다. "알코올을 마시면 미치거든요. 미쳐요! 하지만 하시시는 피우죠. 한 대 피울래요?"

"아뇨, 아뇨, 오늘 밤은 아닙니다. 그것이 나를 미치게 만듭니다. 모하메드, 당신은 진짜 관광 안내원입니까?"

"먹고살려고 하는 일이죠." 모하메드가 갑자기 영어로 쑥스러워하며 말한다. "하지만 사실은 저도 작가예요. 당신처럼."

어떻게 이렇게까지 세계를 오해할 수 있을까? 계속, 계속 말이다! 이런 순간의 탈출구는 어디에 있을까? 밖으로 나가는 당나귀 문은?

"모하메드, 오늘 밤 같이 있어서 영광이에요."

"전 《칼립소》의 엄청난 팬이에요. 물론, 영어가 아니라 프랑스어로 읽었어요. 함께 있어서 영광입니다. 그리고 생일 축하해요, 아서 레스."

아마 지금쯤 톰과 프레디는 가방을 싸고 있을 것이다. 어쨌든 그들은 여러 시간을 앞서 있고 타히티는 한낮이다. 당연히 태양은 이미 양철공처럼 해변에 망치질을 해대고 있을 것이다. 신랑들은 리넨 셔츠와 리넨 바지, 재킷을 개고 있겠지. 아니, 분명 프레디가 개고 있을 것이다. 짐을 싸던 사람은 언제나 프레디였던 게 기억난다. 그럴 때마다 레스는 호텔 소파에서 빈둥거렸다. "형은 너무 빠르고 덜렁거려." 프레디는 파리에서의 그 마지막 날 아침에 말했다. "그래서 모든 게 꾸깃꾸깃해진다니까……. 자, 이거 봐." 그는 재킷들과 셔츠들을 마치 거대한 종이 인형에게 입힐 옷처럼 침대에 펼쳐놓고 바지와 스웨터를 맨 위에 놓은 다음 그 모든 걸 한 꾸러미로 갰다. 그는 엉덩이에 두 손을 올린 채 승리감에 미소를 지었다(그건 그렇고, 이 장면에서는 모두가 완전히 벗고 있다). "그럼 이제 뭘 해?" 레스가 물었다. 프레디가 어깨를 으쓱했다. "이젠 그냥 짐 가방에 넣으면 돼." 하지만 아니나 다를까, 이 덩어리는 프레디가 어떤 식으로 구슬려봐도 짐 가방이 삼키기에는 너무 크다. 앉아보고 눌러보고 여러 번 시도한 끝에 그는 마침내 짐을 다시 두 꾸러미로 만들어 깔끔하게 가방 두 개에 나눠 담는다. 승리감에 찬 그는 젠체하며 레스를 바라본다. 창문을 액자로 삼은 사십대 초반의 홀쭉한 실루엣. 파리의 봄비가 뒤쪽 창문에 얼룩무늬를 찍어대는 가운데 프레디의 옛 연인은 고개를 끄덕이고 물었다. "펠루 선생님, 모든 걸 다 싸버리셨네요. 이제 우린 뭘 입죠?" 프레디는 화를 내며 그를 공격했고 다음 30분 동안 그들은 아무것도 입지 않았다.

그래, 분명 펠루 선생님이 짐을 싸고 있을 것이다.

분명 그게, 그가 레스에게 전화를 걸어 생일을 축하해주지 않는 이유일 것이다.

이제 레스는 스위스 호텔 발코니에 서서 얼어붙은 마을을 내다보고 있다. 난간에는 터무니없게도 뻐꾸기들이 새겨져 있고 뻐꾸기들은 각기 날카롭게 튀어나온 부리를 하고 있다. 그의 잔에는 마지막 샴페인이 동전처럼 고여 있다. 이제 그는 인도로 간다. 원래는 소설을 쓸 생각, 그냥 마지막 손질만 할 생각이었지만 이제는 글 전체를 산산조각 내 다시 처음부터 쓸 마음이다. 장황하고 자기중심적이고 한심하고 우스꽝스러운 등장인물 스위프트를 손보고 싶다. 아무도 가엾게 여기지 않는 그를. 이제 그는 쉰 살이다.

우리는 모두 축하해야만 하는 순간들에서 슬픔을 알아챈다. 달콤한 푸딩에 들어간 짜디짠 소금. 로마 장군들은 승전 행진을 할 때 노예들에게 곁에서 행진하며 자신들 역시 죽으리라는 사실을 상기시키게 하지 않았는가? 심지어 이 글의 화자조차도 행복했어야만 하는 어떤 일이 있고 다음 날 아침 침대 끝에서 덜덜 떨다가 발견됐다(배우자: "정말이지 지금 당장은 울고 있는 게 아니면 좋겠어"). 어린아이들은 어느 날 아침에 깨어나 난데없이 "이제 넌 다섯 살이야!"라는 말을 듣는다—그러고는 우주가 혼란 속으로 하강한다는 사실에 울부짖지 않나? 태양이 천천히 죽어가고, 나선팔*은 점점 뻗어나가며, 분자들은 1초 1초씩 우리의 불가피한 열역학적 죽음을 향해 표류해 가는데—우리 모두 별을 향해 울부짖어야 하지 않을까?

하지만 어떤 사람들은 정말 좀 과하게 반응한다. 어쨌든 생일은 그냥 생일이다.

어느 아랍 옛날이야기에는 죽음이 자기를 잡으러 온다는 얘기를 듣고 사마라로 도망가 숨는 사람이 나온다. 사마라에 도착한 그는 시장에 있는 죽음을 발견하는데, 이때 죽음이 말한다. "와, 그냥 사마라로 휴가를 가고 싶다는 기분이 들어서 온 건데. 오늘 너는 그냥 제쳐놓으려고 했거든. 그런데 네가 날 찾아서 나타나다니 얼마나 행운이야!" 결국 남자는 잡혀간다. 아서 레스는 실뜨기의 고양이 요람처럼 복잡한 동선을 그리며 전 세계 절반을 여행했다. 자신의 흔적을 지우거나 사냥꾼보다 영리해지려는 여우처럼 비행기를 갈아타고 모래 폭풍에서 아틀라스산맥으로 도망쳤다—그런데도 시간은 여기에서 내내 기다리고 있었다. 눈 내리는 고산지대의 리조트에서. 뻐꾸기들과 함께. 물론 알고 보면 이 시간은 스위스제겠지. 그는 샴페인을 삼킨다. 그는 생각한다. 중년 백인 남자를 가엾게 여기기는 힘들지.

사실: 레스조차도 더 이상은 스위프트를 가엾게 여길 수 없다. 마치

---

* 나선은하의 중심에서 뻗어나오는 별의 영역.

추위를 느끼기에는 너무 마비된 겨울의 수영 선수처럼 아서 레스는 동정심을 느끼기에는 너무 슬프다. 로버트라면, 그래, 소노마에서 산소 호흡기로 숨을 쉬고 있는 로버트라면 동정할 수 있다. 영원히 땅에 묻히게 될지도 모르는, 부러진 골반뼈를 돌보고 있는 메리언이라면. 결혼 생활을 하고 있는 하비에르나 심지어 바스티안의 비극적인 스포츠 팀이라면. 조라와 재닛에 대해서라면. 동료 작가 모하메드를 위해서라면. 그의 연민은 세계 각지로 날아가고 그 날개폭은 알바트로스만큼 넓다. 하지만 그는 더 이상 스위프트를, 백인 남자의 에고라는, 뱀 머리 달린 괴물이 되어 소설 전체를 어슬렁거리며 모든 문장을 돌로 만들어 버리는 그를 가엾게 여길 수는 없다. 자기 자신을 불쌍하게 여길 수 없는 것처럼.

곁에서 발코니 문이 열리는 소리가 들리더니 담배 피우는 시간이 끝나 돌아온 키 작은 웨이터가 보인다. 남자는 난간의 뻐꾸기를 가리키며 완벽하게 이해 가능한 프랑스어로 그에게 말을 건다(만일 그가 프랑스어를 알아들을 수만 있었다면 말이다).

우스꽝스럽다.

아서 레스—그는 갑자기 아주 가만히 서 있다, 파리를 때려잡기 직전인 사람처럼. 놓치지 않는다. 주의가 산만해지려 한다—로버트, 프레디, 쉰 살, 타히티, 꽃, 레스의 코트 소매에 손짓하고 있는 웨이터—하지만 그는 그것들을 돌아보지 않는다. 그것이 빠져나가게 둘 수는 없다. 레스의 정신은 어느 빛점으로 수렴된다. 이 소설이 전혀 날카롭고 재치 넘치는 소설이 아니라면? 만일 이 소설이 고향을 여행하는 슬픈 중년 남자, 과거를 기억하며 미래를 두려워하는 남자의 이야기도,

아리스토텔레스적 소요나 치욕이나 후회에 관한 이야기도, 독신 남성의 영혼이 부식되는 이야기에 관한 소설도 아니라면? 만일 이 소설이 슬프지조차 않다면? 잠시 그의 소설 전체가 사막을 기어가는 사람들에게 나타나곤 한다는 그 아른거리는 성들처럼 모습을 드러낸다…….

사라진다. 발코니 문이 쾅 닫힌다. 파란 정장의 소매가 뻐꾸기 부리에 걸려 있다(몇 초 후에는 찢길 예정이다). 하지만 레스는 알아차리지 못한다. 그는 남아 있는 한 가지 생각에 매달린다. **아**, 아하, 아하, 아하! 레스 특유의 웃음이 터진다.

그의 스위프트는 영웅이 아니다. 바보다.

"뭐,"—그는 밤공기에 대고 속삭인다—"생일 축하해, 아서 레스."

이건 그냥 기록을 남겨두려는 것인데, 행복은 개소리가 아니다.

인도의 레스

일곱 살 소년에게 공항 라운지에 앉아 있을 때의 지겨움에 필적할 만한 건 병이 나아가는 가운데 침대에 누워 있는 지겨움 정도뿐이다. 특히 이 소년, 이미 이 공항에서 인생 6000분의 1을 낭비해버린 이 소년은 어머니의 핸드백 속 주머니를 하나하나 다 뒤져보았고 플라스틱 크리스털로 만든 열쇠고리를 제외하면 아무 흥미로운 걸 발견하지 못했다. 지금은 쓰레기통―흔들흔들 움직이는 뚜껑에 가능성이 있어 보인다―을 뒤져볼까 생각 중이다. 그때 그는 라운지 창문 너머에서 문제의 미국인을 발견한다. 소년은 하루 종일 미국인을 한 명도 보지 못했다. 그는 공항 화장실의 배수구를 빙빙 돌던 로봇 같은 전갈들을 지켜볼 때처럼 멀찍이서 자비라고는 전혀 어리지 않은 매혹감에 이끌려 그 미국인을 지켜본다. 유난히 키가 크고 지나치게 금발인 그 미국인은 베이지색으로 시들어버린 리넨 셔츠와 바지를 입고 서서 에스컬레이터 규정 표지판을 향해 미소 짓고 있다. 지나치리만큼 양심적으로 아무것도 생략하지 않은, 반려동물의 안전에 대한 조언까지 들어 있는 표지판은 에스컬레이터 자체보다도 길다. 미국인은 그게 재미있는 듯하다. 소년은 남자가 자기 몸의 모든 주머니를 두드려본 뒤 만족스럽게 고개를 끄덕이는 모습을 지켜본다. 그는 폐쇄 회로 TV를 올려다보며 비행기와 탑승구 간 찰나의 로맨스를 추적하다가 줄을 서려고 움직인다. 이미 모두가 최소 세 군데의 체크포인트를 지나왔지만 줄 맨 앞에 선 남자는 모두에게 여권과 탑승권을 한 번 더 꺼내게 만든다. 이 과도한 확인도 미국인은 재미있는 듯하다. 하긴, 그래봤자 틀림없이 일어나는 일이 한 가지 있다. 최소 세 명은 엉뚱한 비행기에 오르게 되는 것이다. 미국인도 그중 하나다. 하이데라바드*에서 어떤 모험이 그를 기다리고 있을까? 우린 결코 알 수 없다. 그는 다른 탑승구로 안내되니까. 티루바난타푸람**으로. 그는 공책에 정신이 팔린다. 머잖아 한 직원이 서둘러 달려와 미국인의 어깨를 두드리고, 외국인은 퍼뜩 고개를 들더니 또 한 번 놓칠 뻔했던 비행기로 달려간다. 그들은 함께 지름길로 사라진다. 어린 나이에도 이미 코미디에 익숙해진 소년은 유리에 코를 바싹 대고 불가피하게 벌어질 일을 기다린다. 잠시 후, 미국인은 잊어버린 가방을 가지러 뛰쳐나왔다가 다시 사라지는데, 이번에는 영원히 떠난 게 확실하다. 소년은 지루함이 넘쳐흐르기 시작하자 고개를 기울인다. 어머니가 쉬를 하고 싶으냐고 묻고 그는 그렇다고 대답한다. 그냥 다시 전갈들을 보고 싶어서일 뿐이다.

* 인도 텔랑가나주의 도시.
** 인도 남부 케랄라주의 주도.

"여기 검은 개미들이 있어요. 이 개미들이 당신의 이웃입니다. 근처에는 엘리자베스라는 노랑 쥐잡이 뱀이 있어요. 교구 목사의 특별한 친구이죠. 교구 목사는 당신이 원한다면 기꺼이 그 뱀을 죽이겠다고 말하지만요. 하지만 그러면 쥐들이 있을 거예요. 몽구스는 무서워하지 마세요. 들개들을 도발하지 마시고요―들개는 반려동물이 아닙니다. 창문을 열지 마세요, 작은 박쥐들이 당신을 방문하고 싶어 할 테고, 아마 원숭이들도 그럴 테니까요. 그리고 밤에 돌아다니고 싶다면 다른 동물들을 겁줘서 쫓아버릴 수 있도록 땅을 쿵쿵 구르세요."

레스는 또 무슨 동물이 있을 수 있겠느냐고 묻는다.

루팔리는 상당히 엄숙하게 대답한다. "그걸 알게 되는 일은 없길 바랍시다."

1년 전 카를로스의 제안으로 찾아온, 아라비아해 위쪽 언덕에 있는 작가의 휴양지―기나긴 여행이었지만 마침내 레스는 그곳에 도착했다. 끔찍한 생일, 끔찍한 결혼식이 이젠 모두 지나온 일이었다. 눈앞에는 소설이 있었고 어떻게 전진해야 할지에 관한 아이디어가 있었으므로 그는 마침내 소설을 정복할 기회를 갖게 될 터였다. 유럽과 모로코에서의 걱정은 사라졌다. 아직 존재하는 것은 델리* 공항, 첸나이** 공항, 티루바난타푸람 공항에서의 걱정이었다. 티루바난타푸람에서 그는 겉보기에 매우 즐거워하는 듯한 여인, 매니저 루팔리의 마중을 받았는데 그녀는 찜통 같은 주차장 너머 흰 타타***로 우아하게 그를 안내

* 인도 북부의 대도시.
** 인도 타밀나두주, 벵골만 연안에 위치한 도시.
*** 인도의 차종.

했다. 알고 보니 그녀의 친척이 운전하는 자동차였다. 기사는 레스에게 대시보드에 설치된 TV를 자랑스럽게 보여줬다. 레스는 불안해졌다. 그들은 그렇게 출발했다. 깔끔하게 땋은 검은색 머리카락에, 동전에 새겨진 카이사르처럼 세련된 옆얼굴을 가진 날씬하고 우아한 여자 루팔리는 레스를 정치, 문학, 예술에 대한 대화에 참여시키려고 했지만 레스는 자동차 여행 자체에 너무 매료되었다.

여행은 그가 예상했던 것과는 전혀 달랐다. 태양이 나무들과 집들 사이로 추파를 던져댔다. 기사는 마치 물에 쓸려 온 것처럼 쓰레기가 쌓여 있는, 무너져가는 길을 따라 속도를 높였다(일견 강 옆 해변처럼 보인 것은 알고 보니 쌓여 있는 백만 개의 쓰레기 봉지였다. 산호란 알고 보면 축적된 백만 마리의 초소형 동물들인 것처럼 말이다). 단 하나의 연속적인 콘크리트 장벽으로 만들어놓은 듯하고, 닭고기와 약, 관, 전화, 애완용 물고기, 담배, 뜨거운 차와 '가정식' 요리, 공산주의, 매트리스, 수공예품, 중국 음식, 미용실, 덤벨, 온스 단위로 파는 금을 홍보하는 다양한 광고들이 간격을 두고 그려져 있는, 끊임없이 이어지는 가게들. 레스의 어린 시절 빵 가게에 진열되어 있던, 알록달록하고 정교한 장식이 들어가 있지만 기본적으로는 먹을 수 없는 시트 케이크들처럼 정기적인 간격을 두고 나타나는 나직하고 평평한 사원들, 반짝거리는 은색 물고기, 쥐가오리, 만화에나 나올 법한 눈이 달린 오징어가 담긴 바구니를 가지고 길가에 앉아 있는 여자들, 찻집, 잡화점, 약국에 서서 지나가는 레스를 지켜보는 무수한 남자들. 운전기사는 교통 흐름 속을 정신없이 드나들며 움직이는 자전거와 오토바이, 짐수레들(이 중 트럭은 별로 없다)을 피하면서 레스를 디즈니월드 시절로, 어머니가 레스와 레스의 여동생을 《버드나무에 부는 바람》을 테마로 한 종잡을 수 없는 놀이 기구—손마디가 하얗게 질리는 덜컹거림이라는, 심리적 트라우마의 원천으로 밝혀진 그 놀이 기구로 데려다주었다.

루팔리는 그를 붉은 흙길로 이끈다. 그녀의 분홍색 스카프 끝자락이 뒤에서 둥실둥실 떠온다.

"여기, 10시 정각이 있네요." 그녀가 보라색 꽃을 손짓하며 말한다. "10시에 피어서 5시에 져요."

"대영박물관 같네요."

"4시 정각도 있어요." 루팔리가 대꾸한다. "동틀 때 피어서 해 질 녘에 지는 졸린 나무도 있고요. 여기 있는 식물들은 사람들보다 시간을 더 잘 지켜요. 작가님도 알게 되실 거예요. 그리고 이 식물은 더 생기 있죠." 그녀는 신고 있던 **차팔***로 작은 양치식물을 건드리는데, 그러자 양치식물은 즉시 그녀의 손길을 피해 움츠리며 잎사귀를 접는다. 레스는 겁에 질린다. 그들은 코코넛 나무들이 갈라지는 지점에 도착한다. "이곳 경치가 영감을 불어넣을 수도 있겠죠."

확실히 그렇다. 맹그로브 숲 위 절벽에서는 아라비아해가 종교 재판관처럼 무자비하게 해변을 후려쳐대며 창백하고 완고한 모래를 상대로 흰 파도 거품을 일으키고 있다. 레스 옆의 절벽가에서는 코코넛 나무들이 드리운 액자 속에 새와 곤충들이 마치 산호초가 있는 바닷속처럼 생명체로 가득히 담겨 있다. 독수리들, 빨간머리 독수리들과 흰머리 독수리들이 짝을 이루어 저 위를 날아다니고 있고, 짜증 난 까마귀

---

* 엄지발가락 끼우개가 있는 인도식 샌들.

들의 마녀 집회가 우듬지에 몰려들며, 근처에서는 노란색과 검은색이 섞인 복엽 잠자리들이 작은 집 입구에서 개싸움이라도 벌이는 듯 웡웡대고 있다.

"여기가 작가님의 작은 집입니다."

오두막은 다른 건물들이 그렇듯 남부 인도 양식으로 지어져 있다. 전부 벽돌이고, 공기를 들여보내는 열린 나무 격자창 위에 타일로 된 지붕이 얹혀 있다. 오두막은 오각형인데, 건축가가 기이하게도 그 공간을 온전하게 남겨두는 대신 앵무조개 껍질처럼 점점 더 작아지는 크기의 '방'들로 나누어놓았다. 그러다가 집은 마침내 조각된 '최후의 만찬' 그림과 초소형 책상에서 그 창의력의 끝에 도달한다. 레스는 이 모습을 잠시 호기심에 차서 바라본다.

서류들을 잃어버렸으므로, 레스가 서두르다가 중요한 정보를 놓친 건지, 아니면 그 정보를 카를로스 펠루가 교묘하게 감춘 건지는 알기 어렵다. 하지만 알고 보니 레스는 기대했던 것처럼 소설을 완성하기 위한 전형적인 예술가 주택, 예술품으로 가득 차 있고 하루에 세 번 채식주의자 식단과 요가 매트, 아유르베다식 차를 제공하는 그런 주택이 아니라 기독교 피정 센터를 예약한 것이다. 레스는 그리스도에게 개인적 악감정이 전혀 없었다. 어렸을 때 유니테리언 교회에 다녔지만— 이 교회에서는 너무도 기발하게 예수를 빼버리고 너무도 정통에서 벗어난 찬송가를 사용했기에 레스는 몇 년이 지나서야 빙 크로스비의 '긍정을 강조하라'가 《성공회 기도서》에 들어 있지 않다는 걸 알게 되었다— 레스는 엄밀히 말하면 기독교도였다. 공작 과제로 취급하긴 했지만, 어쨌든 크리스마스와 부활절을 기념하는 사람을 나타내기에는 사실 기독교도 말고 다른 단어가 없었다. 그래도 레스는 어쩐지 기운이 빠졌다. 세계 반대편까지 왔는데 고향에서 아주 쉽게 살 수 있는 브랜드를 만난 기분.

"물론 예배는 일요일 아침에 있습니다." 루팔리는 이 생생한 부속 건축물들 사이에 요양원 감시 건물처럼 멋없이 놓여 있는 작은 회색 교회를 손짓하며 말한다. 그러니까 여기가, 레스가 소설을 다시 쓰게 된 곳이다. 주님의 행복을 담아서.

"그리고 쪽지가 도착했어요." 유다 그림 밑 초소형 책상에 봉투가 놓여 있다. 레스는 봉투를 열어 읽는다. 아서, 도착하면 연락 줘. 나는 리조트에 있을 거야. 아무 탈 없이 도착한 거였으면 좋겠네. 이 글은 서명이 들어간 기업용 용지에 적혀 있다. 여러분의 친구, 카를로스.

루팔리가 떠난 뒤 레스는 그의 유명한 고무 밴드를 꺼낸다.

"눈치채셨나요?" 며칠이 지난 후 어느 날 아침이다. 루팔리는 벽돌로 된 나지막한 주요 건물, 일종의 바다를 내려다보는 요새에서 아침 식사를 하다가 그에게 묻는다. "저녁보다 아침의 소리가 얼마나 달콤한지 말이에요." 그녀가 얘기하는 건 화음을 부르며 깨어나 불협화음 속에 잠드는 새들이다. 하지만 레스는 인도 특유의 야단법석, 밴드들의 영적인 싸움만 생각난다.

문제의 야단법석은 맹그로브 숲가의 모스크에서 이슬람교도들이 자장가 같은 목소리로 조용하게 아침 기도를 알리며 시작된다. 이에 질세라, 동네 기독교인들이 곧 한 시간에서 세 시간에 이르는 팝송 같은 느낌의 찬송가를 시작한다. 여기에 지나치게 시끄럽긴 하지만 쾌활한, 힌두교 사원의 카주* 비슷한 후렴이 뒤따르고 레스는 어린 시절 아이스크림 트럭을 떠올린다. 그다음에는 기독교인들이 무슨 청동 종 같은 것을 울리기로 결정한다. 그렇게 계속된다. 설교와 라이브 가수 공연, 우레와도 같은 드럼 공연이 열린다. 이런 식으로 하루 종일, 마치 음악 페스티벌에서처럼 신앙심이 서로 교대하며 점점 깊어지다가 해질 녘의 노골적인 불협화음 속에서는 이 모든 일을 시작한 이슬람교도들이 저녁 기도를 알리는 데서 그치지 않고 기도문 전체를 큰 소리로 외치며 승리를 선언한다. 그다음에는 정글이 침묵 속에 빠져든다. 아마 불교도들이 참여하는 유일한 시간이 이때일 것이다. 매일 아침이 되면 이 모든 게 다시 시작된다.

"글쓰기에 저희가 도움을 드릴 수 있는 게 있다면, 꼭 알려주셔야 해요." 루팔리가 말한다. "작가님이 저희의 첫 작가님이시니까요."

"서서 쓰는 책상이 있으면 좋을 거 같아요." 레스는 앵무조개의 심장에서 글을 쓰는 자신에게서 해방되고 싶다는 마음에 말했다. "양복점이 있으면 좋겠고요. 모로코에서 정장이 찢어졌는데 바늘을 잃어버린 것 같아서요."

"이 문제는 저희가 처리하겠습니다. 교구 목사님이 좋은 양복점을 알 겁니다."

교구 목사라. "그리고 조용했으면 좋겠어요. 그게 가장 필요해요."

"당연하죠 당연하죠 당연하죠." 그녀가 고개를 저으며 힘주어 말하자 금귀고리가 양옆으로 흔들린다.

---

* 피리 비슷한 소리가 나는 악기.

아라비아해 위쪽 언덕의 작가 휴양지. 이곳에서, 그는 옛 소설을 죽이고 원하는 살점만 찢어낸 뒤 꿰매 완전히 새로운 물질을 만든 다음 영감으로 감전시킬 것이다. 녀석이 석판에서 일어나 코모런트 출판사로 비틀비틀 걸어가게 만들 것이다. 이곳, 이 작은 방에서. 영감을 제공하는 것은 너무도 많다. 발밑의 코코넛과 맹그로브 사이를 흘러가는 회녹색 강. 반대쪽 강기슭에는 햇볕 속 검은 수소가, 뒷다리에는 양말 같은 흰 무늬 두 개가 들어가 있고 실제 소라기보다는 사람이 소로 변신한 것처럼 보이는, 매끄럽고 영광스러운 소들이 있다. 근처에서는 흰 연기가 정글의 열기에서부터 솟아오른다. 너무 심하다. 그는 로버트가 언젠가 했던 말이 (가짜로) 기억난다. **지루함이야말로 작가의 유일한 진짜 비극이지. 다른 모든 건 중요해.** 로버트는 그런 말은 한 마디도 하지 않았다. 지루함은 작가들에게 필수적이다. 그때만 글을 쓰니까.

영감을 찾아 주위를 둘러보던 레스의 두 눈이 옷장에 걸려 있는 찢어진 파란 정장에 머문다. 그는 이것이 우선이라고 판단한다. 소설은 미뤄진다.

알고 보니 교구 목사는 선탠을 한 초소형 그루초 막스* 같은 사람으로, 한쪽 어깨에 패스트푸드점 유니폼처럼 단추들이 달려 있는 카속** 을 입고 있으며 우호적이고 열정적이다. 루팔리가 말했듯 친구인 뱀을 죽일 수 있을 정도다. 그는 또한 어른들이 오직 어린이책에서나 만나

---

* 미국의 코미디언 가족인 막스 형제의 일원.
** 성직자들이 입는 검은색이나 주홍색 옷.

는 발명을 해내는 천재적 재능을 가지고 있다. 빗물 통과 대나무 파이프가 달려 물을 공용 수조로 운반할 수 있는 집, 음식물 쓰레기를 요리용 가스로 변화시키는, 그의 가스레인지로 직접 이어지는 호스가 달린 장치. 그에게는 세 살배기 딸도 있는데, 아이는 모조 다이아몬드 목걸이만 걸쳤을 뿐 아무것도 입지 않고 뛰어 다닌다(하긴, 할 수만 있으면 누가 그렇게 안 할까?). 손수레가 언덕을 올라 14번지까지 오는 내내 아이는 영어로 꼼꼼히 숫자를 센다. 그런데 그때 바퀴가 떨어진다. "이십일!" 아이가 기뻐서 소리친다. "십팔! 사십삼! 일십일! 이십백!"

"아서 씨, 당신은 작가지요." 목사의 집 밖에 서 있는데 그가 말한다. "나는 당신이 왜죠?라고 묻기를 바랍니다. 여기에서 이상하거나 어리석어 보이는 모든 것에 대해 왜죠?라고 물어보세요. 예를 들면 오토바이 헬멧이라든지요."

"오토바이 헬멧요?" 레스가 되풀이한다.

"모두가 오토바이 헬멧을 쓰고 다니는 걸 보셨을 겁니다. 그게 법이에요. 하지만 아무도 끈을 채우지는 않죠. 맞습니까?"

"별로 외출을 안 해봐서……."

"끈을 채우지 않는데 무슨 의미냐는 거죠. 어차피 날아갈 헬멧인데 왜 쓸까요? 바보 같지요? 전형적인 인도, 전형적인 기이함으로 보입니다. 하지만 물어보세요. 왜죠?"

레스는 저항할 수가 없다. "왜죠?"

"왜냐하면 이유가 있기 때문이에요. 어리석어서가 아니고요. 그 까닭은 헬멧 끈을 매고 있으면 전화를 걸 수가 없기 때문이죠. 집으로 가는 두세 시간 동안에요. 그러면 이렇게 생각하겠죠, 왜 오토바이를 몰면서 통화를 하나요? 왜 길가에 그냥 멈출 수는 없나요? 어리석지 않나요? 레스 씨. 길을 봐요. 보세요." 레스는 모두가 끄트머리를 금실로 장식한 밝은 색깔 사리를 입은, 줄지어 선 여자들을 본다. 몇 명은 핸드백을 들고 몇 명은 머리 위에 금속 통을 얹은 채 무너져 내리는 아스팔트 옆 바위와 잡초를 헤치고 나아가고 있다. 교구 목사는 두 팔을 활짝 벌린다. "길가라는 게 없어요."

그는 교구 목사에게서 양복점으로 가는 길을 알아내는데 양복점 주인은 시그니처 위스키 냄새를 티 나게 풍기며 재봉틀 옆에 잠들어 있다. 레스가 그를 깨울지 고심하고 있을 때 떠돌이 개가 종종걸음 치며 지나간다. 검은색과 흰색이 섞인 들개가 레스와 양복점 주인에게 짖어대자 남자는 알아서 깨어난다. 재봉사는 자동적으로 돌을 들어 개에게 던지고 개는 사라진다. 왜죠? 그때 그는 레스를 발견한다. 그의 미소가 우리의 주인공을 향해 기울어져 올라간다. 그는 레스의 턱수염을 가리키며 면도하지 않은 자기 아래턱에 핑계를 댄다. "돈이 들어오면, 우린 면도를 할 겁니다." 레스는 그렇겠죠, 하며 그에게 정장을 보여준다. 남자는 쉽게 수선할 수 있다는 뜻으로 손을 내젓는다. "내일 이 시간에 오세요." 양복점 주인과 레스의 유명한 정장은 가게 안으로 사라진다. 잠시 찌르는 듯한 석별의 유감이 느껴지지만 레스는 이윽고 심호흡을 하고 언덕 아래 마을로 발걸음을 돌린다. 15분 정도만 헤매고 다니다가 곧장 돌아가 작업을 할 생각이다.

두 시간 후, 다시 가게 앞을 지나가는 그는 셔츠까지 땀에 젖어 있고 얼굴은 번들거린다. 머리카락은 꽤 짧게 깎여 있고 턱수염은 사라졌다. 재봉사가 씩 웃으며 그 자신의 아래턱을 가리킨다. 정말이다. 그도 돈을 주고 면도를 했다. 레스는 계속 고개를 끄덕이며 터덜터덜 언덕을 올라간다. 그는 영어를 한번 써보려고 그에게 차를 권하거나 자기 집에 들르라고, 혹은 교회까지 태워다 주겠다고 권하는 이웃들에게 여러 차례 가로막힌다. 일단 방으로 돌아와 샤워 시설이 없다는 걸 떠올린 그는 지친 몸으로 빨간 플라스틱 통에 물을 가득 채우고 옷을 벗은 뒤 차가운 물로 몸을 적신다. 물기를 닦고 옷을 입은 뒤 글을 쓰려고 자리에 앉는다.

"안녕하세요!" 오두막 밖에서 익숙하게 외치는 소리가 들린다. "책상 치수 재러 왔는데요!"

"뭘 하신다고요?" 레스가 소리친다.

"책상 치수를 잰다고요."

그가 축축한 리넨을 걸치고 몸을 내밀자 십대 특유의 희미한 콧수염을 기른 통통한 대머리 남자가 있다. 그가 미소를 지으며 줄자를 내민다. 레스더러 자기가 치수를 재는 동안 현관의 등나무 의자에 앉아 있으라고 한다. 그런 다음 그는 허리를 숙이고 떠난다. 왜죠? 그다음에는 성인 남자의 콧수염을 달고 있는 십대 청소년이 와서 선언한다. "제가 의자를 가져갈 거예요. 30분 후에 새 의자가 있어요." 레스는 무슨 일인지 의아해진다. 분명 무슨 오해가, 소년에게 무슨 문제가 있다. 하지만 그는 그 문제를 풀어낼 수 없으므로 미소를 지으며 선선히 그러라고 한다. 소년은 사자를 길들이는 사람처럼 신중하게 의자로 다가오더니 의자를 획 낚아채 가지고 가버린다. 레스는 코코넛 야자수에 기대어 바다를 지켜본다. 뒤쪽 집을 돌아보니 검은색과 흰색이 섞인 개가 입구에 웅크리고 배설하기 일보 직전이다. 녀석이 레스를 본다. 녀석은 어쨌든 똥을 눈다. "야!" 레스가 소리치고, 녀석은 펄쩍 뛰어가버린다. 의자가 없으니 당연히 글도 쓸 수 없으므로 레스는 제공된 오락거리를, 그러니까 바다를 지켜본다. 정확히 30분 후 소년이 돌아온다…… 동일한 의자를 가지고. 그는 의자를 자랑스럽게 현관에 올려놓고 레스는 당황해 의자를 받아 든다. "조심하세요." 소년이 진지하게 말한다. "새 의자예요. 새 의자요." 레스는 고개를 끄덕이고 소년은 떠난다. 그는 의자를 바라본다. 조심스럽게 몸을 낮춰 앉아보니 의자가 그의 몸무게를 떠안으며 삐걱거린다. 괜찮게 느껴진다. 그는 근처 지붕에서 죽자 사자 싸우고 있는, 낄낄대고 꺽꺽대며 자신들만의 난투에 너무 몰입한 나머지 예상치 못한 슬랩스틱의 순간에 함께 지붕에서 풀밭으로 떨어지는 노란 새 세 마리를 지켜본다. 레스는 큰 소리로 웃는다—**아**, 아하, 아하! 지금까지는 새가 떨어지는 걸 한 번도 본 적이 없었다. 그는 일어선다. 의자가 딸려 올라온다. 의자는 정말 새것이다. 이 기후에는 래커가 아직 마르지 않았다.

"……마침내 글을 쓰려고 자리에 앉았을 때는 예배가 끝났던 것 같아요. 모두가 이 작은 집 주변에 모이기 시작했거든요. 다들 이불을 펼치고 음식을 꺼내고, 주변 사방에서 멋지게 소풍을 하더라니까요." 그는 루팔리에게 이야기하고 있다. 저녁 식사 후 밤 시간이다. 창문에서 보이는 풍경은 완전히 검은색이다. 인광이 나는 전구 하나가 방을 밝히고 있으며 코코넛과 커리 잎사귀의 향기가 아직 공기를 장식하고 있다. 그는 자기 현관에서 벌어진 야단법석을, 자기 창밖에서 벌어지는 파티를 견딜 수 없었다는 말은 덧붙이지 않는다. 그는 새로 고쳐 쓰는 책에 단 한 순간도 집중할 수 없다. 답답하고 너무 화가 나서 동네 호텔에 체크인할 생각까지 했다. 그는 작은 케랄라 양식 건물 안에 서서, 바다와 '최후의 만찬'이 보이는 가운데, 루팔리에게 걸어가 평생 말해본 것 중 가장 이상한 문장을 말하는 자기 모습을 그려본다. 이 소풍이 멈추지 않는다면 전 아유르베다식 휴양지에 체크인하겠어요!

루팔리는 고개를 끄덕이며 그의 소풍 이야기에 귀를 기울인다. "네, 이런 일은 일어나는 일입니다."

그는 교구 목사의 조언을 떠올린다. "왜죠?"

"아, 여기 사람들은 올라와서 경치 보는 걸 좋아하거든요. 이곳은 교회 가족들에게 좋은 곳이에요."

"하지만 여긴 휴양……." 그는 말을 하다 말고 다시 묻는다. "왜죠?"

"여기, 이 특별한 바다 풍경 때문에요."

"왜죠?"

"그건……." 그녀는 쑥스러운 듯 눈을 내리뜨고 잠시 말을 멈춘다. "여기가 유일한 곳이거든요. 기독교인들이 갈 수 있는 유일한 곳요."

레스는 마침내 문제의 근원에 도달했지만 그 뿌리는 다시 그가 이해하지 못하는 무언가에 닿는다. "뭐, 그분들이 좋은 시간을 보내시면 좋겠어요. 음식 냄새가 맛있게 나던데요. 오늘 저녁 식사도 맛있었고요." 레스는 휴양 센터에 냉장고가 없으므로 모든 것이 거리의 시장에서 오늘 사 온 것이거나 루팔리의 정원에서 뽑은 것임을 알아차렸다. 모든 것이 신선한 까닭은 그래야만 하기 때문이었다. 코코넛까지도 메리라는 이름의 신자, 매일 아침 그에게 미소를 지으며 차를 가져다주는 사리 차림의 늙은 여인이 손으로 직접 갈아낸 것이었다. 이 소풍이 멈추지 않는다면!이라니. 나 같은 싸가지가 있을까, 어딜 가든 말이야.

루팔리가 말한다. "저녁 식사에 대해서는 재미있는 이야기가 있어요! 제가 도시에서 프랑스어를 가르칠 때 가져가던 식사예요. 저는 매일 기차를 탔는데, 아시겠지만 날씨가 너무 덥잖아요! 어느 날에는 자리가 없었어요. 그래서 어떻게 했냐고요? 저는 열린 문 옆 계단에 앉아요. 아, 너무 상쾌했어요! 왜 예전엔 이렇게 하지 않았지? 그때 핸드백을 문밖으로 떨어뜨린 거예요!" 그녀는 입을 가리고 웃는다. "끔찍했어요! 그 안에 학생증, 돈, 점심, 모든 게 들어 있었거든요. 재앙이죠. 물론 기차는 멈출 수 없으니까 제가 다음 역에서 내려 인력거를 타고 돌아갔어요. 우리는 기찻길에서 그걸 찾느라 너무 오래 있었어요! 그때 경찰관이 오두막에서 나왔어요. 제가 경찰관한테 무슨 일이 일어났는지 말해줬어요. 그는 저한테 내용물을 자세히 설명하라고 요청했어요. 저는 '경찰관님, 제 학생증과 지갑, 핸드폰, 깨끗한 블라우스였어요'라고 말했어요. 그는 저를 잠시 바라봤어요. 그러더니 물어봤어요. '그리고 생선 커리요?' 그 사람이 저한테 핸드백을 보여줬죠." 그녀는 기뻐서 다시 웃는다. "핸드백 안쪽이 전부 생선 커리로 덮여 있었어요!"

그녀의 웃음은 너무 사랑스럽다. 레스는 차마 이곳은 글 쓸 만한 곳이 아니라고 말하지 못한다. 소음과 동물들, 열기, 직원들, 소풍하러 온 사람들―이곳에서 책을 쓰기란 불가능하지만.

"아서, 좋은 하루 보내셨나요?" 루팔리가 묻는다.

"아, 그럼요." 그는 이발소에 들렀던 일을 전하되 자세한 얘기는 빼놓는다. 이발소에서 그는 빨간 커튼 뒤 창문 없는 방으로 안내되었고, 거기서는 교구 목사와 똑같은 셔츠를 입은 키 작은 남자가 (부탁하지도 않았는데) 레스의 턱수염과 머리 양옆 머리카락을 밀어버린 뒤 맨 위 금발을 한 움큼만 남겨두고 물었다. "마사지?" 알고 보니 그가 말한 마사지란 일련의 탁탁 치기와 때리기, 군사 기밀이라도 알아낼 듯한 전체적인 주먹질로 이루어져 있었으며, 얼굴 전체를 후려치는, 울리는 일격으로 끝났다. 왜죠?

루팔리는 미소를 지으며 또 해줄 일이 있는지 묻는다.

"꼭 있었으면 하는 건 술이에요."

그녀의 얼굴이 어두워진다. "아, 교회 부지에서 허용되는 알코올은 없어요."

"그냥 농담이에요, 루팔리." 그가 말한다. "그럼 얼음은 어디서 구하죠?"

그녀가 농담을 알아들었는지는 결코 알 수 없다. 그 순간 불이 나가기 때문이다.

정전(停電)은 모든 헤어짐이 그렇듯 절대적이지는 않다. 몇 분에 한 번씩 전력이 돌아왔다가 잠시 후에 다시 나간다. 불빛이 발작적으로 돌아오며 다양한 예상치 못했던 광경 속 인물들을 드러내는 대학 연극 발표회가 이어진다. 의자 팔걸이를 잡는 루팔리: 입술이 쥐돔처럼 걱정스럽게 꽉 다물려 있다. 아서 레스: 창문을 문으로 잘못 알고 열반에 들기 직전이다. 루팔리: 촉감으로는 영락없는 거대 과일박쥐 같은 종이가 머리에 떨어지자 비명을 지르느라 입을 벌린다. 레스: 이번에는 맞는 문으로 나갔다가 눈이 보이지 않아 루팔리의 샌들에 발가락을 집어넣는다. 기도하느라 바닥에 무릎을 꿇은 루팔리. 깜깜한 밖으로 나와 달빛 속에서 완전히 새로운 공포의 광경을 포착하는 아서 레스. 검은색과 흰색이 섞인 개가 레스의 오두막으로 가고 있다. 기다란 미디엄블루 천 조각을 입에 물고 종종걸음 치고 있다.

"내 정장!" 레스가 소리치며 언덕 아래로 비틀비틀 내려가며 샌들을 걷어차 벗어버린다. "내 정장!"

그는 개를 향해 나아가고 다시 불이 꺼진다—풀밭에 자리 잡은, 사랑할 준비를 마친 반딧불이들의 숨 막히는 별자리가 드러난다. 그 바람에 레스는 욕을 하면서 맨발로 부주의하게 타일 바닥을 건너갈 때도 손으로 길을 더듬을 수밖에 없다. 그가 바늘을 찾은 순간이 바로 이때다.

옥상 파티에서 아서 레스가 반복되는 꿈 얘기를 해주던 게 기억난다.

"우화 같은 거야." 그가 가슴에 맥주잔을 대고 말한다. "내가 단테처럼 어두운 숲속을 걸어가고 있는데 웬 늙은 여자가 다가와서 '운이 좋구나, 그 모든 걸 남겨두고 떠나다니. 넌 사랑을 끝냈어. 더 중요한 일에 쓸 시간이 얼마나 많이 생겼는지 생각해보렴!'이라고 하는 거야. 그러더니 그 여자는 날 떠나고 난 계속 가. 내 생각에, 보통은 이 시점에서 말을 타고 있는 것 같아. 아주 중세적인 꿈이거든. 그건 그렇고, 네가 지루해지고 있을까 봐 하는 말인데, 넌 이 꿈에 나오지 않아."

나는 나한테도 나만의 꿈이 있다고 대답했다.

"나는 그렇게 말을 타고 어두운 숲을 계속 가로지르다가, 멀리 산이 보이는 거대하고 흰 평원으로 나와. 웬 농부가 거기에 있다가 나한테 손을 흔들면서 같은 얘기를 해. '네 앞에는 더 중요한 것들이 놓여 있단다!' 그래서 나는 산 위로 말을 타고 올라가. 안 듣고 있는 거 다 보인다. 진짜 재미있어진다니까. 산으로 말을 타고 올라가면 꼭대기에 동굴이랑 사제가 있어—있잖아, 만화에서처럼. 그리고 난 준비됐다고 해. 그럼 그 사람이 무슨 준비가 됐냐고 해. 그럼 내가 더 중요한 것들에 대해 생각할 준비가 됐다고 말하지. 그럼 그 사람이 '뭣보다 더 중요하다는 건가?'라고 물어. '사랑보다 더 중요한 거요.' 그럼 그 사람이 날 미친놈 보듯이 보면서 말해. '사랑보다 중요한 게 뭐가 있다고?'"

구름이 태양을 가리며 지붕 전체에 한기를 내려보내는 동안 우리는 조용히 서 있었다. 레스는 난간 너머로 아래쪽 거리를 내려다보았다.

"뭐, 그게 내 꿈이야."

레스가 눈을 떠보니 전쟁 영화의 한 장면이다—국방색 비행기 프로펠러가 공기를 활기차게 썰어대고 있다—아니, 프로펠러가 아니다. 천장의 선풍기다. 하지만 구석에서 들려오는 속삭임은 실제로 말라얄람어*다. 그림자들이 사람을 흉내 내는 인형처럼 천장에서 움직이고 있다. 이제는 영어로 말을 한다. 꿈의 조각들이 모든 것의 모퉁이에서 번들거리며 이슬처럼 반짝이며 증발하고 있다. 병실이다.

그는 지난밤에 교구 목사(그는 도티**만 입고 딸을 데리고 왔다)가 비명을 지르며 달려 들어오던 일과 어떤 친절한 사람이 교회 신도에게 시켜 레스를 티루바난타푸람에 있는 병원까지 태워다 주게 한 일, 루팔리의 걱정스러운 작별 인사, 대기실에서의 길고도 고통스러운 시

---

* 인도 케랄라주에서 사용되는 공용어.
** 인도에서 남자들이 몸에 두르는 천.

간들이—그때의 위안이란 먹은 것보다 더 많은 돈을 잔돈으로 내놓는 초자연적인 자판기뿐이었다—, 간호사들이 외치는 사람 찾는 소리가 기억난다. 볼 장 다 본 도끼 든 전사들에서 예쁘장하고 천진난만한 처녀들까지 모두가 불려 나가고—그다음에야 레스는 오른발 엑스레이를 찍을 수 있게 된다(아름다운 뼈들의 군도다). 이 발은, 세상에, 발목이 부러진 것으로 확인되고 발바닥 깊은 곳에는 바늘 반 토막이 묻혀 있다. 이 시점에서 그는 첫 번째 처치를 받는다—그의 부상을 "개 같다"고 한, 콜라겐 입술을 가진 여자 의사는("왜 이 남자한테 바늘이 들어 있는 거야?") 바늘을 빼내지 못했다. 그 시도가 실패한 뒤 레스는 발에 임시 부목을 댄 채, 캘리포니아 발레이오에서 20년을 보냈으며 스페인어는 쓸 줄 알지만 영어는 쓰지 못하는 나이 든 노동자와 같은 병실을 배정받아 다음 날 아침에 수술받을 준비를 마쳤다. 수술에는 다양한 들것 옮겨 타기와 마취제 투여가 필요하다. 그런 뒤에야 레스는 아주 깨끗한 수술실로 옮겨지고, 거기에서는 엑스레이 기계 덕분에 외과 의사(에르퀼 푸아로식 콧수염을 하고 있는 사근사근한 남자)가 주머니 자석을 추가로 사용해 5분 만에 레스가 입은 부상의 사소한 근원을 빼낸다(그 골칫거리는 족집게에 들려 레스의 눈앞에 내밀어진다). 이어 레스의 발은 부츠 형태의 부목에 넣어지고 우리의 주인공은 강한 진통제를 투여받는데, 그 진통제가 그를 거의 즉시 기진맥진한 잠 속으로 밀어 넣는다.

이제 레스는 방을 둘러보며 자기 상황을 헤아리고 있다. 그가 입은 종이 가운은 자유의 여신상의 가운 같은 초록색이고, 골절된 발은 검은색 플라스틱 부츠 안에 안전하게 들어 있다. 파란 정장은 무슨 떠돌이 개 가족이 사는 굴의 내장재가 되었을 것이다. 땅딸막한 간호사가 구석에서 웬 서류를 부산스럽게 뒤적이고 있다. 이중 초점 안경 때문에 그녀는 물 위와 아래를 모두 볼 수 있는 눈 네 개가 달린 물고기(아나블렙스* 아나블렙스)처럼 보인다. 그가 무슨 소리를 낸 게 틀림없다. 그녀의 머리가 돌아간다. 그녀는 말라얄람어로 소리친다. 인상적이게도, 그 결과 콧수염 달린 외과 의사가 문 너머에서 나타나더니 흰 코트를 펄럭이며 미소 띤 얼굴로 부엌 싱크대를 고친 배관공처럼 레스의 발에 손짓한다.

"레스 씨, 깨어나셨군요! 그러니까 이제 더 이상은 당신 때문에 금속 탐지기가 울리는 일은 없겠습니다, 띵띵띵!" 의사가 아래로 몸을 숙이며 묻는다. "우리 모두 궁금해하고 있었는데, 어째서 남자가 바늘을 가지고 있는 거예요?"

"이것저것 고치려고요. 떨어진 단추를 달려고."

"직업상 단추가 떨어질 위험이 큰가요?"

"그보다는 바늘 자체가 더 큰 위험인 것 같네요." 레스는 자기 목소리가 더 이상 자기같이 들리지도 않는다고 느낀다. "휴양지로는 언제 돌아갈 수 있나요, 선생님?"

"아!" 그는 주머니를 뒤져 봉투를 내밀며 말한다. "휴양지에서 환자 분께 이걸 보내왔어요."

봉투에는 이렇게 쓰여 있다. 정말 죄송합니다. 레스가 봉투를 열자 밝은 파란색 천 조각이 펄럭펄럭 빠져나온다. 그렇다면 영원히 사라져버린 것이다. 정장이 없으면 아서 레스도 없다.

* 네눈박이송사리.

의사가 말을 잇는다. "휴양지에서 환자분 친구에게 연락을 했는데, 그분이 금방 와서 환자분을 데려갈 겁니다."

레스는 그 친구가 루팔리인지, 혹시 교구 목사인지 묻는다.

"전들 아나요!" 의사는 그렇게 말한다. 다른 면에서는 영국식인 그의 영어에서 이 미국 영어가 두드러진다. "하지만 휴양지로는, 그런 곳으로는 돌아갈 수 없어요. 계단에! 언덕도 올라야지! 아니, 안 돼요, 최소 3주간은 발을 떼고 있어야 합니다. 환자분 친구한테 숙박 시설이 있대요. 미국식 조깅은 하면 안 됩니다!"

돌아갈 수 없다니? 하지만…… 책은! 레스가 새로운 숙박 시설이 어디일지 궁금해하는데 문에서 노크 소리가 들린다. 해답은 문이 열리면서 즉각 제공된다.

러시아 인형식 꿈, 그러니까 깨어나서 하품을 하고 어린 시절 2층 침대에서 기어 나와 오래전에 죽은 개를 쓰다듬어주고 오래전에 돌아가신 어머니에게 인사를 하고 나면, 그것이 또 한 겹의 꿈, 또 하나의 경직된 악몽일 뿐이라는 것을 깨닫고 처음부터 다시 깨어나는 영웅적 임무를 수행해야만 하는 그런 꿈을 꾸는 것도 전적으로 가능한 일이라는 생각이 든다.

문간에 서 있는 사람은 꿈속 이미지일 수밖에 없으니까.

"안녕, 아서. 널 돌봐주러 왔어."

그게 아니면 레스는 죽은 게 틀림없다. 레스만을 기다리도록 이 칙칙한 녹색 연옥에 특별히 마련된 구덩이로 끌려가고 있는 것이다. 불타오르는 바다 위의 작은 오두막, 지옥에 있는 예술가 휴양지. 상대방의 얼굴은 미소를 유지한다. 아서는 천천히, 슬프게도, 그의 인생이라는 신곡(神曲)을, 이 코미디를 수용해가며 여러분이 지금쯤 제대로 추측할 법한 이름을 말한다.

운전기사는 총싸움을 하러 나온 무법자처럼 경적을 울린다. 떠돌이 개들과 염소들이 죄책감 어린 표정을 지으며 길에서 뛰쳐나가고 사람들은 아무것도 모르는 표정으로 옆으로 펄쩍 뛴다. 아이들이 수십 명씩 서로 어울리는 빨간 체크무늬 교복을 입고서, 몇 명은 바니안나무 가지에 매달린 채, 길가에 서 있다. 방금 학교가 끝난 게 틀림없다. 그들은 지나가는 레스의 모습을 빤히 바라본다. 그러는 내내 레스는 끝없이 울려대는 경적 소리와 스피커에서 당밀처럼 스며 나오는 영어 팝송, 카를로스 펠루의 부드러운 목소리를 듣는다.

"……도착하자마자 나한테 전화를 걸었어야지. 사람들이 내 쪽지를 발견했으니 망정이야, 난 당연히 너를 받아주겠다고 했어……."

아서 레스는 운명의 최면에 걸린 채 자기도 모르게 그 오랜 세월 동안 너무 잘 알고 지냈던 얼굴을 빤히 바라본다. 유난히 로마식 노를 닮은 그 코, 대화 한 조각, 길 건너편의 어떤 눈길, 더 좋은 파티를 찾아 떠나는 사람들을 탐지하려고 계속 티 나게 킁킁대던 카를로스 펠루의 코, 젊었을 때에는 무척 놀랍고 잊을 수 없었던 그 코가, 다른 면에서는 분해 수리 중인 배의 세공된 티크 나무 선수상(船首像)처럼 완벽한 모습으로 이 자동차 안에 처들려 있다. 튼튼한 젊은 시절의 몸은 두둑하게 위엄 있는 중년의 몸으로 넘어갔다. 통통해졌다거나 토실토실해졌다고 할 수는 있겠지만 조라가 제안한 방식대로 뚱뚱해져 마침내 숨을 쉴 수 있도록 허락받은, 그런 태평한 몸이 된 건 아니었다. 행복하고 섹시한, 세상 따위 엿이나 먹으라는 뚱뚱함이 아니라 웅장하고 권위 있는 팡타그뤼엘*적 뚱뚱함이었다. 거인, 거대 석상. 거대한 카를로스.

아서, 너도 알겠지만 내 아들은 한 번도 너랑 어울렸던 적이 없어.

"세상에, 이렇게 보니까 좋다!" 카를로스가 레스의 팔을 꽉 잡으며 유치한 장난기를 가득 담아 씩 웃는다. "베를린의 너희 집 창가에는 노래 부르는 젊은 남자가 있었다며."

"우리 어디 가는 거야?" 레스가 묻는다.

"연애는 했어? 왕자랑? 어둠을 틈타서 이탈리아에서 도망친 거야? 사하라에선 카사노바로 지낸 거였으면 좋겠는데."

"멍청한 소리 하지 마."

"아니, 토리노에서 있었던 일인지도 모르겠네, 꼬마가 네 발코니 아래에서 노래를 불렀던 것 말이야. 너에 대한 절망적인 사랑에 빠져서."

"아무도 나에 대한 절망적인 사랑에 빠진 적은 없어."

"그렇겠지." 카를로스가 말한다. "네가 항상 희망을 줬으니까, 안 그래?" 그들이 탄 자동차의 큼지막한 틀이 일시적으로 사라진다. 그들은 화이트와인 잔을 들고 다시 젊어져 누군가의 잔디밭에 서 있다. 누군가와 춤을 추고 싶어 하면서. "어디로 가는지 말해줄게. 우리는 리조트로 가는 중이야. 말했지만 근처거든."

진 한 잔 마실 곳은 세상에 널렸는데, 하필이면. "말은 고맙지만 난 그냥 체크인을 해야겠어, 어디 아유르베다식……."

"멍청한 소리 하지 마. 내 리조트는 직원들이 다 고용되어 있는, 완전

---

* 프랑스 작가 라블레의 소설 《팡타그뤼엘》의 주인공. 거인국의 왕 가르강튀아의 아들이다.

히 빈 곳이라고. 한 달 동안은 문을 열지 않을 거야. 엄청 마음에 들걸—코끼리가 있어!" 아서는 리조트에 있다는 말이라고 생각했지만 카를로스의 시선을 따라가다가 심장이 멎는다. 거기에, 바로 눈앞에, 세월로 얼룩덜룩해지고 먼지가 끼어, 처음에는 수레에 가득 실린, 지역 나무로 만든 흰 고무로 보인 존재가 있다. 그러다 그것들이, 귀들이 마치 비행을 준비하는 깃털이나 무슨 막처럼 펼쳐져 들어 올려진다. 틀림없는 코끼리다. 코에 녹색 대나무 1부셸*을 들고 꼬리를 그어대던 한 녀석은 이제 돌아서서, 자기를 바라보는 사람들을 그 작고 헤아릴 수 없이 깊은 눈으로 바라보며 거리를 산보한다—레스는 그 눈길을 알아본다. 코끼리는 이렇게 말하려는 것 같다. 내가 너만큼 이상하지는 않지.

"와, 세상에!"

"대규모 사원에서 코끼리를 키우거든. 길을 돌아가면 될 거야." 카를로스의 말에 그들은 시끄럽게 경적을 울려대며 코끼리를 돌아간다. 레스는 그 생명체가 뒤쪽 창문 너머로 사라지는 걸 보느라 고개를 돌린다. 녀석은 고개를 앞뒤로 흔들며 짐을 들어 올린다. 자기가 만들어낸 소동을 확실히 의식하고 적잖은 기쁨을 누리고 있다. 그때 남자들 한 무리가 공산주의 깃발을 늘어뜨린 채 담배를 피우며 건물에서 나온다. 이 세상 것 같지 않은 모습이 가로막혀 보이지 않는다.

"잘 들어, 아서. 나한테 좋은 생각이 있는데—아, 도착했다." 카를로스가 불쑥 말한다. 레스는 그들이 바다를 향해 가파르게 내려가고 있다는 사실을 눈으로보다는 느낌으로 안다. "작별 인사를 하기 전에 빠

---

* 1부셸은 약 27킬로그램이다.

르게 질문 두 가지만 던질게. 쉬운 질문이야." 그들은 대문을 지난다. 레스로서는 믿을 수 없게도 기사는 아직도 경적을 울려대고 있다.

"작별 인사를 한다고?"

"아서, 더 이상 그렇게 감상적으로 굴진 마. 우리 나이에! 나는 몇 주후에 돌아올 거고 우리는 네 회복을 축하하게 될 거야. 난 할 일이 있거든. 우리가 이때쯤 만나게 된 건 기적이야. 첫 번째 질문, 지금도 로버트한테 받은 편지 가지고 있어?"

"내 편지?" 경적이 멈추고 자동차가 멈추어 선다. 녹색 제복을 입은 젊은 남자가 레스 쪽으로 다가온다.

"얼른, 아서. 가지고 있어, 안 가지고 있어? 나 좀 있다가 비행기 타야 된단 말이야."

"있을걸."

"브라보. 다른 질문은, 프레디 소식 들었어?"

차 문이 열리자 훅 끼쳐 들어오는 따뜻한 공기가 느껴진다. 돌아보니 잘생긴 짐꾼이 서서 알루미늄 목발을 내밀고 있다. 레스는 카를로스에게 시선을 돌린다.

"프레디 소식이라니, 왜?"

"이유야 없지. 내가 돌아올 때까지 책이나 열심히 쓰고 있어, 아서."

"아무 문제 없는 거야?"

카를로스는 손짓으로 작별 인사를 하고 레스는 밖으로 나와 웅장한 흰색 앰배서더*가 야자나무 숲속으로, 지속적으로 꽥꽥대는 경적 소리

---

* 인도의 차종.

만 남을 때까지 힘겹게 언덕을 올라가는 모습을 지켜본다.

바다 소리와 짐꾼의 목소리가 들린다. "레스 씨, 짐 가방이 몇 개 도착해 있습니다. 레스 씨 객실에 벌써 가져다 두었고요." 하지만 그는 여전히 바람 속 야자나무들을 바라보고 있다.

이상하다. 너무 태평한 말이라 하마터면 놓칠 뻔했다. 자동차 한 귀퉁이에 앉아 던진 간단한 질문. 표정에서는 드러나지 않았지만—카를로스는 언제나 그렇듯 잔잔한 조바심이 어린 그 똑같은 표정을 유지했다—레스는 그가 반지를 만지작거리는 걸, 다치고 늙어가는 무력한 아서 레스에게 초점을 맞춘 채 손가락의 사자 머리 반지를 계속해서 돌리는 걸 보았다. 레스는 이 대화 전체가 환영, 환상, 불가능한 희망이라는 걸, 카를로스의 진짜 목적은 다른 데 있다는 걸 알고 있다. 하지만 그 다른 목적이 뭔지 해독할 수가 없다. 레스는 고개를 젓고 짐꾼에게 미소를 지으며 목발을 받아 든 뒤 새로 들어갈 흰색 감옥을 올려다본다. 그의 오랜 친구가 질문을 던진 방식에서 무언가가, 오직 주의 깊은 청자나 아주 오랫동안 들어온 사람만이 알아차릴 수 있는 어떤 숨겨진 트랙이, 그 누구도 카를로스에 대해 의심하지 못할 무언가가 있었다. 두려움이었다.

50세 남자에게는 회복하느라 침대에 누워 있을 때의 지겨움에 필적할 만한 건 오직 교회에 앉아 있는 지겨움밖에 없다. 레스는 라자 스위트룸을 배정받아, 천장에서부터 늘어져 있는, 양봉업자가 베일로 쓸 만한 모기장으로 가려졌을 뿐 그 외에는 바다 풍경이 온전히 보이는 편안한 침대에 누워 있다. 이곳은 우아하고 시원하며 직원들이 많고

숨 막힐 정도로 지루하다. 몽구스가 얼마나 그립던지. 그는 루팔리와 소 풍 나온 사람들, 밴드들의 전투, 교구 목사와 양복점 주인과 노랑 쥐잡 이 뱀 엘리자베스가 그립다. 심지어 '우리 주 예수 그리스도'까지도 그 립다. 그의 흥미를 끄는 유일한 존재는 짐꾼 빈센트뿐인데, 그는 매일 들러 우리 환자의 상태를 확인한다. 깨끗하게 면도한 턱이 뾰족한 얼굴 과 황옥색 두 눈, 자기가 잘생겼다는 걸 전혀 모르는 사람 특유의 수줍 음을 타는 잘생긴 남자다. 빈센트가 들를 때마다 레스는 '우리 주 예수 그리스도'에게 자신의 리비도를 꺼달라고 기도한다. 그에게 절대 필요 하지 않은 게 한 가지 있다면 회복 중에 사랑과 충돌하는 것이니까.

그렇게 몇 주가 공허한 지루함 속에 흘러간다. 알고 보니 레스에게는 이 시간이─마침내─글쓰기를 시도해볼 완벽한 상황으로 밝혀진다.

줄줄 새는 낡은 양동이에서 반짝이는 새 양동이로 물을 부어 넣는 것과 같다. 거의 의심스러울 만큼 쉽게 느껴진다. 그는 플롯상의 우울 한 사건─예컨대 암으로 죽어가는 가게 주인─을 데려다가 조금 비 틀어서 스위프트가 동정심에 향기로운 치즈 일곱 덩이를 사게 한다. 스위프트는 그 장(章) 내내 점점 더 고약한 냄새를 풍겨가는 치즈를 가 지고 샌프란시스코를 돌아다녀야 한다. 스위프트가 코카인 한 봉지를 호텔 화장실로 가져가 세면대에서 한 대 분량의 마약을 마련하는 추잡 한 장면에는 동작 감지 방식으로 작동하는 손 건조기를 추가하자─위 잉! 치욕의 눈보라가 불어온다! 필요한 건 창밖으로 내던져진 들통, 열 린 맨홀 뚜껑, 바나나 껍질뿐이다. "우린 패배자일까?" 스위프트가 망 가진 휴가 끝에 연인에게 묻자 레스는 고소해하며 답을 추가한다. "글쎄, 자기야. 확실히 승자는 아니지." 거의 사디즘에 가까운 기쁨을 느끼며 그는 모든 치욕의 장갑을 벗고 비웃음을 살 만한 안감을 내보인다. 이런 게임이라니! 이 짓을 인생에도 할 수만 있다면!

어느새 새벽, 그는 잠에서 깨어나고 있다. 바다는 밝아오지만 태양은 아직 이불보 안에서 몸부림을 치고 있는 때다. 그는 자리에 앉아 작가의 채찍으로 주인공을 몇 차례 더 후려친다. 어떻게 그랬는지 전에는 존재하지 않던 자리에서, 그의 소설에서, 달콤쏩쏠한 열망이 나타나기 시작한다. 소설은 변화한다, 더 친절해진다. 레스는 회개하는 신도를 대하듯 자신의 신민을, 그 대상을 다시 사랑하기 시작하고, 어느 날 아침에는 손에 아래턱을 묻고 한 시간 동안 앉아 있다가, 새들이 수평선의 회색 아지랑이를 가로질러 날아가는 걸 지켜보다가, 마침내 자애로운 신으로서 그의 등장인물에게 기쁨이라는 짧은 축복을 내린다.

어느 날 오후, 빈센트가 찾아와 마침내 묻는다. "실례지만, 발은 좀 어떠세요?" 레스는 이제 목발 없이도 돌아다닐 수 있다고 말한다. "잘됐네요." 빈센트가 말한다. "그럼 이제, 아서, 예외적인 외출 준비를 해주세요." 레스는 놀리듯 어디를 갈 생각이냐고 묻는다. 빈센트가 이제야 그에게 인도의 일면을 보여주려는 것 같았다. 하지만 아니었다. 그는 얼굴을 붉히며 대답한다. "이런, 저는 함께 가지 않습니다." 그는 리조트가 오픈을 맞아 손님들에게 이 예외적인 외출 기회를 제공한다고 말한다. 바깥의 윙윙대는 소리. 내다보니 아무 표정 없는 청소년 두 명이 키를 잡고 있는 모터보트가 부두에 접근하는 게 보인다. 빈센트는 레스가 절뚝거리며 비틀비틀 보트에 오르도록 도와준다. 호랑이처럼 포효하며 시동이 걸린다.

보트 여행은 30분 정도다. 둥둥 떠다니는 해파리의 갈기는 물론, 뛰어오르는 돌고래들과 물수제비를 뜬 듯 수면 위로 뛰어다니는 날치들이 보인다. 레스는 어린 시절에 들렀던 수족관을 떠올린다. 그때 레스는 약간 정신 나간 이모처럼 평영을 하고 다니던 바다거북을 구경하다가 해파리를, 물속에서 맥동하던 뇌도 없고 무시해도 좋을 법한 분홍색 거품 괴물을 마주치고 흐느끼며 생각했다. 이건 함께 못 해. 마침내 일행은 도시의 한 블록 정도 크기밖에 되지 않는, 코코넛 나무 두 그루와 작은 보라색 꽃들이 있는 흰 모래섬에 도착한다. 레스는 조심조심 해변에 내려서 그늘로 나아간다. 더 많은 돌고래들이 어두워져가는 바다에서 뛰어오른다. 비행기가 달에 밑줄을 긋는다. 틀림없는 천국—문득 고개를 돌리자 보트가 떠나는 게 보인다. 조난. 카를로스가 꾸민 무슨 최후의 음모인 걸까? 그를 몇 주 동안 방 안에 가둬놓다가 이제야, 그가 소설을 완성하기까지 딱 한 장(章)이 남은 지금 시점에 무인도에 버리는 것이? 〈뉴요커〉 카툰에나 나올 법한 운명이다. 레스는 지는 해에 호소한다. 난 프레디를 포기했어! 기꺼이 포기했단 말이야. 심지어 결혼식에도 가지 않고 거리를 뒀어. 고통은 충분히, 오롯이 혼자 겪어냈어. 절름발이가 되어 다리도 못 쓰게 됐고 버려졌고 마법의 정장도 없어졌어. 레스에게는, 우리의 게이 욥에게는 빼앗아 갈 것이 아무것도 남아 있지 않았다. 그는 모래밭에 무너져 무릎을 꿇는다.

뒤쪽에서 계속 윙윙거리는 소리가 들린다. 돌아보니, 다른 모터보트가 그를 향해 오고 있다.

"아서, 좋은 생각이 있어." 저녁 식사 후 카를로스가 말한다. 카를로스의 조수들이 재빠르게 모닥불을 피우고 산호를 훑다가 작살로 꿰뚫은 할리퀸 피시 두 마리를 구워주었으며 레스와 카를로스는 쿠션 사이에 앉아 차가운 샴페인 한 병을 나눠 마시고 있다.

카를로스는 반짝이가 붙은 쿠션 하나에 몸을 기댄다. 그는 흰 카프탄*을 입고 있다. "집에 가면 러시안리버파에 관한 서신을 전부 찾아주면 좋겠어. 우리가 알았던 사람이 보낸 거면 전부 다. 중요한 사람들, 특히 로버트랑 로스랑 프랭클린이 보낸 것들 말이야."

두 기둥 사이에 어색하게 끼어 있던 레스는 버둥버둥 몸을 바로잡고 궁금해한다. 왜죠?

"내가 그 편지들을 사고 싶거든."

파도의 느린 세탁기 소리 너머로 물고기일 게 틀림없는 퐁당 소리가 연달아 들린다. 달은 머리 위 높은 곳에 떠서 아지랑이로 둘러싸인 채 모든 것 위로 얇게 비치는 빛을 드리우며 별의 모습을 망치고 있다.

카를로스가 불빛을 받으며 레스를 골똘히 바라본다. "네가 가진 것 전부. 몇 통이나 있을까?"

"난…… 모르겠어. 한번 봐야 될 것 같은데. 글쎄, 수십 통쯤 될까. 근데 개인적인 편지라서."

"개인적인 게 필요해. 컬렉션을 만드는 중이거든. 이제는 유행이 돌아왔어, 그 시절 전체가. 그 모든 것에 대한 대학 강좌가 열려. 그런데 우리는 그 사람들을 알았잖아. 우리가 역사의 일부였다고, 아서."

* 아랍 쪽 사람들이 입는, 긴 기장과 헐렁한 소매의 민족 의상.

"우리가 역사의 일부였는지는 잘 모르겠는데."

"난 모든 걸 모아서 컬렉션을 만들고 싶어, '카를로스 펠루 컬렉션'. 관심을 보이는 대학교도 있어, 어쩌면 도서관의 한 방에 내 이름을 따서 붙일지도 몰라. 너한텐 로버트가 시도 써줬지?"

"'카를로스 펠루 컬렉션'이라."

"마음에 들어? 네가 그 컬렉션을 완성시키게 될 거야. 너를 위한 로버트의 사랑 시라니."

"그런 식으로 쓰진 않았어."

"아니면 우드하우스가 그린 그림이라든가. 너 돈 필요한 건 내가 알아." 카를로스가 조용히 말한다.

그러니까 이게 계획이구나, 카를로스가 모든 것을 갖는 것. 카를로스가 레스의 자존심을 가져가고 건강과 제정신을 가져가고 프레디를 가져가더니 이제는 끝끝내 그의 기억까지도, 기념품까지도 가져가는 것. 아서 레스에게는 아무것도 남지 않는 것.

"나도 살 만큼은 살아."

코코넛 껍질로 피운 불은 유난히 맛있는 조각을 찾아 기쁘게 피어오르며 둘의 얼굴을 밝힌다. 그들은 젊지 않다, 전혀. 한때는 그들 자신이었던 소년들이 지금은 흔적조차 없다. 왜 그의 편지를, 기념품을, 그림을, 책을 팔지 않느냐고? 왜 태워버리지 않느냐고? 왜 삶이라는 일 전체를 포기해버리지 않느냐고?

"해변에서 보낸 그날 오후 기억나? 넌 아직 그 이탈리아 사람을 만나고 있었지……." 카를로스가 말한다.

"마르코야."

그가 웃는다. "아, 세상에, 마르코였지! 그 사람이 바위가 무섭다고 이성애자들하고 같이 앉으라고 했었잖아. 기억나?"

"당연히 기억나지. 그때 로버트를 만난 건데."

"난 그날 생각을 아주 많이 해. 하긴 우리는 태평양에서 불어오는 게 큰 폭풍이라는 걸, 해변에 있는 것 자체가 정신 나간 일이라는 걸 몰랐지만! 믿을 수 없을 만큼 위험했어. 그래도 우린 젊고 멍청했잖아, 안 그래?"

"그건 맞는 말이네."

"가끔은 그 해변에 있던 모든 사람들에 대해 생각해."

이제는 레스의 두뇌 속 기억의 작은 부분들이 밝혀진다. 바위에 올라 하늘을 바라보고 있는 그 단정한 근육질 몸이 아래쪽 조수 웅덩이 속에서 두 배로 부풀어 있던 카를로스를 포함해서 말이다. 불길이 타닥거리며 불꽃의 나선을 공기 중으로 피워 올린다. 불과 바다 말고 다른 소리는 전혀 없다.

"난 한 번도 널 싫어한 적이 없어, 아서." 카를로스가 말한다.

레스는 불을 들여다본다.

"항상 시기했을 뿐이야. 네가 그걸 이해해주면 좋겠어."

반투명한 게 떼가 모래밭을 건너오며 물길이 들어올 틈을 만든다.

"아서, 나한테 어떤 이론이 있는데 말이야. 자, 들어봐. 이 이론은 우리 인생이 반은 희극, 반은 비극이라는 거야. 어떤 사람들한테는 그냥 인생의 전반부 전체가 비극이고 후반부는 희극이지. 예를 들면 나한테는 말이야. 내 형편없는 젊은 시절을 봐. 대도시에 입성한 가난한 꼬마라니—아마 넌 전혀 몰랐겠지만, 세상에, 진짜 힘들었다. 그냥 어디든

272

가고 싶었어. 도널드를 만난 건 천만다행이었지만 도널드가 병들고 죽어가고……. 그때 갑자기 내가 맡아야 하는 아들이 생긴 거야. 도널드의 사업을 지금 내가 가진 것들로 바꿔놓기까지는 머리털 다 빠지게 힘든 노력이 필요했어. 40년 동안 심각한, 아주 심각한 일들이 있었지.

하지만 지금의 나를 봐―희극이야! 뚱뚱하지! 부자지! 우스꽝스럽지! 내가 뭘 입고 있는지 보라고―카프탄이라니까! 젊었을 때 나는 그렇게 화가 난 사람이었어―증명해야 할 게 너무 많았거든. 이제는 돈도 있고 웃음도 있지. 멋져. 한 병 더 따자. 하지만 너는 말이야. 너는 젊은 시절에 희극을 맛봤어. 그때는 네가 우스꽝스러운 녀석, 모두가 웃어대는 사람이었다고. 넌 눈을 가려놓은 사람처럼 그냥 어딜 가든 쿵쿵 부딪쳐댔어. 난 네 친구들 대부분보다 더 오랜 세월 동안 너를 알아왔어. 너를 더 가까이서 지켜본 건 확실하고. 아서 레스에 대해서는 내가 세계적 전문가다 이 말이지. 난 우리가 처음 만났던 때를 기억하고 있어. 너 아주 깡말랐었다고, 쇄골이랑 골반뼈뿐이었다니까! 그리고 순진했어. 나머지 우리들은 순진과는 아주 거리가 멀었는데 말이야. 우린 그런 척을 해야겠다는 생각조차 안 했던 것 같아. 넌 달랐어. 내 생각엔 모두가 그 천진난만함에 손을 대고 싶어 하고, 어쩌면 그걸 망쳐버리고 싶어 했을 거야. 세계를 헤쳐나가는, 위험이라곤 전혀 의식하지 않는 네 방식이라니. 서툴고 순진하고. 나야 당연히 널 시기했지. 나는 한 번도 너처럼 못 해봤거든. 난 꼬마였을 때부터 그러길 멈췄어. 1년 전에, 여섯 달 전에 네가 물어봤으면, '그래, 아서, 네 인생의 전반부는 희극이었어'라고 말했을 거야. 하지만 이제 너는 비극적인 절반 안에 들어와 있다고."

카를로스는 샴페인병을 집어 레스의 잔을 다시 채운다. "그게 뭔데?" 레스가 묻는다. "비극적인……."

"하지만 생각이 바뀌더라." 카를로스가 애써 말을 잇는다. "너 프레디가 네 흉내를 내는 건 알지? 한 번도 본 적 없어? 아아, 좋아할 거야." 카를로스는 그걸 보여주겠다고 자리에서 일어난다—야자나무를 부둥켜안아야만 할 수 있는 공들인 동작. 카를로스는 취해 있는 건지도 모른다. 그렇게 일어나는 동안에도 그는 표범처럼 수영장을 어슬렁거리던 시절의 왕과도 같은 오만함을 유지한다. 그러더니 단 한 번의 민첩한 동작으로 아서 레스가 된다. 키가 크고 어색하며 통방울눈 안짱다리에 겁에 질린 듯 미소 짓고 있는 아서 레스. 심지어 머리카락조차 레스가 언제나 해온, 만화책에 나오는 조연 헤어스타일로 빗어 올려져 있다. 그는 시끄럽고 약간 신경질적인 목소리로 말한다.

"베트남에서 이 정장을 구했어! 여름용 울이야. 리넨으로 사고 싶었는데 아줌마가 안 된대, 주름이 진다나. 필요한 건 여름용 울이라는 거야. 근데 그거 알아? 아줌마 말이 맞았어!"

레스는 자리에 잠시 앉아 있다가 놀라서 낄낄댄다. "뭐, 여름용 울이라." 그가 말한다. "최소한 프레디가 듣고 있긴 했네."

카를로스는 웃다가 자세를 잃어버리고 예전 모습으로 돌아가 야자수에 기댄다. 그것이, 레스가 자동차에서 눈치챘던 그 표정이 잠시 그의 얼굴에 스친다. 두려움. 절망. 이 '편지들'과는 다른 무언가에 대한. "그래서 어때, 아서? 나한테 팔아."

"싫어, 카를로스. 안 돼."

카를로스는 불에서 얼굴을 돌리며 자기 아들을 욕한다.

레스가 말한다. "프레디는 아무 상관 없어."

카를로스는 물에 비친 달빛을 내다본다. "있잖아, 아서. 내 아들은 나랑 달라. 한번은 내가 그 녀석한테 왜 그렇게 게으르냐고 물어본 적이 있어. 대체 원하는 게 뭐냐고. 나한테 말을 못 하더라. 그래서 내가 대신 정해줬어."

"이야기를 잠깐만 되감기 해보자."

카를로스는 고개를 돌려 레스를 내려다본다. "정말 못 들었어?" 틀림없이 달빛일 것이다―그의 얼굴에 깃든 게 여린 기색일 리는 없다.

"비극적인 절반에 대해서 하려던 얘기는 뭐야?" 레스가 묻는다.

카를로스는 뭔가 결정한 것처럼 미소를 짓는다. "아서, 난 생각을 바꿨어. 너한테는 희극인의 행운이 있어. 중요하지 않은 문제에는 불운이 따를지언정 중요한 문제에서는 운이 좋은 거지. 내 생각엔―아마 넌 동의하지 않겠지만―네 인생 전체가 희극인 것 같아. 전반부만이 아니라 전체가. 너는 내가 만난 사람 중에 가장 이상한 사람이야. 너는 모든 순간을 갈팡질팡 넘어가며 바보가 됐어. 오해하고 말실수를 하고 우연히 마주치는 그야말로 모든 것에, 모든 사람에 걸려 넘어지고도 네가 이겼어. 넌 그걸 깨닫지도 못하지만."

"카를로스." 그는 승리감을 느끼지 않는다. 패배한 기분이다. "내 인생은, 작년의 내 인생은……."

"아서 레스." 카를로스가 고개를 저으며 말을 끊는다. "너는 내가 아는 사람 중 최고의 인생을 누렸어."

이 말은 레스에게는 헛소리다.

카를로스는 불을 들여다보더니 남은 샴페인을 삼켜버린다. "난 해변으로 돌아갈래. 내일 일찍 떠나야 되거든. 빈센트한테 네 항공편 정보를 확실히 전달해줘. 일본, 맞지? 교토랬나? 우리 둘 다 네가 집에 안전하게 돌아가길 바라니까. 아침에 보자." 그러더니 그는 성큼성큼 섬을 가로질러 달빛 속에 보트가 기다리는 곳으로 간다.

하지만 레스는 아침에 카를로스를 만나지 못한다. 레스의 보트가 그를 리조트로 데리고 돌아가고, 그는 그곳에서 별을 보느라 늦게까지 깨어 오두막 바깥의 잔디밭을, 반딧불이로 반짝이던 그곳을 떠올리다가 어렸을 때 가지고 있던, 플로리다의 호텔 방에 두고 온 마이클이라는 이름의 다람쥐 봉제 인형을 닮은 특이한 별자리를 발견한다. 안녕, 마이클! 그는 아주 늦게 잠자리에 들고 깨었을 때는 카를로스가 이미 떠났다는 걸 알게 된다. 레스는 자기가 뭐에서 승리하게 된다는 건지 궁금해진다.

일곱 살 소년에게 교회에 앉아 있을 때의 지루함과 필적할 만한 건 공항 라운지에 앉아 있을 때의 지루함뿐이다. 문제의 소년은 무릎에 주일학교 책—엄청나게 비일관적인 스타일의 삽화들이 들어간 성경 이야기들—을 놓고 앉아서 다니엘의 사자 그림을 뚫어지게 보고 있다. 그게 용이었으면 얼마나 좋았을까. 엄마가 펜을 압수해 가지만 않았어도. 그곳은 흰색 나무 천장이 있는, 돌로 된 긴 방이다. 아마 샌들이 200켤레쯤 바깥 풀밭에 정돈되어 있을 것이다. 모두가 가장 좋은 옷을 입고 있다. 소년의 옷은 절묘하게 덥다. 머리 위의 선풍기가 앞뒤로 까닥이고 있다, 신과 사탄이 벌이는 테니스 경기를 구경하는 관중처럼. 소년은 목사가 말하는 소리를 듣는다. 소년은 오직 목사의 딸이,

겨우 세 살이지만 완전히 그의 마음을 사로잡은 아이만이 생각날 뿐이다. 건너다보니 아이는 어머니의 무릎에 앉아 있다. 아이는 소년을 마주 보며 눈을 깜빡인다. 하지만 더욱 흥미로운 것은 길을 향해 열려 있는, 아이 뒤쪽의 창문이다. 흰 타타가 교통 정체에 발이 잡혀 있는 그곳에, 차의 열린 창문으로 확실하게 보이는 것: 그 미국인이다!

얼마나 믿을 수 없는 일이냐고 소년은 모두에게 말하고 싶지만 물론 그래서는 안 된다. 이 사실이 마음을 끄는 목사의 딸만큼이나 소년을 미치게 만든다. 그 미국인, 공항에 있던 미국인, 전처럼 똑같은 베이지색 리넨 옷을 입은 그 미국인이다. 그의 주변 사방에서는 행상인들이 종이로 싼 뜨거운 음식과 물, 탄산음료를 가지고 차에서 차로 걸어 다니고 있고 사방에서 경적이 음악처럼 울리고 있다. 퍼레이드 같다. 미국인은 창밖으로 머리를 내민다, 아마 교통 상황을 확인하려는 것이겠지만. 그러다가 단 한 번 짧은 순간, 그의 눈이 아이의 눈과 마주친다. 소년은 그 파란 시선 안에 담겨 있는 것을 이해하지 못한다. 그것은 조난당한 사람의 눈이다. 일본으로 향하는. 그런 다음 눈에 보이지 않는 장애물이 제거되고 차량들이 앞으로 움직이기 시작하자 미국인은 차의 그림자 속으로 다시 몸을 끌어당기고 사라져버린다.

마지막의 레스

내가 앉아 있는 곳에서는 아서 레스의 이야기가 그리 나쁘지 않다. 나빠 보인다는 건 인정한다(불운이 곧 닥칠 참이니까). 나는 우리의 두 번째 만남을, 레스가 막 마흔 살이 넘었을 때를 떠올린다. 나는 새로운 도시의 칵테일파티에서 경치를 내다보다가 누군가 창문을 여는 느낌에 뒤를 돌아봤다. 누구도 창문을 열지 않았다. 그냥 새로운 사람이 방에 들어와 있었다. 그는 키가 컸고 숱이 없어져가는 금발에 영국 영주 같은 옆얼굴을 가지고 있었다. 그는 몰려다니는 사람들에게 슬픈 미소를 짓더니 (비사(祕史)를 소개받고 나서) 어떤 사람들이 "유죄!"라고 말할 때처럼 손을 들었다. 세상 어디에 가든 그는 절대 미국인이 아닌 그 누구로도 오인될 수 없었다. 내가 아직 어린아이였을 때 그 차갑고 흰 방에서 그림 그리는 방법을 가르쳐준 사람이 바로 이 사람인 줄 알아봤느냐고? 소년이라고 생각했는데 알고 보니 남자여서 배신감을 느꼈던 그 사람이라는 사실을? 처음에는 아니었다. 처음에는 확실히 내가 어렸을 때의 그라고는 생각하지 않았다. 하지만 그다음에는, 그래, 두 번째 힐끗 보고서는 그를 알아봤다. 그는 늙지는 않은 채로 나이 들어 있었다. 더 단단해진 아래턱과 더 굵어진 목. 머리카락과 피부의 색깔은 바래 있었다. 아무도 그를 소년이라고 착각하지는 않을 것이었다. 하지만 그래도 확실히 그였다. 나는 그에게서 풍기는 뚜렷하게 식별 가능한 천진난만함을 알아보았다. 내 천진난만함은 그간의 세월 속에 사라져버렸는데 그의 천진난만함은 이상하게도 사라지지 않았다. 물정 모르는 철부지. 그 공간에서 웃고 있는 다른 모든 사람들처럼 즐거운 갑옷을 둘렀어야 할 사람. 지금쯤은 껍질을 둘렀어야 마땅한 사람. 그가 그랜드센트럴 역에서 길을 잃은 사람처럼 거기 서 있었다.

딱 그런 식이다. 거의 10년이 흐른 지금도 아서 레스는 그때와 똑같은 표정을 짓고 오사카에서 비행기에서 내려 자기를 마중하러 온 사람이 아무것도 없는 것을 보더니 모든 여행자들이 인식하는 그 늪에 빠진 감각을 경험한다. 당연히 날 마중 나온 사람은 아무도 없지. 누가 왜 기억하겠어? 근데 이제 난 뭘 해야 하는 걸까? 머리 위에서는 파리 한 마리가 사다리꼴 패턴을 그리며 천장의 등 주변을 돌고 있고, 삶이라는 지속적인 모방의 과정 속에서 아서 레스는 입국 터미널 근처를 비슷하게 돌기 시작한다. 보기에는 영어로 되어 있으나 그에게는 아무런 의미가 없는(재스퍼!, 에어로넷, 골드-맨), 책을 읽던 중 그 책이 완전히 헛소리이며 사실은 꿈을 꾸고 있었다는 걸 깨닫게 되는 그 놀라운 순간을 떠올리게 하는 팻말들이 붙은 창구를 수없이 지난다. 마지막 창구에서(크롬) 나이 든 남자가 그에게 소리친다. 이제 세계적 몸짓 언어에 유창해진 아서 레스는 그 창구가 민영 버스 회사의 창구이며 교토 시의회가 그에게 표를 남겨주었다는 걸 이해한다. 표에 적힌 이름은 에스 박사다. 레스는 짧은 순간 멋진 현기증을 경험한다. 바깥에 미니버스가 기다리고 있다. 분명 레스만을 위한 것이다. 버스 기사가 나온다. 야구 모자를 쓰고 영화에 나오는 운전기사처럼 흰 장갑을 낀 모습이다. 그는 아서 레스에게 고개를 끄덕이고 레스는 버스에 들어가기 전 자기도 모르게 허리를 숙여 인사를 한다. 그는 자리를 고르고 손수건으로 얼굴을 닦은 다음, 창밖으로 그곳을, 마지막 목적지를 내다본다. 이제는 대양 하나만 건너면 끝이다. 여행 중에 그는 너무 많은 것을 잃었다. 애인, 품위, 턱수염, 정장, 그리고…… 여행 가방.

까먹고 그의 여행 가방이 일본까지 오지 못했다는 얘기를 빼먹었다.

레스는 남성 잡지에 일본 요리, 구체적으로는 가이세키 요리 리뷰를 쓰고자 이곳에 왔다. 예전에 말한 그 포커 게임에서 이 단기 일자리에 자원했었다. 그는 가이세키 요리에 대해 아는 게 아무것도 없었지만, 이틀에 걸쳐 서로 다른 네 곳에 저녁 식사 계획을 잡아놓았고 마지막으로 예약한 곳은 교토 외곽의 아주 오래된 여관이었으므로 다양한 음식을 먹게 될 거라 기대하고 있다. 이틀만 지나면 끝이다. 레스가 일본에 대해 아는 것이라고는 그가 꼬마였을 때 어머니가 특별 여행이라며 차에 태워 워싱턴 DC에 데려갔을 때의 기억, 어머니가 단추 달린 셔츠와 울 바지를 입히더니 기둥이 있는 커다란 석재 건물로 그를 데려가 눈밭에서 오랜 시간 줄을 서 있게 한 끝에 마침내 작고 어두운 방에 들어갈 수 있었던, 다양한 보물들이, 두루마리와 머리 장식과 갑옷들이(레스는 처음에 이게 진짜 사람인 줄 알았다) 모습을 드러낸 그 기억뿐이다. "일본에서 나온 건 지금이 처음이래. 아마 다시는 나오지 않을 거라더구나." 어머니가 속삭였다. 전시되어 있는 거울과 보석, 검 한 자루, 아주 현실감 넘치는 삼엄한 경비원 두 사람이 지키고 있는 그 보물들을 보고 하는 말이 분명했다. 그때 징 소리가 울리더니 그만 나가라는 말이 들렸다. 어머니는 레스에게 허리를 숙이고 물었다. "뭐가 가장 좋았니?" 레스의 말에 어머니의 얼굴은 재미있는 듯 살짝 찌푸려졌다. "정원? 무슨 정원?" 그는 신성한 보물들이 아니라 미니어처 마을을 담고 있던 유리 상자, 접안렌즈가 붙어 있어 신이 된 것처럼 한 장면한 장면을 들여다볼 수 있었던, 각 장면이 모두 절묘할 만큼 세세하게 묘사되어 있어 마치 마법의 망원경을 통해 과거를 들여다보는 것만 같았던 그 상자에 끌렸다. 상자 안의 모든 기적 중에서도 가장 훌륭한 것은 정원이었다. 똑똑 흐르는 것만 같던, 주황색 얼룩점박이 잉어가 가득한 강과 덤불을 이루고 있는 소나무며 단풍나무, 대나무로 만든 작은 분수(실제로는 바늘 정도 크기였다!), 마치 기단부의 돌 웅덩이에 물을 떨어뜨리는 것처럼 기울어지고 또 기울어지는 분수가 있는 그 정원. 그 모형은 어린 아서 레스를 몇 주 동안이나 매혹했다. 꼬마 아서는 뒤뜰의 갈색 잎사귀 사이를 걸어 다니며 그곳으로 들어가는 작은 황금 열쇠를 찾아보았다. 당연히 문을 찾게 될 거라고 생각했다.

그래서다. 이 모든 게 놀랍고 새롭다. 아서 레스는 버스에 앉아 산업적인 풍경이 고속도로를 따라 꽃 피어나는 모습을 지켜본다. 아마 좀더 예쁜 것을 기대했던 것 같다. 하긴, 가와바타가 오사카 주변의 변화하는 풍경에 대해 글을 쓴 것도 벌써 60년 전이었다. 레스는 피곤했다. 비행기도 연결편도, 프랑크푸르트 공항에서의 약에 취한 여행보다도 더 꿈결처럼 느껴졌다. 그는 카를로스에게서 다시 소식을 듣지 못했다. 한 조각 헛소리가 머릿속에서 윙윙댄다. 이게 프레디 때문일까? 하지만 그 이야기는 이미 끝났고 이 이야기도 거의 마찬가지다.

버스는 교토까지 계속 나아간다. 교토는 앞서 보이던 작은 읍내들을 정교화한 곳으로만 느껴지고 레스는 여기가 아직 시내인지 알아보려 하던 중―혹시 여기가 주요 도로일까, 혹시 저게 진짜 가모강일까― 목적지에 도착한다. 주요 도로에서 조금 떨어져 있는, 나지막한 나무 담장. 검은 정장을 입은 젊은 남자가 허리 숙여 인사하고 레스의 여행 가방이 있어야 할 곳을 이상하다는 듯 바라본다. 기모노를 입은 중년 여자가 자갈이 깔린 뜰에서 다가온다. 그녀는 밝게 화장을 했고 머리카락은 레스가 20세기 초반과 연관 짓는 스타일로 말아 올렸다. 깁슨 걸*. "아서 씨." 그녀가 허리를 숙이며 말한다. 그도 답례로 허리를 숙인다. 그녀의 뒤쪽 책상에서 소동이 벌어지고 있다. 마찬가지로 기모노를 입은 늙은 여자가 핸드폰으로 수다를 떨며 벽의 달력에 뭔가 표시하는 중이다.

"그냥 저희 어머니세요." 여관 주인이 한숨을 쉬며 말한다. "아직도 어머니가 여기 주인인 줄 아시죠. 저흰 예약을 하실 수 있도록 어머니께 가짜 달력을 드리고 있어요. 전화도 가짜예요. 차 한 잔 타드릴까요?" 그는 그러면 정말 좋겠다고 말하고 그녀는 듬뿍 미소를 짓는다. 그런 다음 그녀의 얼굴이 끔찍한 슬픔을 느끼는 듯 어두워진다. "그리고 정말로 죄송해요, 아서 씨." 사랑하는 이와 사별하는 말투다. "너무

---

* 높은 목, 풍성한 소매와 가는 허리를 강조한 패션 스타일. 풍성하게 틀어 올린 머리 모양도 특징이다.

일찍 오셔서 벚꽃을 보실 수 없을 것 같아요."

차를 마신 다음(차는 여관 주인이 직접 탄다. 씁쓸한 녹색 거품이 일도록 젓고는—"차를 마시기 전에 설탕 과자를 드셔주세요") 객실로 안내되고 그곳이 소설가 가와바타 야스나리가 가장 좋아하는 객실이었다는 말을 듣는다. 옻칠이 된 나직한 탁자가 다다미 바닥에 놓여 있다. 여인이 뒤쪽의 종이 벽을 미끄러뜨려 열자 최근에 내린 빗방울이 똑똑 떨어지고 있는, 달빛이 밝혀진 모퉁이 정원이 드러난다. 가와바타는 비가 내리는 이 정원이야말로 교토의 심장이라고 썼다. 그녀가 힘주어 말한다. "아무 정원이 아니라, 바로 이 정원이었답니다." 그녀는 욕실 욕조에 이미 물을 데워놨으며 언제든 그가 필요하면 쓸 수 있도록 직원이 계속 항상 물을 덥혀놓을 것이라고 알려준다. 항상. 옷장에는 그가 입을 유카타가 들어 있다. 저녁 식사는 방에서 하실 건가요? 그녀가 직접 저녁 식사를 가져다주겠다고 한다. 그가 리뷰하게 될 네 가지 가이세키 요리 중 첫 번째다.

레스는 가이세키 식단이 사찰과 왕실에서 모두 먹던 오래된 정식이라고 알고 있었다. 보통은 일곱 가지 코스로 제공되며 각각의 코스는 특별한 유형의 음식(구운 것, 삶은 것, 날것)과 제철 재료로 이루어져 있다. 오늘 밤에는 강낭콩과 쑥, 감성돔이다. 레스는 절묘한 음식과 그녀가 음식을 내놓는 우아한 태도에 겸허해진다. "내일은 아서 씨를 뵐수 없다는 점, 진심으로 사죄드려요. 도쿄에 가야 하거든요." 그녀는 기적 중에서도 가장 특별한 기적, 아서 레스와의 또 다른 하루를 놓친 것처럼 이 말을 한다. 레스의 눈에는 그녀의 입 주변 주름에 감도는, 배우자와 사별한 모든 여인이 비밀리에 짓는 미소의 그림자가 보인다. 그

녀는 허리를 숙이고 나갔다가 시음용 사케를 가지고 돌아온다. 레스는
세 종류를 모두 마셔본 뒤 무엇이 가장 마음에 드느냐는 질문을 받자
사실 차이점을 모르지만 '토니'라고 답한다. 가장 좋아하는 사케는 뭐
냐고 반문한다. 그녀는 눈을 깜빡이며 말한다. "토니랍니다." 저렇게 인
정 많게 거짓말하는 방법을 배울 수만 있다면.

  다음 날이 벌써 마지막 날이다. 빡빡한 하루가 될 것만 같다. 레스는
레스토랑 세 곳을 방문할 준비를 해두었다. 아침 11시, 아직도 전날 입
은 옷을 그대로 입고 있던 아서 레스는 첫 번째 레스토랑에 가려고 호
텔 직원들이 신발을 보관해두는, 번호가 붙은 신발장에서 신발을 꺼내
다가 나이 든 어머니에게 기습당한다. 그녀는 겨울의 찌르레기처럼 작
게 움츠러들고 나이로 얼룩덜룩해진 채 접수대 뒤에 서 있다. 아흔 살
은 되어 보이는 그녀는 일본어를 하지 못하는 레스의 무능에 대한 치
료제가 더 많은 일본어를 적용하는 것이라는 듯(이열치열식의 감성이
다) 계속해서 수다를 떨어댄다. 그렇지만 여행과 팬터마임으로 점철된
몇 달을 보냈기에, 감정이입과 텔레파시로만 이루어진 한심한 여행을
해왔기에, 레스는 알아들을 수 있을 것 같다는 기분이 든다. 그녀는 젊
은 시절에 대해 이야기하고 있다. 그녀가 여관 주인이었던 시절을. 그
녀가 의자에 앉아 있는 서양인 부부를 찍은 낡은 흑백사진을 꺼내자—
남자는 은발이고 털모자를 쓴 여자는 꽤 도시적이다—레스는 그가 차
를 마셨던 방을 알아본다. 그녀는 차를 대접하고 있는 소녀가 자신이며
그 남자는 유명한 미국인이라고 말하고 있다. 깨달음이 심해(深海) 잠
수부처럼 천천히 신중하게 떠오르면서 기대감에 찬 긴 침묵이 흐르다

가 마침내 수면에 닿자 레스가 소리친다.

"찰리 채플린!"

나이 든 여자는 기뻐서 눈을 감는다.

머리를 땋은 젊은 여자가 오더니 접수대 뒤의 작은 텔레비전을 켜고 채널을 돌리다가 일본 왕이 손님 몇 명과 함께 차를 마시는 장면에서 멈춘다. 손님 한 명은 레스도 알아본다.

"저분, 여기 주인이세요?" 그가 젊은 여자에게 묻는다.

"아, 네." 그녀가 말한다. "작별 인사를 하지 못한 점, 정말로 죄송하다고 하셨어요."

"왕이랑 차를 마시기 위해서라는 얘긴 안 하셨는데요!"

"진심으로 사죄한다고 하셨어요, 레스 씨." 더 많은 사과가 이어진다. "여행 가방이 여기 도착하지 않은 것도 정말 죄송하고요. 그런데 오늘 아침 일찍 전화가 왔어요. 메시지가 있어요." 그녀는 레스에게 봉투를 건네준다. 안에는 전부 대문자로 메시지가 적힌 종이 한 장이 들어 있다. 구식 전보처럼 읽힌다.

아서 걱정은 하지 말고 여기서 지금 로버트한테 뇌졸중이 왔어
가능할 때 전화해
─메리언

"아서, 너구나!"

메리언의 목소리─그들이 마지막으로 이야기를 나눈 건 거의 30년 전이다. 이혼 후 그녀가 그를 어떻게 불렀을지는 오직 상상만 가능하다. 레스는 멕시코시티를 떠올린다. 선생 안부를 물으시던데요. 소노마는 아직 전날 밤 7시다.

"메리언, 무슨 일이에요?"

"아서, 걱정 마, 걱정 마. 괜찮아."

"무슨. 일이냐고요."

세계 반대편에서 들려온 한숨 소리. 레스는 걱정을 잠깐 내려놓고 감탄한다. 메리언! "그냥 자기 아파트에서 책을 읽다가 바닥에 쓰러졌어. 다행히 존이 있었고." 존은 간호사다. "멍이 약간 들었어. 말하는 게 좀 어렵고 오른손에도 약간 문제가 있어. 가벼운 문제야." 그녀는 완고하게 말한다. "가벼운 뇌졸중이야."

"가벼운 뇌졸중이 뭐예요? 아무것도 아니란 말이에요, 아니면 세상에, 심각한 뇌졸중이 아니라서 다행이다, 라는 뜻이에요?"

"세상에 쪽이야. 계단이나 뭐 그런 데 있지 않았던 것도 세상에 다행이다 할 일이고. 잘 들어, 아서. 걱정할 필요는 없어. 하지만 전화를 걸고 싶었어. 로버트의 비상 연락망에서 네가 제일 첫 번째였거든. 하지만 사람들이 네가 어디 있는지 몰라서 나한테 전화를 건 거야. 내가 두 번째라서." 작은 웃음. "운이 좋았지, 난 몇 달째 집에 처박혀 있었으니까!"

"아, 메리언, 엉덩이뼈가 부러지셨다면서요!"

다시 한숨. "알고 보니까 부러진 게 아니었어. 시퍼렇게 멍이 들긴 했지만. 아무튼 뭘 어쩌겠어? 원래 뭐든 부서지기 마련인걸. 멕시코시티에는 못 가서 유감이네. 그렇게 다시 만났다면 더 좋았을걸."

"로버트랑 함께 계신다니 정말 다행이에요, 메리언. 내일 돌아갈게요, 저도 확인을 해봐야……."

"아니, 아니야, 아서, 그러지 마! 신혼여행 중이잖아."

"네?"

"로버트는 괜찮아. 내가 여기 일주일 정도 있을 거야. 로버트는 돌아오면 천천히 봐. 로버트가 고집을 피우지만 않았으면 굳이 너한테까지 연락하지도 않았을 거야. 로버트가 널 그리워해, 당연한 말이지만. 상황이 상황이니까."

"메리언, 전 신혼여행을 온 게 아니에요. 기사 쓸 게 있어서 일본에 와 있어요."

하지만 메리언 브라운번의 말에 반박할 방법은 없다. "로버트는 네가 결혼을 했다던데. 프레디 머시기랑 결혼했다고."

"아니 아니, 아니, 아니에요." 아서는 그렇게 말하다가 문득 현기증을 느낀다. "프레디 머시기는 다른 머시기랑 결혼했어요. 중요한 건 아니고요. 바로 갈게요."

"잘 들어." 메리언이 사무적인 목소리로 말한다. "아서. 비행기 탈 생각은 꿈도 꾸지 마. 로버트가 아주 화낼 거야."

"여기 그냥 있을 수는 없어요, 메리언. 당신이라도 여기 가만히 있지는 않을 거잖아요. 우린 둘 다 로버트를 사랑해요, 우리 둘 다 로버트가 괴로워하고 있는데 가만히 있지는 않을 거라고요."

"좋아. 너희 남자애들이 하는 그 영상통화 한번 해보자……."

그들은 10분 뒤 다시 이야기를 나누기로 약속한다. 그 10분 동안 레스는 여관의 컴퓨터를 찾아내는데, 놓여 있는 오래된 방을 생각하면 놀라울 정도로 최신형 컴퓨터다. 영상통화를 기다리면서 그는 창문 곁

그릇에 놓여 있는 극락조 모형을 뚫어지게 바라본다. 가벼운 뇌졸중이라니. 엿이나 먹어라, 인생아.

로버트와 함께한 아서 레스의 인생은 프루스트를 다 읽었을 때쯤 끝났다. 그게 레스의 인생에서는 가장 장엄하고 경악스러운 경험이었다―그러니까, 마르셀 프루스트가 말이다. 《잃어버린 시간을 찾아서》의 3000페이지를 다 읽기까지는 온 정신을 기울인 다섯 해의 여름이 꼬박 걸렸다. 그 다섯 번째 여름에, 레스가 케이프코드에 있는 친구 집 침대에 누워 있던 어느 오후, 마지막 권을 3분의 2쯤 읽었을 때 갑자기, 아무런 경고도 없이, 끝이라는 단어가 나왔다. 오른손에 약 200페이지 정도를 더 쥐고 있었지만 그건 프루스트가 아니었다. 편집자의 주석과 후기라는 잔혹한 장난이었다. 레스는 속은 듯, 사기를 당한 듯, 그가 5년 동안 준비해온 기쁨을 거부당한 듯한 기분이 들었다. 그는 20페이지 앞으로 돌아갔다. 그 느낌을 다시 쌓아보려 노력했다. 하지만 너무 늦었다. 있었을지도 모를 기쁨은 영원히 떠나버렸다.

로버트가 떠났을 때의 기분이 그랬다.

아니, 어쩌면 그가 로버트를 떠났다고 생각하려나?

프루스트에 대해서도 그랬듯 레스는 끝이 다가온다는 걸 알고 있었다. 15년, 사랑의 기쁨은 바랜 지 오래였고, 바람피우기가 시작됐다. 여러 남자들과의 분별없는 장난 때문만이 아니라 눈에 보이는 모든 것을 망가뜨리는, 한 달에서 1년 정도 지속된 비밀 불륜 때문이었다. 레스는 사랑에 얼마나 탄력성이 있는지 시험하고 싶었던 걸까? 레스도 결국은 중년 남자에게 자신의 젊음을 기꺼이 바치고 스스로 중년이 되어가는 지금에는 낭비해버린 자산을 돌려받고 싶어 하는 그저 그런 남자일 뿐인 걸까? 섹스와 사랑과 어리석은 짓을, 로버트가 그 오랜 세월 전에 그를 구원해 피하게 해준 바로 그것들을 원하는? 좋은 것들, 안전과 편안함, 사랑—레스는 어느새 그것들을 조각조각 박살 내고 있었다. 아마 그는 자기가 무얼 하는지 몰랐을 것이다. 아마 일종의 광기였을 것이다. 하지만 어쩌면 알았던 건지도 모른다. 어쩌면 그는 더 이상 살고 싶지 않아진 집을 불태워 무너뜨리는 중이었을지도 모른다.

진짜 끝은 로버트가 또 한 번 낭독 여행을, 이번에는 남부 전역으로 떠났을 때 찾아왔다. 로버트는 도착한 첫날 밤에 의무적으로 전화를 걸었지만 레스가 집에 없었다. 이어지는 며칠 동안 레스의 음성 사서함은 처음엔, 예를 들면, 썩어가는 드레스처럼 오크 나무에 늘어져 있는 스페인 이끼에 관한 이야기, 그다음에는 점점 더 짧은 메시지로 채워지다가 마지막에는 아무것으로도 채워지지 않게 되었다. 사실 레스는 로버트가 돌아올 때를, 그가 아주 심각한 대화를 계획하고 있던 때를 대비하고 있었다. 그는 6개월의 부부 상담을 감지했고 그 상담이 눈물 어린 작별로 끝나리라는 걸 감지했다. 아마 그 모든 일에 1년이 걸릴 터였다. 하지만 시작은 지금 해야 했다. 마음 한편이 걸리는 채로, 그는 매표소로 가기 전에 외국어를 연습하는 사람처럼 대사를 연습했다. "내 생각엔 우리 둘 다 뭔가 제대로 돌아가지 않는다는 걸 알고 있는 것 같아, 내 생각엔 우리 둘 다 뭔가 제대로 돌아가지 않는다는 걸 알고 있는 것 같아, 내 생각엔 우리 둘 다 뭔가 제대로 돌아가지 않는다는 걸 알고 있는 것 같아." 그렇게 닷새 동안의 침묵이 이어진 후 마침내 전화가 울렸고 레스는 심장마비를 억누르며 전화를 받았다. "로버트! 이제야 전화를 걸었네요. 할 얘기가 있어요. 내 생각엔 우리 둘 다……."

하지만 그의 말은 로버트의 깊은 목소리에 관통당했다. "아서, 난 널 사랑하지만 집에 가지 않을 거야. 마크가 오늘 가서 내 물건 몇 가지를 챙겨 올 거고. 미안하지만 지금은 그 얘기를 하고 싶지 않아. 난 화가 난 게 아니야. 널 사랑해. 화가 난 게 아니야. 하지만 우리 둘 중 누구도 과거의 우리는 아니야. 안녕."

끝. 그리고 그가 손에 쥐고 있는 것이라고는 주석과 후기뿐이었다.

"이게 누구신가, 아서."

로버트다. 연결 상태는 엉망이지만 화면에 나타나 있는 그 사람은 로버트 브라운번, 세계적으로 유명한 시인이다. 로버트의 곁에 (분명 전송상의 효과겠지만) 그의 외형질 메아리가 보인다. 여기에 그가 있다. 살아 있다. 머리가 아름답게 벗겨졌다, 아기의 후광 같은 머리카락이 보인다. 그는 파란색 테리* 목욕 가운을 입고 있다. 미소에는 옛날 그대로 기지 넘치는 장난기가 담겨 있지만 지금은 그 미소가 오른쪽으로 처져 있다. 뇌졸중이라니. 빌어먹을. 코 아래로는 튜브 하나가 가짜 콧수염처럼 지나가고 목소리는 모래처럼 갈라진다. 그의 옆에서 (아마 마이크가 가까워서 더 크게 들리는 것이겠지만) 기계의 시끄러운 호흡이 들려와 가끔씩 레스의 집에 전화를 걸던 '쌕쌕이'의 기억을 떠올리게 한다. 어린 아서 레스는 매료되어 그 소리에 귀를 기울였고 그럴

---

* 타월처럼 수분 흡수가 잘되는 직물.

때마다 어머니가 소리쳤다. "아, 엄마 남자 친구니? 곧 간다고 해!" 그렇게, 여기 로버트가 있다. 쓰러져 말이 어눌해진 채로 굴욕적이지만 살아 있는.

레스: "좀 어때요?"

"술집에서 싸움이라도 한 것 같은 기분이야. 저승에서 너한테 전화를 걸고 있는 거지."

"끔찍해 보여요. 어떻게 이런 짓을 할 수가 있어요." 레스가 말한다.

"내가 이 정돈데 상대방은 무슨 꼴이겠어." 그의 단어는 웅얼거리는 듯하고 어색하다.

"스코틀랜드 사람처럼 말하네." 레스가 말한다.

"우린 우리 아버지들이 되는 거야." 아니면 할아버지들이. 그의 'ㄹ' 발음이 'ㅇ'으로, 낡은 원고에서처럼 변해버렸다. 인생사의 과정에서 피하 슈 없는 이은…….

그때 의사가, 검은 안경을 쓴 나이 든 여자가 시야 안으로 몸을 기울인다. 깡마르고 뼈가 드러나 보이는, 오랫동안 주머니 속에 구겨져 있던 것처럼 주름지고 아래턱 밑에는 턱 볏이 있다. 흰 단발머리에 남극의 눈. "아서, 메리언이야."

와, 웬 농담들을 이렇게 하시나! 레스는 생각한다. 장난이지! 프루스트의 끝 장면에는 화자가 사회를 벗어나 여러 해를 보낸 뒤 아무도 코스튬 파티라는 얘기를 해주지 않아 격노한 채 파티에 도착한다. 모두가 흰 가발을 쓰고 있었던 것이다! 그러다가 그는 깨닫는다. 이건 코스튬 파티가 아니다. 그냥 모두가 늙었을 뿐이다. 하지만 여기서, 첫사랑을, 그의 첫 아내를 보고 있자니—당연히 장난이지! 하지만 문제의 장난은 너무 길게 이어진다. 로버트는 계속 묵직하게 숨을 쉰다. 메리언은 미소 짓지 않는다. 아무도 장난을 하는 게 아니다.

"메리언, 멋져 보이네요."

"아서, 다 컸구나." 그녀가 생각에 잠긴다.

"쟤 쉰 살이야." 로버트가 말하더니 불편해 움찔한다. "생일 축하한다, 꼬마. 놓쳐서 미안하네." 놓쳐셔 미안. 인생과 자유, 행복의 추구. "내가 죽음과 약속이 있어서 말이야."

메리언이 말한다. "그런데 죽음이 나타나질 않았어. 잠시 동안 너희 남자애들끼리 놔둘게. 하지만 잠시뿐이야! 이 사람 지치게 만들지 마, 아서. 우린 우리 로버트를 챙겨야 해."

30년 전, 샌프란시스코의 해변.

그녀가 사라진다. 로버트의 눈은 그녀가 떠나는 걸 지켜보더니 레스에게 돌아온다. 오디세우스와 같은 음영의 행렬에 이어, 이제 그의 눈 앞에는 테이레시아스다. 견자(見者). "너도 알겠지만 메리언이 여기 있으니 좋아. 날 미치게 만들거든. 계속 움직이게 만들지. 전처와 십자말풀이를 하다니 그런 일은 다신 없을걸. 넌 대체 어디 있는 거야?"

"교토요."

"뭐?"

레스가 앞으로 몸을 숙이며 소리친다. "교토요. 일본. 하지만 돌아가서 형을 만날 거예요."

"집어치워. 난 괜찮아. 소근육 기능은 잃었지만 빌어먹을 정신이 나간 건 아니니까. 나한테 뭘 시켰는지 좀 봐." 그는 아주 느린 동작으로 간신히 손을 들어 올린다. 손안에는 밝은 초록색 퍼티 공이 들어 있다.

"이걸 하루 종일 주물러대야 해. 여긴 저승이라고 했지? 시인들은 영원한 세월 동안 진흙 조각을 주물러대야 하는 거야. 다들 여기 있어, 월트와 하트와 에밀리와 프랭크가. 미국파 말이지. 진흙 조각을 주물러대면서. 소설가들이 해야 하는 건,"—그는 눈을 감고 잠시 숨을 고른 뒤 보다 약하게 말을 잇는다—"소설가들이 해야 하는 건 우리를 위해 술을 타는 거야. 인도에서는 소설 좀 썼어?"

"네. 한 장(章) 남았어요. 형이 보고 싶어요."

"빌어먹을 소설이나 마저 써."

"로버트⋯⋯."

"내 뇌졸중을 핑계로 삼지 말란 말이야. 겁쟁이 같으니! 넌 내가 죽을까 봐 무서운 거야."

레스는 대답할 수 없다. 그게 사실이니까. 내가 네 삶에서 벗어났다는 건 알아 / 하지만 내가 죽는 그날엔 / 네가 울게 되리란 걸 알아. 침묵 속에, 기계가 계속해서 숨을 쉰다. 로버트의 얼굴이 약간 무너진다. 요라르 이 요라르, 요라르 이 요라르.

"아직은 아니야, 아서." 그가 활기차게 말한다. "빌어먹을, 그렇게 서두르지 말라고. 누가 나더러 네가 턱수염을 길렀다던데?"

"형이 메리언한테 제가 프레디랑 결혼했다고 했어요?"

"내가 무슨 소릴 했는지 누가 알겠어? 내가 무슨 말을 하는지 알고 하는 사람처럼 보여? 결혼은 한 거야?"

"아뇨."

"그렇게 여기에 와 있는 거군. 우리 둘 다 여기에 와 있어. 너 아주, 아주 슬퍼 보이는구나, 꼬마야."

그런가? 잘 쉬고 사람들이 응석도 받아주고 목욕을 하고 나와 상쾌한데? 하지만 테이레시아스에게는 아무것도 숨길 수 없다.

"걜 사랑했어, 아서?"

아서는 아무 말도 하지 않는다. 한때—화장실에서 넘어져 머리를 부딪치고 (미국 보건 의료 시스템의 가격을 이해하지 못한 채) 병원에 가야겠다고 고집을 피우던 가모장과 그녀의 독일인 관광객 가족, 웨이터 두 사람을 제외하면 기본적으로는 버려진, 샌프란시스코 노스비치의 어느 형편없는 이탈리아 레스토랑에서—로버트 브라운번이, 겨우 46세인 그가 아서 레스의 손을 잡고 이렇게 말했다. "내 결혼 생활은 실패하고 있어, 실패한 지 오래됐어. 메리언과 나는 더 이상 잠도 거의 같이 자지 않아. 나는 아주 늦게 잠자리에 들고 메리언은 아주 일찍 일어나거든. 메리언은 우리한테 아이가 없다는 것 때문에 화가 나 있지. 그리고 이젠 너무 늦어버렸으니까 더 화가 나 있어. 난 이기적이고 돈 감각도 형편없어. 너무 불행해. 너무, 너무 불행해, 아서. 내 말은, 널 사랑한다는 거야. 널 만나기 전에도 메리언을 떠나려고 하긴 했어. 5월의 매일 아침, 나는 그대의 기쁨을 위해 춤추고 노래하리라, 시는 그렇게 흘러갔던 것 같아. 어딘가에 거지 같은 집을 살 돈은 있어. 난 적은 돈만 가지고 살아가는 방법을 알고. 터무니없는 소리라는 건 알아. 하지만 넌 내가 원하는 것이야. 다른 사람이 뭐라 하든, 빌어먹을 뭔 상관이겠어? 너는 내가 원하는 것이야, 아서. 그리고 나는……." 하지만 그 이상은 없었다. 로버트 브라운번이 이 젊은이와 함께 있을 때 무릎을 꿇곤 하던 열망 속에서 버티려고, 그들이 다시는 돌아오지 않을 이 형편없는 이탈리아 레스토랑에서 그의 손을 꽉 쥔 채 눈을 감았기 때문이었다. 눈앞에서 시인이 고통 속에 움찔거리고 있었다. 아서 레스 때문에 괴로워하고 또 괴로워하고 있었다. 레스가 언제든 다시 그렇게 사랑받을 수 있을까?

75세의 로버트가 무겁게 숨을 쉬며 말한다. "이런, 불쌍한 내 꼬마. 많이 사랑하는 거야?"

그래도 아서는 아무 말도 하지 않는다. 이제 로버트는 아무 말도 하지 않는다. 그는 누군가에게 사랑이나 슬픔에 대해 설명하라고 요구하는 일이 얼마나 이상한지 알고 있다. 사랑은 손가락으로 짚을 수 없다. 그렇게 하려 드는 건 하늘을 가리키며 "저거요, 저 별, 저기 저거요"라고 말할 때처럼 전달되지 않는, 부질없는 일이 될 것이다.

"누군가를 만나기엔 난 너무 늙은 걸까요, 로버트?"

로버트는 약간 몸을 세워 앉는다. 그의 기분이 다시 명랑해져간다. "네가 너무 늙었느냐고? 무슨 소리를 하는 거야? 요전에 과학을 다룬 텔레비전 프로그램을 보고 있었어. 그런 게 요즘 내가 하는 착한 늙은이 짓이거든. 요즘에 나는 아주 무해하단 말이지. 그 프로그램은 시간여행에 대한 거였어. 거기에 과학자 한 명이 나와서 가능하다면 지금 타임머신을 하나 만들어야 한다는 거야. 그리고 몇 년 뒤에 다른 타임머신을 만드는 거지. 그러면 앞뒤로 오갈 수 있대. 일종의 타임터널처럼. 하지만 문젠 이거야, 아서. 첫 번째 기계를 발명하기 이전으로는 절대 돌아갈 수 없어. 정말이지 상상력에 큰 타격이라는 생각이 들어. 난 그걸 받아들이기가 아주 힘겨웠다고."

아서가 말한다. "히틀러는 절대 죽일 수 없겠네요."

"하지만 지금도 이미 그런 식이라는 건 너도 알잖아. 사람들을 만날 때 말이야. 예를 들어서 서른 살일 때 어떤 사람을 만난다면 서른 살보다 어린 시절의 그 사람은 절대 상상할 수 없어. 내 사진들 봤었지, 아서. 넌 스무 살 시절의 나를 봤어."

"잘생긴 남자였죠."

"하지만 정말은, 정말로는 말이야, 넌 마흔 살보다 어린 나를 상상할 수가 없잖아?"

"당연히 할 수 있어요."

"그려볼 수야 있겠지. 하지만 상상은 거의 불가능해. 그 이상 돌아갈 수는 없어. 그건 물리학 법칙 위반이야."

"형 너무 흥분하는 것 같아요."

"아서, 너를 보면 난 아직도 빨간 발톱을 하고 해변에 있던 그 소년이 보여. 처음에는 그렇게 보이지 않더라도 내 눈이 적응해. 나한텐 멕시코에서의 그 스물한 살짜리 소년이 보여. 로마의 호텔 방에 있는 그 청년이 보여. 첫 작품을 들고 있는 그 젊은 작가가 보인다고. 내 눈에 넌 어려. 나한테 너는 항상 그럴 거야. 하지만 다른 사람들한테는 아니지. 아서, 지금 널 만나는 사람들은 절대 젊은 너를 상상할 수 없을 거야. 절대로 쉰 살 전으로 돌아갈 수는 없어. 그게 전부 나쁜 것만은 아니지. 이젠 사람들이 항상 너를 어른으로 생각할 거라는 뜻이니까. 널 진지하게 생각할 거야. 네가 디너파티 내내 사실은 티베트 얘기를 하는 거면서 네팔이 어쩌고저쩌고 떠들어댔던 적이 있었다는 걸 모를 거라고."

"또 그 얘기를 꺼내다니 믿을 수가 없네."

"한때 네가 토론토를 캐나다의 수도라고 했던 것도."

"메리언 데려와서 플러그 뽑으래야겠다."

"하필 또 캐나다 총리한테 그렇게 말했었지. 난 널 사랑해, 아서. 내 요점은,"—이런 열변을 토한 뒤 그는 기운을 모두 소진한 것처럼 몇 차례 심호흡을 한다—"내 요점은, 빌어먹을 인생에 돌아온 걸 환영한다는 거야. 쉰 살은 아무것도 아니야. 난 쉰 살 때를 돌아보면, 씨발 뭘 그렇게 걱정했던 거지? 하는 생각이 들어. 지금의 날 봐. 나는 저승에 있어. 가서 즐겨." 테이레시아스가 말한다.

메리언이 다시 화면에 나타난다. "좋아, 소년들. 시간 끝. 이제 이 사람을 쉬게 해줘야 해."

로버트가 전처에게 몸을 숙인다. "메리언, 결혼한 게 아니래."

"아니래?"

"확실히 내가 잘못 들었나 봐. 그 친구는 다른 사람하고 결혼했다는데."

"뭐, 똥 같네." 그녀는 그렇게 말하더니 동정 어린 표정으로 카메라를 돌아본다. 머리핀으로 잡아둔 흰머리, 과거의 어느 햇살 좋은 날을 반사하는 둥근 검은색 안경. "아서, 이 사람은 지쳤어. 다시 보니까 반갑네. 나중에 다시 수다 떨 수 있을 거야."

"전 내일 집으로 가요, 차 타고 갈게요. 로버트, 사랑해요."

늙은 불한당은 아서에게 미소를 지으며 고개를 젓는다. 두 눈이 밝고 선명하다. "항상 사랑한다, 아서 레스."

"이 방에서는 식사 전에 옷을 벗습니다." 젊은 여자는 문 앞에서 잠시 멈추더니 손으로 입을 가린다. 두 눈은 공포로 크게 떠여 있다. "옷이 아니고요! 신발요! 우리는 신발을 벗습니다!"오늘 레스가 들를 레스토랑 세 곳 중 첫 번째 장소다. 로버트에게 전화를 거느라 이미 스케줄이 바뀌었기에 얼른 식사를 시작하고 싶어 좀이 쑤신다. 그는 투지를 보이며 여자의 포니테일을 따라 식탁과 푹 꺼진 좌석이 설치되어 있는 거대한 홀로 들어간다. 온통 빨간 옷을 입은 노인 한 명이 허리를 숙이며 말한다. "이곳은 연회장으로, 보시다시피 마이코* 춤을 위한 장소로 바뀝니다." 그가 버튼을 누르자 제임스 본드 영화의 악당 소굴처럼 뒤쪽 벽이 아래쪽으로 기울기 시작해 무대가 되고 위쪽에서 극장 조명이 회전하며 나온다. 두 사람은 이 모습에 대단히 기뻐하는 것처럼 보인다. 레스는 마이코가 대체 무엇인지 모른다. 그는 창가 옆자리로 안내된 뒤 기대에 부풀어 가이세키 요리를 기다린다. 전처럼 일곱 가지 요리가 거의 세 시간에 걸쳐 나온다. 구운 것, 삶은 것, 날것. 그리고—왜 이럴 거라고 예상하지 못했을까?—이번에도 강낭콩, 쑥, 감성돔이다. 이번에도 훌륭하다. 하지만 첫 번째 데이트 이후 너무 금방 이어진 두 번째 데이트처럼, 조금은 익숙하달까?

지금의 날 봐, 로버트의 목소리가 들려온다. 앞서의 통화 이후로 뇌리를 떠나지 않는다. 나는 저승에 있어. 뇌졸중. 로버트는 한 번도 자기 몸에 친절하게 군 적이 없었다. 그는 자기 몸을, 마치 바다에 빠뜨렸다가 구겨진 채 구석에 놔둔 오래된 가죽 코트라도 되는 것처럼 걸치고 다녔으며, 레스는 그 신체에 남은 흔적과 흉터와 통증을 나이로 인한 고장이라기보다는 그 반대로 보았다. 레이먼드 챈들러가 한때 썼던 표현

---

* 견습 게이샤.

대로 "현란한 인생"의 증거라고 말이다. 그의 몸은 어쨌거나 그 위대한 정신을 운반하는 그릇이었을 뿐이다. 왕관을 담는 보관함. 그리고 로버트는 어미 호랑이가 새끼를 돌보듯 그 정신을 돌보았다. 그는 술과 마약을 끊었고 엄격한 수면 일정을 지켰다. 그는 솜씨가 좋고 조심스럽다. 그걸 훔친다는 건—그의 정신을 훔친다는 건—인생의 강도질이다! 마치 렘브란트를 액자에서 잘라 가는 것과도 같다.

그날의 두 번째 식사는 스웨덴식 수수함의 극단으로, 금빛 목재로 장식된, 보다 현대적인 레스토랑에서 이루어진다. 웨이터도 금발의 네덜란드 사람이다. 레스는 초록색 봉오리로 장식된 나무가 단 한 그루 있는 풍경으로 안내된다. 문제의 나무가 벚나무라 그는 벚꽃을 보기에는 너무 일찍 왔다는 얘기를 듣는다. "네, 네, 알고 있어요." 그는 할 수 있는 한 정중하게 말한다. 이어지는 세 시간 동안 그는 구워지고, 삶아지고, 날것인 강낭콩, 쑥, 감성돔을 대접받는다. 그는 미칠 것 같은 미소를 짓고 한 접시 한 접시를 맞아들이며 니체의 영원회귀라는 개념을, 존재의 나선형적 속성을 깨닫는다. 그는 조용히 중얼거린다. 또 너구나.

쉬려고 **료칸**으로 돌아왔을 때는 늙은 여자가 사라지고 없지만 머리를 땋은 젊은 여자는 아직 거기에서 영어 소설을 읽고 있다. 그녀는 짐가방에 대해 한 번 더 사죄하며 그를 환영한다. 짐 가방은 아무것도 도착하지 않았다고 한다. 왠지 레스는 더 이상 견딜 수가 없어 접수대에 기댄다. "하지만, 레스 씨." 여자가 기대를 담아 말한다. "소포는 하나 도착했어요."

이탈리아 소인이 찍힌 야트막한 갈색 상자는 문학제에서 보내온 책이나 그 비슷한 것일 게 분명하다. 레스는 소포를 방으로 가져가 정원 앞 탁자에 올려놓는다. 욕실에는 마법에 걸린 오두막에라도 들어온 듯 목욕물이 이미 완벽하게 데워져 그를 기다리고 있다. 그는 다음 식사를 준비하면서 지친 몸을 적신다. 눈을 감는다. 걜 사랑했어, 아서? 사방에 참죽나무 향이 난다. 이런, 불쌍한 내 꼬마. 많이 사랑하는 거야?

그는 몸을 말리고 회색 퀼트 로브를 입으며 인도 이후로 계속 입고 있는 시들어버린 리넨 옷을 입을 준비를 한다. 소포는 탁자에서 그를 기다리고 있다. 너무 피곤해서 나중에 열어볼까 싶은 생각도 든다. 하지만 그는 한숨을 쉬며 소포를 연다. 이탈리아의 크리스마스 포장지 여러 겹에 싸여 있는 것은―어떻게 일본 주소를 남겨놨다는 걸 잊어버렸단 말인가?―흰 리넨 셔츠와 구름처럼 회색인 정장이다.

마지막 도전 과제라도 되는 건지 이번 여행의 마지막 레스토랑은 교토 외곽의 산등성이에 위치해 있다. 레스는 자동차를 렌트해야만 한다. 렌트는 레스가 상상했던 것보다 순조롭게 진행된다. 그의 국제 운전면허증은, 레스가 보기에는 허술한 가짜 같지만 아주 진지하게 받아들여지고, 마치 기념품으로 나눠줄 것처럼 여러 차례 복사된다. 그는 병원에서 나오는 디저트처럼 작고 단조롭고 하얀 자동차로 안내되는데 타보니 핸들이 없다―그런 뒤에야 레스는 운전석으로 안내되는데, 그러는 내내 즐겁게 생각한다. 아, 이쪽 반대편에서 운전을 하나 보구나! 어째서인지 그는 한 번도 그 생각을 해본 적이 없었다. 이런 생각을 한 번도 해본 적 없는 사람들에게도 국제 운전면허증을 내줘야 하는 걸까? 하지만 그는 인도에서도 지내지 않았던가. 이 모든 건 거꾸로 운전의 문제일 뿐이다. 마치 활판인쇄기에 활자를 배치하는 것과 같다. 그냥 머릿속을 뒤집기만 하면 된다.

레스토랑까지의 길 안내는 연애 쪽지나 스파이들끼리 나누는 대화처럼 수수께끼지만—달이 교차하는 다리에서 만나자—그는 단단히 믿고 있다. 그는 기본적으로 에나멜을 바른 토스터 같은 느낌이 나는 차의 핸들을 쥐고 교토 바깥의 확실하고 완벽한 표지판을 따라 언덕 지역으로 향한다. 표지판이 확실하다는 건 고마운 일이다. GPS가 고속도로까지 힘차게, 완고하게 길 안내를 하더니 도시 경계를 벗어나면서부터는 자기 힘에 취했는지 완전히 멎어 아서 레스를 동해 한가운데에 놓아버리기 때문이다. 마찬가지로 불안한 건 앞 유리에 달려 있는 수수께끼의 상자다. 토스터가 통행료 징수소에 다가가서야 상자의 용도가 드러난다. 상자가, 깨진 도자기 조각을 봤을 때의 레스 할머니와 그리 다르지 않은, 꾸짖는 듯한 고음의 여성 목소리 비명을 내지른 것이다. 레스는 의무적으로 통행료 징수소 직원에게 돈을 내면서 방금 기계에게 복종했다는 생각이 든다. 그렇게 그는 마법처럼 강이 모습을 드러낸 녹색 시골길에 접어든다. 하지만 목가적인 풍경은 그리 오래가지 않는다—다음 통행료 징수소에서 여인이 다시 비명을 지른다. 물론 그녀는 전기 통행권을 가지고 있지 않다고 레스를 꾸짖고 있는 것이다. 하지만 혹시 그녀가 레스의 다른 범법 행위나 미숙한 점을 지적하는 건 아닐까? 5학년 때 아이슬란드의 종교를 조사하라는 숙제를 받고서 가짜 종교 의식을 꾸며냈다는 걸? 고등학교 시절에 가게에서 여드름 크림을 슬쩍했다는 걸? 그가 로버트를 두고 그토록 끔찍하게 바람을 피웠다는 걸? 그가 '형편없는 게이'라는 걸? 형편없는 작가라는 걸? 프레디 펠루가 그의 삶에서 걸어 나가도록 내버려뒀다는 걸? 비명, 비명, 비명. 그 분노는 거의 그리스적이다. 마침내 레스를 벌하려고 내려보내진 하르퓌이아*.

"다음 출구에서 나가십시오." GPS가, 럼에 취해 졸던 선장이 깨어나 다시 통제권을 잡았다. 불가에 둔 축축한 옷에서 증기가 나오듯 안개가 솟아오르고 있다. 이곳의 안개는 산이라는, 어두운 소나무 색깔의 접어둔 모직 천에서 나오는 것이다. 납덩이같은 강이 갈대 언덕을 따라 말려 올라가고 있다. 토스터는 사케 공장 혹은 레스가 사케 공장이라고 생각한 곳을 지나간다. 길가에 광고용으로 흰 술통이 놓여 있으니까. 가끔 영어 간판을 내놓은 공장도 있다. **지속 가능한 수확.** 레스가 창문을 내리자 풀과 비와 흙의 소금 같은 녹색 냄새가 난다. 모퉁이를 돌자 강을 따라 한 줄로 죽 늘어서 있는 흰색 관광버스들이 보인다. 버스들의 커다란 사이드미러가 애벌레의 더듬이 같다. 버스 앞에는 군대처럼 줄을 맞추어 선 노인들이 깨끗한 우비를 입고 서서 사진을 찍고 있다. 증기가 나는 산들 아래쪽에 흩어져 있는 것은 아마 이끼가 털처럼 덮인, 이엉을 얹은 열다섯 채가량의 집들로 보인다. 거기서 길을 건너면 강 위에 다리가 걸려 있다. 목재와 석재로 된 구각(構脚) 구조물이다. 레스는 차를 몰아 다리를 건너다가 비를 피하려 몸을 웅크리고 모여 있는 관광객들을 지나친다. 레스는 보트가 강 상류의 레스토랑까지 태워다 줄 거라는 상상을 하고 있는데, 막상 반대편 강둑에 도착해

* 그리스 신화에 등장하는, 새의 몸통에 여자의 머리를 하고 날카로운 발톱이 달린 괴물.

토스터를 주차하자(대시보드에서 하르퓌이아가 날카롭게 기억을 상기시켜준다) 몇몇 사람들이 부두에서 기다리고 있는 게 보이고 그중에는—그는 그녀를 투명한 우산 너머로 알아본다—레스의 어머니가 있다.

아서, 안녕. 그냥 여행을 좀 해보면 어떨까 했어. 어머니의 말이 바로 상상된다. 밥은 잘 먹고 다니니?

어머니가 우산을 들어 올린다. 형태를 왜곡하는 막이 없어지고 보니 그녀는 어머니와 똑같은 스카프를 머리에 두른 일본인 여성이다. 하얀 조개 무늬가 들어간 주황색 스카프. 어떻게 저 스카프가 어머니의 무덤에서 여기까지 그 먼 거리를 건너온 것일까? 아니, 그래. 무덤에서가 아니다. 레스와 여동생이 모든 것을 기부했던, 교외 지역 델라웨어의 구세군에서 온 것이다. 그 모든 일이 아주 서둘러 이루어졌다. 암은 처음에는 아주 천천히 움직이다가 그다음에는 아주 빠르게 움직였다. 악몽에서 늘 그러듯이 말이다. 어느 순간 레스는 검은 정장을 입고 이모와 이야기를 나누고 있었다. 그가 서 있는 자리에서는 스카프가 아직도 나무 손잡이에 걸려 있는 게 보인다. 그는 케사디야를 먹고 있었다. 비종교적인 WASP*인 그는 죽음을 어떻게 해야 할지 전혀 모른다. 바이킹들은 보트를 불태우고 켈트족은 그들만의 장례를 치르고 아일랜드인들은 경야를 하고 청교도들은 예배를 하고 유니테리언들은 찬송가를 부른 2000년의 세월이 있지만 그에게 남아 있는 건 아무것도 없

---

* 백인 앵글로색슨계 개신교도(White Anglo-Saxon Protestant)의 약자로, 미국 주류 사회의 구성원들을 칭한다.

다. 왜인지 레스는 그런 유산을 포기했다. 그래서 그 일을 떠맡은 것은 프레디, 이미 자기 부모를 애도해본 적이 있는 프레디, 레스가 예배를 마치고 진부한 말들과 순전한 공포심에 취해 비틀거리며 교회로 들어왔을 때는 이미 멕시코 잔치 음식을 주문해 전부 마련해두었던 프레디였다. 프레디는 심지어 그의 우비를 받아줄 사람도 고용해놨다. 프레디 자신은 레스가 파리에서 사준 바로 그 재킷을 입고서, 그 시간 내내 레스의 바로 뒤에 조용히 서서 한 손을 그의 왼쪽 어깨에 마치 판지로 된 간판을 바람에 맞서 지탱하는 것처럼 올려놓고 있었다. 사람들이 한 명씩 연달아 다가와 어머니의 명복을 빌었다. 어머니의 친구들은 한 명 한 명 모두가 달리아 쇼처럼 이상하게 뾰족뾰족하거나 곱슬곱슬한 흰색 머리 모양을 하고 있었다. 더 좋은 곳에 가셨을 거야. 그렇게 평화롭게 떠나셨으니 얼마나 다행이니. 마지막 사람이 떠나고 난 뒤 프레디의 속삭이는 숨결이 귓가에 느껴졌다. "형네 어머니가 돌아가신 방식은 끔찍했어." 몇 년 전 처음 만났을 당시의 소년이라면 절대 그런 말을 하지 못했을 것이다. 레스가 고개를 돌려 프레디를 보자 그의 바싹 깎은 머리카락 관자놀이께에서 어른거리는 은빛이 처음 눈에 들어왔다.

레스는 그 주황색 스카프만큼은 건지기를 아주 구체적으로 바랐다. 하지만 할 일들이 소용돌이처럼 몰아쳤다. 어떻게 그랬는지 스카프는 기부용 꾸러미에 함께 싸여 그의 인생에서 영원히 사라졌다.

아니, 영원히는 아니었다. 결국은 인생이 그 스카프를 구해냈다.

레스는 자동차에서 내려 검은 옷을 입은 젊은 남자의 환영을 받는데, 그는 거대한 검은 우산을 우리의 주인공에게 씌워준다. 비 때문에 레스의 새 회색 정장에 얼룩무늬가 생긴다. 어머니의 스카프는 가게 안으로 사라진다. 그는 탁 트인 강물 쪽으로 돌아서는데, 거기에는 이미 카론*의 짙은 색 낮은 보트가 그를 데려가려고 다가오고 있다.

레스토랑은 강 위쪽 바위에 위치해 있고 아주 오래되어, 화가에게는 기쁨을 주고 시공업체에는 골칫거리가 될 만한 방식으로 물 얼룩이 져 있다. 벽 일부는 습도로 구부러진 것처럼 보이며 종이 걸개에는 빗속에 내버려둔 책들이 떠오르는, 오그라든 주름이 잡혀 있다. 온전한 것은 오래된 타일 지붕과 널찍한 지붕의 들보, 조각된 꽃무늬 장식, 예전에 이 건물에 있었던 오래된 여관의 미닫이식 종이 벽 등등이다. 키가 크고 당당한 여자가 입구에서 그를 맞이한다. 허리를 숙여 인사하고 이름을 부르며 그를 반긴다. 그들은 오래된 여관을 둘러보면서 벽이 둘러쳐진 거대한 정원이 내다보이는 창문을 지난다.

"정원에 식물을 심은 건 400년 전, 인근 지역이 포플러였을 때였어요." 여자는 주변을 휩쓰는 손동작을 해 보이고 레스는 감탄한다는 뜻으로 고개를 끄덕인다.

레스가 말한다. "그런데 지금은, 안 포플러인 거네요."**

그녀는 예의 바르게 잠시 눈을 깜빡이더니 그를 건물의 다른 구역으로 안내하고, 그는 흔들리는 그녀의 녹색과 금색 기모노 자락을 따라간다. 현관에서 그녀는 나막신을 벗고 그는 신발 끈을 풀어 벗는다. 신

---

* 그리스 신화에 등장하는 저승의 신. 망자들에게 저승을 감싸고 흐르는 스틱스강(혹은 그 지류인 아케론강)을 건네주는 뱃사공이다.
** 영어에서 '포플러 나무'라는 뜻의 poplar와 '인기 있는'이라는 뜻의 popular의 발음이 유사해 하는 농담.

발 안에 모래가 들어 있다. 사하라 모래일까, 케랄라 모래일까? 파란색 기모노를 입고 코를 훌쩍거리는 십대 소녀에게 여자가 손짓하자 소녀가 레스를 다른 복도로 안내한다. 벽에 걸린 서예 작품들로 가득한 이 복도는 거대한 나무틀로 시작되어 옆쪽 벽 공간으로 들어가려면 여자가 어쩔 수 없이 무릎을 꿇어야만 하는 작은 문으로 끝나는 '이상한 나라의 앨리스' 효과를 발휘한다. 레스도 똑같이 해야 한다는 건 분명하다. 그는 자기가 굴욕을 경험할 운명이라는 생각이 든다. 지금의 그는 굴욕과 잘 아는 사이이다. 굴욕만이 그가 잃어버리지 않은 단 하나의 짐이다. 그곳, 방 안에는 작은 탁자와 종이 벽, 너무 낡아 레스가 방을 가로지르자 꿈결처럼 뒤쪽 정원이 물결치는 유리 창문 하나가 있다. 방은 희미한 금색과 은색의 눈송이가 커다랗게 그려진 벽지로 도배되어 있다. 이 디자인은 에도시대에, 일본까지 망원경이 건너왔을 때 만들어졌다고 한다. 그 전에는 아무도 눈송이를 본 적이 없었다고. 레스는 황금색 병풍 옆 쿠션에 앉는다. 젊은 여자가 작은 문으로 나간다. 그녀가 나간 뒤 문을 닫느라 끙끙대는 소리가 들린다. 수백 년 동안 고통받아온 그 문은 죽을 준비가 된 게 분명하다.

레스는 황금빛 병풍과 양식화된 눈송이, 사슴 한 마리를 그린 그림 밑 화병에 담긴 붓꽃 한 송이와 종이 벽을 둘러본다. 들리는 소리라고는 등 뒤에서 숨을 쉬는 가습기 소리뿐이다. 이 객실의, 이 풍경의 정갈함에도 불구하고 사람들은 가습기 표면에서 **다이니치 보증**이라는 스티커를 굳이 떼어내지 않았다. 눈앞: 뒤틀린 정원 풍경. 레스는 어떤 깨달음에 뒤로 펄쩍 뛴다. 여기다.

레스의 어린 시절 미니어처 정원은 이 400년 된 정원에서 본뜬 것이 틀림없었다. 여긴 그냥 비슷한 정원이 아니라 바로 그 정원이었다. 무성한 대나무 옆의 이끼 낀 돌길, 동화 속에서처럼 수수께끼들이 기다리고 있는 산의 멀찍한 어두운 소나무 숲속으로 헤매고 가는 그 돌길(물론 환상이다, 레스는 그 길 끝에서 기다리고 있는 게 환기 시스템이라는 걸 완벽히 잘 알고 있으니까). 강일지도 모르는 풀숲 속의 움직임, 사원의 계단인가 싶은 낡은 돌 조각들. 대나무 분수가 채워졌다가 돌 웅덩이로 기울어져 물을 쏟아낸다—똑같다, 모두가 정확히 똑같다. 바람이 움직인다. 소나무가 움직인다. 대나무 잎들이 움직인다. 같은 바람을 맞는 깃발처럼, 이 정원의 기억이 아서 레스의 안에서도 움직인다. 그는 자기가 진짜로 열쇠를(그건 강철로 된, 잔디깎이 보관함 열쇠였다) 찾았지만 문은 결코 찾지 못했다는 걸 떠올린다. 문을 찾겠다는 건 언제나 기이하고도 유치한 환상이었다. 45년이 지나는 동안 그는 이 모든 일을 잊었었다. 하지만 여기에 그 문이 있었다니.

뒤쪽에서 소녀가 훌쩍거리는 소리가 들린다. 다시 한번, 소녀는 무덤의 돌이라도 움직이듯 문을 가지고 낑낑댄다. 그는 감히 돌아보지 않는다. 결국 소녀가 문을 정복한 뒤 녹차와 옻칠 된 갈색 바구니를 가지고 그의 옆에 나타난다. 소녀는 닳아빠진 카드를 내밀며 큰 소리로 읽는다. 듣자니 영어이지만, 꿈속에서 누군가가 말할 때 정도로밖에는 말이 되지 않는다. 어쨌든 그에게는 번역이 필요 없다. 오랜 친구, 강낭콩이다. 소녀는 미소를 지으며 떠난다. 문과의 레슬링 경기 또 한 번.

레스는 접시에 놓인 것이 무엇인지 신중하게 살핀다. 하지만 맛을 볼 수는 없다. 왜 이런 기억들—주황색 스카프, 정원—이 다시, 이곳 일본에서 떠오르는 걸까? 레스 인생의 알뜰 시장이라도 된 것처럼. 그가 정신이 나간 걸까, 아니면 모든 게 그림자인 걸까? 강낭콩, 쑥, 스카프, 정원. 이건 혹시 창문이 아니라 거울인 걸까? 새 두 마리가 분수에서 다투고 있다. 이번에도, 소년 시절에 했던 것처럼, 그는 그저 바라볼 수밖에 없다. 그는 눈을 감고 울기 시작한다.

소녀가 다시 문을 가지고 낑낑대는 소리가 들리지만 문이 열리는 소리는 들리지 않는다. 쑥이 나올 차례인데.

"레스 씨." 뒤쪽에서 남자 목소리가 들린다—사실 그 목소리는, 레스도 돌아보고서야 알았듯, 문 뒤쪽에서 나는 것이다. 레스는 가까이 다가가 무릎을 꿇지만 그 목소리가 말한다. "레스 씨, 정말 죄송합니다."

"네, 저도 알아요!" 레스가 큰 소리로 말한다. "너무 일찍 와서 벚꽃을 못 보지요!"

목 가다듬는 소리. "네, 그리고 또, 또…… 정말 죄송합니다. 이 문이 400년 된 것인데 끼어버렸어요. 저희가 노력을 해봤습니다." 문 뒤의 기나긴 침묵. "여는 게 불가능합니다."

"불가능하다고요?"

"정말 죄송합니다."

"잠깐 생각 좀 해보죠……."

"모든 걸 다 해봤습니다."

"여기에 갇혀 있을 수는 없어요."

"레스 씨." 문으로 가로막힌 남자 목소리가 다시 들린다. "좋은 생각이 하나 있습니다."

"말씀하세요."

"그게 말이지요." 일본어로 속삭이며 주고받는 말에 또 한 번 목 가

다듬는 소리가 이어진다. "레스 씨가 벽을 부수시는 겁니다."

레스는 눈을 뜨고 격자로 된 종이 벽을 바라본다. 차라리 우주 캡슐에서 탈출하라고 하지. "못 해요."

"벽을 고치는 건 쉽습니다. 부탁드립니다, 레스 씨. 벽을 부숴주시기만 하면 돼요."

그는 늙은 기분이 든다. 혼자가 된 기분이다. 포플러하지 않은 기분. 정원: 작은 새들의 무리가 색깔 없는 물고기 떼처럼 지나가며, 이 수족관 창문 앞을 앞뒤로 쏜살같이 오가다가(수족관에 담긴 건 새들이 아니라 레스다) 마침내 단 한 번 위용 있는 몸짓으로 동쪽으로 사라지고, 또 한 번—인생이란 희극이니까—마지막 새 한 마리가 나타나 허둥지둥 하늘을 가로질러 자기 동료들을 따라잡는다.

"부탁드립니다, 레스 씨."

내가 아는 가장 용감한 사람이 말한다. "못 해요."

여러분의 화자가 아서 레스의 환영을 본 것은 그리 멀지 않은 아침 7시경이었다.

나는 인상적이게도 모기향과 전기 모기 채, 퍼메트린* 코팅이 된 그물 망사를 뚫고 들어와 내 귓속에 자리 잡은 모기 한 마리 때문에 깼다. 나는 그 모기에게 늘 고마운 마음이다. 만약에 그녀가 (인간은 오직 암컷 모기에게만 사냥을 당하니까) 그토록 노련한 침입자가 아니었더라면 그 광경을 아마 절대 보지 못했을 거라는 생각이 들어서다.

* 살충제.

감동은 너무 자주 우연으로 이루어진다. 모기는, 그녀는 내게 목숨을 바쳤다. 나는 손바닥으로 한 번 후려쳐 그녀를 죽였다. 남태평양은 열린 창문에서 조용히 우르릉대는 소리를 냈고 내 옆에서 잠든 사람도 비슷한 소리를 냈다.

일출. 우리는 아직 어두울 때 호텔에 도착했지만 서서히 빛이 들어오자 객실 삼면이 창문으로 되어 있다는 사실이 드러났다. 나는 그 집이 바다 위에 돌출 무대처럼 세워져 있다는 걸, 모든 창문에서 보이는 풍경이 물과 하늘이라는 걸 알아차렸다. 붓꽃과 도금양, 사파이어와 옥의 색조를 띠어가는 그 풍경을 지켜보던 나는 주변 사방에서, 바다와 하늘에서 특정한 색조의 푸른색을 알아봤다. 그리고 아서 레스를 다시는 보지 못하리라는 걸 알았다.

지금까지 봐왔던 방식대로는 말이다. 그 오랜 세월 동안 무심히 펼쳐져 있던 일상에서는 말이다. 마치 그의 죽음을 통보받은 것만 같았다. 나는 레스네 집 문을 닫고 나온 적이 너무 많았다. 하지만 이번에는 부주의하게도 그 문을 잠가버리고 말았다. 결혼했다—이 사실이 즉시 아주 멍청한 일처럼 보였다. 주변 사방에 레스 특유의 그 푸른 색조가 있었다. 물론 지금도 서로 우연히 마주칠 일은 많을 것이었다. 거리에서든, 어딘가에서 열린 무슨 파티에서든. 어쩌면 함께 술을 마시게 될지도 몰랐다. 하지만 그건 유령과 술을 마시는 것이나 마찬가지일 터였다. 아서 레스. 다른 누구도 될 수 없었다. 나는 땅 위 높은 곳 어딘가에서부터 곤두박질치기 시작했다. 숨 쉴 공기가 없었다. 세상이 빠르게 달려들어 아서 레스가 항상 있었던 허공을 채웠다. 난 내가, 레스가 그의 집 창문 아래에 있는 그 하얀 침대에서 영원히 기다릴 거라고 생각해왔다는 걸 몰랐다. 거기에 있는 그가 내게 필요하다는 걸 몰랐다. 독특한 건물처럼, 피라미드 모양의 돌이나 사이프러스 나무처럼 절대 움직이지 않을 것만 같은, 우리가 집으로 가는 길을 찾을 수 있도록 해 주는 그런 것들처럼. 하지만 어느 날엔가는 불가피하게도—그것이 사라져버린다. 그때에야 우리는 이 세상에서 변하는 건 우리뿐이라고, 우리 자신만이 유일한 변수라고 생각해왔다는 사실을 깨닫는다. 우리 인생의 사물들과 사람들은 우리의 기쁨만을 위해 존재한다고, 게임의 말처럼 혼자서는 움직일 수 없다고 생각해왔다는 것을. 그들이 우리의 필요에, 우리의 사랑에 붙들려 있다고 생각해왔다는 것을. 얼마나 멍청한가. 그 침대에 영원히 남아 있을 줄 알았던 아서 레스가 이제 전 세계를 여행하고 있다니—그가 어디에 있을지 대체 누가 알까? 그는 내게서 사라져버렸다. 나는 떨기 시작했다. 파티에서 그를 만났던 게, 그랜드센트럴 역에서 길을 잃어버린 사람 같던 그 천진난만함의 황태자를 만났던 게 너무 오래전인 것만 같았다. 그를 지켜보고 있던 일이, 아주 잠깐 후에 아버지가 나를 소개했던 일이. "아서, 내 아들 프레디 기억나지."

나는 오랫동안 떨면서 침대에 꼿꼿이 앉아 있었다. 타히티는 따뜻했는데도. 부들부들 떨면서, 나는 그게 무슨 발작 비슷한 것이라고 생각했다. 내 뒤쪽에서 부스럭거리는 소리가 들리더니 고요해졌다.

그리고 그의 목소리가, 나의 새로운 남편 톰이, 나를 사랑하기에 모든 것을 본 사람의 목소리가 들렸다.

"정말이지 지금 당장은 울고 있는 게 아니면 좋겠어."

그리고 그는, 우리의 용감한 주인공은 그만의 종이 방 안에서 일어나고 있다. 그는 두 주먹을 꽉 쥔 채 아주 고요히 서 있다. 그의 괴상한 머릿속에서 무엇이 들끓고 있는지 누가 알겠는가? 이제는 모든 게 메아리처럼 들린다. 새소리도, 바람 소리도, 분수 소리도. 마치 기나긴 터널 끝에서 들려오는 것처럼 말이다. 그는 정원을, 오래된 유리창 뒤에서 흐르듯 움직이는 정원을 등지고 종이 벽을 마주 본다. 이곳에 문이 있을 거라고 생각한다. 정원으로 통하는 문이 아니라 정원에서 나가는 문이. 벽은 그저 막대와 종이일 뿐이다. 누구라도 한 방에 무너뜨릴 수 있다. 얼마나 오래된 벽일까? 눈송이를 본 적이 있을까? 이 여행의 모든 기이함 중에서도 아마 이것이―이 일에 겁을 먹는다는 것이 가장 기이한 점일 것이다. 레스는 한 손을 뻗어 거친 종이를 만져본다. 햇빛이 뒤쪽에서 더욱 밝게 빛나며 표면에 드리워진 나뭇가지의 그림자를 더욱 두드러지게 만든다―그가 소년 시절에 올라갔던 자귀나무일까? 그리로 돌아갈 방법은 없다. 샌프란시스코의 따뜻한 날 해변으로도. 침실과 작별의 입맞춤으로도. 모든 것이 반사되고 있지만 여긴 그냥 미래라는 텅 빈 하얀 벽일 뿐이고 그 위에는 무엇이든 쓰일 수 있다. 어떤 새로운 굴욕이, 새로운 조롱이 있을 건 당연하다. 늙은 아서 레스를 놀려줄 새로운 장난도 있겠지. 왜 그리로 가야 하나? 하지만 그 모든 것에도 불구하고, 그 너머에 어떤 기적이 아직 기다리고 있을지 누가 알까? 머리 위로 두 주먹을 들어 올리더니 이제는 감출 것 없는 기쁨을 담아, 웃으면서, 심지어 쩌렁쩌렁 울리는 광기와 일종의 미친 황홀경을 실어서 쪼개지는 소리와 함께 그 벽을 무너뜨리는 레스를 그려보라……

……그리고 그가 샌프란시스코 오드가(街)의 택시에서, 벌컨스텝스 맨 아래에 내리는 모습을 그려보라. 그의 비행기는 충실히 오사카를 떠나 샌프란시스코에 제시간에 착륙했다. 횡단 비행은 괜찮았다. H. H. H. 맨던의 최근작을 읽고 있던 이웃 승객은 심지어 우리의 주인공이 알약 때문에 정신을 잃기 전에 작은 이야기를 대접받기도 했다("그게 말이에요, 제가 한번은 그 사람을 뉴욕에서 인터뷰한 적이 있거든요. 그 사람이 식중독에 걸려서 아파하고 있었어요. 저는 우주인 헬멧을 쓰고 있었고……"). 아서 레스는 세계 여행을 완료했다. 다 마쳤다. 집에 왔다.

벌써 오래전에 햇살이 안개 속으로 들어온 만큼, 도시는 웬 수채화가가 마음이 바뀌어 이 모든 게 쓰레기, 쓰레기, 쓰레기라고 생각하며 그린 것처럼 파란색으로 씻겨 있다. 레스에게는 들고 다닐 여행 가방이 없다. 그 가방은 자기 나름대로 전 세계를 돌고 있는 게 틀림없다. 그는 눈을 찌푸리고 집으로 가는 어두운 길을 올려다본다. 그를 그려보라. 벗어져가는 금발 머리, 반쯤 찌푸린 표정, 주름진 흰 셔츠, 붕대를 감은 왼손, 붕대를 감은 오른발, 얼룩덜룩한 가죽 가방, 아름다운 회색 맞춤 정장. 그를 그려보라. 어둠 속에서 거의 빛나고 있다. 내일이면 루이스를 만나 커피를 마시며 클라크가 정말로 그를 떠났는지, 그런 결말이 지금도 해피엔딩처럼 느껴지는지 알아볼 것이다. 로버트에게서 온 쪽지도 있겠지. **빨간 발톱의 소년에게—모든 것이 고마워.** 그 쪽지는 절대 '카를로스 펠루 컬렉션'이 되지 않을 모든 것들과 함께 서류철에 들어갈 것이다. 내일이면 사랑은 확실히 그 신비에 깊이를 더하게 된다. 그 모든 일이 내일 일어난다. 하지만 오늘 밤은, 기나긴 여행 끝에는 휴식이다. 그때 가방 끈이 난간에 걸리고, 잠시 동안은—모욕이 담긴 병에는 항상 몇 방울이 남아 있기 마련이니까—그가 계속 걸어갈 것처럼, 가방이 찢어질 것처럼 보이는데……

레스가 뒤를 돌아보며 끈을 푼다. 운명이 훼방을 받았다. 이제는 집으로 향하는 기나긴 오르막이다. 그는 안도감에 첫 계단에 발을 올려놓는다.

왜 현관 불이 켜져 있지? 저 그림자는 뭐지?

톰 데니스와 나의 결혼이 하루 종일 24시간 동안 이어졌다는 걸 알면 그는 흥미를 느낄 것이다. 우리는 침대에서 그 일을 처음부터 끝까지 이야기했다, 바다와 하늘과 레스 특유의 파란색에 둘러싸여서. 그날 아침, 내가 마침내 울음을 멈추자 톰은 내 남편으로서 자기에게는 나와 함께 머물러야 할 의무, 내가 이 일을 해결하도록 도와야 할 의무가 있다고 말했다. 나는 고개를 끄덕이고 또 끄덕이며 그 자리에 앉아 있었다. 그는 내가 더 일찍 알았어야 할 무언가를, 사람들이 몇 달째 그에게 말해주고 있던 무언가를 알아내기까지 끔찍할 만큼 기나긴 길을 여행해왔다고, 우리 결혼식 전날 밤 내가 화장실에 들어가 문을 잠가버렸을 때 자기가 알았어야 했다고 말했다. 나는 고개를 끄덕였다. 우리는 서로를 끌어안고 어쨌든 그가 내 남편이 되어서는 안 된다고 결정했다. 그는 문을 닫았고 나는 내가 저지른 어마어마한 실수를 뜻하는 그 푸른색으로 한쪽 끝에서 다른 쪽 끝까지, 맨 위에서 맨 아래까지 가득 차 있던 방에 남겨졌다. 나는 호텔 전화로 레스에게 전화를 걸어보려 했지만 메시지를 남기지는 않았다. 뭐라고 말하겠는가? 그가 오래전에 내가 그의 턱시도를 입어보았을 때 애착을 갖지는 말라고, 그는 몇 년이나 늦어버렸다고 말했던 그때 일을 이야기할까? 그게, 그때의 작별 키스가 목적을 달성하지 못했다고 이야기할까? 다음 날, 타히티의 가장 큰 섬에서 고갱의 집에 대해 물었지만 지역 주민에게 이런 말을 들었다. "문을 닫았어요." 여러 날 동안 나는 바다를, 지루한 주제로 끝없이 매혹적인 변주곡을 작곡해내는 바다를 지켜보며 놀라움을 느꼈다. 그러던 어느 날 아침, 아버지가 메시지를 보냈다.

일본 오사카발 172편, 목요일 오후 6:30 도착.

아서 레스가 눈을 가늘게 뜨고 자기 집을 보고 있다. 이제는 그의 움직임 때문에 보안용 등이 들어와 잠시 그의 눈을 부시게 만든다. 저기 서 있는 사람은 누구지?

나는 일본에 가본 적이 한 번도 없다. 인도에도, 모로코에도, 독일에도 가보지 못했다. 아서 레스가 지난 몇 달간 여행한 장소에는 대부분 한 번도 가본 적이 없다. 고대의 피라미드에 올라가본 적도 없다. 파리의 옥상에서 어떤 남자에게 입을 맞춰본 적도 없다. 낙타를 타본 적도 없다. 나는 10년의 절반 이상을 고등학교에서 영어를 가르쳤으며 매일 밤 숙제를 채점했고, 아침 일찍 일어나 수업을 계획했으며 셰익스피어를 읽고 또 읽었고, 연옥에 있는 사람이라도 시기할 만큼 수많은 학회와 회의에 처음부터 끝까지 참석했다. 나는 한 번도 반딧불을 본 적이 없다. 나는, 어느 면으로 보나, 내가 아는 사람 중 최고의 삶을 누린다고는 할 수 없다. 하지만 내가 여러분에게 하려는 말은(말할 시간이 아주 조금밖에는 없다), 내가 지금까지 내내 여러분에게 하려고 했던 말은, 내가 앉아 있는 곳에서는 아서 레스의 이야기가 그리 나쁘지 않다는 것이다.

왜냐하면 그건 내 이야기이도 하니까. 그것이 사랑 이야기가 흘러가는 방식이니까.

레스는 아직도 스포트라이트에 눈이 어지러운 채로 계단을 오르기 시작하다가 언제나 그렇듯 이웃 장미 덤불의 가시라는 덫에 걸리고 만다. 그는 아른거리는 회색 정장에서 가시를 하나씩 조심스럽게 떼어낸다. 파티에서 만난 성가신 수다쟁이 여인이라도 되는 듯 잠깐 그의 길을 가로막는 부겐빌레아를 지난다. 부겐빌레아를 옆으로 밀치느라 말라버린 보라색 포엽으로 샤워를 한다. 어딘가에서는 누군가가 피아노를 다시, 또다시 연습하고 있다. 왼손을 제대로 치지 못한다. 창문이 물기 어린 텔레비전 빛으로 물결친다. 그때 나는 레스 머리카락의 익숙한 금빛이 꽃에서 나타나는 것을, 아서 레스의 후광을 본다. 늘 그러듯 항상 똑같은 깨진 계단에서 발을 헛디디는 그를, 놀라서 잠시 멈춰 내려다보는 그를 보라. 뒤돌아 그를 기다리는 사람에게 마지막 몇 걸음을 내딛는 그를 보라. 그의 얼굴은 위쪽으로, 집을 향해 기울어져 있다. 그를 보라, 그를 보라. 내가 어떻게 그를 사랑하지 않을 수 있을까?

아버지는 언젠가 내게 왜 그렇게 게으르냐고, 왜 이 세상을 원하지 않느냐고 물었다. 내게 원하는 게 뭐냐고 물었다. 나는 대답하지 않았다. 그때는 몰랐으니까. 그래서 결혼식장까지 옛 관습을 따라갔다. 하지만 이제는 알고 있다. 그 질문에 답할 시간은 오래전에 지나버렸는데—당신이, 늙은 아서가, 오랜 사랑이, 현관에 어린 실루엣을 올려다보는 당신이 보이는데—내가 뭘 원하느냐고? 사람들이 원했던 길을, 그럭저럭 쓸 만한 남자를, 편하게 빠져나갈 길을 선택한 이후에—나를 본 당신의 눈이 놀라서 휘둥그레진다—그 모든 걸 손안에 쥐었다가 거부한 지금에, 이 삶에서 내가 원하는 게 뭐냐고?

나는 말한다. "레스!"

옮긴이의 말

"코미디 좋아하세요?"

키가 크고 어색하며 통방울눈 안짱다리에 겁에 질린 듯 미소 짓고 있는, 대중 앞에서 살가죽을 뒤집어 까는 게 직업인 시인한테도 "껍질이 없는 사람"이라고 불리는, 나이를 먹을 만큼 먹었는데도 문학 행사의 담당자들은 정시에 도착하고 벨 보이들은 로비의 시계태엽을 확실히 감아둔다고 믿으며 손목시계도 차지 않는, 15년 전에 멈춰버린 시계를 보면서도 현재 시각을 조금도 의심하지 않는, 시간에 관한 중요한 질문을 던지는 걸 잊어버린 우리의 주인공 아서 레스.

9년 동안 연인도, 연인이 아닌 것도 아닌 관계로 지내온 프레디가 다른 남자와 결혼하게 되었다며 청첩장을 보내오자 이 초대를 받아들이지도 거절하지도 못하는 난감한 처지에 몰린 그는 결혼식에 참석하지 '못하는' 핑계를 쥐어짜낸 끝에 터무니없게도 세계 여행을 떠난다. 코미디를 좋아하느냐는 물음은 그렇게 뉴욕을 헤매고 있던 그에게 연극을 보러 오라며 호객꾼이 던진 한마디다.

약속 시간이 될 때까지 시내 어느 서점을 서성이는 당신, 습관처럼 인터넷 서점을 뒤져보며 뭔가 읽을거리가 ─적당히 가볍고, 시간을 '순삭'시켜주고, 되도록 읽고 나서의 '나'를 읽기 전의 '나'와는 다른 사람으로, 가급적 행복하고 즐겁고 만족감을 느끼는 독자로 만들어줄 그런 읽을거리가 없을까 싶어 방황하는 당신에게 《레스》 한 권을 내밀며 내가 자신 있게 할 수 있는 한마디! ……도 그 호객꾼이 이미 했다.

"코미디 싫어하는 사람은 없죠!"

그렇다. 《레스》는 아주 잘 쓴 코미디다. 하지만 만일 당신이 교훈과 의미를 찾는 독자라면?

물론 《레스》는 얼마든지 그런 것들도 줄 수 있다. 예컨대 이 소설은 "신선하다기에는 너무 늙었고 재발견되기에는 너무 젊은" 쉰 살이라는 애매한 나이의 애매한 작가가 중년의 위기를 겪고 마침내 '나이 듦'을 받아들이는 이야기이기도 하다. 충분히 오래 살아남는다면 우리는 누구나 젊은 시절의 '나'와 더없이 어울리던 밝은 파란색 정장을 (자의로든 타의로든) 포기하고, 늙은이 취향으로만 보이던 아름다운 회색 정장으로 갈아입어야 할 날을 맞이하게 된다. 그러니까 우리는 50번째 생일을 두려워하는 레스에게 공감하고 "삶의 모든 것을 겪고도, 굴욕과 실망과 상심과 놓쳐버린 기회, 형편없는 아빠와 형편없는 직업과 형편없는 섹스와 형편없는 마약, 인생의 모든 여행과 실수와 실족을 겪고도 살아남아 쉰 살이" 된 그와 함께 어느 노을 지는 날에는 입 다물고 가만히 감사도 하고, 그를 보며 용기를 얻어 벽을 부수고 미래로 가기를 선택할 수도 있을 것이다.

아니면《레스》를 성 소수자의 삶과 사랑을 다룬, 인권 감수성을 함양해줄 도서로 생각할 수도 있다. 요즘이야 여러 미드를 통해 즐겁고도 화려한 게이 라이프를 접할 기회가 많아서 반동성애 시위장의 빨갛고 까만 굵은 볼드체 플래카드들을 아무리 들여다보아도 에이즈를 비롯한 각종 성병과 세상 가슴 아픈 실연, 인간사의 모든 비극을 십자가처럼 짊어진 죄인들의 끔찍한 몰락만이 동성애자를 비롯한 성 소수자들에게 가능한 유일한 삶이라고 믿기가 더 어렵기는 하지만, 굳이 영상을 거치지 않더라도 사람의 마음을, 내면을 직접 표현할 수 있는 글이라는 매체를 통해 레스의 삶과 사랑을 경험하면 (모든 사랑 이야기가 그렇듯) 그의 사랑 또한 얼마나 보편적인 동시에 특별한 것인지 더욱 깊이 와닿는다(물론 이 말은《레스》를 읽기 전의 당신이 성 소수자들을 무슨 외계인처럼, 당신과는 기본적으로 다른 존재로 생각할 때에나 얻을 수 있는 교훈이고 그렇지 않은 다른 많은 사람들은 마음껏 행복하게 이야기를 즐기면 된다).

하지만 내가《레스》를 재미있게 읽고 여기저기 온갖 지인들에게 추천하게 된 가장 큰 까닭은 이 글이 뭐든 간에 의미와 교훈을 너무 심각하게, 너무 진지하게 다루지는 않는다는 점 때문이었다.《레스》는 인생을 의미를 깨달아야만 견뎌낼 수 있는 찐득거리는 진창으로만 보지 않기에, 진창도 아닌 것에서 뒹굴며 한껏 자기 연민에 빠져 있기보다는 그 모든 것과 한 발 거리를 두고 웃는다. 이런 점은 독자들이《레스》에 공감할 수 있는 편안한 거리를 만들어주고, 나는 그 편안한 거리감을, 뭐랄까, '건강하다'고 느꼈다.

소설 속 레스가 작가 자신을 본뜬 인물이라고 볼 만한 혐의점들이 충분히 있기 때문에 등장인물에 대한 가차 없는 채찍질이 더욱 차지게 느껴지기도 한다. 작가 앤드루 숀 그리어는 1970년생, 레스와 마찬가지로 쉰 살 즈음에 이른 미국의 소설가다. 레스가 그렇듯 샌프란시스코에서 배우자인 데이비드 로스와 함께 생활하고 있다. 베를린자유대학에서, 또 아이오와 작가 워크숍에서 다른 작가들을 지도했으며, 이탈리아어로 번역된 작품에 수여하는 프레미오 그레고르 본 레초리상 결선에 오르기도 했다. 소설 속 레스는 〈뉴욕타임스〉의 평론가 리처드 챔피언에게 "도도한 스타일의 바보 사랑꾼"이라는 평을 듣는데, 작가 그리어는 〈뉴요커〉의 평론가 존 업다이크에게서 그의 세 번째 책 《맥스 티볼리의 고백》에 대해 "향수의 향기가 물씬 풍기고 한껏 멋을 낸 스타일의 작품"이라는 평을 받은 적이 있다.

물론 차이점도 있다. 전반적으로 그리어는 미천한 레스보다 잘나가는 작가다. 그의 소설들은 〈에스콰이어〉 〈파리 리뷰〉 〈뉴요커〉 등 유수의 잡지에 실렸고, 최근에는 《타인들의 책》이라는 선집에도 올랐다. 캘리포니아 북 어워드, 오 헨리 단편소설상, 이탈리아의 미국 문학상인 페르난다 피바노상 등 다수의 문학상을 수상하기도 했다. 이 책 《레스》로는 2018년 퓰리처상(본문에 나오지만 이 상은 '퓰-리-처'가 아니라 '풀-잇-서'라고 읽어야 한다)을 받았다.

기발하면서도 우스운 묘사와 표현, 대사, 캐릭터들의 모습, 흥미로운 줄거리 등 《레스》의 매력을 만들어낸 수많은 요소들이 그가 이런 잘나가는 작가가 되는 데 일조하지 않았나 싶다. 특히 마지막 장면에서의 벅차오르는 감동은 오직 그 순간을 제대로 만끽하기 위해서라도 이 작품을 읽어야 할 한 가지 이유가 된다.

이 소설을 옮기는 일이 내게는 꾸역꾸역 해낸 일이라기보다 최근 겪었던 가장 재미있는 일 중 하나였는데, 모쪼록 내가 졸역으로 너무 큰 폐를 끼치지는 않았기를, 그래서 독자 여러분도 그런 재미를 느낄 수 있었기를 바란다.

강동혁

레스

1판 1쇄 발행 2019년 4월 1일
1판 5쇄 발행 2019년 12월 13일

지은이 · 앤드루 숀 그리어
옮긴이 · 강동혁
펴낸이 · 주연선

총괄이사 · 이진희
책임편집 · 심하은
표지 및 본문 디자인 · 이다은
마케팅 · 장병수 김진겸 이한솔 이선행 강원모
관리 · 김두만 유효정 박초희

(주)은행나무
04035 서울특별시 마포구 양화로11길 54
전화 · 02)3143-0651~3 | 팩스 · 02)3143-0654
신고번호 · 제 1997—000168호(1997. 12. 12)
www.ehbook.co.kr
ehbook@ehbook.co.kr

잘못된 책은 바꿔드립니다.

ISBN 979-11-89982-00-3 (03840)